HEATHER & ROSE MACDOWELL

Ein Tisch für zwei

Buch

Als Erin ihren Job als Marketingmanagerin verliert, hat sie eigentlich nicht vor, als Kellnerin zu arbeiten. Doch irgendwoher muss das Geld schließlich kommen, und da sich sonst nichts Besseres ergibt, nimmt sie die Hilfe eines Freundes der Familie an und heuert in einem der New Yorker Nobelrestaurants an. Ohne Vorkenntnisse, einen Ferienjob in einer Fischbude kann man nicht unbedingt dazu zählen, findet sie sich im erstklassigen Sterne-Restaurant *Roulette* wieder. Gleich am ersten Arbeitstag macht sie sich beim Chefkoch unbeliebt, kommt zu spät zur Besprechung der Speisekarte und rutscht dann auch noch peinlicherweise auf dem Küchenboden aus. Nur gut, dass sich der angehende Schauspieler und Kellnerkollege Cato ihrer gleich annimmt. Schnell merkt er, dass Erin nicht die geringste Ahnung von gehobener Küche hat, und gibt ihr einen Crashkurs in fortgeschrittenem Kellnern. Einige Grundlagen gibt er ihr gleich mit auf den Weg, wie zum Beispiel: »Frag niemals ›Warum‹, sag immer ›Natürlich‹ oder ›Ich werde mich sofort darum kümmern‹.« Und ganz wichtig: »Sei niemals ehrlich, wenn du gefragt wirst, wie dir der Job gefällt!« So kämpft sie sich mehr schlecht als recht durch die Restaurant-Hölle. Ein hartes Leben, wenn es nicht ab und zu einen Lichtblick gäbe, wie zum Beispiel den charmanten und gut aussehenden TV-Produzenten Daniel, der zu Erins großer Freude des Öfteren das Restaurant beehrt. Vielleicht war die Idee mit dem Kellnern ja doch nicht so schlecht?

Autorinnen

Heather und Rose MacDowell sind Zwillingsschwestern und haben selbst schon in einigen der besten und schlechtesten Restaurants New Yorks gearbeitet. Inzwischen leben sie an unterschiedlichen Küsten der USA, gehen gerne essen und knausern nie mit dem Trinkgeld.

Heather & Rose
MacDowell

Ein
Tisch für zwei

Roman

Aus dem Amerikanischen
von Stefanie Retterbush

GOLDMANN

Die Originalausgabe erschien 2008
unter dem Titel »Turning Tables«
bei The Dial Press,
a division of Random House, Inc., New York.

1. Auflage
Deutsche Erstveröffentlichung September 2008

Umschlaggestaltung: Design Team München
Umschlagillustration: Tertia Ebert
Redaktion: Anita Hirtreiter
NG · Herstellung: Str.
Satz: deutsch-türkischer fotosatz, Berlin
Druck und Bindung: GGP Media GmbH, Pößneck
Printed in Germany
ISBN: 978-3-442-46713-6

www.goldmann-verlag.de

Den vielen Köchen, die wir kennen, aber nicht alle lieben gelernt haben.
Manche waren furchteinflößend, die meisten waren schwierig, aber sie alle haben in uns die Liebe zu gutem Essen geweckt und uns gelehrt, dass Kochen, genau wie Schreiben, zwar ein hartes Brot ist, aber auch sehr lohnenswert.

1. Kapitel

Ich werde Harold umbringen.

Und wo ich schon mal dabei bin, meinen Vater gleich mit. Die beiden haben mich schließlich in diesen Schlamassel reingeritten. Ohne sie würde ich jetzt nicht in einem mondänen Speiseraum stehen und befürchten, dass gleich die Weingläser zerbersten.

»Jemand, der stellt verwelkte Blumen auf den Tisch, ist verrückt! Gehörte in Irrenhaus!«

Gina, meine neue Chefin, tigert in Stilettos und engen Jeans vor uns auf und ab und wedelt aufgebracht mit einer schlaffen weißen Blume herum. »In wie viele Sprache ich muss euch das noch sagen?«, zetert sie mit unüberhörbarem italienischem Akzent. »Womit ich habe das bloß verdient?«

Wie versteinert stehe ich in Reih und Glied mit den anderen Kellnern und stelle mir genau dieselbe Frage. Womit habe ich das eigentlich verdient? Ach ja, richtig. Vier Monate nach meiner Kündigung hatte ich mich von Harold, dem Golfkumpel meines Vaters und größten Spirituosengroßhändler des gesamten Bundesstaates, dazu überreden lassen, einen Job in einem »angesagten Laden« namens *Roulette* anzunehmen. »Die Besitzer sind Kunden von mir, wirklich allerliebst. Und dein Dad hat mir erzählt, dass du quasi im Alleingang ein ganzes Restaurant schmeißen könntest.«

Im Alleingang? Dachte mein Vater wirklich, eine ehemalige Marketing-Managerin könne so mir nichts, dir nichts in einem der besten Restaurants von Manhattan als Kellnerin arbeiten? Glaubte er allen Ernstes, nur weil ich einen Sommer lang in den Semesterferien Fischeintopf ausgeteilt habe, könnte ich *das* ebenfalls mit links?

»Antwortet mir!«, kreischt Gina.

Ich zucke zusammen. Sag doch jemand etwas. Bitte.

»Der Florist hat in letzter Zeit wirklich sehr nachgelassen«, bemerkt Cato, der Kellner, der dazu auserkoren wurde, mich anzulernen. Mit seinem blonden Bürstenhaarschnitt und dem *Queen for a Day*-T-Shirt sieht er eher aus, als würde er sich in einer Bar weiter downtown als Go-go-Tänzer verausgaben, anstatt auf der Upper East Side kostspielige Köstlichkeiten servieren.

»Das ist mir gleich! Es ist eure Aufgabe auszuwählen, was kommt auf die Tisch!«

»Wird nicht wieder vorkommen, versprochen«, versucht Ron sie zu beschwichtigen. Die vielen tiefen Falten in seinem Gesicht und sein anbiederndes Auftreten kennzeichnen ihn als Kellner fürs Leben.

Gina wirft die Blume auf den mit Schnörkeln verzierten Teppich. »Mit Versprechungen ich kann keine Unternehmen führe. Wo ich herkomme, ist das anders. Ein Kellner gibt lieber seine eigene Geld, ehe er gibt tote Pflanzen dem Gast. Ich drehe euch den Rücken zu eine lausige Minute, und was passiert? Alles geht runter den Bach!«

Unauffällig rückte ich ein wenig näher an Cato heran, in der Hoffnung, mich auf diese Weise unsichtbar machen zu können, wodurch ich aber ausgerechnet ihre Aufmerksamkeit auf mich ziehe. »Ah«, sagte sie und beugt sich nach vorn, um mich genauer zu betrachten. Sie ist älter, als ich dachte, vermutlich Anfang vierzig. »Du musst sein das neue Mädchen. Das, das Harold uns geschickt hat.«

»Erin Edwards«, stelle ich mich vor, und meine Stimme zittert. »Es freut mich, Sie kennen zu lernen.«

Sie lächelt und reicht mir ihre knöcherige Hand. »Gina

Runyan. Du kennst Harold und Brenda schon lange, wie ich habe gehört.«

»Den größten Teil meines Lebens. Als ich noch jünger war, habe ich immer ihr Haus gehütet, wenn sie auf Reisen waren.« Wobei ich geflissentlich verschweige, dass ihre Katze sich bei einem meiner Einsätze an Käse-Nachos überfressen hat oder dass ich in meinem Abschlussjahr einmal eine dreitätige Party in ihrem Haus veranstaltet habe, während Harold und seine Frau nichts ahnend in Irland durch das County Clare radelten.

»Bei andere Leute wir machen erst zwei Vorstellungsgespräche und eine Prüfung des Strafregisters, aber Harold hat uns schon Ramon vermittelt, unseren besten Entremetier, und er hat gesagt, mit dir wir werden sein genauso zufrieden.«

»Hat er das?«

Gina legt den Kopf schief, und ihr taillenlanges Haar wallt seitlich herunter. »Welche Kleidergröße du hast?«

»Ähm ... sechsunddreißig, normalerweise.«

»Für mich du siehst eher nach eine achtunddreißig aus. Wir geben dir ein hübsches Uniform. Hoffentlich passt sie.«

Achtunddreißig? »Ich werde versuchen, mich reinzuquetschen.«

»Es ist nicht leicht, eine Frau zu sein, ich weiß.« Gina weist auf Cato. »Das T-Shirt, das du anhast. Haste du keinen Spiegel zuhause? Lila steht dir nicht.«

Cato bleibt weiter unbeteiligt und verzieht keine Miene. »Sie haben recht. In Erdtönen sehe ich besser aus.«

Alle verharren in tiefem Schweigen, während Gina von Tisch zu Tisch geht und jedes einzelne Blumenarrangement akribisch unter die Lupe nimmt. Nun, da ich mir endlich wieder gestatte zu atmen, kann ich den Blick ein wenig schweifen lassen, und erst da fallen mir die kathedralenartig gewölbte Decke, der bunte Kristalllüster, die mit rotem Samt bezogenen Sitzbänke und die mit silbern gestreifter Seide bespannten

Wände ins Auge. Es sieht aus, als seien hier drei verschiedene Designer Amok gelaufen und hätten das veranschlagte Budget gnadenlos auf den Kopf gehauen.

»Mama!« Gina stellt gerade die letzte Kristallvase ab, als ein zerbrechlich wirkender kleiner Junge in den Speiseraum gelaufen kommt. Er trägt eine marineblaue Schuluniform und schleppt einen viel zu vollgestopften Rucksack.

»Nino!«, ruft sie und schließt ihn in die Arme. »Wie war es heute im Kindergarten?«

Der Junge lässt den Rucksack fallen und schlingt die Arme um ihre schmalen Oberschenkel. »Okay.«

»Nur okay? Wir haben viele bezahlt, damit du kannst gehen in die Schule. Es muss dir gefallen.« Sie dreht seinen Kopf mit den Händen in meine Richtung. »Sag Erin hallo. Sie fängt heute an, hier zu arbeiten.«

»Hi«, piepst er mit leiser Stimme.

»Hallo. Wie geht's dir?«

»Daddy sagt, Jungs verdienen mehr Geld als Mädchen.«

»Sei still!«, fährt Gina ihn an. Sie wirft mir ein entschuldigendes Lächeln zu. »Er weiß ja nicht, was er da redet. Komm, Nino! Möchtest du eine Limo oder eine Eis?« Sie nimmt ihn an der Hand und zieht ihn hinter sich her in die mit Rauchglastischen und schwarzen Lederclubsesseln bestückte Lounge.

»Wie, und ich kriege kein Eis?«, fragt einer der Kellner, ein Typ namens Derek, als sie außer Hörweite ist. Er hat einen Körperbau wie ein Ringkämpfer und eine tiefe, durchdringende Stimme. Eines seiner Hosenbeine ist hochgekrempelt, und darunter kommt eine mit Kettenfett verschmierte Wade zum Vorschein.

Jane, die einzige Frau der Truppe, hebt empört die verwelkte Blume vom Boden auf. »So ist's recht. Das Kind am besten dermaßen mit Zucker vollstopfen, dass es gar nicht merkt, wie durchgeknallt die liebe Mama eigentlich ist.«

»Willkommen in der Familie, Erin«, sagt Cato. »Komm, dann wollen wir dich mal einkleiden.«

Ich versuche, mit ihm Schritt zu halten, als er mich zum hinteren Ende des Speiseraums führt und dann einen mit Schieferplatten gefliesten Korridor entlang. »Also, was weißt du über das *Roulette*?«, fragte er über die Schulter.

»Nicht viel. Nur das, was Harold mir erzählt hat.« Er muss ja nichts wissen von den bangen Stunden, die ich im Internet beim Googeln verbracht habe, wo ich unter anderem in Erfahrung bringen konnte, dass

... der Chefkoch des Roulette der Klassenbeste seines Jahrgangs an der angesehensten Kochschule der Vereinigten Staaten, dem Culinary Institute of America, war und sich die ersten Sporen bei dem kürzlich verstorbenen Gilbert Le Coze verdiente ... Bei ihm verbinden sich französische Grundlagen, moderne Elemente und eine schier grenzenlose Phantasie, wodurch die Neue Amerikanische Küche ihrem Namen endlich wieder alle Ehre macht ... Im Weinkeller des Restaurants lagern Schätze wie ein 1971er Pétrus Pomerol, der die Erde in der Sojus-Raumkapsel umkreiste ...

»Augenblicklich gehören wir zu den besten fünf Restaurants der Stadt«, erklärt Cato. »Das heißt, hier geht es jeden Abend richtig rund. Keine Flaute, keine leeren Tische. Ich hoffe, du bist darauf eingestellt, ordentlich zu arbeiten.«

Bei dem Riesenstapel Rechnungen auf dem Couchtisch? »Auf jeden Fall. So gut es geht.« Alles, was es braucht, um meine günstige mietpreisgebundene Ein-Zimmer-Wohnung halten zu können, die ich bisher immer als selbstverständlich erachtet habe.

»Das hört man gerne.«

Er drückt eine Schwingtür auf, und wir stehen mitten in der Küche. »Das«, verkündet er, »ist der Mittelpunkt unseres kleinen Universums.« Ich bleibe wie angewurzelt stehen, einen Augenblick lang wie geblendet von den funkelnden weißen Kacheln und den auf Hochglanz polierten Edelstahltöpfen. Der ganze Raum vibriert vom metallischen Scheppern der Töpfe, die auf die Gasbrenner schlagen, dem Dröhnen der Abzugshauben und den lauten Männerstimmen. Mindestens ein dutzend Köche arbeiten an den schweren, dampfenden Herden. Hängeregale mit gut geschrubbten Pfannen baumeln von der Decke. An einer Wand klebt ein Schild mit der Aufschrift: *Lebe, als würde jede deiner Taten ein universelles Gesetz werden.*

»Leute, ich möchte euch Erin vorstellen!«, brüllt Cato gegen den Lärm an.

Sie schauen herüber, und ich winke ihnen kurz zu, was ich aber schon im selben Augenblick wieder bereue. »Hi.«

Cato fängt an, Namen und Posten runterzurasseln, als gehörten Wörter wie *Gardemanger* oder *Poissonier* zu meinem Alltagsvokabular. Ich versuche, mir Eselsbrücken zu bauen, damit ich nicht gleich wieder alles vergesse, aber nach »Lorenzo, der Soßenmeister«, und »Hoffentlich-Single-Phil«, einem Grillkoch mit dichtem, stacheligem braunem Haar und blauen Augen, gebe ich auf. Komisch, bisher stand ich eigentlich nicht so auf doppelreihige weiße Jacken.

»Carl kommt erst heute Nachmittag um fünf zum Belegschaftstreffen«, klärt Cato mich auf.

»Carl. Der Küchenchef?«

»Küchenchef, Kommandant, Halbgott, such dir was aus. Ich persönlich bevorzuge ›Ess-Faschist‹, aber es bleibt dir überlassen, wie du ihn nennen willst.«

Wir gehen zu einer Treppe am hinteren Ende der Küche und steigen hinauf. Die einzelnen Stufen sind mit Anti-Rutsch-Klebeband beschichtet, und die Wände sind abgestoßen und von unzähligen Spritzern geziert, bei denen es sich allem Anschein nach um Kaffeeflecken handelt. »Steve hast du noch nicht kennen gelernt, oder?«, fragt Cato.

»Noch nicht.«

»Dann kannst du dich schon mal auf was gefasst machen. Steve ist der miesepetrigste Geldsack, den du je kennen lernen wirst.« Oben angekommen, biegen wir ab und bleiben vor einer halb geschlossenen Tür mit der Aufschrift »Büro« stehen. Cato klopft zweimal. »Steve?«

Von drinnen ist ein gedämpftes Ächzen zu vernehmen. »Ja!«

Das Erste, was ich zu sehen bekomme, ist ein korpulenter nackter Rücken, gefolgt von einem nur mit einem Handtuch bedeckten Hinterteil, haarigen Beinen und braunen Hausschuhen. Steve liegt auf einer Massageliege, das Gesicht zum Boden gewandt. Der Masseur, ein muskulöser Mann in Trainingshose und Birkenstocks, wirkt verärgert. »Kann das nicht warten? Gerade fing er an, sich zu entspannen.«

»Wollte nur schnell Erin vorstellen«, sagt Cato.

Steve hebt die Hand und wendet mir eine schlaffe Wange zu. »Hi!«, brummt er, um ein wenig Freundlichkeit bemüht. »Ich hatte ganz vergessen, dass du heute anfängst. Zeigt Cato dir alles?«

»Tut er«, entgegne ich. »Ihr Restaurant ist wirklich sehr hübsch.«

»Das will ich doch schwer hoffen. Hat schließlich ein Vermögen gekostet, es einzurichten. Das haben wir alles meiner Frau zu verdanken.« Er rückt ein paar Zentimeter zur Seite und lässt sich dann wieder schwerfällig nieder. »Wir unterhalten uns später weiter. Jetzt muss Alex mir erst mal die zwanzigköpfige Gesellschaft von gestern Abend aus den Schultern kneten.«

Cato schleust mich rasch aus dem Büro. »Entschuldige, Steve, ich hatte ganz vergessen, dass Donnerstag dein Massagetag ist.« Er führt mich ans andere Ende des Korridors und muss den Kopf einziehen, um sich an dem niedrigen Türdurchgang nicht den Kopf anzuschlagen. »So, das ist es. Die reinste Rumpelkammer. Ich nehme mir immer wieder vor, mal ein paar Pflanzen mitzubringen, um das Ganze ein bisschen aufzupeppen, aber ich hatte in letzter Zeit so viel zu tun mit meinem Schauspielunterricht und allem Drumherum.«

Eine gesamte Wandseite des überfüllten Zimmers, das durch die Dachschräge auf der anderen Seite noch kleiner wirkt, wird von einer Reihe Metallspinde eingenommen. Um einen alten Kartentisch herum stehen etliche Polsterstühle mit geplatzten Nähten. Ein verbeulter silberner Kerzenhalter hält das kleine Fenster offen und lässt die feuchte Septemberluft und den Verkehrslärm der Madison Avenue herein. Der ganze Raum müffelt nach Schweiß und Zigarettenrauch.

Cato öffnet einen schmalen Schrank und holt einen engen Rock und eine Bluse mit gerafften Seitennähten heraus. »Armani«, bemerkt er und reicht mir beides. »Wenn du die ruinierst, hast du sechshundert Kröten zum Fenster rausgeschmissen.«

»*Sechshundert*?«

»Was hast du denn erwartet, C&A? Ich bin erst seit einem Jahr hier und schon beim dritten Hemd.« Er tastet auf dem obersten Regalboden herum und wirft mir dann eine Packung schwarzer Feinstrumpfhosen zu. »Hier hast du ein Paar Strümpfe für den Anfang. Das sind bei uns echte Verschleißteile, also leg dir besser einen ordentlichen Vorrat davon zu.«

»Mach ich«, entgegne ich, obwohl ich natürlich insgeheim fest davon ausgehe, längst wieder weg zu sein, ehe ich die erste Strumpfhose verschlissen habe.

Er nimmt einen dunkelgrauen Anzug und eine blassblaue Seidenkrawatte aus dem Spind und legt sie über eine Stuhllehne. »Ich gucke auch weg, wenn's dir lieber ist«, sagt er und öffnet dabei den Reißverschluss seiner Hose. »Tu dir ansonsten keinen Zwang an und zieh dich einfach aus. Das machen wir hier alle so.«

In unbehaglichem Schweigen ziehen wir uns um. Oje. Ich habe wohl doch eher Größe achtunddreißig. Als ich mich wieder umdrehe, ist Cato nicht mehr ein Möchtegern-Schauspieler mit einem banalen Brotjob, sondern ein durchgestylter, professioneller Kellner. Selbst sein Bürstenschnitt wirkt plötzlich nicht mehr hip, sondern elegant. Er stempelt uns beide an der Stechuhr ein, um dann beim Anblick meiner Ballerinas zu stutzen. »Ich hoffe doch, du hast noch andere Schuhe dabei.«

Ich schaue an mir herunter. »Warum? Ich sollte doch schwarze Schuhe tragen, oder?«

»Ja, aber du weißt doch, wie es ist, wenn es richtig rundgeht. Dauernd fällt was runter, der Küchenboden wird rutschig … Wenn du da keine Schuhe mit Gummisohlen anhast, wirst du im Handumdrehen zu Fallobst.«

»Ich hatte zwar noch nie Probleme damit, aber … okay. Morgen ziehe ich andere Schuhe an.«

»Gut. Dann sehen wir uns gleich unten.«

Als er weg ist, stelle ich mich in voller Montur vor den verschmierten Ganzkörperspiegel. So hatte ich mir nicht unbedingt ausgemalt, mit achtundzwanzig auszusehen. Das Glas ist krumm und schief, fast eine Art Zerrspiegel, wodurch mein schmales Kinn völlig verschwindet und meine haselnussbraunen Augen irgendwie viel weiter auseinanderstehen. Sogar meine Haare scheinen eine andere Farbe angenommen zu haben – sie wirken eher rötlich als braun. Aber wenn man bedenkt, zu welchem Zweck ich hier angetanzt bin, scheint es nur passend, dass ich mich selbst kaum wiedererkenne.

Vielleicht ist das alles ja Karma. Meine Restaurantetikette war nie die beste, auch nicht zu der Zeit, als ich noch viel Geld verdiente und dreimal die Woche außer Haus aß. Regelmäßig ließ ich mir einen anderen Tisch geben, stets gab ich auf den Penny genau fünfzehn Prozent Trinkgeld, und oft reservierte ich gleichzeitig Tische in verschiedenen Restaurants, um dann in allerletzter Minute zu entscheiden, wo ich an dem betreffenden Abend essen wollte. Obwohl ich das nie zugegeben hätte, fühlte ich mich der Bedienung gegenüber stets ein bisschen überlegen, und nie hätte ich auch nur im Traum daran gedacht, ich könnte einmal selbst als Kellnerin arbeiten. Ich war doch viel zu klug, um als Servicekraft zu enden, war mir so sicher, dass eine andere Firma mich umgehend vom Markt wegschnappen würde, und das mit Kusshand. Drei Jobangebote hatte ich abgelehnt, weil das Gehalt mir zu mickrig und die Stelle unter meiner Würde war. Was inzwischen bereits gut zwei Monate her war.

Was war ich doch bloß für ein Idiot. Klar wäre es demütigend gewesen, wieder als Assistentin arbeiten zu müssen, aber wenigstens hätte ich dabei meine eigenen Klamotten tragen können.

»Du hattest mal eine so verheißungsvolle Zukunft«, murmelte ich. »Und nun sieh dich an.«

Die Ecken zur Mittellinie falten … wenden und um fünfundvierzig Grad drehen …

Nach fünfundvierzig Minuten Silber polieren, Sockelleisten schrubben und Weingläser mit einem tragbaren Befeuchter bedampfen falte ich nun Servietten zu spitzen Gebilden, Bischofsmützen genannt. Catos detaillierten Anweisungen zum Trotz ist das Ergebnis meiner Bemühungen wirklich indiskutabel. Wie konnte ich nur so oft in Restaurants essen, ohne dass mir jemals die Servietten aufgefallen sind? Waren die immer schon so aufwendig gefaltet? Wenn ich nicht mal Servietten falten kann, was soll das dann erst werden, wenn ich kellnern soll?

… die untere Ecke zur oberen Ecke hochklappen …

Langsam arbeite ich mich durch einen wahren Serviettenberg, während die anderen Kellner ihren Bereich doppelt und dreifach überprüfen. Aus jedem nur erdenklichen Winkel betrachten sie kritisch die Tische, feinjustieren Löffel und rücken Weingläser millimeterweise nach links. Ron starrt ein rotweißes abstraktes Gemälde an, kneift ein Auge zusammen und tippt das Bild dann oben ganz leicht an. »So. Schon besser.«

Sechs Servietten gefaltet, Aberdutzende noch vor mir. »Vorhin haben sie sich gestritten«, berichtet Jane hinter mir. »Gina möchte, dass ihre Mutter zu ihnen zieht, aber Steve schaltet auf stur.«

Cato wiehert. »Zehn Mäuse, dass sie spätestens im Oktober eingezogen ist.«

»Meint ihr, sie lassen sich irgendwann scheiden?«

»Gina würde es nicht wagen, den Papst zu vergrätzen.«

»Hört auf damit«, mischt Ron sich ein. »Deren Privatleben geht uns nichts an.«

»Darum ist es ja auch so spannend«, erwidert Cato.

Ich höre ein undeutliches Klingeln, und als ich aufschaue, sehe ich, wie Derek gerade ein Handy aus der Hosentasche zieht. Er klappt es auf und verzieht sich damit in eine Ecke. »Jetzt machen Sie aber mal halblang«, meckert er. »Wenn ich mir noch zwei Jobs suchen und eine Niere verkaufen würde, dann könnte ich mir vielleicht Geschäftsräume in Manhattan leisten. Also, auf ein Neues.«

»Der Typ ist echt irre«, bemerkt Jane. Sie hat einen stumpf geschnittenen Pagenkopf, der ihr seitlich in die Augen fällt, und einen Porzellanteint, der wirkt, als hätte ihre Haut noch nie die Sonne gesehen.

»Er ist der einzige Kellner, der blöd genug ist, ein eigenes Restaurant eröffnen zu wollen, und dabei stur genug, das tatsächlich durchzuziehen«, meint Cato. Er beugt sich über meine Schulter und begutachtet meine Fortschritte. »Du solltest einen Zahn zulegen, sonst stehst du hier rum und faltest Servietten, bis du in die Wechseljahre kommst. Los, gib mir mal ein paar rüber.«

Ich schiebe ihm ein paar Stoffvierecke zu und trete von einem Fuß auf den anderen. Nach nur einer Stunde Arbeit pocht es schon in meinen Schläfen. Gerade will ich mich auf einem der samtbezogenen Stühle niederlassen, da reißt Cato mich auch schon wieder hoch. »Nichts da. Wir setzen uns nicht, solange Gina hier ist. *Niemals*.«

»Und bitte auch nicht anlehnen, es sei denn, du bist ausgestempelt«, fügt Ron hinzu, schnappt sich ein paar Servietten und marschiert in Richtung Lounge davon.

Beim Falten zeigt Cato mir die neuen Kollegen und klärt mich über deren Aufgaben und Persönlichkeit auf. »Omar, unsere erste Servicehilfe, schickt sein ganzes Geld nach Hause nach Veracruz. … Kimberly, auch bekannt als die Empfangsdame von Stepford, hört auf ›Mario Testino an Tisch zwei‹. … Alain, unser französischer Ladykiller und Barkeeper, ist der Traum jeder zweiten Frau auf der East Side, ob ledig, verheiratet oder Familienstand unbekannt. … Chen und Luis, unsere Springer. Chen hat in China Wirtschaftswissenschaft unterrichtet.«

Bei diesem Satz fällt mir ein Stein vom Herzen. Dann bin ich hier wenigstens nicht die Einzige, die unterhalb ihrer Gehaltsklasse malocht.

»Sein Kumpel Luis ist der jähzornigste Mensch diesseits des Pecos. … Der Typ mit der kleinen schwarzen Brille ist Geoffrey, unser Sommelier. Er hat einen IQ wie Einstein und kann dir sämtliche Jahrgangs- und Weinlesestatistiken der vergangenen hundert Jahre aufsagen. Die Getränkekellnerin kommt um sechs. Die Lounge ist ihr Revier, also pass auf, dass sie dir nicht deinen Riesling klaut.«

»Ich könnte ein bisschen Hilfe beim Tischeausrichten brauchen«, beklagt sich Ron.

»Entschuldige, Mann, ich versuche gerade, einen fiesen Fleck aus dem Teppich zu bekommen!«, ruft Derek, der vor dem großen Fenster mit Blick auf die Straße kniet.

Cato verdreht die Augen. »Der Laden könnte dichtmachen ohne mich. Meinst du, du bekommst die Servietten allein hin, Erin?«

Ich sage ihm, was jeder Kellner, dem man die Neue aufgebürdet hat, gerne hören möchte: »Ich komme schon klar.«

»Toll. Steck sie nachher in die Kommode unter der Servicestation und komm in zehn Minuten zur Belegschaftsversammlung in die Küche. Was auch immer du tust, komm bloß nicht zu spät.«

»Ganz bestimmt nicht.« Aber sobald er außer Sichtweite ist, fange ich an, mich zu sorgen, ob ich wohl bis morgen damit fertig werde. Die Servietten scheinen sich zu vermehren, während ich sie falte, und auf jede gelungene kommen zwei schiefe oder deformierte. *Ecken zusammenlegen, die eine in die andere stecken* … Blöde Bischöfe. Ich werfe einen Blick auf meine Uhr. Ungefähr dreißig Servietten geteilt durch sieben Minuten ist … unmöglich. Ich muss schneller machen.

Ein Kellner nach dem anderen verlässt den Speiseraum und geht in Richtung Küche. Ich falte, als wäre der Teufel hinter mir her, und mit neunzig Sekunden Zeitpolster fege ich die Servietten zusammen, nehme sie in beide Arme und schaue mich panisch nach einem Mahagoni-Geschirrschrank um. Der sollte doch gleich neben der Küche sein, oder nicht? Vielleicht hinter der Tür da. Ich stolpere hinein und stehe plötzlich Steve gegenüber, der nur einen weißen Frotteebademantel und Badelatschen trägt. Er sitzt in einem Raum, der wohl ein privates Esszimmer sein muss, ein bauchiges Rotweinglas und eine Ausgabe des *Robb Report* vor sich auf dem

Tisch. »Was zum Teufel machst du denn hier?«, schnauzt er mich an.

»Ich suche die Servicestation«, erkläre ich entsetzt.

»An der bist du gerade vorbeigelaufen.« Seine Stimme klingt gereizt. »Zehn Schritte zu deiner Linken.«

»Danke. Entschuldigen Sie.«

»Mach die Tür zu, wenn du rausgehst.«

Ich ziehe einen Arm aus dem Serviettengebirge und schließe die Tür, viel zu fest allerdings, wobei mir fast das ganze Bündel herunterfällt. Hektisch flitze ich den Weg zurück, den ich gekommen bin, und sehe Cato, Jane und Ron mit schnellen Schritten in Richtung Küche verschwinden, Derek dicht auf ihren Fersen. Endlich entdecke ich den Geschirrschrank, reiße die Tür auf und beginne, wahllos Servietten hineinzustapeln. Möglicherweise liegt es daran, dass die Hälfte der Gebilde bereits in sich zusammengefallen ist, aber sie lassen sich nicht besonders gut stapeln. Ganz und gar nicht.

»Komm schon, komm schon«, murmele ich, gebe jede Hoffnung auf und stopfe einfach alles hinein wie Kraut und Rüben. Dann drücke ich die Tür zu, springe auf und sprinte zur Küche. Als ich schon um die Ecke flitze, werfe ich einen Blick nach hinten und sehe eine zerdrückte Bischofsmütze, die auf die Seite gekippt mitten im Gang liegt, wo Steve ganz sicher über sie stolpern wird. Aber daran kann ich jetzt auch nichts mehr ändern.

Hastig stoße ich die Schwingtür auf und platze in die Küche. Ich bin völlig außer Atem und – ach, du lieber Himmel! – zu spät.

2. Kapitel

Ein großer, kräftig gebauter Mann steht mitten in der Küche. Sein Gesicht ist uneben und fast schon attraktiv, und seine langen, schmalen Gesichtszüge sind sonnengegerbt. Er trägt eine schwarzweiß karierte Hose, Lederclogs mit abgewetzten Hacken und eine gestärkte Kochjacke mit dem in Dunkelblau aufgestickten Schriftzug *Carl Corbett* auf der Brust.

»In Zukunft lagern wir den Lachs auf dem Bauch liegend auf zerstoßenem Eis«, erklärt er gerade, als ich mich zu den übrigen Kellnern geselle. »Das kommt der natürlichen Schwimmstellung am nächsten und belastet die Muskeln weniger, sodass das Fleisch schön fest bleibt. Bitte leitet diese Information auch an unsere Gäste weiter.«

»Wir reden hier von Alaska-Lachs, richtig, Chef?«

Carl schließt ganz kurz die Augen, als sei diese Frage so blöd, dass sie schon wehtut. »Ron, wie lange arbeitest du schon hier?«

»Seit wir aufgemacht haben. Vor achtzehn Monaten.«

»Habe ich Anfang September jemals einen anderen Lachs serviert als einen mit Haken und Leine gefischten aus Alaska?«

»Äh … soweit ich weiß, nicht.«

»Wenn ich mich dazu entschließen sollte, sage ich dir Bescheid.«

Ron schluckt. »Entschuldigung. Ich wollte nur auf Nummer sicher gehen.«

»Wo wir gerade dabei sind, meine Zeit zu vergeuden, hat vielleicht sonst noch jemand eine völlig absurde Frage?« Carl zieht die Augenbrauen hoch und schaut sich um. Ich weiche seinem Blick aus, indem ich die Augen niederschlage und stattdessen seine schwieligen Hände betrachte, auf denen sich kaum verheilte Brandwunden neben Schnitten, Kratzern und Blutblasen tummeln. Einer seiner Daumennägel ist vollkommen schwarz.

»Nein? Dann können wir ja weitermachen. Cato, gibt's von gestern Abend irgendwas aus dem Service zu berichten?«

»Tisch sechzehn, zweite Belegung«, erwidert Cato mit knapper, geschäftsmäßiger Stimme. »Peter und Laura Balbraith. Sie haben vom Stör-Sashimi geschwärmt und für nächsten Monat wieder einen Tisch reserviert. Vielleicht sollten wir einen zweiten Zwischengang rausschicken, wenn sie wiederkommen.«

»Ich kümmere mich darum. Jane, du siehst müde aus. Was ist los?«

»Nichts Besonderes«, antwortet sie. »Tagsüber Schwesternschule, abends *Roulette*.«

»Dein Freund muss sich ja ziemlich einsam vorkommen.«

Jane wird kalkweiß. »Julian und ich verstehen uns bestens. Keine Sorge, ich komme schon klar mit meiner Zeiteinteilung.«

»Würdest du damit klarkommen, dann sähst du jetzt nicht aus, als hättest du die letzten zwölf Stunden damit zugebracht, Bettpfannen zu leeren. Schieb mal lieber zwischendurch ein Nickerchen ein. So, hast du irgendwas zu Catos Kommentar hinzuzufügen?«

Etwas zittrig holt sie Luft. »Die O'Connells haben nach deinem Rezept für den im Ganzen zubereiteten Wolfsbarsch gefragt, sie möchten ihn bei der Brautparty ihrer Tochter servieren.«

»Ich schicke es ihnen. Ron, irgendwas Neues?«

»Ich wollte nur anmerken, dass die Atmosphäre im Speiseraum einfach unglaublich war, so energiegeladen. Alle waren ganz aufgeregt wegen des neuen Probiermenüs.«

»Dann wartet nur, bis ich gegrillte Scampi und Schweinsfüße auftische«, entgegnet Carl bissig. »Dann werden sie sich alle vor Begeisterung überschlagen.«

Da ich über den Vorabend nichts zu berichten habe, mal abgesehen davon, dass ich mit meiner Freundin Rachel ein paar Wodka zu viel getrunken habe, hoffe ich inständig, Carl möge mich übergehen. Aber sobald seine tief liegenden braunen Augen mich ins Visier nehmen, weiß ich, dass dieses Glück mir nicht vergönnt ist.

»Das ist also Miss Edwards«, sagt er. Er mustert mich kurz von Kopf bis Fuß, als wolle er meine Qualitäten als Kellnerin allein anhand meines Aussehens einschätzen. »Wie ich höre, bist du ganz eng mit unserem Lieblingsspirituosenhändler und Conférencier der jährlichen Weinprobe.«

Ich lache unbehaglich. »Na ja, *ganz eng* würde ich nicht gerade sagen. Harold ist ein alter Freund meiner Familie.«

»Wie schön es wäre, wenn wir alle alte Freunde wie Harold hätten, die uns hie und da ein paar Türen öffnen. Stimmt's, Jungs?« Er dreht sich zu seinen Köchen um, die darauf im Chor *ja* und *verdammt richtig* brüllen.

Mit ernstem Gesicht dreht Carl sich wieder zu mir um. »Und nun sag mir mal eins, Erin. Kommst du immer zu spät?«

»Eigentlich nicht. Ich habe mich auf dem Gang verlaufen und –«

Er hebt die Hand. »Ich erwarte, dass du zu diesen Meetings pünktlich kommst, und zwar jeden Nachmittag, ohne Ausnahme. Ist das ein Problem für dich?«

Ein junger Koch mit Aknenarben im Gesicht schaut von den Schalotten auf, die er gerade hackt, und an seinem unterdrückten Grinsen kann ich ablesen, dass ich die Lachnummer des heutigen Abends bin. »Keineswegs.«

»Freut mich zu hören. Dann müssen wir diese Unterhaltung auch sicher nicht noch mal führen, oder?«

Die Kellner entspannen sich sichtlich, als Carl ein Klemmbrett von der Wand nimmt und ein Blatt Papier überfliegt. Ich bin verlegen, aber irgendwie auch seltsam aufgekratzt, als balancierte ich am Rand einer steilen Klippe entlang. Ich fühle mich nicht zu ihm hingezogen, aber das Gefühl ist ganz ähnlich – plötzlich wünsche ich mir nichts mehr als Carls Anerkennung. An den ehrfürchtigen Gesichtern um mich herum kann ich sehen, dass er bei allen diese Reaktion hervorruft.

Er schaut auf. »Cato, eine Frage: Bist du dafür zuständig, Erin anzulernen?«

»Ja, bin ich.«

»Ihre Fehler sind deine Fehler. Denk daran.«

»Mache ich, Chef.«

Er schnieft und legt das Klemmbrett beiseite. »Marty!«, brüllt er einen Mann an, der, wie ich mich vage erinnere, der Souschef ist. »Bringst du uns das erste Tagesgericht?«

Marty, der eine randlose Brille und einen angegrauten Ziegenbart trägt, kommt hinter einer Reihe Herde und Edelstahlregale hervor, die Cato als »der Pass« bezeichnet. Er trägt zwei übergroße Teller, jeder mit einem bedenklich instabilen Sortiment an Speisen beladen, die eher an moderne Architektur als an Nahrungsmittel erinnern. Auf dem einen Teller balanciert ein Rechteck aus perlgrauem Fisch auf einem Türmchen aus buntem, hauchdünn geschnittenem Gemüse, auf dem anderen bilden zwei Scheiben Rindfleisch ein spitzes Zelt über kaum verwelktem Grünzeug und einer Pfütze aus grellrosa Sauce.

Carl räuspert sich. »Das Fischgericht des Tages ist heute Abend gebratener Seeteufel an krossen Schalotten und Feldsalat-Emulsion mit einem Auberginen-und-Black-Zebra-Tomaten-Törtchen. Vom Grill gibt es heute ein 280-Gramm-Filetsteak. Es ist aus biologischer Freilandhaltung, unter Betäubung geschlachtet, in Höhenluft gereift und gut abgehangen. Das servieren wir an gratiniertem Topinambur und einem Jus von der roten Paprika. Beide Tagesgerichte liegen bei zweiundvierzig Dollar.«

Wir schreiben hektisch mit, während er den Zeigefinger in die pinkfarbene Soße steckt und ihn dann vorsichtig an die Zunge führt. »Das sind die besten Paprika, die wir bisher in diesem Sommer hatten.«

»Ich habe heute Morgen noch zwei Kisten bestellt«, wirft Marty ein.

»Gut. Überleg dir schon mal was für eine kalte Suppe.« Wir stehen da, die Kulis griffbereit wie Reporter bei einer Pressekonferenz, und warten darauf, dass er fortfährt. »Der Salat heute Abend ist ein Blattgemüse von den Hirabara-Farmen mit frischen Zuckerschoten, Villa-Stabbia-Olivenöl und einem Spritzer fünfundsiebzig Jahre altem Balsamico-Essig. Dafür nehmen wir sechzehn Dollar.« Er zupft ein rüschiges Blättchen Friséesalat vom Teller, steckt es sich in den Mund und endet mit einem entschiedenen Befehl: »Verkauft die Seezunge. Dieselbe Zubereitung wie gestern Abend. Wir haben nur noch vierzehn davon, also immer schön auf die Tafel achten. Noch irgendwelche Fragen?« Er schaut jeden Einzelnen von uns an, dann klatscht er laut in die Hände. »Aufwachen, Leute! Die Schicht hat nicht mal angefangen, und ihr seht aus, als lägt ihr im Koma! Nehmt Aufputschmittel, werdet religiös, was auch immer es braucht, um unsere Gäste glücklich zu machen. Ich danke euch allen.«

Meine Aufzeichnungen, die voller Fragezeichen, Unterstreichungen und durchgestrichener Wörter sind, sehen aus wie Graffiti, verglichen mit Dereks ordentlicher Stenoschrift, auf die ich über seine Schulter hinweg einen Blick werfe. Er starrt mich an, als versuchte ich zu pfuschen. »Brauchst du was?«

»Wollte nur sichergehen, dass ich alles habe, mehr nicht.«

Gerade will ich mitschreiben, wie er Hirabara buchstabiert hat, als die Patissière, eine stämmige Frau Mitte dreißig mit einem langen geflochtenen blonden Zopf, herüberkommt und mir mit mehligen Fingern die Hand gibt. »Betsy Lowe. Die Antidiskriminierungsbeauftragte der Küche.«

»Sie hat den Nationalen Patisseriewettbewerb gewonnen«, erklärt Derek mir. »Da geht es fast so zu wie bei einer dieser durchgeknallten Kochduell-Shows im Fernsehen, wo jeder gegen jeden kämpft, bloß dass da alles viereinhalb Meter groß und mit lebenden Goldfischen gefüllt ist und all so ein Kram.«

»Ich habe bloß gewonnen, weil der beste Kuchen zusammengebrochen ist«, meint Betsy. »Ich habe den Typ gewarnt, dass sein Schokoladensegelboot etwas wackelig wirkt, aber er wollte ja nicht auf mich hören.«

Sie hält uns eine kurze wissenschaftliche Abhandlung über die Zutaten des heutigen englischen Lebkuchenpuddings (»mit Ingwer aus Costa Rica gewürzt und in einer teflonfreien Form über Dampf gegart«) und weist uns an, ihn entweder mit geschlagener Honigsahne oder Bourbon-Vanille-Soße anzubieten. Sie lässt uns einen Minipudding zum Probieren da und wünscht uns ermunternd »Viel Spaß da draußen!«.

Jane holt fünf Gabeln aus der Tasche ihres Rocks, reicht jedem von uns eine und stürzt sich auf den Fisch. »Nutz das gnadenlos aus«, flüstert sie mir zu. »Wir bekommen zwar auch ein Belegschaftsessen, aber normalerweise gibt's da bloß Pasta, und meistens haben wir sowieso keine Zeit zu essen.«

Vorsichtig picke ich an einer perfekt quadratischen Zwiebeltarte herum und gebe mir Mühe, Derek und seiner herumstochernden Gabel nicht zu nahe zu kommen. Irgendwie komme ich mir fast wie ein Sträfling vor, der sich mit seinen Mitgefangenen um einen Tisch drängt und seine Mahlzeit bei greller Beleuchtung mit uniformierten Fremden teilen muss. Obwohl ich beim ersten Bissen nichts als Teig und ein wenig Füllung auf der Gabel habe, ist der Geschmack vielschichtig und ungewöhnlich, anders als alles, was ich bisher gekostet habe. Es braucht schon ein besonderes Talent, jemanden zu überraschen, der sein ganzes Leben lang gegessen – und zwar gut gegessen – hat, und jeder Bissen ist zugleich eine Offenbarung und eine Botschaft: Carl ist nicht bloß ein furchterregender Küchenchef in einem beliebten Restaurant. Er ist ein Genie.

Gerade stopfe ich mir den letzten köstlichen Bissen Schmetterlingsnudeln mit Marinara-Sauce in den Mund, als Ron neben mir zu Ende kaut, schluckt und gleich einen Magensäurehemmer hinterherschickt. »Hat Cato dir das mit dem Gästestimmungsbarometer schon erklärt?«, fragt er.

Ich schlucke. »Dem bitte was?«

»Dem Gästestimmungsbarometer«, wiederholt er, als sei ich schwerhörig. »Wir schreiben jedem Gast eine Zahl zwischen eins und zehn zu, je nach der Laune, mit der er hier ankommt, und die notieren wir dann auf der Weißwandtafel neben dem Pass. Jeder mit einem Wert unter sieben gilt als ›kritisch‹. Unser letzter Souschef hat das eingeführt, der war früher mal Sanitäter.«

Fast hätte ich laut aufgelacht, aber Ron wirkt so ernst, dass ich es nicht wage. »Sehr interessantes System.«

»Wir müssen unzufriedene Gäste hier sehr ernst nehmen«, fährt er fort. »Ihr Stimmungswert muss um mindestens drei Punkte steigen, ehe sie wieder gehen.«

»Und wie stellt ihr das an? Freigetränke? Desserts aufs Haus?«

»Manchmal, aber unsere wichtigste Waffe ist unser Lächeln.«

»Ihr … lächelt sie einfach bloß an?«

»Selbstverständlich«, entgegnet er, wobei sein rundes Gesicht meinem ein wenig zu nahe kommt. »Und wir vermitteln eine angenehme Atmosphäre. Wir gehen so oft wie möglich an ihrem Tisch vorbei und verströmen positive Energie. Es ist erstaunlich, wie gut das funktioniert. Normalerweise lässt sich allein mit guten Schwingungen eine Sechs in eine Acht verwandeln. Ich garantiere dir, irgendwer wird heute Abend bestimmt mies drauf sein, und dann wirst du ja sehen, was ich meine.«

Ich reiche dem Spüler meinen Teller und folge Ron in die Lounge, wo Steve mit dem Reservierungsbuch in der Hand steht und wartet. Er ist frisch geduscht, trägt einen beigefarbenen Wollanzug und hat die mickrigen Reste dessen, was von seinen Haaren noch übrig ist, nach hinten gekämmt. Schweißperlen stehen ihm auf der hohen Stirn.

»Cato, ich platziere Dr. Benitz um halb acht in deinen Bereich«, sagt er. »Anscheinend kommt eine Kunstfehlerklage auf ihn zu – wie ich gehört habe, soll die Nase der Frau die reinste Katastrophe sein – er muss jederzeit höchste Priorität genießen. Erin, ich nehme an, du findest dich inzwischen im Restaurant zurecht. Bitte gib dir allergrößte Mühe, wie eine erfahrene Mitarbeiterin des Service zu wirken. Jane, Bill und Nancy Garske kommen um neun. Ich dachte mir, dass ich den Namen kenne, also habe ich ihn rasch gegoogelt, und ich hatte recht, der Mann schwimmt in Geld. Ihm gehören drei Kasinos auf St. Maarten. Sorg dafür, dass er sich wohl fühlt. Ron, du hast eine Geburtstagsfeier im Séparée. Gigi Harrison wird fünfzig und ist ein großer Hai im Gewerbeimmobiliengeschäft. Sprich mit Betsy über den Kuchen.«

»Wird gemacht, Sir«, entgegnet Ron.

Derek späht Steve über die Schulter. »Darf ich mal einen Blick in das Buch werfen?«

»Wozu?«, fragt Steve und zieht es näher zu sich heran.

»Ich will sehen, wen ich heute Abend bekomme.«

»Du wirst sehen, wen du bekommst, wenn die Leute sich

hinsetzen. Ich sage es euch immer im Voraus, wenn ein Promi herkommt. Heute Abend hast du keinen.«

»Okay, ich meine ja nur, weil ich in letzter Zeit dauernd diese öden Langweiler bekomme.«

»Wenn du eine neue Herausforderung suchst, rede mal mit Carl über eine Stelle als Entremetier«, legt Steve ihm nahe. Er greift in die Tasche und holt meine entlaufene Bischofsmütze hervor, die inzwischen nur noch ein schlaffes, zerknittertes Stückchen Stoff ist. »Erin, ich glaube, das hast du vorhin auf dem Boden vergessen.«

Ich runzele die Stirn, als hätte ich die Serviette noch nie zuvor gesehen. »Die muss mir wohl auf dem Weg in die Küche runtergefallen sein.«

»Unsere Gäste haben entweder gute Kontakte oder verbringen Tage am Telefon oder im Internet, um zwei Monate im Voraus einen Tisch bei uns zu reservieren. Jemand hat mal seine Samstagabendreservierung im *Roulette* für fünfhundert Dollar bei eBay verkauft. Das kommt nicht daher, dass wir Servietten auf dem Boden herumliegen lassen, über die unsere Gäste dann stolpern.«

»Es tut mir sehr leid.«

»Bitte arbeite in Zukunft etwas sorgfältiger.« Er sieht Cato an. »Ich möchte, dass Erin heute Abend als deine Springerin arbeitet.«

Springerin. Was macht denn eine Springerin noch mal? Bringt die nicht das Essen an den Tisch? O Gott. Darauf bin ich nicht mal ansatzweise vorbereitet.

Cato nickt. »Gute Idee.«

»Ist das nicht ein bisschen früh?«, wage ich einzuwenden.

»Nur vom Zusehen lernt man nichts«, erklärt Steve mir. »Wenn du das Essen an den Tisch bringst, kennst du die Speisekarte bis zum Ende des Abends in- und auswendig.«

Ich spüre, wie jemand mir eine Hand auf den Rücken legt,

und als ich mich umdrehe, steht Gina in einem aufreizenden roten Kleid und Stöckelschuhen mit geschnürten Bändern hinter mir. Die feinen Fältchen um ihre Augen sind unter Abdeckstift und Make-up verschwunden. »Eine schlechte Haltung lässt auch die hübscheste Mädchen hässlich aussehen. Also immer halten schön gerade, ja? Und Cato, du lernst sie nicht an nur mit Rumstehen. *Andiamo.*«

»Du hast gehört, was die Dame gesagt hat, Erin«, wendet Cato sich an mich. »Auf geht's.«

Er führt mich von einem Bereich zum nächsten, rasselt Tischnummern herunter (»Tisch dreizehn gibt es nicht – Gina ist abergläubisch.«) und stellt mir Fragen über Fragen, von den Tagesgerichten angefangen bis zu den Aufgabenbereichen der einzelnen Köche. Aber als die Restaurantgäste dann um halb sieben eintrudeln, schalten meine Gedanken automatisch von Steinpilz-Reduktionen und Stimmungsbarometer auf etwas wesentlich Wichtigeres um: den sozialen Selbsterhaltungstrieb. Bitte, lieber Gott, mach, dass ich niemanden treffe, mit dem ich schon mal im Bett war.

Möglichst unauffällig stehe ich seitlich an eine Wand gedrückt und ahme die anderen Kellner nach – stumm und stocksteif, die Hände hinter dem Rücken. Ron bekommt die ersten Gäste des Abends, ein knackig sonnengebräuntes Paar mit finsteren Mienen. »Na, wenn die nicht herzallerliebst und so richtig zum Knuddeln sind«, brummt Jane.

Ron wirkt gekränkt. »Die sehen ja aus, als kämen sie geradewegs von einer Beerdigung.«

»Ich bitte dich«, flüstert Cato. »Wahrscheinlich haben sie eben beim gemischten Doppel verloren.«

Nach seinem Antrittsbesuch am Tisch stuft Ron sie als eine Fünf ein und schreibt »kritisch – Nachbar über ihnen renoviert« auf die Weißwandtafel in der Küche.

»Carl schickt ihnen dann womöglich einen weiteren Zwischengang und ein Glas Champagner oder bittet Betsy, einen Minihammer aus Marzipan zu kneten und damit ihr Dessert zu dekorieren«, erklärt er mir. »Diese kleinen Gesten beweisen den Gästen, dass uns ihr Wohl am Herzen liegt.«

Die nächste Station meines Anlernprogramms ist der Computer in der Lounge, wo Cato mich mit einem dutzend mysteriöser Codes vertraut macht. »Codes mit drei Buchstaben sind für Wein und Spirituosen«, erläutert er und drückt ein paar Leuchttasten auf dem Bildschirm. »Codes mit vier Buchstaben sind die Amuse-Gueules. Codes mit vier Buchstaben, die ausschließlich aus Konsonanten bestehen, sind –«

Er guckt kurz über den Bildschirmrand. »Ach, du Schande. Die Wallers sind wieder da. Zum dritten Mal in diesem Monat.«

»Schon wieder?«, fragt Alain und schüttelt dabei einen Cocktailshaker. »Haben die zuhause keinen Herd?«

»Toll. Und sie sitzen auch noch in meinem Bereich.«

Als ich mich umdrehe, sehe ich, wie Steve ein älteres Paar in eine Sitznische in der Ecke führt. Der Mann ist klein, hat eine überkämmte Glatze und hinkt leicht. Seine pummelige Frau trottet in einer lila Tunika und einer Freizeithose hinterher.

»Ivan und Elaine«, erklärt Cato. »Antiquitätenhändler, die nie auf einen Wert über sieben kommen, ganz gleich, wie sehr wir uns auch auf den Kopf stellen. Sie erfindet am liebsten ihr eigenes Menü, und er will immer vier Eiswürfel in jedem Getränk, verlangt, dass man die Klimaanlage hochdreht, und braucht grundsätzlich zwei Servietten extra. Ich habe noch nie gehört, dass sie sich miteinander über irgendwas anderes als das Essen unterhalten hätten.«

»Ivan kauft für hundert Euro eine kleine Vase in Aix und verlangt dafür dann in seinem Laden tausend Dollar«, wirft Alain ein. »Er nimmt es mit der Ehrlichkeit nicht so genau, glaube ich.«

»Wieso hinkt er denn?«, frage ich.

»Er behauptet, er sei bei einer seiner Einkaufstouren in Marokko in eine Schlucht gestürzt«, erwidert Cato, »aber vermutlich ist er bloß nach einem Gläschen zu viel in der Badewanne ausgerutscht. Also gut. Erst schenken wir Rons Leutchen ein strahlendes Lächeln, und dann kümmern wir uns um die Wallers.«

Jetzt, wo die Hälfte der Tische besetzt ist, kommt mir mein erster Schritt in den Speiseraum vor, als würde ich eine Bühne betreten. Ich falle ins Auge und bin gleichzeitig völlig unwichtig, eine Statistin, die mit einer falschen Bewegung die ganze Aufführung ruinieren kann. »Gina beobachtet dich, also zeig deine Beißerchen«, raunt Cato mir zu, als wir uns Rons trautem Paar nähern, das missmutig an Betsys Fladenbrot mit schwarzem Sesam herumknabbert, welches in einem Korb bereitgestellt ist. Ich grinse sie an und bin überrascht, als sie mein Lächeln erwidern.

»Siehst du?«, flüstert Cato im Vorbeigehen. »Funktioniert immer.«

In den wenigen Sekunden, die wir für den Weg zum Platz der Wallers brauchen, nimmt Cato eine ganz andere Persönlichkeit an. Sein Gesichtsausdruck wechselt von natürlich und lebhaftheiter zu unbeteiligt und friedvoll, gepaart mit einem winzigen Hauch von Verachtung. »Guten Abend und schön, dass Sie wieder da sind. Ich freue mich, Sie beide wiederzusehen.«

»Hallo, Cato«, antwortete Mr. Waller und macht sich kaum die Mühe aufzuschauen.

»Ich verhungere«, jammert seine Frau.

»Dann gib doch deine Bestellung auf«, erwidert ihr Mann. »Deswegen sind wir schließlich hier.« Mit einem kritischen Blick auf mich runzelt er die Stirn. »Und wer sind Sie?«

»Erin ist unsere neue Kollegin«, erklärt Cato aalglatt. »Sie schaut sich heute Abend alles an.«

Mr. Waller scheint sich daran zu stören. Es ist fast, als hätte er erwartet, Steve müsse sich vorher mit ihm abstimmen, ehe er in dem Laden Änderungen vornimmt, in dem Mr. Waller so viel Zeit und Geld lässt. »Erin«, wiederholt er. »Ist das ein irischer Name?«

»Schottisch, genau genommen«, erwidere ich. »Soweit ich weiß.«

»Sind Sie verheiratet?«

»Noch nicht.«

»Gebürtige New Yorkerin?«

»Gilt Long Island auch?«

»Bei manchen Leuten schon, denke ich. Sie pendeln doch nicht etwa, oder?«

»Nein, ich wohne inzwischen in der Innenstadt.«

»Allein?«

»Normalerweise schon.«

Er stutzt etwas. »Verstehe.«

Cato versucht, wieder Herr der Lage zu werden. »Derselbe Wein wie immer, Mrs. Waller?«

»Nur diesmal etwas besser gekühlt.«

Cato lässt sich nicht aus dem Konzept bringen. »Ich sage Alain, er soll ihn für Sie auf Eis legen.«

»Gut, aber bitte nicht zu lange. Meine neue Krone ist sehr kälteempfindlich.« Mit der Zunge tastet sie einen ihrer Backenzähne ab und schiebt dann die Speisekarte von sich fort. »Bringen Sie mir die Taube, gut durchgebraten, kein Gemüse, mit dem Blutorangen-Relish, das sonst zum Wolfsbarsch serviert wird.«

»Hervorragende Wahl. Und für Sie, Mr. Waller?«

»Ich nehme dasselbe wie am Montag, scharf wie eine Rasierklinge. Und denken Sie an meine Servietten.«

Ohne auch nur im Geringsten ins Schleudern zu geraten, rattert Cato Vorspeise und Hauptgang vom Montag herunter und trabt in die Lounge, um alles in den Computer einzutippen.

»Du musst ja ein geradezu fotographisches Gedächtnis haben«, staune ich.

»Lass dich davon nicht zu sehr beeindrucken. Die letzten zwei Wochen hat er nichts anderes bestellt. Manche Menschen stehen eben auf Monotonie.«

Nachdem er den Wallers ihre Getränke gebracht hat, geht Cato mit mir in die Küche, die vor Lärm und Geschäftigkeit nur so brummt und vibriert. Unablässig strömen Bestellungen herein, was dem ganzen Raum die angespannte, dringliche Atmosphäre eines Feldlazaretts verleiht. Phil und Lorenzo schlängeln sich auf einem winzigen vernebelten Fleckchen Küche umeinander herum, schälen Fleisch vom flammenspuckenden Grill, stochern mit Zangen in zischenden Pfannen herum, ohne sich je in die Quere zu kommen oder gar zusammenzuprallen. Ein anderer Koch pfeift ununterbrochen, während er Teller anrichtet, und unterbricht sich nur kurz, um einen Mann mit dunklen Ringen unter den Augen auf Spanisch anzublaffen. Carl späht mit von der Hitze rotfleckigem Gesicht allen über die Schulter, liest die Bestellungen, die direkt vor ihm hängen, und probiert alles und bessert alles nach, was hinausgeht. Er scheint überall gleichzeitig zu sein.

»Fein, Lorenzo«, bemerkt er und leckt Soße von einem Löffel. »Dass du Italiener bist, scheint deinem Demiglace nicht zu schaden. Phil, das ist hier kein Kunstkurs in der Abendschule, wo erlaubt ist, was gefällt. Zum fünften verdammten Mal, ich will, dass deine Grillstreifen dunkelkaramellbraun sind, nicht schwarz. Soll ich dir das auf die Stirn brennen, oder kannst du es dir auch so merken?«

»Ich werd's mir merken, Chef.«

»Cato, sag mir Bescheid, wenn Dr. Benitz da ist. Ich mache

ihm so ein Wahnsinns-Amuse-Bouche, dass er gar nicht anders kann, als den ganzen Abend zu lächeln.«

Gleich neben die Liste der Tischnummern auf der Tafel schreibt Cato: »Wallers – sechs. Zankerei, Zahnbehandlung.«

Gerade will ich mich umdrehen, um hinter ihm her aus der Küche zu gehen, da trete ich auf einen Fettfleck auf dem Boden gleich neben dem Abfalleimer. Mein Schuh flutscht weg, ich schnappe nach Luft und greife automatisch nach Catos Arm, doch der ist zu weit weg. Ohne eine Möglichkeit, mich irgendwo festzuhalten, verliere ich das Gleichgewicht, und die Erde entgleitet mir unter den Füßen.

Das Letzte, was ich sehe, ehe ich hinfalle und auf den Küchenfliesen aufschlage, ist Carls verdattertes Gesicht, das mich von der anderen Seite des Passes anglotzt.

3. Kapitel

Erin!«, schreit Cato.

Von meiner Stellung auf dem Boden aus kann ich nichts weiter sehen als Chens Schienbeine und Martys breite Schultern, die über mir aufragen. »K.o. in der ersten Runde!«, grölt er. »Pinguin am Boden!«

Ich höre, wie das Lachen sich durch die ganze Küche ausbreitet, und dann Carls Stimme. »Hoffen wir, dass ihr Auftritt im Speisesaal genauso beeindruckend wird.«

Beschämt, desorientiert und mit vor Schmerzen pochendem Steißbein versuche ich, mich aufzurichten und meine zerschmetterte Würde zusammenzusuchen. »Alles in Ordnung«, krächze ich. »Nichts gebrochen. Angeknackst vielleicht, aber …«

Cato reicht mir die Hand, als Gina zur Schwingtür hereinstürmt und beinahe mit Chen zusammenstößt. Der macht einen Schritt nach hinten, hebt seine Teller über den Kopf und ist zur Tür hinausgeschossen, ehe die wieder zugeschlagen ist.

»Dr. Benitz ist da!«, kreischt Gina. Dann fällt ihr Blick auf mich, und sie kneift die Augen zusammen. »Was ist hier los? Was machst du da?«

»Catos Lehrmädchen zeigt uns gerade, wie grazil sie ist«, spöttelt Carl.

»Nur ein kleiner Unfall«, beschwichtigt Cato und wirkt um seinetwillen ebenso entsetzt wie um meinetwillen. Er hebt mich hoch und versucht die Aufmerksamkeit von mir abzulenken, indem er jemand anderem den Schwarzen Peter zuschiebt. »Der

Boden ist wirklich lebensgefährlich. Kann bitte jemand schnell einen Wischmopp holen, ehe es die ersten Toten gibt!« Enrique, der Tellerwäscher, kommt mit einem Lappen angerannt.

»Ein wichtiger Tisch wartet«, klagt Gina. »Kannst du gehen?«

»Ich glaube schon.« Phil, der Grillkoch, sieht mit einem leicht amüsiert-mitfühlenden Blick zu, wie ich meinen Rock abklopfe und glatt streiche.

Carl wischt den Rand eines Tellers ab und stellt ihn auf den Pass. »Schlittschuhläufer haben in meiner Küche nichts verloren, Erin. Wenn du nicht aufrecht stehen kannst, geh nach Hause.«

»Meine anderen Schuhe sind gerade beim Schuster«, lüge ich. »Ich hole sie gleich morgen früh ab.«

Gina tätschelt mir die Schulter. »Sie zieht an andere Schuhe, und alles ist in Ordnung. Harold sagt, sie arbeitet sehr gut.«

»Wie herzerwärmend«, höhnt Carl, dann brüllt er: »Wir brauchen zweimal Wachteln, Lachs und ein leicht angebratenes Filet, aber zack, zack!«

Gina klatscht zweimal in die Hände. »Auf geht's, Kellner! Der Doktor wartet schon auf euch!«

»Nun denn!«, ruft Cato fröhlich. »Ich glaube, fürs Erste sind wir hier drinnen fertig. Erin?« Er nimmt mich am Ellbogen, dreht mich um und lenkt mich durch die Küchentür nach draußen. »Ich habe ja schon viele schlechte Aufführungen gesehen«, brummt er, »aber eine derartige Bruchlandung habe ich noch nicht erlebt. Gut gemacht.«

Ich hatte einen zerbrechlichen, weißhaarigen alten Mann erwartet, aber Dr. Benitz ist Anfang vierzig und scheint sich von seinen juristischen Querelen keine grauen Haare wachsen zu lassen. Am Tisch ihm gegenüber sitzt seine blonde Ehefrau, eine berühmt-berüchtigt verwöhnte Erbin, die Jane zufolge

»gerade ein Baby aus Simbabwe adoptiert hat, um ihr Image aufzupolieren. Hast du das Foto von ihr in der Vogue gesehen, wo sie auf Zehn-Zentimeter-Stilettos durch das Waisenhaus stöckelt?«

»Jamaikanisch, britisch, wo ist denn da bitte der Unterschied?«, wettert Dr. Benitz gerade, als Cato und ich an den Tisch treten. »Wir wollen ihr schließlich keine Generalvollmacht erteilen.«

»Und warum hast du dann keine Mormonin als Kindermädchen engagiert, wenn dir das so egal ist?«, entgegnet Mrs. Benitz.

»Guten Abend«, sagt Cato mit einem leisen Anflug von Belustigung in der Stimme.

Dr. Benitz blättert kurz einige Seiten der Weinkarte durch, ehe er aufschaut. »Wie ist der Fisch heute Abend?«

»Heute Morgen frisch eingeflogen, Sir«, erwidert Cato bestimmt. »Wenn Ihnen nach Fisch und Meeresfrüchten ist, würde ich den Wildlachs empfehlen.«

»Warum?«

»Er hat ein sehr festes Fleisch und einen kräftigen Geschmack, der perfekt mit der karamellisierten Ingwer-Schalotten-Bouillon des Chef de Cuisine harmonisiert.«

»Interessant. Erzählen Sie mir was über den Hummer.«

Und das ist erst der Anfang einer zehnminütigen Konversation, die weniger an ein Gespräch zwischen Kellner und Gast als vielmehr an eine vorsichtige Annäherung zweier verfeindeter Kriegsparteien erinnert. »Woher kommen die Blutorangen für das Relish?«, erkundigt sich der Doktor, dem dieser kleine Schlagabtausch sichtliches Vergnügen bereitet.

Cato sieht aus, als müsse er gleich gähnen. »Spanien, Andalusien, genauer gesagt, eingeflogen mit einer 737.«

»Sie wissen nicht zufällig, wer dieses Geschirr herstellt, oder doch?«

»Der Chef hat es exklusiv für das *Roulette* von Arte Italica anfertigen lassen. Wenn Sie es umdrehen, sehen Sie auf der Rückseite seine Signatur. Natürlich ist das bei einem vollen Teller nicht zu empfehlen.« Cato lacht hell auf.

»Meine Mutter hätte zu gerne ein Gedeck. Könnten Sie das arrangieren?«

»Lassen Sie mir nur ihre Adresse da, dann wird es am Montagmorgen geliefert. Es sei denn, Ihrer Frau Mutter wäre die Lieferung am Nachmittag lieber.«

»Kommen irgendwelche Ihrer Zutaten aus Ländern, in denen Kinderarbeit an der Tagesordnung ist?«, erkundigt sich der Doktor und schaut seine Frau über die Freesien hinweg an. »Martina möchte das unbedingt wissen, ehe wir bestellen.«

Ganz gleich, welche Frage er auch stellt, mit einer Mischung aus Charme, Wissen und geschickten Finten gelingt es Cato, stets die Oberhand zu behalten. »Darum lerne ich die Karte immer auswendig«, erklärt er mir, als wir den Tisch wieder verlassen haben. »Nicht damit Gina glücklich ist, nicht um Geld zu verdienen. Um Arschlöcher in ihre Schranken zu verweisen.«

Als sein Bereich sich zusehends füllt und neu ankommende Gäste die Lounge beinahe einrennen, ähnelt Cato mit seiner angespannten, allsehenden Art mehr und mehr einem Lotsen im Tower der Flugsicherung. »Der Hauptgang für Tisch vier ist in ein paar Minuten fertig«, sagt er. »Chen und Luis haben mit Rons Zehn-Personen-Tisch alle Hände voll zu tun, wenn du die also für mich raustragen könntest … Bring die Cocktails an Tisch sieben … Sieh mal nach, ob Omar die Fünf abgeräumt hat … Alles kapiert? Danach kommst du zu mir. Und halt die Augen auf, ob du irgendjemanden mit *dem Blick* siehst.«

»Mit was für einem Blick?«

»Als wollten sie etwas, wüssten aber noch nicht so recht,

was.« Er will sich schon umdrehen, wendet sich dann aber noch mal mir zu. »Und guck nicht so panisch. Du tust, als hättest du noch nie ein volles Restaurant von innen gesehen.«

Er verschwindet in die brechend volle Lounge, wo Alain einer Frau im paillettenbesetzten Oberteil einen blassgrünen Cocktail einschenkt. Sie beugt sich nach vorn, und ihre Haare fallen in das Schälchen mit den gemischten Nüssen, während sie versucht, die anderen herausgeputzten Groupies, die sich an der Bar drängeln, zu überstrahlen. Alan flüstert ihr etwas ins Ohr und grinst dann übers ganze Gesicht. Sie belohnt ihn mit einigen Scheinen, die sie neben ihr Glas auf die Theke legt.

Wie gelähmt drücke ich mich mit dem Rücken gegen die Wand und lausche, wie Ron einem voll besetzten Tisch von Geschäftsleuten die Tageskarte vorträgt. Als er bei dem Wort *Emulsion* ankommt, ballt er beide Hände zur Faust und dreht sie rasch umeinander, was, soweit ich mich aus meiner Zeit als Pfadfinderin noch erinnern kann, in der Zeichensprache so viel bedeutet wie: »Der hat ein Rad ab.« Derek, an dem nun nichts mehr an den lauten Lümmel erinnert, der sich die Tagesgerichte unter den Nagel gerissen und beim Belegschaftsessen den anderen alles weggefuttert hat, gleitet mit einem mit Martinis beladenen Tablett durch den Raum, während Jane eine sechsköpfige Tischrunde anstrahlt. Geoffrey legt konzentriert die Stirn in Falten, während er eine Flasche Rotwein entkorkt und drei Damen die Gläser füllt, die augenscheinlich schon jetzt keinen weiteren Alkohol benötigen.

So gerne ich den ganzen Abend zusehen würde, ist es doch nur eine Frage der Zeit, bis Gina oder Steve mich entdecken, wie ich mich hinter einer mit Pfingstrosen gefüllten Urne herumdrücke. Schnell rufe ich mir ins Gedächtnis, was Cato zu mir gesagt hat, und steuere auf die Küche zu, wobei ich, so hoffe ich zumindest, aussehe, als wüsste ich, was ich tue.

»Marty macht heute Abend den Annoncier. Normalerweise ist er ziemlich entspannt, zumindest solange man tut, was er sagt. Und komm bloß Luis nicht in die Quere. Ich habe noch nie einen Springer erlebt, der sein Revier so vehement verteidigt.«

»Klar. Kein Problem.«

Aber aus »kein Problem« wird schnell ein »Lieber Gott, steh mir bei!«, als ich durch die Schwingtür gehe und in einem kaum kontrollierten Chaos lande. »Hinter dir!« Omar quetscht sich an mir vorbei und kippt Muschelschalen und Knochen in eine gigantische Mülltonne, wobei auch mein Rock einige Spritzer abbekommt. »Da solltest du lieber nicht stehen, ja?« Der Geschirrspüler macht Geräusche wie eine Durchfahr-Autowaschanlage, während von den Herden weiße Dampfwolken und knoblauchgeschwängerter Rauch aufsteigen. »*Quiero el* Wolfsbarsch *ahora!*«, brüllt Carl José an, während er einen Tellerrand mit einem Geschirrtuch abwischt. »Du hast mir gesagt, dein Cousin kennt sich damit aus! Ist mir egal, für wen er schon gekocht hat! Der beherrscht ja nicht mal die einfachsten Gerichte!«

Marty reißt drei Bestellzettel aus dem Drucker vor ihm. »Wir müssen uns ranhalten!«, ruft er kaum hörbar durch das Dröhnen der Abzugshauben.

Luis tigert hinter ihm auf und ab und späht über seine Schulter auf sämtliche Teller, die herausgegeben werden. »Tisch zwanzig, Tisch zwanzig«, murmelt er und stiert mich mit einem eiskalten Blick an, der mir sagen soll: »Lass bloß die Finger von meiner Bestellung.«

Ich werfe einen prüfenden Blick auf den Zettel, den Cato mir gegeben hat. *1 Taube, 1 Lachs*. Scheint ziemlich einfach, aber woher soll ich wissen, welche meine sind?

»Luis!«, ruft Marty. »Bitte schön, das ist deins. Ente, Trio vom Kalb, Wolfsbarsch. Tisch zweiundzwanzig.«

»Gracias, *cabrón.*« Luis nimmt seine Teller und verschwindet in den Speiseraum. Ich bleibe neben Marty stehen, in der Hoffnung, meine bloße Anwesenheit möge genügen, damit ich die richtigen Teller mit dem richtigen Essen bekomme, aber er nimmt mich überhaupt nicht zur Kenntnis. Soweit ich das sagen kann, gehört es zu den Hauptaufgaben eines Annonciers, Bestellungen hinauszubrüllen, die Zettel, die vor den Wärmelampen hängen, durchdringend anzustarren und hektisch in großen Schlucken Limo aus einem riesigen Plastikbecher zu trinken. Was heißt »drei Heilbutt fertig machen zum Schicken«? Und warum schaut niemand in meine Richtung? Phil grillt mit dem Rücken zu mir, während Carl sich über einen Teller beugt und rote Soße aus einer Plastikflasche darauf spritzt. Ein Teller wird hinausgegeben, dann noch einer. »Entschuldige, Marty, sind das meine?«, frage ich.

Keine Antwort.

»Marty?«

»Ich brauche ein *Kokosnuss*-Soufflé, Betsy, aber *dalli*!«, schreit er.

»Ja, beim dritten Mal hab ich dich endlich gehört!«, ruft sie von ihrem Posten.

Weitere Bestellungen quellen aus dem Drucker. Bin ich etwa unsichtbar? Ich kann doch nicht ewig hier herumstehen, während die Wallers draußen verhungern. Wenn ich mein Essen bekommen will, muss ich mich irgendwie bemerkbar machen. »Marty!« Meine Stimme hallt wie ein Donnerschlag durch die Küche.

»Was zum Teufel?«, knurrt er.

Carl wirbelt herum, seine Augen werden ganz schmal, er hat eine brutzelnde Bratpfanne in der Hand. »Erin, komm sofort her.« Er winkt mich zu sich heran und beugt sich dann nach vorn, sodass seine Nasenspitze im Licht der Wärmelampen orangefarben glüht. »In meiner Küche schreit das Servicepersonal *niemals* herum. Verstanden? Ist mir egal, ob du an der Herz-Kreislauf-Maschine hängst und Sid Vicious gerade an Tisch acht Platz genommen hat. Meine Köche reißen sich hier den Arsch auf, damit ihr Geld in der Tasche habt, also hör auf, sie abzulenken. Ich nehme an, es hat einen guten Grund, dass du hier drin bist. Welchen?«

Ich bemühe mich, selbstbewusst zu klingen, fange aber stattdessen an zu stottern. »Die – Vorspeisen für Tisch vier?«

Mit einem lauten Scheppern lässt er die Bratpfanne auf einen Brenner knallen. »Du kommst schon wieder zu spät, Erin. Chen hat die Teller vor drei Minuten mitgenommen. Mein Essen steht nicht rum und wartet, während hübsche kleine Mädchen mit einer Menge Vitamin B ihre Beine sortieren. Wenn du nicht gerade auf etwas wartest, *verschwinde.*«

»Jetzt stecke ich echt in der Klemme«, brummt Cato und stellt zwei Kir Royal auf ein Tablett. »Herrgott, Erin. Du verletzt die wichtigste Regel der Küchenetikette und wunderst dich dann, wenn Carl ausflippt?«

»Tut mir leid, aber das lasse ich mir von niemandem bieten«, erwidere ich.

»Soll das ein Scherz sein? Du hast doch in dieser Stadt schon anderswo gekellnert. Du weißt doch, wie Küchenchefs so sind.«

Ich habe heute Abend schon so viele Lügen erzählt, da kommt es auf eine mehr oder weniger nicht an. »Klar, aber das ist doch lächerlich. Ich meine, habt ihr Typen denn noch nie was von Taktgefühl gehört?«

Cato lacht. »Ich weiß ja nicht, für wen du bisher gearbeitet hast, aber das Einzige, wofür Carl überhaupt ein Gefühl zu haben scheint, ist sein Essen und seine Gäste. Wenn du hier arbeiten willst, solltest du dich daran gewöhnen.«

Die Getränkekellnerin greift zwischen uns hindurch und schnappt sich zwei Limettenscheibchen. »Es bleibt mir wohl nichts anderes übrig«, stöhne ich, als sie wieder in der Martini schlürfenden Menge verschwindet.

»Nein. Küchenchefs haben keinen Vertrag mit der Willensfreiheit.« Cato streicht mir kurz aufmunternd über den Arm. »Ein Tisch wartet darauf, dass wir ihnen die Tageskarte vortragen. Wollen wir?«

Von der Sekunde an, in der wir den Speiseraum betreten, bleibt mir keine Zeit mehr, an irgendetwas anderes zu denken als daran, mich irgendwie über Wasser zu halten. Die folgenden drei Stunden fliegen in einem Wirbel aus zum Fingerkuppen versengend heißen Tellern, verwirrenden Bestellungen und gemurmelten Entschuldigungen nur so vorbei. »Von links servieren, von rechts abräumen«, raunt Cato. »An Tisch zwei hast du von rechts bedient, und das ist hier nicht angesagt. Trag immer die Sitzverteilung in den Computer ein, damit die Springer wissen, was wohin gehört. Aber das ganze Zeug müsstest du eigentlich schon aus dem Effeff beherrschen.«

Ich trage ein Perlhuhn und ein Filetsteak zu Tisch drei und versuche dabei, es wie Luis und Chen zu machen: selbstsicherer Gang, eine Aura der Allwissenheit. Ich habe daran mitgearbeitet, Marketingkampagnen für die umsatzstärksten US-Gesellschaften zu entwerfen, verdammt noch mal. Ich werde es ja wohl noch schaffen, ein paar Teller an den richtigen Tisch zu bringen.

»Nicht Tisch sechs!«, zischt Cato mir ins Ohr. »Tisch eins. Da drüben bei der Urne.«

»Oh! 'tschuldigung, hab ich wohl verwechselt.«

»Beim nächsten Mal guckst du lieber noch mal auf dem Zettel nach. Das Letzte, was du jetzt brauchst, ist, noch mal was zu vergeigen.«

Gina übernimmt die wichtige Aufgabe, mich zusammenzustauchen, während Cato damit beschäftigt ist, eine komplizierte Bestellung in den Computer einzugeben. »Lächeln«, ermahnt sie mich. »Fummel nicht herum an deine Haare. Du solltest dir die Gesicht pudern, deine Nase glänzt. Du guckst wie eine Kaninchen vor die Schlange. Warum hast du solche Angst?« Benommen stehe ich da inmitten all der lauten Stimmen, der über die Lautsprecher eingespielten Duke-Ellington-Musikberieselung und der ständigen Kritteleien und bin Cato überhaupt keine Hilfe, der es im Gegensatz zu mir schafft, seinen voll besetzten Zuständigkeitsbereich spielend zu überblicken, während ich hinter ihm herschlurfe wie ein lebloses, nutzloses Anhängsel. Unauffällig durchkreisen wir den Raum, vergewissern uns, dass die Gläser stets gefüllt und die leeren Teller abgeräumt werden, während alle ganz hingerissen sind von den Speisen. »›Gut‹ ist Carl nicht gut genug«, klärt Cato mich auf. »›Ganz ordentlich‹ ist für ihn inakzeptabel. Wenn es nach ihm geht, müssen alle sich einig sein, dass das Essen einfach göttlich ist, das Beste, was sie je gegessen haben. Wenn nicht, servieren wir ihnen so viele Grüße aus der Küche und Extragänge, bis sie es sich anders überlegt haben.«

»Ist alles zu Ihrer Zufriedenheit?«, erkundigt er sich geduldig bei jedem einzelnen Gast. »Wie schmeckt Ihnen die Foie gras/die Entenbrust/das Kalbsbries?«

»Das Steak ist überwältigend«, stöhnt eine Frau verzückt, während eine andere naserümpfend bemerkt: »Der letzte Lachs, den ich gegessen habe, war besser, aber was will man erwarten – da war ich in British Columbia.«

»Wäre Ihnen eine andere Zubereitung vielleicht lieber?«, fragt Cato, beugt sich nach vorn und legt die Stirn in Dackelfalten, um seiner Sorge Ausdruck zu verleihen. »Carl macht eine Variante mit einer wunderbaren Meerrettichkruste oder dünstet den Lachs mit Meyer-Zitronen und grünen Papaya. Ich kann Ihnen auch sehr gerne etwas anderes bringen …«

»Nein. Es ist wirklich in Ordnung.«

»Ich schwöre dir, manche Leute kommen bloß her, um sich von vorn bis hinten bedienen und die verwöhnte Tussi raushängen zu lassen«, schimpft Cato, als wir wieder in der Lounge sind. »Wenn's ihr nicht schmeckt, warum saugt sie das Zeug dann auf wie ein Staubsauger? Jetzt geht ihre Vorspeise aufs Haus, und wir müssen sie bis zum Dessert hätscheln und tätscheln wie ein Baby. Im wahren Leben ist sie ein Niemand, eine unwichtige Angestellte, aber hier darf sie sich benehmen, als sei sie Donatella Versace.«

Als sich das Restaurant so gegen Mitternacht schließlich zu leeren beginnt, tut mir vom Dauerlächeln das Gesicht weh, und ich habe das Wort »köstlich« mindestens zwei Dutzend Mal in drei verschiedenen Sprachen gehört. Ich habe Cato unzählige Fragen gestellt (»Wo ist noch mal Platz eins an Tisch vier?«), die Antworten aber bereits postwendend wieder vergessen. Cato führt mich zur Servicestation und holt einen stibitzten Granatapfel-Mojito aus dem Schrank. »Hier, trink das«, sagt er. »Und mach schnell, ehe es jemand sieht.«

Gierig sauge ich an dem dünnen Strohhalm und trinke mehrere große Schlucke. »Danke. Schmeckt toll.«

»Alain presst den Saft selbst. Carl will, dass alles im Haus frisch zubereitet wird.« Cato schlürft an dem Glas und reicht es mir dann wieder. »So, dann verrate mir doch mal, Fräulein Taktgefühl, wo du bisher gearbeitet hast!«

»Du meinst, was Restaurants angeht?« Mist. Wie lautete noch mal die betont vage Antwort, die ich mir eigens zu diesem Zweck zurechtgelegt hatte? »Äh … in ein paar Läden in Long Island und in einem downtown.«

»Ach. Und wie heißt der?«

Ich zögere. »Den kennst du bestimmt nicht.«

»Werden wir ja sehen.«

»Das ist … so ein kleines Fisch- und Meeresfrüchte-Restaurant in der Nähe der Wall Street.«

»Eher rustikal?«

»Sehr gemütlich. Das Mittagsgeschäft lief immer sehr gut. Viel langweiliges Gelaber über Hedge-Fonds und Firmenfusionen.«

Er nickt, wirkt aber noch nicht ganz zufrieden. »Warum bist du gegangen?«

»Eigentlich ohne einen triftigen Grund. Ich wollte bloß ein bisschen mehr Zeit haben, um ...« – denk schneller, Erin! – »ein paar Kurse zu machen und so.«

»Ach ja? Das mache ich auch«, entgegnet er. »Wenn ich tagsüber nicht Schauspielunterricht nehmen und zum Vorspielen gehen würde, könnte ich es nicht ertragen, jeden Abend diesen Anzug zu tragen.« Er versteckt den Cocktail wieder im Schrank. »Okay. Bringen wir dem Doktor die Rechnung und sehen zu, dass wir ihn loswerden, ehe er mir am Ende noch Brustmuskelimplantate aufschwatzt.«

Als wir um die Ecke biegen, kommt Carl in einer frischen Kochjacke, aus deren Knopfloch ein buschiger Rosmarinzweig sprießt, aus der Küche. Munter marschiert er in den Speiseraum, wobei er mit jedem Schritt größer zu werden scheint. Alle drehen sich wie elektrisiert um, die gezückten Gabeln in der Luft. Ich schnappe Fetzen von Lobeshymnen auf, als er an dem einen oder anderen Tisch stehen bleibt. »... begeistert, dass Sie endlich uptown gekommen sind« ... »noch nie etwas Vergleichbares gegessen« ... »im ... die Kritik gelesen« ... »von Providence hierhergekommen, nur um hier zu ...«

Mit kerzengeradem Rücken stützt Carl eine Hand auf die Kante der Sitznische der Wallers. »Steve hat mir erzählt, dass Sie ein Kochbuch schreiben«, bemerkt Mr. Waller. »Hat es schon einen Titel?«

»Es heißt *Corbett erobert Frankreich*. Ich entstaube hundert traditionelle französische Gerichte und verpasse ihnen einen frischen neuen Dreh. In ein paar Monaten werden wir hier signierte Exemplare zum Verkauf anbieten. Zu jedem Buch gibt es eine DVD, damit der interessierte Hobbykoch sich etwas von meinen Profitechniken abschauen kann.« Carls Blick ist bereits zu dem Tisch gewandert, an dem Dr. Benitz und seine Frau sitzen und geflissentlich ihre Rechnung ignorieren. »Wie schön, Sie beide zu sehen …« Er verstreut ein paar Willkommensgrüße in Bereich zwei und stolziert dann zum Tisch des Doktors. »Lou! Was macht das Geschäft mit der Schönheit?« Eine Sitzgruppe weiter hinter Catos Rücken stehend lausche ich, wie Carl seinen Charme spielen lässt und vor Herzlichkeit nur so sprüht.

»Wie machst du das nur?«, fragt er, als er sich nach vorn beugt und Martina auf die Wange küsst. »Mit Pilates? Warum siehst du bloß so umwerfend aus?«

»Giardien. Ich habe mich infiziert, als ich in Afrika war, und habe fast fünfzehn Kilo abgenommen. Die Kunst ist nur, nicht gleich wieder alles zuzunehmen.«

»Ach, wie schade. Ich hatte gehofft, du würdest sagen, es läge an der Foie gras.« Carl gluckst.

»Die übrigens eine Offenbarung war«, versichert der Doktor. »Morgen werde ich zwar einen dreifachen Bypass brauchen, aber sie war einfach unglaublich. Ich danke dir.«

»War mir ein Vergnügen. Und wie fandet ihr alles andere?«

»Herrlich, wie immer. Und unser Kellner war der Hit. Cleverer als die meisten Medizinstudenten und wesentlich nützlicher.«

»Der gute alte Cato. Dem kann man so schnell nichts vormachen. Wie wär's, wenn wir uns demnächst mal zum Golfspielen treffen, wenn du mal nicht damit beschäftigt bist, jemanden traumhaft schön zu machen?«

»Klingt gut. Ruf mich einfach an.«

Als er an der Servicestation vorbeikommt, klopft er Cato auf den Rücken. »Ich habe gerade mit Mr. und Mrs. Benitz gesprochen«, sagt er. »Anscheinend hast du einen bleibenden Eindruck hinterlassen.«

»Ich tue mein Bestes, um die Gäste glücklich zu machen, Chef«, entgegnet Cato.

»Die sollen über das Essen reden, nicht über die Bedienung. Spar dir dein Getue für die Bühne und lass unsere Gäste in Ruhe genießen, weswegen sie hergekommen sind.«

Catos Wangen färben sich rosa. »Natürlich, Chef. Verstehe.«

»Übrigens, wie sieht's denn aus mit der Schauspielerei? Schon berühmt geworden?«

»Ich habe in nächster Zeit ein paar Vorsprechen.«

»Na super, schön für dich«, bemerkt Carl und klopft ihm nochmals auf den Rücken. »Ich schicke den Benitzens gleich einen kleinen Gruß aus der Küche. Sorg bitte dafür, dass sie dazu eine halbe Flasche Sauternes aufs Haus bekommen.«

4. Kapitel

Als alle Gäste fort sind, machen Cato und ich uns an all die Aufgaben, die nun noch zu erledigen sind. Dazu gehört es, die Türgriffe zu desinfizieren, die Samtbezüge mit einer Messingbürste zu bearbeiten und die italienischen Brotkörbchen aus Olivenholz mit Mandelöl einzureiben. Gerade als ich dabei bin, die Espressomaschine an der Servicestation zu schrubben, taucht Geoffrey neben mir auf. Dem hektischen Abend zum Trotz wirkt er ruhig und gelassen. Das Einzige, was darauf hindeutet, dass er gearbeitet hat, ist ein winziger roter Fleck auf seinem Hemd.

»Die solltest du dir mal zu Gemüte führen«, sagt er und hält mir eine Weinliste hin, dicker als ein Lexikon. »Nimm sie bitte heute Abend mit nach Hause.«

»Natürlich«, höre ich mich sagen. »Ich wollte dich ohnehin fragen, ob dir das recht wäre.«

»Die sind alle in Schottland von Hand gebunden worden, also behandele sie vorsichtig. Ich an deiner Stelle würde mich zunächst auf den Burgunder konzentrieren. Der ist bei unseren Gästen besonders beliebt.«

»Das mache ich.«

Er wischt mit der Hand kurz über die Arbeitsplatte, um sich zu vergewissern, dass sie trocken ist, und legt dann die Liste dort ab. »Wenn Harold für dich gebürgt hat, musst du dich wirklich gut auskennen. Ich freue mich schon darauf, was du bei unserer nächsten Weinverkostung zu sagen hast.«

»Das wird sicher einiges sein.«

»Morgen zeige ich dir dann den Weinkeller«, ergänzt er und

hebt sein viereckiges Kinn nach oben. »Wir haben nur vier Monate nach der Eröffnung vom *Wine Spectator* einen Preis für unsere hervorragende Auswahl bekommen.«

»Belästigst du schon wieder die Bedienungen?«, witzelt Cato und kommt mit einem Whiskyglas in der Hand auf uns zu.

Geoffrey lächelt. »Ich sorge nur dafür, dass sie eine lückenlose Ausbildung erhält.«

»Keine Sorge. Bis Montag ist sie fit fürs Spiel.«

»Bestens. Na dann, gute Nacht!«

Sobald Geoffrey außer Sichtweite ist, stellt Cato seinen Drink auf die Weinliste. »Diese Dinger sind die perfekten Untersetzer. Ein bisschen groß fürs Beistelltischen, aber ultrasaugfähig.«

Ich lache. »Wenn Flecken darauf kommen, gibt er mir nachher die Schuld.«

»Du hast recht. Entschuldige.«

Er befindet die Espressomaschine für ausreichend auf Hochglanz poliert, da er sogar die winzigen Poren in seinem Gesicht darin sehen kann, und nimmt mich mit zur Bar, wo Ron mit einem Glas Rotwein steht. Ich bestelle einen Wodka auf Eis, und dann nehmen wir drei unsere Drinks mit in die Umkleide. Sobald ich mich an den Kartentisch setze, tun mir alle Knochen weh. Und es ist nicht bloß mein Steißbein, das schmerzt. Mein Magen ist so schrecklich leer, dass die ersten Schlückchen Wodka mir sofort in den Kopf steigen.

Cato zündet sich eine Menthol-Zigarette an. »Wir verteilen die Trinkgelder immer auf alle Servicekräfte«, erklärt er. »Die Servicehilfen, die Springer, Alain, die Stepford-Empfangsdame … das ist eine Menge Kohle, aber je mehr die Kellner abgeben, desto weniger muss Steve dem Einzelnen bezahlen.«

Ron zieht an seinem Krawattenknoten und lässt die Nackenwirbel knacken. »Wenigsten müsst ihr euch nicht in der

Küche abrackern. Die Jungs verdienen echt bloß Peanuts im Vergleich zu uns.«

»Buhu«, spöttelt Cato und stopft das Geld in verschiedene Briefumschläge. »Ich würde nur zu gerne sehen, wie einer von denen sich an meiner Stelle schlagen würde. Sobald sich die erste Tussi über ihren Gimlet beschwert, würde er heulend aufs Herrenklo rennen. Und jetzt halt die Klappe. Du bringst mich beim Zählen raus.«

»Ich meine bloß, wir haben's leicht«, sagt Ron.

»Weshalb ich auch vermutlich Plattfüße und eine Schwäche für Lorazepam habe.« Cato schiebt mir über den Tisch einen Zwanzig-Dollar-Schein zu. »Hier. Das ist für deine Hilfe heute Abend.«

»Danke.« Ich sollte dafür wohl dankbar sein. Zwei Dollar die Stunde ist ein Vermögen, verglichen mit dem, was ich verdient habe, als ich Internetplattformen nach Stellenangeboten durchkämmt und darauf gewartet habe, dass endlich das Telefon klingelt.

»Ich habe keinen Cent bekommen, als ich angelernt wurde«, bemerkt Ron.

Cato zieht an seiner Zigarette. »Erstaunlich, dass du dich noch daran erinnern kannst, wo es doch schon ein halbes Jahrhundert her ist.«

Das Wortgeplänkel endet abrupt, als Steve den Raum betritt. Er schaut sich um wie ein Vater auf der Suche nach verbotenen Gegenständen im Zimmer eines Teenies, zieht dann einen ramponierten Stuhl heran und setzt sich neben mich. »Wie war deine Schicht?«

Hervorragend, wenn man davon absieht, dass ich mir am Hintern einen blauen Fleck geholt, einen Gin Tonic über die gesamte Theke ausgekippt und zumindest zwei fremde Ärmel ganz leicht bekleckert habe. »Ganz gut, glaube ich.«

Er lässt den Blick in den Schoß sinken und kratzt an einer

Stelle auf seiner Stirn, die wie ein kleines Ekzem aussieht. Als er mich dann wieder ansieht, ist mir klar, dass er mir ohne Umschweife die Wahrheit sagen wird. »Nach allem, was ich gesehen habe, hast du noch einiges an Arbeit vor dir. Ich bin seit zwanzig Jahren in diesem Geschäft. Ich war schon Oberkellner, Restaurantleiter und Inhaber, und ich habe jede Menge Geld verdient und verloren. Ich habe hunderte Kellner kommen und gehen sehen. Ich sehe auf den ersten Blick, ob jemand ein Naturtalent ist. Und du bist keins.«

Ich kann es nicht fassen. Er will mich tatsächlich jetzt schon feuern.

Ich spüre, wie Cato und Ron mich anstarren und auf eine Reaktion meinerseits warten. »Ich brauche bloß noch ein paar Tage, um mich hier mit allem vertraut zu machen.«

»Ich will damit nicht sagen, dass du es bei uns nicht schaffen kannst«, fährt Steve fort. »Aber welche Erfahrung du auch immer schon haben magst, die scheint dir hier herzlich wenig zu nützen. Du wirst dir wesentlich mehr Mühe geben müssen als jemand wie Ron, dem das Bedienen im Blut liegt.«

»Der hat ein paar professionelle Kellnerkurse besucht«, wirft Cato ein. »Fachhochschule mit Schürzchen. Er hat ordentlich Kohle bezahlt, um zu lernen, wie man Mineralwasser am besten an den Mann bringt.«

»Was verstehst du schon davon?«, meckert Ron. »Nur zu deiner Information: Diese Woche war in meinem Leben bisher die größte Herausforderung. Die Abschlussprüfung war so schwierig, dass einer der Kursteilnehmer in Ohnmacht gefallen ist.«

Steve wedelt mit der Hand zwischen den beiden herum. »Rede ich mit einem von euch? Hört auf herumzuzicken und seht zu, dass ihr fertig werdet, damit ihr nicht die ganze Nacht eingestempelt seid.«

Cato drückt seine Zigarette aus und macht sich wieder ans

Trinkgeldzählen. Ron stapelt einen großen Haufen Geldscheine, faltet einen Computerausdruck drum herum und steckt das Ganze in eine große rote Vinyltasche mit dem Aufdruck *hauseigen.*

»Hör zu, Erin, hier geht es nicht bloß darum, Bestellungen aufzunehmen und den richtigen Leuten den richtigen Teller zu bringen«, erklärt Steve. »Du musst dir dieses schüchterne Schulmädchengetue abgewöhnen. Sonst haben die Leute das Gefühl, dass niemand das Ruder in der Hand hat. Sie wollen aufhören zu denken, wenn sie hier reinkommen, und das geht nicht, wenn du so unsicher bist.«

»Okay. Verstehe.«

Er schiebt seinen Stuhl zurück und steht auf. »Gut. Dann bis morgen. Cato, wie hoch waren bei dir die Rechnungen heute im Durchschnitt?«

»592,50 Dollar.«

»Ron?«

»Etwas über 574.«

»Macht ihr euch überhaupt die Mühe, den Leuten was zu verkaufen, oder lasst ihr sie einfach Billigdrinks und Risotto bestellen? Ron, wenn die Kapinskis das nächste Mal kommen, berechnest du ihnen vierundzwanzig Dollar pro Martini. Zweimal im Monat tauchen die hier auf, trinken Aperitifs, teilen sich ein Hauptgericht und lungern dann die halbe Nacht an ihrem Tisch rum. Es wird langsam Zeit, dass sie dafür bezahlen.«

Ron wirkt schockiert. »Aber wird ihnen das denn nicht auffallen?«

»Bei den Mengen, die sie trinken? Wenn sie dir deswegen Ärger machen, sagst du einfach, Alain mixt ihnen Doppelte, weil sie besondere Gäste des Hauses sind.«

»Ich weiß nicht. Das sind so nette Leute, und sie fragen immer nach mir.«

»Ich verdiene nichts daran, dass du dich mit den Gästen

anfreundest. Morgen will ich von euch allen bessere Zahlen hören.« Er marschiert hinaus und poltert die Treppe hinunter, während ich bloß dasitze, viel zu perplex, um mich zu rühren.

»Das darfst du dir nicht zu Herzen nehmen«, tröstet Cato mich. »Mit mir hat er es auch dauernd gehabt, als ich angelernt wurde. Weißt du noch, Ron? Er hat mir gesagt, ich soll die Schwuchtelnummer ein bisschen runterschrauben, und das vor der versammelten Kochmannschaft.«

»Du hattest ja auch Eyeliner aufgetragen«, ruft Ron ihm ins Gedächtnis.

»Wie dem auch sei, seitdem hat die Küchenbrigade mich auf dem Kieker. Glücklicherweise habe ich bei so was ein dickes Fell.«

»Die machen doch bloß Spaß«, behauptet Ron.

Cato wirft ihm einen Haufen Geld zu. »Tja, na ja, es mag dich jetzt vielleicht überraschen, aber im wahren Leben heiße ich nicht Tante Trine.«

Ich muss lächeln und vergesse ganz kurz, dass ich nun jemand bin, der in aller Öffentlichkeit für seine Unfähigkeit getadelt wird. Bei meinem letzten Job bin ich am ersten Tag ins Büro marschiert und habe nur so gestrotzt vor Kompetenz und Energie, obwohl mein Lebenslauf getürkt war und meine Garderobe aus billigen, gefälschten Designerklamotten bestand. Was ich nicht wusste, versteckte ich hinter Engagement und einer positiven Einstellung. Hier bin ich plötzlich nur noch ein Klotz am Bein. Wenn ich mich nicht sehr schnell beweise, werde ich demnächst mit dem am Spieß gegarten Moorhuhn vom Speiseplan verschwinden.

Ron zählt sein Trinkgeld und dreht und wendet einen Zehn-Dollar-Schein, als sei er falsch etikettiert. »Dreihundertzehn Dollar? Mehr haben wir heute Abend nicht zusammenbekommen?«

Cato zuckt die Achseln. »Du hast bloß achtzehn Prozent beigesteuert. Würden wir nicht alle zusammenlegen, müsstest du morgen hungern.«

»Ich spare mein Geld, Cato. Ich könnte morgen aufhören und bräuchte drei Jahre lang nicht zu hungern.«

»Klingt, als solltest du dich mal so richtig verwöhnen und ein bisschen Geld für schicke Luxusbettwäsche verschwenden.«

Ron trinkt sein Glas aus. »Wo wir gerade bei Bettwäsche sind, ich sollte zusehen, dass ich zu meiner Frau nach Hause komme. Wenn ich später als eins daheim bin, wird sie ungemütlich.« Sorgfältig hängt er seine Montur auf und geht mit den Trinkgeld-Umschlägen für Derek und Jane nach unten.

»Ich sollte mich wohl auch umziehen«, murmele ich. Ich will gerade aufstehen, als mich Cato am Handgelenk festhält.

»Warte.«

Sowie ich ihn anschaue, weiß ich, was jetzt kommt. »Du hast das schon eine ganze Weile nicht mehr gemacht, oder?«

»Was? Doch, klar!« Lieber Gott, hör sich das einer an. Ich war noch nie eine gute Lügnerin. Aber bisher hatte ich auch selten einen Grund dazu.

»Komm schon, Herzchen. Du redest hier mit Cato Poole. Ich habe angefangen zu kellnern, da war Grunge gerade groß im Kommen.«

»Ich bin bloß ein bisschen aus der Übung.«

»Erzähl mir doch nichts. Entweder man hat es drauf oder eben nicht.«

Mein Mund wird ganz trocken, als ich merke, dass mir die Ausreden ausgehen. Mit hochgezogenen Augenbrauen sieht er mich erwartungsvoll an. »Okay, du hast ja recht«, gebe ich zu. »Ich habe nicht gekellnert, ich habe in einer Marketingfirma gearbeitet. Die Firma ist pleitegegangen, und als ich keinen neuen Job gefunden habe, hat Harold mir unter die Arme gegriffen. Aber ich habe wirklich schon mal in einem Restaurant gearbeitet, ehrlich. Das war allerdings ein vergleichsweise rustikales Lokal, und das ist auch schon … acht Jahre her.«

Cato legt den Kopf in den Nacken. »*Acht* Jahre? Scheiße! Weiß Harold das?«

»Wohl kaum. Mein Vater hat meine Erfahrung auf dem Gebiet ein bisschen aufgebauscht. Ich glaube, ihm war nicht klar, in was er mich da reinmanövriert.«

»Wenn Steve oder Gina – wenn *Carl* das herausfindet! Herrje, warum bin ich nicht schon früher darauf gekommen? Ein Blick auf deine Schuhe hätte doch schon gereicht.«

Vorsichtig verlagere ich das Gewicht auf mein schmerzendes rechtes Bein. »Ach ja. Meine Schuhe.«

»Hast du auch nur die geringste Ahnung von Haute Cuisine?«

»Ein bisschen. Ich meine, ich habe viel in Restaurants gegessen, aber auf die Details habe ich nie sonderlich geachtet.«

Er reibt sich die Schläfen. »Was für ein Desaster. Der Typ, den du ersetzen sollst, war ein erstklassiger Kellner. Kaum vorstellbar, dass die Leute den Unterschied nicht bemerken.«

»Ich gehe zu Steve und erkläre ihm, dass das Ganze ein großes Missverständnis war«, sage ich. »Ich hätte es nie so weit kommen lassen dürfen.«

»Jetzt halt mal die Luft an. Lass mich kurz nachdenken.« Cato zündet sich noch eine Menthol-Zigarette an und betrachtet angestrengt die Decke. Eine Minute später entspannen sich seine Gesichtszüge, und er bricht in schallendes Gelächter aus. »Wäre das nicht der Brüller?«

»Der Brüller? Wovon redest du?«

»Ich rede davon, zu versuchen, dir den Arsch zu retten.«

»Und wie willst du das anstellen?«

»Mit etwas Einfallsreichtum und einer Menge Mumm.« Er zeigt mit der Zigarette auf mich. »Du kannst von Glück sagen, dass ich dich mag, denn wenn das nicht der Fall wäre, würde es mir *nicht mal im Traum* einfallen, meinen Arsch für dich zu riskieren.«

»Ich will nicht, dass du meinetwegen rausgeschmissen wirst.«

»Dann sind wir schon zu zweit. Arm zu sein kann ich mir nicht leisten. Wenn ich mit weniger als dreihundert pro Abend nach Hause gehe, meckere ich rum wie eine alte Schabracke, die einen Kredit zurückzahlen muss.« Er bläst Rauch in Richtung Decke und sagt: »Hör zu. Wie wär's, wenn ich dir alles beibringe, was ich gelernt habe, angefangen bei der Zeit, als ich noch bei Popeye's frittierte Hühnchen verkauft habe, bis heute?«

»Vergiss es. Man kann einen Tollpatsch nicht einfach über Nacht in eine gute Kellnerin verwandeln.«

»Das vielleicht nicht, aber ich sehe dich mehr als ungeschliffenen Diamanten, Erin. Tu, was ich dir sage, und in fünf Tagen wirst du dich selbst nicht wiedererkennen.«

Ich stürze den verwässerten Rest meines Wodkas herunter. Der Gedanke daran, ohne Job wieder nach Hause zu gehen, jagt mir mehr Angst ein als Steve und Gina zusammen. »Okay. Angenommen, wir würden das durchziehen. Womit fangen wir an?«

»Na ja, zuallererst müssen wir die Lücken in deinem Lebenslauf füllen. Wenn Carl dich fragt, bei welchem Koch du zuletzt gearbeitet hast, was sagst du dann?«

»Cato, das ist doch irre.«

»Sieh mich an. Wenn du als professionelle Kellnerin durchgehen willst, dann musst du dich auch wie eine benehmen, während ich mein Menschenmöglichstes versuche, dich auf Zack zu bringen. An welcher Uni warst du?«

Ich atme langsam aus. »New York University.«

»Okay. Während deines ersten Studienjahrs hast du in einem Steakhaus angefangen. Danach hast du im *Babbo* gearbeitet, und dein letzter Job war im *Spice Market*. Da warst du ein Jahr lang, aber dann hast du aufgehört, um mit einer Freundin durch Europa zu reisen. Du hast vier Doppelschichten die Woche gearbeitet, und euer Restaurantleiter hieß Barry.«

»Barry? Gibt's den wirklich?«

»Der hatte mal was mit einem Freund von mir. Ist vor ein paar Monaten nach Washington umgezogen. Weißt du, wer dort der Küchenchef ist?«

»Jean-Georges irgendwas?«

»Vongerichten. Das Einzige, was ich über ihn weiß, ist, dass er Franzose ist und seine Empfangsdame geheiratet hat. Wenn irgendjemand dich fragt, wie er so war, sag, er sei gerade dabei gewesen, sein zehntes Restaurant zu eröffnen, weshalb du ihn nicht oft zu sehen bekommen hast. Sag bloß nicht, er sei nett gewesen. Kein Küchenchef ist je *nett*. Sonst merkt jeder gleich, dass du Blödsinn redest.«

Ich schüttele den Kopf. »Wie soll ich mir das denn alles merken?«

»Ganz einfach. Du musst es so lange üben, bis du es selbst glaubst. Ich schicke dir morgen früh einen Studienführer per E-Mail. Den machst du zu deiner neuen Bibel.«

5. Kapitel

Am nächsten Tag fahre ich mittags abrupt aus meinen Träumen auf und sitze kerzengerade im Bett. Hinweise auf mein neues Leben liegen in meinem ganzen Schlafzimmer verstreut wie Beweismittel an einem Tatort: ein soßenbeschmierter Ballerina. Ein verknitterter Sitzplan von Tisch sechs. Eine bei den Weinen der Loire aufgeschlagene Weinliste. Gleich neben mir auf der Bettdecke liegt einer von Catos eifersüchtig gehüteten teuren Kugelschreibern, der gestern Abend irgendwie den Weg in meine Rocktasche gefunden haben muss. Ich bin so steif, dass ich mich kaum bewegen kann.

Als ich endlich in die Küche stolpere und meinen Laptop hochfahre, warten im Posteingang zwei »Vielen Dank für die Einsendung Ihres Lebenslaufs, aber …«-Nachrichten und eine E-Mail von Cato mit dem Betreff »Roulette für Dummies« auf mich. Ich blättere den zehnseitigen Anhang durch und frage mich, ob es nicht vielleicht einfacher wäre, mich als Nachrichtensprecherin auszugeben. Nach dem Frühstück, bestehend aus Thai-Nudeln vom Vortag und Kaffee, beginne ich mit meiner Fortbildung.

Hey, Rekrutin!
Willkommen im härtesten Trainingslager der Welt mit unangekündigten Tests und Gourmethäppchen. Uns bleiben nur noch vier Tage bis zu deinem großen Auftritt, es zählt also jede Minute. Du hast den völlig bescheuerten Entschluss gefasst, gleich ganz oben einzusteigen (Ivanka Trump lässt grüßen), und wenn du da bleiben willst, musst du dich mir mit Haut

und Haaren ausliefern. Es wird nicht leicht. Das Roulette *ist so etwas wie feindliches Gebiet – die Einheimischen sind böse und gemein, und der Kerl, der das Sagen hat, sucht ständig nach Gründen, dich abzuschieben. Meine Aufgabe besteht darin, dir die Sprache beizubringen, damit du dich durchschlagen kannst, ohne dass jemand Verdacht schöpft. Und wer weiß? Wenn du den Dreh erst mal raus hast, könnte es dir vielleicht sogar Spaß machen. Und wenn nicht, verdienst du wenigstens richtig fette Kohle. Hier das Einmaleins, das dir schleunigst in Fleisch und Blut übergehen sollte:*

1. *Suppe gilt als Getränk und wird von rechts serviert und abgeräumt, wie alle anderen Getränke auch.*
2. *Ein Cocktailglas ist nie voller, als wenn man es fallen lässt.*
3. *Frage nie »warum« (versuche, es nicht mal zu denken). Sag stattdessen »selbstverständlich« oder »Ich kümmere mich sofort darum«.*
4. *Der Griff einer Teetasse heißt »Henkel« und sollte in der Vier-Uhr-Stellung rechts vom Gast positioniert werden.*

Was man tun sollte: *Die Servicehilfen wie seine reiche alte Tante behandeln. Wenn du nett zu ihnen bist, kannst du eine Menge Kohle verdienen.*
Was man lassen sollte: *Das Trinkgeld in Sichtweite des Speiseraums nachzählen. Ärgere dich später, wenn es keiner sieht.*
Was man tun sollte: *Entdecke dein Talent als Kindergärtnerin und rede mit beruhigender Stimme auf unhöfliche Gäste ein.*
Was man lassen sollte: *Ehrlich sein, wenn dich jemand fragt, wie dir die Arbeit im* Roulette *gefällt. Du liebst deinen Job und willst auf immer und ewig dableiben. Stimmt's?*

***Niemals:** Die benutzte Serviette eines Gastes auffalten und wieder auf den Tisch zurücklegen. Die benutzte Serviette immer durch eine neue ersetzen.*
***Immer:** Den Sternen für dein Glück danken. Genauso gut könntest du bei JC Penney Damenschuhe verkaufen oder mitten im Dezember in Oklahoma Bäume stutzen. Du kannst mir ruhig glauben, ich habe beides schon gemacht.*

Nach vierzigminütigem Service-Etikette-Pauken bereite ich mich seelisch schon mal darauf vor, gleich in die stickige Nachmittagsluft hinauszugehen. Um vier muss ich wieder im *Roulette* sein, und vorher muss ich mir noch die obligatorischen gummibesohlten Schuhe zulegen.

Brrrr.

Das Summen der Türklingel dröhnt durch meine Wohnung. »Wer zum Kuckuck …?« Ich werfe einen Blick aus dem Wohnzimmerfenster, sehe aber nur ein paar Schulkinder an der Ecke Twenty-fifth und First stehen. Könnte das vielleicht mein Exfreund Chris sein, der unsere Beziehung wiederaufleben lassen will, die ihm vor einem Jahr angeblich noch die Seele aus dem Leib gefressen hat? Oder ist es womöglich Jay, der Ralph Nader verehrt, Zeitungsjungen-Käppis trägt und Redakteur eines Männermagazins ist? Nachdem wir uns bei einer Party kennen gelernt hatten, verbrachten wir vier nicht ganz einfache Wochen miteinander, während derer er mich zu einem flotten Dreier überreden wollte, behauptete, Männer seien bessere Wissenschaftler als Frauen, und in einem besonders peinlichen Augenblick schluchzend von seinem Wunsch erzählte, als der Mensch akzeptiert zu werden, der er wirklich ist. Bitte, nicht der.

Brrrr.

Ich weiß – es ist Frank, der stets gut gelaunte, Gewichte stemmende junge Geschäftsführer eines aufstrebenden Software-Unternehmens im gleichen Gebäude wie meine alte

Firma. Gemeinsame Überstunden im letzten Winter endeten mit einem Kuss im Treppenhaus, der wiederum zu täglichen E-Mail-Flirts führte, die schließlich in dem Angebot gipfelten, mit ihm nach Las Vegas durchzubrennen, und das an dem Tag, als ich meinen Schreibtisch ausräumte. »Hochzeitskapelle *Chapel of the Roses*, Samstag, zehn Uhr? Das mit uns wird klappen, bestimmt!«

Das wilde Summen verstummt, woraufhin allerdings wenige Sekunden später mein Telefon klingelt. Es ist keiner meiner gefürchteten Exfreunde, sondern Rachel, meine beste Freundin seit jener Zeit, als wir nach dem College zur gleichen Zeit ein Praktikum in derselben Firma gemacht haben. Sechs Jahre, fünf Jobs und viele Männer später hören oder sehen wir uns noch immer fast täglich. »Warum machst du nicht auf?«, fragt sie. »Ich weiß, dass du zuhause bist.«

»Woher?«

»Woher meinst du wohl? Du bist gerade ans Telefon gegangen.«

»Ach herrje. Warte kurz.«

Kurze Zeit später höre ich ihre Schritt im Flur, und dann klopft sie an die bereits geöffnete Wohnungstür. Sie trägt ein schwarzes Vintagekleid und Flip-Flops, und ihr langes kastanienbraunes Haar ist ganz krisselig von der hohen Luftfeuchtigkeit. Über der Schulter trägt sie eine große Nylontasche.

»Hast du meine Nachricht auf deiner Mailbox nicht gehört?«, fragt sie beim Reinkommen.

»Welche Nachricht?«

»Hättest du sie bekommen, würdest du nicht fragen.«

»Ich hatte noch keine Zeit, meine Mailbox abzuhören«, entgegne ich. »Ich war zu beschäftigt damit, vorzugeben, jemand zu sein, der ich nicht bin.«

Sie lässt die Tasche mit einem klirrenden Bums auf einen

Stuhl fallen. »Ich nehme an, das heißt, dass du es durchgezogen hast.«

»Was soll das heißen, *dass ich es durchgezogen habe*? Das klingt ja, als hätte ich den Dorftrottel geheiratet. Der Job ist bloß vorübergehend, Herrgott noch mal.«

»Und hat außerdem nicht das Geringste mit irgendwelchen deiner Kenntnisse und Fähigkeiten zu tun. Du solltest das Marketing für den Laden machen, statt ihr Essen zu verkaufen.«

»Genau das mag ich so an dir«, brumme ich. »Deine erstaunliche Fähigkeit, die Dinge nüchtern zu betrachten. Kaffee?«

»Wow, ein Abend, und du bist schon ein echter Serviceprofi«, kichert sie und nimmt eine Tasse aus meinem Küchenschrank. »Wie ist es denn nun eigentlich gelaufen? Offensichtlich hast du es überlebt.«

»Wenn man fünfunddreißig Meilen laufen und den Küchenboden mit dem Hintern wischen als Überleben bezeichnen möchte. Der Typ, der mich anlernen soll, konnte sich an zehn Fingern abzählen, dass ich nicht den leisesten Schimmer habe, hat aber glücklicherweise beschlossen, mich als sein persönliches kleines Weltverbesserungsprojekt zu betrachten.«

»Klingt ja nach einem interessanten Einstand. Ich kann es kaum erwarten, vorbeizukommen und dir bei der Arbeit zuzusehen.«

»Tu das nicht, Rachel. Wenn du mich einmal in voller Montur gesehen hast, wird dieses Bild dich bis an dein Lebensende verfolgen.«

»Komm schon, es ist eins der besten Restaurants von ganz Manhattan«, entgegnet sie. »Die meisten Kellner würden dafür morden, an deiner Stelle zu sein.«

»Dann sollen sie mich ermorden. Sie würden mir einen Gefallen tun.«

Sie nimmt mich in den Arm. »In einem Monat bist du da wieder raus. Sechs Wochen maximal.«

»Meinst du?«

»Du hast doch selbst gesagt, es sei nur vorübergehend«, erinnert sie mich.

»Ach, na gut. Also schön, dann sechs Wochen.«

»Hey, wenn du dich dadurch besser fühlst, ich hatte eben das verrückteste Fotoshooting meines Lebens. Zwei Mastiffs, die sich vor dem Blitzlicht erschreckt und ein Bücherregal in Trümmer gelegt haben.«

Seit Rachel ihren Beruf als Grafikdesignerin an den Nagel gehängt hat, widmet sie sich ihrer großen Leidenschaft – der Fotografie von Haustieren. Was mit den Polaroidfotos anfing, die sie von ihrem mit offenem Mund schlafenden Freund gemacht hat, entwickelte sich nach und nach zu Schwarzweiß-Aufnahmen von Tauben und herumstreunenden Katzen und wurde schließlich zu einem richtigen bezahlten Job, als eine Kollegin eine Porträtaufnahme ihrer beiden gescheckten Katzen Tolstoi und Dottie sah. Mundpropaganda und die Anzeige, die sie in einer Tierarztpraxis aushängte, brachten ihr genügend Aufträge ein, um daraus eine Vollzeitbeschäftigung zu machen.

»Aber ich bin nicht hergekommen, um mich zu beklagen«, sagt sie und greift in ihre Tasche. »Ich bin hier, um an deine Mutterinstinkte zu appellieren.«

»Woher willst du wissen, dass ich überhaupt welche habe?«

»Ich weiß es nicht, aber ich bin bester Hoffnung.« Sie kramt einen angestoßenen Apfel, eine Packung bunter Kondome und drei Filmrollen hervor, ehe sie ein mit Wasser gefülltes Einmachglas hervorholt. In dem Wasser schwimmt etwas Blaues, Torpedoförmiges.

Misstrauisch beäuge ich das Einmachglas. »Was ist das?«

Sie stellt das Glas auf die Arbeitsplatte. »Dies, meine teure Kellnerin, ist ein japanischer Kampffisch. Der Typ, der bei mir im Haus gegenüber wohnt, zieht nach Florida, und der kleine Tekka hier braucht ein neues Zuhause.«

»Oooo nein«, protestiere ich. »Ich kann ja kaum auf mich selbst aufpassen. Schau dich doch mal um.«

Sie wirft einen Blick auf die hochhackige Sandalette im Durchgang zum Badezimmer, die Tüten mit Recyclingstoffen, die an der Küchenwand lehnen, und die Spüle, in der sich das Geschirr vom Vortag stapelt. »Du kriegst irgendwann noch Mäuse.«

»Siehst du? Das Letzte, was mir noch fehlt, ist ein Haustier, um das ich mich kümmern muss.«

Rachel nimmt das Glas, in dem der Fisch vollkommen reglos schwebt, und hält es in die Höhe. »Er ist doch gar kein richtiges Haustier, Erin. Seine Lebenserwartung ist so kurz, dass du ihn vermutlich noch vor Halloween im Klo runterspülen wirst.« Sie holt eine gelbe Dose Fischfutter aus der Tasche. »Er kann auch in einem Goldfischglas leben, aber glücklicher wäre er in einem Aquarium. Ich komme mit und helfe dir, wenn du eins kaufen gehst.«

»Nein, das tust du nicht, weil ich ihn nämlich nicht adoptieren werde. Warum nimmst du ihn nicht mit nach Hause, wenn er dir so am Herzen liegt?«

»Ich habe mit Tolstoi und Dottie schon genug zu tun. Außerdem möchte ich nicht nach Hause kommen, und das Aquarium ist umgekippt, überall ist Wasser, und Dottie hat keinen Hunger auf ihr Abendessen …«

»Gibt es denn sonst niemanden, dem du ihn aufhalsen kannst? Ich weiß ohnehin kaum noch, wo mir der Kopf steht.«

»Und genau aus diesem Grund sollte auf deinem Beistelltisch was anderes stehen als ein benutztes Weinglas. Verstehst du, was ich meine?«

Der Fisch gleitet langsam nach oben, und sein kleiner runder Kopf schaut ein wenig aus dem Wasser. »Ich weiß nicht«, murmele ich und merke, wie ich langsam schwach werde. »Vielleicht. Aber nie wieder. Ich meine es ernst.«

»Das sind außergewöhnliche Umstände«, verspricht sie mir ein wenig zu leichten Herzens. »Eine einmalige Ausnahme.«

Ich nehme das Einmachglas aus ihren Händen entgegen. »Und was nun? Ich komme mir vor, als hätte man mir gerade ein Baby in den Arm gedrückt.«

»Okay, und was machen Babys normalerweise?«

»Mal sehen. Schreien?«

»*Essen*«, korrigiert sie mich und schiebt mir die Fischfutterdose über den Tresen zu. »Aber pass auf, dass du ihn nicht überfütterst, sonst platzt er, ehe ihr eine Beziehung zueinander aufbauen könnt.«

✧

Auf zweieinhalb Zentimeter dicken neuen Vibram-Gummisohlen schwebe ich ins *Roulette*, wo ich auf Cato treffe, der in der Lounge auf mich gewartet hat. »Zieh deine Montur an, aber fix«, kommandiert er. »Wir müssen zwei Monate Training in zwei Stunden zusammenquetschen.«

»Schon unterwegs«, entgegne ich und flitze los.

Als ich in den Speiseraum zurückkomme, stellt Cato mich vor einem Besteckkasten mit feuchtem Tafelsilber ab und reicht mir ein kleines Tuch. »Du warst gestern ziemlich langsam. Du solltest nicht mehr als drei Sekunden pro Teil zum Aufheben, Putzen und Weglegen brauchen.«

»Drei Sekunden«, murmele ich und poliere wie wild. »Nicht viel Zeit, um die Wasserflecken abzureiben.«

»Die wichtigste Regel im Service ist – tu, wie dir geheißen, auch wenn es unmöglich ist. Irgendwie wirst du es schon hinkriegen.«

»Das ergibt doch gar keinen Sinn.«

»Womit wir bei der zweitwichtigsten Regel wären – in diesem Geschäft gibt es keine Logik. Also hör auf, danach zu suchen, und putz lieber den Löffel.«

Um sechs habe ich die Kniffe der alltäglichen Routinearbeiten und die verschlüsselten Botschaften hinter den Bezeichnungen der Tagesgerichte erfolgreich gemeistert und darf mich nun dem widmen, was Cato als »Einführung ins Gästemanagement« bezeichnet. Wir schauen zu, wie Kimberly, unsere schlaksige, stupsnasige Empfangsdame, die ersten Gäste zu ihren Tischen führt.

»Jetzt wird es langsam Zeit, dass du dir Gedanken darüber machst, wen die Leute in dir sehen wollen«, raunt Cato. »Die Hummer-Lätzchen-Meute mag sich vielleicht noch mit einer flotten Bedienung und heißem Essen zufrieden geben, aber hier musst du Teil ihres Traumbilds werden. Wenn sie in Feierlaune sind, solltest du peppig und strahlend daherkommen. Wenn sie sich gegenseitig zerfleischen, schwatz ihnen Aphrodisiaka wie Kaviar-Mousse und Austern mit Champagnercreme auf. Manchmal gerät man auch an einen Spinner, der für ein, zwei Stunden einen Freund zum Reden sucht, also plauderst du, als sei es dir eine wahre Herzensangelegenheit, wie seine Sorgerechtsklage gerade läuft oder welcher drittklassige Verleger seine Memoiren veröffentlicht. Aber lass dich bloß nicht in irgendwelche zwischenmenschlichen Dramen reinziehen. Ich habe einmal versucht, den Eheberater zu spielen, und bin am Ende auf der Rechnung sitzen geblieben.«

»Und wenn man nicht weiß, *was* sie wollen?«

»Dann hat man nicht richtig aufgepasst. Es geht darum, das Erlebnis ihres Restaurantbesuchs zu steuern, und das heißt, dass man sich auf jeden Tisch neu einstellen muss. Wenn ich mit den Gästen spreche, bin ich nicht mehr ich. Ich bin ein naiver Bauernjunge aus dem Mittleren Westen, ein Lifestyle-Guru, wen auch immer sie gerne hätten.«

»Ich weiß nicht, Cato. Ich bin keine Schauspielerin.« »Derek auch nicht, und der holt nie weniger als zwanzig Prozent rein. Er ist ein durchschnittlich guter Kellner, aber für die Gäste ist er der Junge von nebenan mit dem Brooklyner Akzent, der sie mit seinem Charme alle um den Finger wickelt. Spiel deine Rolle und warte ab, was passiert. Ehrlich, ich habe es schon erlebt, dass Kellner plötzlich dreißig Prozent mehr verdienten, bloß weil sie sich einen französischen Akzent zugelegt oder sich die Haare grau gefärbt haben. Trinkgeld gibt's nicht nur für guten Service. Trinkgeld gibt's, weil die Leute einen mögen oder weil man sie zum Lachen bringt oder weil sie sich nicht trauen, dir keins zu geben.«

»Vielleicht sollte ich mich als jemand ausgeben, der wirklich hierher gehört.«

»Gute Idee. Und noch was: Scheu dich nie, Vorspeisen zu empfehlen und deine Meinung zu sagen, aber hüte dich davor, dich bei den Gästen zu erkundigen, ob sie irgendwelche Fragen haben.«

»Wieso das denn? Ich dachte, ich sei dazu da, ihnen bei ihren Entscheidungen zu helfen.«

»Falsch. Du bist dazu da, ihnen beim Geldausgeben zu helfen. Angenommen, sie können sich einfach nicht entscheiden, ob sie noch ein Dessert möchten oder nicht. Also erzählst du ihnen, dass die Satsuma-Mandarinen-Tarte sozusagen Betsys Paradestück unter den Desserts ist und dass sie wirklich was verpassen würden, wenn sie die nicht probieren. Folglich denken sie, sie müssten wirklich dumm sein, sich das entgehen zu lassen, also bestellen sie eine Portion und teilen sich die, womit du fünfzehn Dollar für das Restaurant und drei Dollar für deine eigene Tasche verdient hast. Man braucht dazu ein bisschen Übung, aber das lernst du schon noch. Ich lasse nicht locker, bis du es draufhast.«

Am Ende meiner Schicht bin ich dank Catos erbarmungslosen Nachhilfeunterricht (»Werde *eins* mit dem Kalbsbries, Erin«) kein dahergelaufener Amateur mehr, sondern gehe als mittelmäßiger Laufbursche durch. Ich überlebe sogar die spätabendliche Führung durch den Weinkeller, bei der Geoffrey meine Aussprache bei fast allem außer »Zinfandel« und »Chardonnay« korrigiert und mich zu einem »noch hoffnungsloseren Fall als Derek« erklärt. »Und Derek trinkt *Rolling Rock*-Bier aus der Dose.«

Am nächsten Tag befördert Cato mich in die Lounge, damit ich meine neu erworbenen Kenntnisse am lebenden Objekt ausprobieren kann. Die Getränkekellnerin tritt mir ein paar Tische ab, und so erlebe ich einen schier endlosen Abend lang eine etwas harmlosere Version des Speiseraums, wobei ich nicht von Baggersprüchen (»Ich habe noch nie Gedichte geschrieben, aber wenn ich dich so sehe, will ich sofort zum Stift greifen.«) und jeder Menge spitzer Bemerkungen verschont bleibe, wie beispielsweise:

»Lächeln Sie doch mal.«

»Lauter bitte. Sie sind ja kaum zu verstehen.«

»Miss? Uns sind schon vor zehn Minuten die Nüsse ausgegangen.«

Die großzügigsten Trinkgelder bekomme ich von älteren Paaren, die auf ihren Tisch im Restaurant warten, und ich mache auch erste Bekanntschaft mit dem »Gruppentrinkgeld«, sprich jenen vierzig Cent, die übrig bleiben, nachdem jeder etwas Bargeld auf den Tisch gelegt hat, um seine eigenen Getränke zu bezahlen. Als ich mich bei Cato darüber beklage, drückt der mir kurz die Schulter und sagt dann: »Ach, Liebes, das ist doch noch gar nichts. Geh mal als schwuler Kellner nach Oklahoma City. Danach reden wir weiter.«

Ich lerne, dass die beste Methode, allem Ärger aus dem Weg zu gehen, die ist, so zu tun, als liefe ich beim Sturm auf die Normandie über den Strand – schnell sein, immer die Augen aufhalten und stets damit rechnen, jederzeit beiseitegeschubst oder dem Wohl der Kompanie geopfert zu werden. Als ich am Dienstag das *Roulette* betrete, ist die anfängliche Adrenalin-

und Panikwoge einem steten Gefühl leichter Beklemmung gewichen. Vielleicht schaffe ich es ja doch, die Woche ohne größere Zwischenfälle zu überstehen. Noch ein paar Tage üben, und vielleicht darf ich mich dann ja sogar als suboptimale Kellnerin bezeichnen.

Leider hält dieses neu gewonnene Selbstvertrauen nicht lange an.

»Erin!«, ruft Gina, als ich durch die Lounge gehe. Sie sitzt mit einem Espresso vor sich und Nino im Matrosenanzug auf dem Schoß an einem Tisch.

»Hallo, Gina. Hi, Nino. Wie geht's?«

Er presst die Wange gegen die in Paisleymuster-Seide gehüllte Schulter seiner Mutter. »Er ist müde«, entgegnet Gina. »Die Spielverabredung war zu viele für ihn. Zu viele Streit mit eine Junge, der sein Nintendo nicht will teilen.«

»O weh«, bemerke ich mit mitfühlendem Ton.

»Keine Sorge«, beruhigt Gina ihn. »Bald kommte deine Oma, die machte dich wieder fröhlich. Wäre das nicht schön?«

»Na ja, ich sollte mich wohl besser umziehen«, sage ich. »Nicht den Kopf hängen lassen, Nino.«

Gina hebt den Zeigefinger. »Warte, ich will dir etwas sagen. Heute Abend, du bekommst deine eigene Bereich, okay. Es wird Zeit.«

»Meinen eigenen … was?« Mein Gesicht wird glühend heiß. »Wie viele Tische?«

Sie zuckt die Achseln. »Drei oder vier. Ich habe mich noch nicht entschieden.«

Nun, ich mag vielleicht meine letzten vierzig Dollar in der Tasche haben und würde nur zu gerne richtig ordentliche Trinkgelder absahnen, aber ich bin noch längst nicht so weit, mich um so viele wildfremde, hungrige Mäuler zu kümmern. »Ich dachte, Cato hätte gesagt, ich soll mindestens eine Woche lang angelernt werden.«

»Jane kellnert bei eine private Feier, also ich brauche deine Hilfe. Du bist zwar neu, aber ohne sie, was soll ich machen? Ich habe dich beobachtet, seit du hast angefangen. Du arbeitest hart, du hast eine strahlende Lächeln, die Leute mögen dich. Du weißt, was vor und nach dem Dienst alles zu tun ist?«

»Ich glaube schon.«

»Wie steht es mit der Computer?«

»Es gibt immer noch ein paar Codes, die ich noch auswendig lernen muss. Aber im Großen und Ganzen komme ich ganz gut zurecht.« Bis auf die Wehwehchen an meinem geschundenen linken Fuß, der, seit ich angefangen habe, meine neuen norwegischen Bequemschuhe zu tragen, immer mehr Pflaster und Wundabdeckungen aufzuweisen hat.

»Dann vielleicht du bist so weit. Mein Mann ist sich nicht sicher mit dir, aber ich sage, wir werden es nicht erfahren, solange wir dich draußen nicht haben allein gesehen.«

»Sollte ich nicht lieber noch ein paar Tage in der Lounge arbeiten?«

Sie schüttelt den Kopf. »Hör mir zu. In Italien, wir haben eine Sprichwort. Ich übersetze es für dich. ›Beweg die Beine, sonst rennt die Ente dich über den Haufen.‹ Verstehst du, was ich meine?«

»Nein. Nicht so richtig.«

»Manchmal muss man Dinge tun, die man nicht tun will, aber am Ende es ist besser so. Besser für mich, weil ich sehe dich arbeiten und kann entscheiden, ob du bist gut für mein Restaurant. Schluss mit dem Verstecken hinter Cato.« Sie angelt über Nino hinweg nach ihrem Espresso. »Und noch was. Heute Abend wir haben viele VIPs, und ich kann nicht versprechen, dass alle Tische werden einfach sein.«

✧

»Die werden mich da draußen bei lebendigem Leib auffressen.«

Cato wirft seinen Rucksack in den Spind. »Du solltest stolz auf dich sein, Süße. Das heißt nämlich, dass Gina dir tatsächlich auf den Leim gegangen ist. Obwohl sie mir natürlich gleich am zweiten Abend eigene Tische aufgebrummt hat und ich das ganz souverän gemeistert habe, aber ich hatte ja auch den Vorteil, bereits seit elf Jahren in dem Geschäft zu arbeiten.«

Endlich finde ich meine Karte im Wandhalter – Steve hat meinen Namen »Eron« geschrieben – und stemple mich ein. »Aber was, wenn mir alles über den Kopf wächst? Oder wenn jemand mir eine Frage stellt, die ich nicht beantworten kann? Was soll ich denn dann machen?«

»Genau das Gleiche, was du bisher auch getan hast«, entgegnet Cato, während er sein T-Shirt auszieht, unter dem sein schlanker, blasser Oberkörper zum Vorschein kommt. »Lügen, lächeln und den Rest mir überlassen.«

»Ich kann den Rest nicht dir überlassen. Steve wird mich auf Schritt und Tritt beobachten.«

»Du meinst, *Gina*. Steve ist in Gedanken viel zu sehr mit der Restauranteröffnung in Lexington beschäftigt.«

»Welcher Restauranteröffnung?«

»Capers. Rick Holland's neuer Laden.«

»Der eröffnet noch ein Restaurant? O Gott, der will wohl die ganze Stadt übernehmen.«

Cato nickt. »Es ist wie ein Krebsgeschwür. Er hat den ganzen Laden in vier Monaten hochgezogen. Carl ärgert sich grün und blau.«

»Warum? Weil es bloß drei Straßen weiter ist?«

»Schlimmer. Zwischen den beiden tobt seit mindestens fünfzehn Jahren ein erbitterter Konkurrenzkampf.« Er winkt mich näher heran und senkt die Stimme. »Ich kenne zwar nicht die ganze Geschichte, aber sie haben zusammen in dem gleichen

Restaurant in der Provence ihre Lehre gemacht, und soweit ich weiß, sind sie sich wegen eines geschmorten Kaninchens oder so was in die Haare geraten. Carl musste an der Stirn genäht werden, und Rick hat sich die Schulter ausgekugelt. Und eine Frau war auch noch im Spiel, eine Amerikanerin, die drüben in Frankreich studiert hat. Carl hat sie mit zurückgebracht, und irgendwann haben die beiden geheiratet. Kürzlich haben sie sich allerdings wieder getrennt, ziemlich fiese Geschichte. Er hat sich an Kimberly rangemacht, noch ehe die Scheidung durch war.«

»Kimberly – die *Empfangsdame*?«

»Na klar. Küchenchefs und Empfangsdamen sind die ältesten Paare in der Restaurantgeschichte. Wie dem auch sei, Rick und Carl schnappen sich seit Jahren gegenseitig die Postenchefs weg. Segundo war einer von Ricks Topleuten, bis Carl ihm ein besseres Gehalt geboten hat.«

»Oje. Klingt, als könnte irgendwann Blut fließen.«

»Da hast du verdammt recht.« Cato knöpft sein weißes Hemd zu. »Glaub mir, Carl würde lieber die Madison Avenue abfackeln, als zuzulassen, dass Holland dem *Roulette* Gäste abspenstig macht.«

Unten angekommen, mache ich Kaffee, fülle Streuer mit grauem Meersalz (wobei ich eine Prise über die Schulter werfe, um Unheil abzuwehren) und richte geradezu zwanghaft genau die drei Tische in meinem Bereich her. Doch nichts kann mich von dem Alptraumszenario ablenken, das sich in meinem Kopf abspielt und bei dem es hauptsächlich darum geht, dass ich die Tagesgerichte vor einem Haufen hämisch kichernder Börsenmakler bis zur Unkenntlichkeit verhunze oder einen voll besetzten Tisch mit ehemaligen Kommilitoninnen bedienen muss. Als ich mir gerade überlege, Alain zu bestechen, damit er mir einen Schluck Jamaika-Rum gibt, kommt Steve in den

Speiseraum marschiert, mit einer Rolle doppelseitigem Klebeband in der einen und einer kleinen Stirnlampe in der anderen Hand. »Kommt mal alle her, Leute!«, ruft er und winkt uns zu sich. »Als ich heute Nachmittag hier hereingekommen bin, ist mir der Zustand des Speiseraums übel aufgestoßen. Ihr müsst euch dringend mal den Teppich vorknöpfen.«

Ron beäugt kritisch den Boden. »Hm, verstehe, was Sie meinen. Eindeutig eine Schwachstelle.«

»Ich möchte, dass ihr herumgeht und jede noch so kleine Fluse aufsammelt«, erklärt Steve. »Erin, setz die Stirnlampe auf und krabbele unter die Tische, damit euch nichts entgeht. Belegschaftstreffen in einer halben Stunde.« Er reicht Cato das Klebeband und mir die Lampe und verschwindet dann in Richtung Küche.

Cato setzt sich auf den nächstbesten Stuhl, legt ein Bein auf das andere und pappt sich Klebestreifen unter die Schuhsohlen. »Anscheinend tue ich für Geld *wirklich alles*«, knurrt er und reicht die Kleberolle dann an Jane weiter. »Brauchst du Hilfe mit der Lampe, Erin?«

Ich reiche ihm das Ding und lasse es mir von ihm anlegen. »Du siehst umwerfend aus«, flötet er. »Der ultimative Bergarbeiter-Schick.«

Ron hat seine Budapester beklebt und steht auf. »Ich übernehme die Bereiche zwei und drei«, erklärt er und stakst steifbeinig davon.

Ich bücke mich und spähe unter den Vierertisch. »Ich weiß nicht, Cato. Ich kann gar nichts sehen.«

»Es geht hier nicht um die Realität. Hier geht es um Paranoia.«

»Was klebt denn hier unter den Stühlen?«

»Hä? Ach so, das sind Zehn-Euro-Münzen. Gina hat irgend so einen Feng-Shui-Berater engagiert, der am Tag der Eröffnung hier antanzte. Eigentlich sollte sie chinesische Münzen nehmen, aber davon wollte sie nichts wissen. Es war auch ein Priester hier. Geoffrey hat erzählt, dass der mit Weihrauch rumgewedelt und Weihwasser verspritzt hat.« Catos rechter Fuß erscheint in meinem Blickfeld und beginnt, den Teppich zu bearbeiten. »Okay, du warst jetzt lange genug da unten. Stoß dir nicht den Kopf an, wenn du rauskommst.«

Zwanzig Tische später habe ich im Gegenzug für meine Ischiasschmerzen nichts vorzuweisen als einen Penny von 1986 und eine winzige silberne Paillette. Jane hebt die Füße und betrachtet die kleine Kollektion loser Fäden an der Unterseite ihrer Schuhe. »Was, mehr nicht?«, fragt sie ungläubig. »Keine falschen Fingernägel? Keine BH-Polster?«

»Kann irgendjemand einen Anwalt namens Bruce brauchen?«, fragt Ron und hält eine zerknitterte Visitenkarte in die Höhe.

Cato nimmt sie ihm aus der Hand. »Wenn er muskulös und unter vierzig ist, dann kann ich ihn brauchen.«

»Und der Code für ›Ich bin hier völlig fehl am Platz‹ ist …« Ich spiele gerade kleine Ratespielchen am Computer und teste mich selbst, als Alain mit einem Kasten Bier hereinkommt. Er hat die Ärmel hochgekrempelt, und seine Armmuskeln zeichnen sich deutlich ab. »Glückwunsch«, sagt er. »Du hast die erste Woche überstanden.«

»Was niemanden mehr verwundern dürfte als mich selbst.«

»Ich kenne viele Kellner, die sich ein paar Tage lang anlernen lassen und dann nie wiederkommen. Hier in Amerika wollen die Leute wie Wickelkinder behandelt werden. In Frankreich erwartet man von Vorgesetzten, dass sie streng zu einem sind. Sonst werden sie nicht respektiert.«

»Vielleicht haben die Franzosen ein dickeres Fell.«

»Daran wird es liegen. Ich bin jetzt seit sechs Jahren in den

USA, und ich fürchte, langsam verweichliche ich.« Er lacht. »Na ja, eigentlich bin ich nur meiner Frau zuliebe hergekommen, mehr nicht. Mein Vater dachte, ich würde mal Elektriker werden und seinen Betrieb übernehmen, aber dann habe ich gesagt: ›Auf Wiedersehen, ich habe auf einem Flohmarkt eine Frau kennen gelernt und gehe mit ihr nach New York.‹«

»Fährst du denn hin und wieder zu Besuch nach Hause?«

»Jeden Juni. Gina weiß, wie es ist, die Heimat zu vermissen, also hat sie vollstes Verständnis dafür.«

Schritte hallen durch das Foyer, und Steve kommt hereingeschneit und streicht sich die Haare glatt. Er trägt eine leichte beige Freizeithose, Slipper ohne Socken und einen marineblauen Blazer, der ihm um die Schultern zu eng ist. »Hallo zusammen.« Er wirft einen flüchtigen Blick auf meine Tische. »Erin, sorg dafür, dass deine Tische symmetrisch eingedeckt sind, sonst kommt meine Frau mit dem Lineal. Und das willst du ganz sicher nicht.«

Er nimmt an der Theke Platz, hinter der Alain gerade das Bier in einem Unterbaukühlschrank verstaut. »Das Mittagessen ist nicht so gut gelaufen. Gibst du mir ein Moretti?«

»Ein kühles Blondes – kommt sofort«, entgegnet Alain, öffnet eine Flasche und gießt den schäumenden Inhalt in ein Glas.

Steve trinkt gerade einen ordentlichen Schluck, als Carl die Lounge betritt. »Hier ist sie«, sagt er und hält ihm einen schwarzen Ordner hin.

Steve nimmt ihn und klappt ihn auf. »Wo hast du die denn her?«

»Ich hab Patrick hingeschickt, um nach einer Speisekarte zu fragen. Als die Empfangsdame kurz ans Telefon gegangen ist, hat er sie eingesteckt.«

Ein kurzes, gespanntes Schweigen entsteht. Ich versuche, so zu tun, als sei ich so mit der Computereingabe beschäftigt, dass ich nichts um mich herum mitbekomme. »Das war also das große Geheimnis?«, meint Steve. »Das haben die doch bloß geheim gehalten, um Publicity zu bekommen. Wenn du mich fragst, sieht das aus wie jeder andere Laden mit Fusion-Küche auch.«

Carl schnaubt verächtlich. »Nordafrikanisch oder irgend so was.«

»Und dafür verlangt er auch noch ein Vermögen. Fünfundvierzig Dollar für Hühnerleber mit Rosenblütengelee.«

»*Rosenblüten?*«, höhnt Carl. »Das ist was für Idioten, die keine Ahnung von Essen haben, damit gewinnt er bestimmt keine Michelin-Sterne. Die Leute werden einmal hingehen, und das war's dann.«

Steve stellt sein Bier wieder ab. »Irgendwie schafft er es aber, sie in seinen Laden zu locken.«

»Ja, mit Sperenzchen und Kinkerlitzchen«, spottet Carl mit gepresster Stimme. »Er macht jede Mode mit – so bleibt er im Geschäft. Die Leute stehen auf sein Netter-Junge-Image und seine vielen glänzenden Töpfe und Pfannen, aber der Kerl ist doch kein Küchenchef. Mit Glück wird er sich vielleicht ein Jahr lang halten können.«

»Und inzwischen ist er schon bei Ehefrau Nummer drei angekommen«, fügt Steve hinzu. »Irgendeine Fernsehschauspielerin, von der man noch nie was gehört hat. Die Hochzeit hat fast eine Million Dollar gekostet – kannst du dir das vorstellen?«

»Der Idiot muss doch sowieso schon zweifachen Unterhalt zahlen«, bemerkt Carl mit offensichtlichem Vergnügen. »Man müsste doch annehmen, dass er seine Lektion mittlerweile gelernt hat.«

»Männer lernen nie, wenn es um Frauen geht«, wirft Alain ein.

Steve lacht. »Ja. Wofür ich der lebende Beweis bin.«

6. Kapitel

Hollands feindlicher Einfall in der direkten Nachbarschaft ist *das* Thema beim Eindecken. »Da geht es nicht ums Kochen«, erklärt Jane und streicht die Tischdecke auf ihrem Vierertisch glatt. »Das ist ein Schwanz-Ding, so einfach ist das.«

Cato lacht. »Bei dir ist alles immer ein Schwanz-Ding, oder nicht, Jane?«

»Nö, wieso? Das ist doch deine Spezialität.«

Ron hält ein Wasserglas ins Licht. »Wenn wir unsere Stammgäste verlieren, ist das nicht bloß Carls Problem. Das werden wir alle am eigenen Portemonnaie zu spüren bekommen.«

»Aber es klingt doch, als sei das *Capers* so ganz anders als das *Roulette*«, entgegne ich. »Ich verstehe nicht, warum wir deswegen Stammgäste verlieren sollten.«

»Den meisten Leuten ist es doch egal, wo sie essen«, erwidert Ron. »Die wollen nur in dem angesagten neuen Laden gesehen werden. Ich habe Carl sogar schon darüber reden hören, die Speisekarte etwas aufzupeppen. ›Präventivschlag‹ hat er das genannt.«

»Die beiden lassen so lange nicht locker, bis einer von ihnen am Boden liegt«, prophezeit Cato. »Wie bei diesen Monstertruck-Zerstörungsshows. Nur ohne Trucks.«

Um fünf Uhr gehen wir im Gänsemarsch in die Küche und stehen stumm Gewehr bei Fuß herum, während Carl auf und ab marschiert, in Töpfe späht und Anweisungen zischt. »Lorenzo, dein Posten mag ja in Neapel noch durchgehen, aber für New Yorker Verhältnisse sieht er aus wie ein öffentliches Klo. Lederclogs und sonst nichts, Patrick. Wenn du in meinem

Restaurant noch einmal Crocs trägst, dann hacke ich dich in Stücke und verschicke dich an einen Angeberschuppen wie das *Del Posto*. Du musst nicht interpretieren, was ich sage, Phil. Es ist nicht so kompliziert.«

Phil schluckt. »Ich wollte nur wissen, ob –«

»Ob was? Ob ich dir noch mal ein bisschen Kohle leihen kann? Dir ein Bier ausgeben? Dich mit meinem Auto nach Queens fahren und es mir mit kaputtem Rücklicht zurückgeben lasse?«

»Nein, obwohl ich dir für das alles wirklich sehr dankbar bin, war ich mir bloß nicht sicher, ob das Wild eine Vorspeise werden soll oder –«

»Ich möchte, dass dieses Wild die unglaublichste Vorspeise wird, die diese Küche je verlassen hat. Ob du das hinbekommst oder nicht, daran wird sich zeigen, ob du was gelernt oder bloß rumgestanden und gewichst hast!«

Phil wirft mir einen beschämten Blick zu. Ich lächele ihn verständnisvoll an, da knallt Carl eine Pfanne auf die Arbeitsplatte und verschwindet im Kühlraum, vermutlich, um wieder runterzukommen. Phil erwidert mein Lächeln und formt mit den Lippen ein »Hey«.

Nach der Belegschaftsversammlung, die eine bizarre Mischung ist aus freudvollen (Phil, der mich anstarrt) und grauenvollen Momenten (Carl, der mich auffordert, die Zutaten in der Stubenkükenterrine aufzusagen, als »redetest du mit einem Restaurantkritiker wie Frank Bruni, auch wenn der von nichts eine Ahnung hat, außer von Politik«), nimmt Carl ein gebundenes Buch aus dem untersten Regal des Vorbereitungstischs. »Ehe ihr die Tagesgerichte probiert, solltet ihr euch dieses Zitat von Nietzsche anhören.« Er liest zunächst einige Augenblicke still für sich, dann nickt er bedächtig. »›Im Himmel fehlen alle interessanten Menschen.‹ Nehmen wir diesen Gedanken mit, wenn wir uns heute Abend an die Arbeit machen.«

Derek beugt sich nach vorn. »Wer ist Nietzsche?«, wispert er. »Ist der auch in der Gastronomie?«

Wir sind noch nicht richtig fertig damit, unsere Truthahn-Tetrazzini aufzusaugen, als Gina in einem langen, weit schwingenden metallicblauen Rock und engem schwarzem Oberteil mit einem Rückenausschnitt bis unterhalb ihrer Schulterblätter in die Küche stolziert. »Dein erster Tisch kommt in einer Stunde«, verkündet sie mir. »Billigheimer – Touristen aus Kanada mit kleinen Kindern. Tut mir leid, aber man kann es sich nicht aussuchen.«

Steve kommt hinter ihr die Treppe heruntergestampft und wedelt mit einem Blatt Papier. »Hier habe ich alle Fakten über deinen VIP, Ron. Sein Börsengang war heute Morgen. Folglich wird er heute Abend anderer Leute Geld ausgeben, also dreh ihm den Le Pin an. Immer daran denken, Leute: verpflichtender Weinkurs am Freitag um halb drei.«

Als es nur noch eine halbe Stunde bis zum Geschäftsbeginn ist, nimmt Cato mich beiseite und gibt mir an der Servicestation ein paar Prä-Bedienungsinstruktionen mit auf den Weg. »Sollte dir ein Detail partout nicht mehr einfallen, improvisiere einfach. Mir ist klar, dass du gerade Panik schiebst, aber dein Bereich ist klein, und ich werde ein Auge auf dich haben. Ach übrigens, ich musste Jane in unser kleines Geheimnis einweihen.«

»O nein, Cato. Warum denn das?«

»Aus dem ganz einfachen Grund, dass man sich, wenn man zusammen kellnert, besser kennt als ein altes Ehepaar. Sie hatte das dumpfe Gefühl, dass etwas im Busch ist, und da konnte ich sie einfach nicht anlügen.«

»Sie wird es Steve doch nicht erzählen, oder?«

»Soll das ein Witz sein? Nichts könnte ihr ein größeres Vergnügen bereiten, als die Geschäftsleitung mit einem breiten Lächeln im Gesicht anzuschmieren. Einmal die Woche spaziert sie hier mit einer Handtasche voller Kaffeebohnen und Pfefferkörnern raus.«

Luis geht grimmig mit einem Stapel Tischwäsche an uns vorbei. »*Hola*«, begrüßt Cato ihn. »Hallo, mein Hübscher.«

Luis murmelt etwas in seinen Bart, das klingt wie: »Ich würde dich umbringen, wenn sie mich dafür nicht ausweisen würden.«

»*Te amo*, Baby!«, ruft Cato hinter ihm her. »Du machst mich so heiß …« Er stupst mich in die Rippen. »Eines Tages werde ich ihn noch rumkriegen. Der wird sich Hals über Kopf in mich verlieben. Wart's nur ab.«

Gina hatte nicht gelogen. Meine ersten Kunden kommen nicht nur aus einem Land mit zweifelhaften Trinkgeldgebegewohnheiten, die meisten von ihnen sind auch noch unter zehn: zwei überdrehte Jungs, die von ihrer Mutter in Kamelhaarblazer gezwängt wurden, und ihre mürrische kleine Schwester. Ihre Mutter scheucht sie durch den Speiseraum, wobei sie ganz große Augen bekommt und auf alles und jedes mit dem Finger zeigt. Der Vater in Kordhose und gestreiftem Hemd mit geknöpftem Kragen bildet die Nachhut. Während der Rest seiner Familie sich setzt, steht er hinter seinem Stuhl, den Kopf in den Nacken gelegt, und studiert die gemalte Weltkarte an der Decke, wobei er sich darüber zu wundern scheint, dass Italien größer ist als Afrika.

Mit gekrümmtem Zeigefinger gibt Gina mir aus der Lounge ein Zeichen, zu ihr zu kommen. »Sieh dir diese Gören an«, zischt sie. »Lass nicht zu, dass sie die anderen Gäste belästigen, okay? Ich meine das ernst. Sorg dafür, dass sie still sind.«

Mit diesem Damoklesschwert über mir trete ich an den Tisch. Beide Eltern lächeln mich erwartungsvoll an, und ich höre mich reden, als käme meine Stimme von der anderen Seite des Raums. »Guten Abend und willkommen im *Roulette*.«

Ich gebe Catos Litanei Wort für Wort wieder, aber irgendetwas fehlt: der warme, herzliche Tonfall, durch den es klingt, als meinte ich ernst, was ich da sage. »Darf ich Ihnen etwas zu trinken bringen?«

Obwohl die Eltern augenblicklich Prosecco bestellen, plappern die Kindern los und erzählen mir, wie sie heißen (Charlie, Evan und Haley), wie ihr Hamster heißt (Lucky) und welche Spiele sie auf dem Flug hierher gespielt haben, ehe sie Zitronenlimonade ordern, und zwar »extra zitronig«.

»Siehst du, deshalb will ich keine Kinder«, beklagt Alain sich, während er ein halbes Pfund Zitronen auspresst, eine Tätigkeit, die zwei Damen, die auf Barhockern an der Theke sitzen, zu faszinieren scheint. »Dauernd verlangen sie lächerliche Sachen von einem.«

»Und brauchen dafür auch noch viel zu lange.«

Cato kommt, stellt sich neben mich und dreht mich langsam um in Richtung Speiseraum. »Siehst du den Kerl da in deinem Bereich?« Ich folge seinem Blick zu Tisch sechs, wo ein attraktiver Mann mit welligem Haar in schwarzem Pulli und grauer Hose sitzt. Eine zierliche Blondine mit Sommersprossen und einer dicken Perlenkette um den Hals hat neben ihm Platz genommen.

»Das ist Daniel Fratelli«, informiert Cato mich.

»Und wer ist das?«

»Das sagst du mir. Es wird langsam Zeit, dass du deine neu erworbenen Fähigkeiten beim Menschenerkennen einsetzt.« Ich starre hinüber zum anderen Ende des Raums, wo Daniel seine Serviette auseinanderfaltet und sie sich über das Bein legt. »O Gott«, flüstere ich.

»Versuch einfach, sein umwerfendes Äußeres zu ignorieren, wenn es geht.«

»'tschuldigung.« Ich versuche, mich zu konzentrieren, bemerke dabei seine breiten Schultern, das kurze »Dankeschön«, als Omar sein Wasserglas füllt, und wie er die Speisekarte aufgeschlagen festhält und sich dabei im Raum umsieht. »Er wirkt ein bisschen angespannt.«

»Okay. Was noch?«

Seine Begleiterin sagt etwas, und er schließt kurz die Augen, dann streckt er die Hand aus und dreht den winzigen Salzstreuer mit Daumen und Zeigefinger wie einen Kreisel. »Die Frau geht ihm auf die Nerven, und er gibt sich Mühe, sich nichts anmerken zu lassen. Wie mache ich mich?«

»Nicht schlecht. Was macht er beruflich?«

»Mal sehen … Immobilien?«

Cato stöhnt. »Trägt er eine protzige goldene Armbanduhr? Ich glaube nicht.«

»Finanzen?«

»Dann würde er jetzt seine Hermès-Krawatte lockern und uns an den Tisch winken, damit wir ihm einen Mojito bringen.«

»Dann musst du mir ein bisschen auf die Sprünge helfen, Cato.«

»Er ist *Produzent.*«

»Und was produziert er? Broadway-Shows?«

»Herrje, bist du ein Snob. Fernsehnachrichten. Die Show heißt *Flashback.*«

»Diesen Müll? Der?«

Cato gibt vor, schockiert zu sein. »*Dieser Müll* ist gute, anständige Unterhaltung. Und die Sendung war kurz davor, abgesetzt zu werden, ehe er sie übernommen hat.«

»Er ist also ein Star-Fernsehproduzent. Das heißt, er ist schwierig und anspruchsvoll.«

»Er weiß nur, was er will. Und wenn er es bekommt, ist er beim Trinkgeld sehr spendabel. Und außerdem ist er ziemlich cool, wenn man ihn erst mal kennt. Letztes Jahr hat er mir eine kleine Rolle in einer Soap besorgt.«

»Doch nicht im Ernst! In welcher?«

»*Für immer und ewig*. Ich habe einen Hochzeitsgast gespielt, der mit Streichhölzern und Kerosin das Brautkleid in Brand gesteckt hat. Überall standen Feuerlöscher, und ein Krankenwagen war auch in Bereitschaft.«

Ich muss ein Lachen unterdrücken. »Das hast du doch gerade erfunden.«

»Ich schwöre bei Gott. Ich habe es bei YouTube gepostet, und schon in der ersten Woche haben fünfzigtausend Leute draufgeklickt. Solltest du dir bei Gelegenheit mal angucken. Die beste Szene ist die, in der die Braut ihren brennenden Brautstrauß wirft, und zwar geradewegs in …« Er bricht ab, als Steve in die Lounge marschiert kommt und mir einen finsteren Blick zuwirft.

»Was soll das hier werden, ein Treffen der anonymen Vollversager? Einer unser besten Stammkunden sitzt seit über einer Minute in deinem Bereich.«

»Ich habe ihr gerade ein paar Tipps bezüglich seiner Vorlieben und Abneigungen gegeben«, nimmt Cato mich in Schutz.

»Tja, dann musst du ein bisschen schneller reden. Ich will in dreißig Sekunden einen Drink auf dem Tisch vor seiner Nase stehen sehen. Weißt du was, bring ihm zwei Chopin Martinis aufs Haus, damit wir das Ding noch mal hingebogen bekommen.« Womit er sich abrupt umdreht und ans andere Ende der Theke geht. »Hey, Jerry! Heute Abend allein unter Männern?«

»Sagtest du nicht, er wäre abgelenkt?«, zicke ich Cato an.

»Tut mir leid. Selbst wir Veteranen vertun uns gelegentlich mal.« Er streicht mir eine lose Haarsträhne aus dem Gesicht. »Viel Glück. Wenn du was brauchst, ich bin nur einen Super-GAU entfernt.«

Während Alain mein Tablett mit Limonadegläsern belädt,

beobachte ich Daniel beim Lesen der Speisekarte. Er hat die Beine an den Knöcheln überkreuzt, und seine kräftige, gerade Nase ist vom rötlichen Licht der Wandleuchte angestrahlt. Genau der Typ Kunde, den ich nicht bedienen will – ein gut aussehender, erfolgreicher Mann, bei dem alles genau nach Plan läuft. Ich sollte die Frau sein, die da neben ihm sitzt. Stattdessen bin ich die, die Zweitklässler bedient und die hässlichsten Schuhe weit und breit trägt. Er schaut auf, und sein Blick wandert durch das Restaurant, um schließlich an der Bar und dann bei mir zu hängen zu bleiben. Ich lächele ihn kurz an und gebe mich für einen kleinen Augenblick der Illusion hin, jemand wie er könne jemanden wie mich bemerken.

Nicht in dieser Montur. Nie im Leben.

Nachdem ich meinen Kanadiern die Getränke an den Tisch gebracht und stockend die Tageskarte vorgetragen habe, überlasse ich es Mama und Papa, die Bestellungen aus ihren lieben Kleinen herauszufiltern, und bringe währenddessen Daniel und seiner Begleiterin ihre Martinis. »Mit besten Grüßen von Steve«, murmele ich und stelle die randvollen Gläser auf den Tisch. Ich bin dabei so verlegen, dass ich mich fast nackt fühle.

»Danke sehr«, erwidert Daniel. »Sagen Sie ihm doch, er soll vorbeischauen, wenn er zwischendurch mal einen Moment Zeit hat.«

»Mache ich.«

Er schaut mich mit zusammengekniffenen Augen an. »Sie habe ich hier noch nie gesehen. Sind Sie neu?«

»Ich habe vor ein paar Tagen angefangen.«

»Das *Roulette* ist unser Lieblingslokal, wahrscheinlich werden Sie uns also in Zukunft öfter sehen.«

»Toll.« Ich schlucke und gebe mir alle Mühe, mich zu konzentrieren. Okay, zuerst die Tagesgerichte, dann Geoffrey rüberschicken, damit er ihnen den schweineteuren Cabernet andreht, anschließend –

»AaaAAaaahhh!«

Entsetzt schnappe ich nach Luft, als ein durchdringender Schrei keine eineinhalb Meter von mir entfernt durch den Raum gellt. Augenblicklich erscheint Ginas Kopf hinter einer Säule, ihre goldenen Ohrringe schwingen empört hin und her, die Augenbrauen sind ärgerlich zusammengezogen, sodass ihre Augen darunter kaum noch zu sehen sind. Mit einem Blick über die Schulter nach hinten sehe ich, wie die kleine Haley mit hochrotem Kopf auf ihrem Stuhl herumrutscht. Eine tickende Zeitbombe, eine akute Gefahr für den angenehmen Abend, den sich die Gäste von ihrem Besuch bei uns erhoffen. Und für meinen Job.

»Wenigstens bin ich jetzt wieder wach«, murmelt Daniel, steckt sich den Zeigefinger ins Ohr und wackelt damit herum. »Das ist doch schon mal was.«

Seine Begleitung späht über die Speisekarte hinweg. »Warum haben die bloß ihre Kinder mit hierher gebracht?«

Daniel zuckt die Achseln. »Ich weiß es nicht, Sonia. Vielleicht haben sie es satt, ewig bei Ronald McDonald zu essen.«

»Geht das jetzt den ganzen Abend so mit diesem Geschrei?« Sie sieht mich an und erwartet offensichtlich eine Versicherung meinerseits, dass dies nicht der Fall sein wird.

»Sie hat nur Hunger«, versichere ich zuversichtlicher, als ich tatsächlich bin. »Bestimmt beruhigt sie sich gleich wieder.«

»Das will ich doch hoffen.«

Würde ich mit einem Mann wie Daniel an einem Tisch sitzen, könnten Haley und ihre Brüder hier eine Tyrannenherrschaft errichten, die das halbe Restaurant unter ihrer Fuchtel hat, und ich würde es nicht mal bemerken. Ich frage mich, was er und Sonia wohl nach dem Essen vorhaben. Einen Hubschrauberflug über die Skyline mit einem kleinen Abstecher über das Stadtzentrum, damit er ihr sein Büro zeigen kann? Nein, zu protzig. Vermutlich gehen sie einfach in eine nette, ruhige Bar, wo er Sonia dann mit Geschichten über seine Weltreisen und seinen rasanten Aufstieg in der halsabschneiderischen Fernsehwelt fesseln wird. Ach Cato, wie konntest du mir bloß zumuten, so einen Mann zu bedienen?

»Ich hätte da eine Frage zu der geräucherten Flunder«, meint Sonia.

»Bitte sehr.« Mist. Habe ich die Flunder probiert?

»Ist die sehr salzig? Ich kann es nämlich nicht ausstehen, wenn ich morgens völlig verquollen bin.«

Hektisch krame ich in meinen Erinnerungen und versuche, mich an die vielen verschiedenen Gerichte zu erinnern, die ich probiert habe, seit ich im *Roulette* arbeite. Eigentlich müsste ich das wissen, aber ich weiß es nicht. Was soll ich denn jetzt sagen? Dass die Flunder genau richtig ist? Was, wenn ich mich irre und sie sie zurückgehen lässt? Mein Herz fängt an, wie wild zu hämmern, denn das ratlose Schweigen wird langsam peinlich.

Mein Blick trifft den von Daniel, und ich kann darin sehen, dass er gemerkt hat, dass ich nicht weiterweiß. Ich weiß nicht so genau, ob ihn das eher amüsiert oder verärgert oder, schlimmer noch, beides. Ich mache den Mund auf, um etwas zu sagen, egal was, aber er kommt mir zuvor. »Nimm sie einfach, Sonia. Wenn sie dir nicht schmeckt, kannst du immer noch etwas anderes bestellen.«

»Okay. Also gut«, stimmt sie zu.

Genau in diesem Augenblick stößt Haley einen weiteren ohrenbetäubenden Schrei aus.

»Ach herrje«, sagt Daniel.

Etliche Gäste drehen sich abrupt auf ihren Stühlen herum. »Würden Sie mich bitte einen Augenblick entschuldigen?«, sage ich so ruhig wie möglich. »Ich bin sofort wieder da.«

Ich stürze an den Tisch, wo Mama gerade versucht, ihre Tochter mit einem Buch über die Abenteuer der kleinen Madeleine abzulenken, das offensichtlich für solche Notfälle bereitgehalten wird. Eine große, dicke Träne kullert Haley über das Gesicht und auf ihr weißes Kleid. »Mal sehen, ob ich nichts Schönes zum Spielen für dich finde«, meine ich.

»Herzlichen Dank«, murmelt ihre Mutter. »Alles ist besser als nichts.«

Gina folgt mir zur Servicestation, in der ich verzweifelt nach irgendetwas krame, das auch nur im Entferntesten unterhaltsam ist. »Alles meine Schuld«, jammert sie und seufzt niedergeschlagen. »Ich lasse sie kommen, weil ich bin nett, und dann passierte so was.«

»Hat Nino nicht irgendein Spielzeug, mit dem sie ein bisschen spielen könnte?«, tönt mein Echo aus dem Inneren des Schranks.

»Im Büro vielleicht, aber ich will nicht, dass dieses Balg seine Sachen anfasst.«

Ich hole ein paar angelaufene Serviettenringe, einen alten Taschenrechner und eine zerknitterte Geburtstagskarte an jemanden namens Laura hervor. »Dann bleibt nur zu hoffen, dass das hier reicht.«

Gina gibt noch ihr burgunderrotes Lipgloss als Zugabe obendrein. »Gib ihr, was sie will«, zischt sie. »Noch mehr Geschrei, und die Leute werden einen großen Bogen um das *Roulette* machen. Dann ich sitze mit eine Koffer auf der Straße! Verstanden? Keinen Mucks.«

Nachdem sie die Tischdecke mit ihren Hors d'œuvres verziert haben, entledigen Charlie und Evan sich ihrer Blazer und beginnen, ein Fort aus Servietten und einem auf geheimnisvolle Weise nun leeren Pfefferstreuer zu errichten. Haley, die das Vergnügen, mit altem Krempel zu spielen, bis aufs Letzte ausgereizt hat, starrt schweigend auf die ramponierte Geburtstagskarte.

»Wir hätten sie doch im Hotel lassen sollen«, höre ich den Vater sagen.

»Bei einer wildfremden Babysitterin?«, empört sich die Mutter, während sie den Applikator des Lipgloss von der Tischdecke kratzt. »Denen liegt doch nichts an den Kindern. Da hätte weiß Gott was passieren können.«

»Schlimmer als das, was hier gerade passiert, hätte es nicht sein können. Wir haben einen Teller Suppe für achtzehn Dollar bestellt, den sie nicht angerührt hat.«

»Ich habe mich so lange auf dieses Essen gefreut. Lass uns doch bitte versuchen, es zu genießen. Wenn das irgendwie geht.«

Chen stellt die Vorspeisen der Eltern auf den Tisch, während ich Haley eine halbe Portion Penne mit Entenwurst vor die Nase setze. Angewidert verzieht sie das Gesicht. »Das will ich nicht.«

»Doch, willst du wohl«, entgegnet ihr Vater.

»Will ich nicht!«, kreischt das Mädchen. Chen, der gleich nebenan Parmesankäse reibt, zuckt zusammen.

Sonia schaut von ihrer halb gegessenen Flunder auf, die sie für »nicht so schlecht wie befürchtet« befunden hat, und verdreht die Augen. Daniel sagt etwas zu ihr, doch sie kaut bloß aufgebracht weiter.

Haleys Mutter schlägt die Hände über dem Kopf zusammen. »So, jetzt ist mir der Appetit vergangen. Zum ersten Mal seit Monaten gehen wir in ein nettes Restaurant, und ich kann nicht mal in Ruhe essen.«

Vom Empfangspult aus wirft Gina mir bitterböse Blicke zu und zeigt auf die Tür. Schnell wandert mein Blick über die Gäste zu meinen übrigen Tischen, die augenblicklich alle zufrieden zu sein scheinen. »Bitte genießen Sie Ihr Essen«, versuche ich, Haleys Mutter zu beruhigen. »Ich nehme Haley mit zu einer … kleinen Führung!«

»Das ist sehr nett von Ihnen, aber …«

»Nur ein paar Minuten. Was meinst du, Haley?«

Das Mädchen schaut zwischen seiner Mutter und meiner ausgestreckten Hand hin und her. »Darf ich, Mama?«

Seine Mutter seufzt. »Also gut. Aber benimm dich bitte. Und wenn du zurückkommst, musst du den ganzen Teller leer essen.«

»Mache ich«, verspricht es und schiebt seine Hand in meine. Gina unterbricht ihr Gespräch mit einem Gast aus Rons Bereich und gibt mir versteckt das Daumen-hoch-Zeichen.

Nach einem kurzen Abstecher zur Servicestation und der Damentoilette (deren Tür eine dramatisch verschlankte Version von Botticellis Venus ziert) machen wir uns auf den Rückweg zu Haleys lauwarmer Pasta. Aber sie schlurft unwillig hinter mir her. Sie will noch nicht zurück an den Tisch. Sie will sich nicht schon wieder hinsetzen und brav sein, und ich spüre, dass ein erneuter Wutausbruch unmittelbar bevorsteht. »Okay. Wir schauen noch schnell in der Küche vorbei, und dann ist Essenszeit.« Ich führe sie zu den Flügeltüren, durch die ein stetes Brummen emsiger Betriebsamkeit zu hören ist. »Da drinnen sind alle ganz furchtbar beschäftigt, deswegen können wir leider nicht reingehen. Aber wenn du mucksmäuschenstill bist, darfst du mal kurz hineinspähen.«

Sie nickt und presst die Lippen fest zusammen. Ich hebe sie hoch, bis sie auf Augenhöhe mit dem Fenster ist. »Siehst du? Da wird heute Abend dein Essen gekocht.« Carl kommt hinter dem Pass hervor, um sich mit Marty zu beraten. »Und das ist der Küchenchef«, erkläre ich. »Küchenchef heißt, dass er hier der Boss ist.«

Carl dreht sich um und sieht uns direkt an. »Oje, Zeit zu gehen.« Ich lasse Haley wieder auf den Boden gleiten, aber zu spät, er ist schon auf dem Weg zu uns. Die Tür wird schwungvoll aufgestoßen, und schnellen Schrittes kommt Carl aus der

Küche, allerdings wider Erwarten nicht grimmig und gereizt, sondern mit einem breiten Lächeln im Gesicht.

»Hallo, Prinzessin.« Er bückt sich und hebt Haleys Kinn mit der Hand. »Wie heißt du denn?«

Sie starrt ihn mit großen, runden Augen an. »Das ist Haley«, antworte ich. »Wir verfolgen gerade unsere Penne bis zur Quelle zurück.«

Er lacht und schlingt einen Arm um Haleys dünne rosa Beinchen. »Na, die werdet ihr aber hier draußen kaum finden, Dummchen!«, lacht er und hebt sie zwei Meter hoch in die Luft. »Komm rein!« Sie wirkt aufgeregt und verängstigt zugleich, als er sie geradewegs in die kunterbunte Welt auf der anderen Seite der Tür entführt.

»Hey, Betsy«, höre ich José grölen. »Schnapp dir den Vanillepudding, wir treffen uns hinterm Haus.«

»Klar doch, *maricón*, aber nur, wenn du das kleine rosa Kleidchen anziehst«, entgegnet sie.

Etliche Köche lachen. »Hier hast du deinen Vanillepudding«, spottet Patrick. Er nimmt den Spritzbeutel, klemmt ihn sich zwischen die Beine und stöhnt laut, als der weiße Inhalt auf den Boden tropft. Aber alle verstummen schlagartig, als sie Haley auf Carls Schultern in die Küche kommen sehen. Patrick reißt ein Putztuch von der Arbeitsfläche und wischt hastig den Pudding auf.

»Wetten, dass du nicht zählen kannst, wie viele Herde ich habe«, meint Carl gerade, als die Türen hinter ihm zuklappen.

Ich ergreife diese Gelegenheit, um Daniel und Sonia Wein nachzuschenken und Haleys Eltern zu versichern, dass ihre Tochter gerade *die* Lehrstunde ihres jungen Lebens bekommt. Endlich scheinen sie sich zu entspannen – Mama macht ein Foto von allen, dann probieren Papa und sie die Vorspeise des jeweils anderen, während die Jungs mit den Fäusten ein

Gries-Kräuter-Brötchen zermahlen. Alle vier schauen erstaunt auf, als der Küchenchef höchstpersönlich in den Speiseraum kommt, sein Markenzeichen, den Rosmarinzweig, am Revers und eine strahlende Haley in den Armen. Sie zeigt auf ihre Mutter, und Carl setzt sie sanft auf ihren Stuhl.

»Nun, wie gefällt Ihnen unsere schöne Stadt?«

Er plaudert mit Haleys Eltern über Heliskiing in den Bugaboos, während Chen die kalte Pasta des Mädchens abserviert und ihm eine neue hinstellt. Bis zum Dessert ist sie lieb und brav, und obwohl sie nach draußen hopst, ohne auf Wiedersehen zu sagen, steckt ihr Vater mir noch einen Fünfzig-Dollar-Schein zusätzlich zu. »Es ist unser erster Abend in New York. Danke, Sie haben ihn zu einem unvergesslichen Erlebnis gemacht.«

Daniel und Sonia lehnen mein Angebot ab, noch ein Dessert und einen Kaffee zu nehmen, da sie »schon seit einer Stunde bei einer Party sein sollten«. Sonia legt ihre korallenrot verschmierte Serviette auf den Tisch und verschwindet in Richtung Toilette.

»Es wurde plötzlich so still hier drin, dass ich schon dachte, ich sei tot«, scherzt Daniel, als ich ihm die Rechnung bringe. »Was ist denn passiert?«

»Ich habe es mit guten, altmodischen Kindermädchenmethoden probiert. Tut mir leid, wenn die Kleine Sie gestört hat.«

Er zieht sein Portemonnaie aus der hinteren Hosentasche. »Sie hat mein *Essen* gestört. Um *mich* zu stören, braucht es schon ein bisschen mehr als ein paar Tränen von einer Fünfjährigen.« Er steckt seine Kreditkarte in die Ledermappe und reicht sie mir. »Bitte sehr. Und sollte noch mal jemand fragen, die Flunder ist köstlich. Und kein bisschen salzig.«

Errötend trete ich zurück. »Gut. Danke. Vielen Dank.«

Als Sonia und er Arm in Arm verschwunden sind, kommt Cato und legt mir eine Hand auf den Rücken. »Wie ist es gelaufen?«

»Ich kann es einfach nicht fassen«, murmele ich und zeige ihm Daniels Kreditkartenbeleg. »Nach all dem gibt er mir dreißig Prozent.«

Cato stößt einen lang gezogenen, leisen Pfiff aus. »Das ist großzügig, selbst für seine Verhältnisse.«

»Was habe ich denn gemacht?«

»Keine Ahnung, aber was es auch war, es hat ihm gefallen.«

7. Kapitel

»Du hast an *einem* Abend zweihundert Dollar verdient?«, posaunt mein Vater ins Telefon. »Also gut, lass hören. Hat Harold das jetzt gut gemacht oder nicht?«

Ich strecke den Arm aus und ziehe meine Bluse von der Duschstange, wo ich sie am Vorabend zum Trocknen aufgehängt habe. »Gut wäre eine mögliche Bezeichnung dafür.«

Er lacht vergnügt vor sich hin. »Genieße deine Freiheit, solange du kannst. Ehe du dich versiehst, sitzt du wieder in einem Büro und musst dem Staat die Hälfte deines Gehaltsschecks abtreten.« Er hält den Hörer etwas von sich fort. »Anne! Sie hat gestern Abend zweihundert Dollar verdient!«

»Aber sollte sie ihren Verstand nicht lieber für was Sinnvolles gebrauchen?«, höre ich meine Mutter antworten.

»Sag ihr, dass ich augenblicklich keine andere Wahl habe«, entgegne ich. »In New York gibt es einfach zu viele Marketing-Genies.«

»Sie sagt, es macht ihr einen Riesenspaß, und du sollst dir keine Sorgen machen!«

Ich werfe meine Bluse über die Küchenstuhllehne und stecke das Bügeleisen ein. »Ich gehe kellnern. Ich mache keinen Sommerurlaub in Nantucket. Warum bist du eigentlich nicht bei der Arbeit?«

»Deine Mutter braucht Hilfe bei ihren Vorbereitungen für das Barbecue am Sonntag. Ich habe gerade den Rasen gemäht, und jetzt mache ich mich gleich auf den Weg und gehe Eis und Kartoffelchips einkaufen. Das ist auf jeden Fall angenehmer, als die Buchhaltung der Fremont-Reinigung in Ordnung zu bringen. Derartig verkorkste Geschäftsbücher hat man noch nicht gesehen. Kein Wunder, dass denen eine Steuerprüfung ins Haus steht.«

Das hochwichtige alljährliche Barbecue. Wie konnte ich das bloß vergessen? Und wie komme ich jetzt, wo mein Vater mich daran erinnert hat, da wieder raus? Bei den Grillpartys der vergangenen Jahre musste ich mich immer mit irgendwelchen Leuten über meine vielversprechende Zukunft unterhalten, die mich mit »Na, Erin, schon die erste Million verdient?« begrüßten. »Könnte sein, dass ihr ohne mich feiern müsst«, werfe ich ein. »Wie es aussieht, muss ich an dem Tag arbeiten.«

»Wirklich?« Mein Vater klingt enttäuscht. »Das wäre das erste Barbecue, das du verpasst, seit du damals mit Wie-hieß-er-noch nach Martha's Vineyard gefahren bist. Du weißt schon, mit deinem Assistenten.«

»Das war vor drei Jahren, Dad, und er war unser Praktikant, nicht mein Assistent. Müssen wir unbedingt über Dinge reden, von denen ich wünschte, ich hätte sie nie getan?«

»Ich habe mich bloß gefragt, ob es das wert war, deswegen ein Familiengrillfest sausen zu lassen.«

»Ich verstehe, worauf du hinauswillst. Wenn ich Sonntagabend freihabe, komme ich.«

»Fein, das ist mein Mädchen. Pass auf, dein Bruder reißt mir gleich den Hörer aus der Hand.«

Nate setzt mich gleich weiter unter Druck. »Denk nicht mal im Traum daran, am Sonntag zu kneifen.«

»Tut mir leid. Aber ich bin nicht mehr die Herrin meiner Wochenenden.«

Er stöhnt. »Willst du mich etwa mit den ganzen langweiligen alten Knackern allein lassen?«

»Wenn du nicht mit langweiligen alten Knackern rumhängen willst, hättest du nicht wieder zuhause einziehen sollen.«

»Ich erhole mich gerade vom College«, kontert er. »Hätte ich gewusst, dass ich dauernd irgendwelche Sachen für Dad erledigen muss, wäre ich in Cambridge geblieben. Heute Morgen musste ich auf seinem Computer im Büro eine Firewall installieren und dann den ganzen Parkplatz kehren. Während er ausschläft und sich den Tag freinimmt. Ich bin total platt.«

»Komm wieder runter, Nate. Du redest mit jemandem, der sich seit vier Tagen nicht mehr hingesetzt hat.«

»Das klingt, als bräuchtest du dringend eine kleine Auszeit.«

Ich zögere, schwanke zwischen Gewissensbissen und der Angst, von langweiligen alten Knackern in Verlegenheit gebracht zu werden. Unglücklicherweise gewinnen die Gewissensbisse die Oberhand. »Also gut. Ich werde mal schauen, ob ich jemanden finde, der für mich einspringt.«

»Toll. Und bring ruhig jemanden mit. Je mehr Leute unter fünfzig da sind, desto besser.«

»Es gibt hier einen Grillkoch, den ich gerne mitbringen würde, aber der arbeitet doppelt so viele Stunden wie ich.«

»Versuch einfach herzukommen, okay? Ich verlasse mich auf dich.«

Mein Vater kommt wieder ans Telefon. »Bitte sag deinem Bruder Bescheid, wenn bei euch eine Stelle als Tellerwäscher frei wird. Es geht doch nichts über einen Verdienst an der Lohnuntergrenze und ein bisschen Dreck, um einen Dreiundzwanzigjährigen dazu zu zwingen, sich ernsthaft Gedanken über seine Zukunft zu machen.«

Ich hänge meine Bluse auf einen Kleiderbügel. »Tut mir leid, Dad. Aber das würde ich nicht mal meinem ärgsten Feind antun.«

✧

Als ich an diesem Nachmittag ins *Roulette* komme, hängt Cato in einer der Sitznischen herum und hört Musik. Auf dem Tisch vor ihm stehen dicht gedrängt Weinflaschen, Gläser und Brotkörbchen mit Baguettescheiben. Ohne die übliche weiße Tischdecke ist der Tisch nichts weiter als eine abgewetzte kreisrunde Spanplatte, drapiert mit filzunterlegtem Vinyl – nicht halb so elegant, wie er unter jeder Menge Silber und Kristallglas aussieht. In der Mitte steht ein großer Spucknapf aus Messing.

Ich höre Countrymusik im Hintergrund, als Cato den Kopfhörer absetzt. »Setz dich hierhin«, fordert er mich auf und klopft auf den Platz gleich neben sich. »Wir können uns heimlich zusammen besaufen. Nur über meine Leiche spucke ich einen Hundert-Dollar-Barolo wieder aus. Wo ich herkomme, ist ein Mateus schon das höchste der Gefühle.«

Ein paar Minuten später kommen Jane, Ron und Derek und wirken im ersten Fall gestresst, im zweiten frisch geduscht und im dritten schon ganz heiß auf das bevorstehende Ereignis. Jane erklärt, sie sei »kurz davor, die ganze Krankenschwesterngeschichte abzublasen, wenn ich nicht bald mal eine Nacht ausschlafen kann«, und Derek erzählt uns in aller Ausführlichkeit von einem runtergekommenen Lokal in Williamsburg, das der perfekte Standort für sein eigenes Restaurant wäre.

»Die Miete ist sogar noch erschwinglich. Nötig wären bloß ein neuer Boden, Möbel und eine ordentliche Küche. Ich habe ein paar Köche kennen gelernt, die unbedingt aus dem *Asia de Cuba* rauswollen. Wenn ich also fünfundsiebzigtausend Dollar zusammenkratzen kann, steht meinem eigenen Laden nichts mehr im Weg.« Er beschreibt gerade sein Traummenü (Hummer mit Pommes frites, Hamburger aus Kobe-Rind mit Camembert), als Geoffrey in die Lounge flaniert, schon in voller Dienstmontur, mit einem Notizblock unter dem Arm. Er hat die schmalen Lippen geschürzt, und es umgibt ihn die Aura eines Professors, der es kaum erwarten kann, seinen Studenten sein geballtes Wissen zu demonstrieren.

»Wir haben eine Stunde Zeit, um uns mit der Toskana vertraut zu machen«, verkündet er, nimmt die ihm am nächsten stehende Flasche und schneidet mit seinem Kellnerbesteck die Folienkappe auf. »Fangen wir an.« Nachdem er Kopien mit Landkarten der Region verteilt hat, lässt er ganz beiläufig die Namen verschiedener Rebsorten fallen und wirft mit Begriffen wie *Denomination* und *duftig* nur so um sich, während ich mich nach Kräften bemühe, mir zumindest die wichtigsten Dinge zu merken.

»Wenn dieselbe Traube eine halbe Meile entfernt wächst, wird sie aufgrund unterschiedlicher Umwelteinflüsse, des sogenannten *terroir*, gewisse Eigenheiten aufweisen«, erklärt er. »Nimmt man nun noch das Wetter und die verschiedenen Produktionsweisen der einzelnen Winzer hinzu, erhält man unendlich viele mögliche Kombinationen.«

Er gießt in jedes der Gläser Weißwein, etwa einen Zentimeter hoch, und reicht diese dann herum. Anschließend nimmt er sich, wie ich es bereits befürchtet habe, die Person im ganzen Raum vor, die allem Anschein nach am wenigsten Ahnung hat. »Erin, wie würdest du den Vernaccia beschreiben?«

Da ich normalerweise die Qualität eines Weins an seinem Preis festmache, frage ich: »Wie viel kostet denn die Flasche? Im Einkauf, meine ich.«

»Das tut momentan nichts zur Sache. Sag mir einfach nur, was dir beim Trinken in den Sinn kommt.«

Das ist die Strafe dafür, dass ich meinen Vater mit seinem ganze zehn Flaschen umfassenden »Weinkeller«, den er gleich neben dem Frostschutzmittel in der Garage lagert, aufgezogen habe. Ich nehme einen großen Schluck, vergesse, ihn wieder auszuspucken, und schlucke. Weil alle mich so anstarren, kann ich den Wein kaum schmecken, geschweige denn ihn beschreiben. »Sehr gut.«

»Was meinst du mit gut?«

Verzweifelt schaue ich mich um auf der Suche nach einem Strohhalm, an den ich mich klammern könnte. »Er ist … erfrischend.«

»Wenn ein Gast dich nach einem bestimmten Wein fragt, erwartet er eine etwas präzisere Beschreibung. Und ich ebenfalls.«

Cato drückt unter dem Tisch aufmunternd mein Knie. Derart in die Ecke gedrängt, werfe ich den einzigen Weinbegriff in den Ring, den ich kenne. »Fruchtig?«

»Du konzentrierst dich nicht«, stellt Geoffrey fest und rückt seine Brille zurecht. »Wenn du hier arbeiten willst, musst du lernen, mit deiner Zunge zu denken.«

»Okay …« Ich versuche es noch einmal, schnuppere, schwenke den Wein und gurgele vorschriftsmäßig.

»Rassig?«, souffliert Geoffrey.

»Das könnte man wohl so sagen.«

»Denk an die Begriffe, die ich erwähnt habe. Ist er rauchig? Würzig? Blumig?«

»Alle drei!«

Er verdreht die Augen. »Du kannst von Glück sagen, wenn du es schaffst, irgendwem Wasser aus der Flasche anzudrehen.«

Während die anderen Kellner mit ihren Vorbereitungen für den Abend anfangen, lässt Geoffrey mich nachsitzen und stopft mich mit Wörtern wie »Tabak« und »Leder« voll.

»Ich schmecke Butter«, erkläre ich mit einer plötzlichen Anwandlung von Selbstvertrauen.

Er zuckt zusammen. »Einen Weißweinbegriff zur Beschreibung eines Rotweins zu verwenden, sollte unter Strafe gestellt werden.«

»Der kostet vierzig Dollar das Glas?«, frage ich, als ein Schluck Chianti in meinen Blutkreislauf strömt.

»Alles eine Frage von Angebot und Nachfrage. Was immer der Markt hergibt. Diese Trauben wachsen auf einem Fleckchen Erde, das seit Caligulas Herrschaft im Besitz ein- und derselben Familie ist. Dafür sind die Leute gerne bereit, etwas mehr zu bezahlen.« Er holt eine weiße Serviette und sein Kellnerbesteck hervor und führt mich in die hohe Kunst des Präsentierens, Öffnens und Einschenkens ein. »Dreh die Flasche so, dass ich das Etikett sehen kann«, befiehlt er. »Nicht zur *Wand*, Erin. Jetzt zeigt es Richtung Boden. Hörst du mir überhaupt zu?«

»Ich bin bloß ein bisschen eingerostet«, verteidige ich mich.

Er schnieft. »Erinnere mich daran, dass ich Harold frage, was er bloß an dir findet.«

Plop! Geoffrey hält sich mit beiden Händen die Ohren zu. »Leise bitte. Wir wollen doch nicht, dass unsere Gäste einen Herzinfarkt bekommen.«

»Klingt gut, Erin!«, ruft Cato aus der Lounge. »Immer schön weiterschlucken.«

Das letzte Mal, als ich schon nachmittags angetrunken war, habe ich mit einem Kerl namens Seamus in einem Irish Pub rumgemacht. Als Jane zu mir sagt: »Du bist heute an der Reihe, Gina und Steve zu bedienen«, bin ich so was von weggetreten, dass ich davon überzeugt bin, sie müsste jemand anderen meinen. Ich schaue vom Löffelpolieren auf und in ihr lächelndes Gesicht. »Erde an Erin!«

»Wie bitte?«

»Gina und Steve essen heute Abend hier, und sie sitzen in deinem Bereich. Wir sind immer reihum abwechselnd dran, sie zu bedienen. Diesmal wollen sie, dass du es machst.«

Wäre ich nicht so betrunken, würde ich jetzt in Panik ausbrechen. »Bist du sicher, dass ich schon so weit bin?«

»Keine Sorge«, beruhigt Cato mich, »normalerweise essen sie nicht vor zehn. Bis dahin bist du wieder munter und hellwach. Und wo wir gerade beim Thema sind, ich brauche einen Red Bull und eine Ohrfeige. Jane, wärst du so freundlich?«

Sie langt über den Tisch und knallt ihm eine. Er blinzelt ein paarmal. »Viel besser. Ron? Eine leichte Rückhand, um die Spinnweben wegzupusten?«

»Brauche ich nicht«, versichert er, obwohl sein hochrotes Gesicht ihn Lügen straft. »Vielleicht könnte es beim Ausnüchtern helfen, wenn jemand mal Besteckknachschub holt.«

»Das mache ich!«, rufe ich. Jetzt, wo Gina und Steve mich ganz genau unter die Lupe nehmen werden, muss ich so wach sein wie möglich. Auf wackligen Beinen schlingere ich durch den Speiseraum und steuere auf die Küche zu, in der es beinahe unerträglich hell ist für jemanden, der gerade zehn verschiedene Rebsorten probiert hat.

Wo waren denn alle hin? Weit und breit kein Koch zu sehen. Plötzlich höre ich einen entfernten Knall und einen kurzen Aufschrei, gefolgt von donnernden Schritten, als Patrick in Clogs mit Schachbretthose und Kochjacke bekleidet die Treppe hinunterpoltert. Ihm dicht auf den Fersen sind Carl, Phil und vier weitere Köche, alle lachend und ganz außer Atem.

Patrick bleibt am Vorbereitungstisch stehen, wirbelt heftig schnaufend herum und droht den anderen mit einem gezückten Schneebesen, als sei es ein Klappmesser. »Wenn mir einer zu nahe kommt, verquirle ich ihm die Eier. Ich meine es ernst!«

»Gib auf, Patty!«, ruft Marty und schleicht sich langsam um ihn herum. In der ausgestreckten Faust hält er eine fettige Handvoll Butter.

»Ich passe auf, dass er nicht abhaut«, sagt José und verstellt Patrick auf der einen Seite des Passes den Fluchtweg.

Ohne den Blick auch nur kurz von Patrick zu wenden, macht Carl den Kühlschrank auf, holt einen Plastikbehälter heraus und öffnet den Deckel. »Du armes Schwein. Wie du dastehst, in die Ecke gedrängt und eingekreist wie eine Ratte. Ich werd's dir schon zeigen, wenn du dir einbildest, ein Jahr in meiner Küche durchzuhalten.«

»Ach ja? Leck mich.« Patrick wirft mit dem Schneebesen nach Phil und trifft ihn an der Schulter.

»Schnappt ihn euch! Er haut in den Keller ab!«, schreit Phil, und alle rennen los und stürzen sich auf Patrick, als der gerade die Treppe hinunterlaufen will.

Gegen die Wand gedrückt stehe ich da und sehe zu, wie sie ihn halb kichernd und halb schreiend bis zum Geschirrspüler mitschleifen, wo sie ihm die Jacke ausziehen und ihm Soße und Olivenöl über den Kopf gießen. Enrique, der Spüler, steht mit einem verwirrten, schiefen kleinen Lächeln daneben.

»Glückwunsch, du kleiner Wichser!«, tönt Carl und schüttet Patrick Demi-Glace in die Haare.

Marty schnappt sich die riesige Spüldüse und spritzt ihn ab. »Konnte nicht mal anständige Brunoise würfeln, als er hier aufgetaucht ist, der Vollidiot!«

Patrick spuckt und strampelt, und irgendwann gibt er schließlich auf. Mit hochroten Wangen und verstrubbelten Haaren grinst er übers ganze Gesicht und wischt sich die Bernaise aus den Augen. »Hi, Erin!«, ruft er.

Steve erscheint unten an der Treppe. »Wer hat meinen Hefter mitgehen lassen?«

»Ich wollte Patrick die Augenbraue piercen, aber ich glaube, er hat genug gelitten«, erklärt Carl lachend. Er zerrt den Hefter aus der Hosentasche und wirft ihn in einem eleganten Bogen quer durch den Raum.

Steve fängt ihn in der Luft auf. »Keine grobe Gewaltanwendung bitte. Ich möchte nicht morgen Post vom Anwalt im Briefkasten haben.«

»Patty mag es doch ein bisschen härter. Stimmt's, Patty?« Marty knufft ihn in die Seite.

»Lasst mich in Ruhe, ihr Arschlöcher«, knurrt Patrick. »Ich habe zu arbeiten.«

Mein Bild von Carl als eisernem Diktator löst sich endgültig in Luft auf, als er Patrick die Clogs von den Füßen zerrt, sie auf einen leeren Geschirrständer platziert und durch die Spülmaschine schickt. »Deine Füße stinken«, bemerkt er trocken.

»Nicht gut«, bemerkt Enrique, als der Geruch von gedünstetem Leder durch die Küche wabert.

Die Köche rücken ihre Jacken zurecht, wischen sich die Arme ab, und einer nach dem anderen schlendert zu seinem Posten. Patrick steht in Socken an der Spüle und wäscht sich die Schmiere aus den Haaren. »Dein Demi-Glace ist ein bisschen zu flüssig, Marty«, bemerkt er. »Ich würde es an deiner Stelle noch ein bisschen reduzieren.«

Sobald er seine nassen Schuhe angezogen hat und hinter dem Pass verschwunden ist, kehrt in der Küche alles wieder zur Tagesordnung zurück. Man ist kurz angebunden, und selbst die üblichen scherzhaften Zwischenrufe haben einen ernsten Unterton: »Ich hab's dir schon mal gesagt, Schwanzlutscher, lass die Finger von meiner Petersilie.«

Ich lächele Enrique an und nehme die riesige Wanne mit dem sauberen Besteck. »Ist schwer, Miss«, sagt er. »Seien Sie vorsichtig.«

»Okay.« Ich hieve das Ding hoch, das tropfnass ist und sicher an die zwanzig Kilo wiegt. Als ich mich umdrehe und hinausgehen will, schaue ich mich kurz um und sehe, dass Phil zu mir herüberguckt. Er hat einen gigantischen Pfannenwender in der Hand, und seine Jacke zieren etliche Wasserspritzer und grünliche Flecken, was ihm diesen Look »halb Kochgenie, halb Küchenkämpfer-Punk« verleiht, der mein Blut total in Wallung bringt.

Den Blick noch bei ihm, mache ich einen Schritt von der Gummimatte runter und stolpere, wobei ich beinahe den Besteckkasten fallen lasse. Ich greife danach, bekomme eine Ecke zu fassen und verdrehe mir dabei den Daumen. »Autsch!« Da ich zu viel getrunken habe, verliere ich den Halt. Und zwar komplett.

Der Kasten kracht mit einem ohrenbetäubenden Scheppern auf die Ecke der Spüle. Instinktiv mache ich einen Satz zur Seite, um den fliegenden Messern auszuweichen, wobei ich aus dem Augenwinkel Carl, Phil und die übrigen Köche sehe, die verdutzt zusehen, wie Besteck durch die Luft wirbelt und auf den Boden und auf sämtliche anderen Flächen in der Nähe prasselt. Gerade, als das Schlimmste vorbei zu sein scheint, saust eine einzelne Gabel über die metallene Arbeitsfläche, auf der sich schmutziges Geschirr und verschiedene Küchenutensilien stapeln. Mit erstaunlich hoher Geschwindigkeit rutscht sie durch eine rosa Seifenpfütze und fliegt durch die leere Luft. Und hält dabei geradewegs auf Carl zu. Bitte, lieber Gott. Nein.

Eine Laune des Schicksals lässt die Gabel haarscharf an seinem Arm vorbeisegeln und an der Wand abprallen, um dann mit einem widerlichen *Platsch* in einem riesigen, blubbernden Kopftopf zu landen. Lorenzo schaut ihr hinterher. »Mein Hummerschaumsüppchen. Vier Stunden habe ich dafür gebraucht.«

Im ersten Augenblick erwarte ich fast, dass alle anfangen zu lachen, mich als einen der ihren ansehen, der rumalbert und dabei eben mal eine kleine Schweinerei macht. Aber es entsteht bloß ein langes, unheilvolles Schweigen. Finster stiert Carl erst das Trümmerfeld aus Tafelsilber und dann mich an.

»Hast du Harold einen geblasen, um hier reinzukommen, oder was?«

Ich mache den Mund auf, um zu protestieren, aber er hebt abwehrend die Hand. »Du hast schon genug Schaden angerichtet. Mach es nicht noch schlimmer.«

Der Erste, der sich wieder bewegt, ist Enrique, der auf die Knie geht und anfängt, die verstreuten Utensilien wieder einzusammeln. Ich bücke mich, um ihm zu helfen. Unter den dichten Brauen wirft er mir einen verständnisvollen Blick zu und nimmt dann beide Hände, die in Gummihandschuhen stecken, um das Besteck wie mit einem Schleppnetz auf dem Boden zusammenzufegen. Als ich mich aufrichte, um meine zweite Besteckladung in den Kasten zu kippen, sehe ich, wie Lorenzo meine tropfende Gabel mit einer Grillzange herausfischt.

»Ich lasse sie durchlaufen noch mal«, erklärt Enrique, steckt den vollen Kasten in die Spülmaschine und verschließt die Metalltür.

»Danke. Ich warte solange«, sage ich zu ihm.

»Nein, tust du nicht«, widerspricht Carl und weist auf die Tür. »Enrique kann die Sachen rausbringen. Verschwinde. Ich kann deinen Anblick nicht mehr ertragen.«

8. Kapitel

Es ist erst halb acht, und der Abend scheint schon jetzt kein Ende nehmen zu wollen. Obwohl man mir bloß einen halben Bereich zugeteilt hat, habe ich es schon geschafft, eine Getränkebestellung zu verschusseln und die Tageskarte an einem Tisch zweimal runterzubeten. Ein Mann an Tisch zehn hält mir die kleine lederne Rechnungsmappe hin, die ich ihm eben zurückgebracht habe. »Ma'am, Sie haben mir die falsche Kreditkarte gegeben.« Nach meiner Vorstellung in der Küche bin ich schrecklich befangen und komme mir vor wie ein wandelndes Unfallrisiko. Cato und Jane wollen einfach nicht aufhören, mich aufzuziehen (»Hey, Erin! Messer, Gabel, Schere, Licht …!«), und bald muss ich meinen beiden Chefs meine wackligen Künste demonstrieren. Ich muss mich unbedingt auf der Stelle zusammenreißen.

»Tisch sieben hat mich gerade angehalten, um etwas zu trinken zu bestellen«, meckert Derek, als er mich in der Lounge erwischt.

»Tut mir leid. Ich komme sofort.«

Er reicht mir die Bestellung. »Zu spät. Ich bin nicht dazu da, hinter dir herzuräumen, während du hier am Computer rumspielst.«

»Ich spiele nicht rum«, verteidige ich mich, und mein Herz beginnt, hektisch zu pochen. »Ich habe zu tun.«

»Wie wir alle. Das ist hier keine billige Absteige, weißt du. Du musst dich schon ein bisschen ins Zeug legen.«

Jedes Mal, wenn ich mich umdrehe, bespitzelt Steve mich vom anderen Ende des Raums, und Gina steht hinter mir und korrigiert mich. »Warum du läufst nicht?« Sie weist auf den vorderen Bereich des Speiseraums, wo Cato zwischen den Tischen hin und her flitzt. »Darum haben wir dich eingestellt. Immer schön fleißig sein, okay? Schnell, schnell machen, immer!« Ihr schweres goldenes Bettelarmband klimpert an ihrem Handgelenk.

»Schnell, schnell«, wiederhole ich nickend. »Okay.«

Als Steve und sie sich schließlich zum Essen an den Tisch setzen, mobilisiere ich vor lauter Angst noch einmal sämtliche Energiereserven. Während ich auf ihren Tisch zusteuere, geht mir auf, dass ich in der seltsamen Lage bin, so tun zu müssen, als würde ich sie nicht kennen, um die angemessene Förmlichkeit zu wahren. Ich sage gerade »Guten Abend«, als Gina mich schon unterbricht.

»Du bist zu weit weg.«

Unsicher, was sie damit meint, beuge ich mich nach vorn. »Wie bitte?«

Sie winkt mich näher heran. »Vom Tisch, Erin. Vom Tisch.«

»Komm ein bisschen näher«, befiehlt Steve. »Wenn du zu weit weg bist, verlierst du vor deinen Gästen an Autorität. Und du drückst die Knie nicht durch.«

Ein rascher Blick auf meine Beine, die, bis auf eine kleine Beule, vom Rock verborgen sind. »Du hast recht. Das habe ich gar nicht gemerkt.«

»Das ist hier kein zwangloses Schnellrestaurant«, erklärt Gina. »Du kannst hier nicht herumstehen, als seist du bei dir zuhause. Und lächele, ja? Du wirkst deprimiert.«

Ich grinse breit und versuche, mich daran zu erinnern, was ich vor diesem kleinen Exkurs sagen wollte. Steve schüttelt seine Serviette auseinander. »Lass hören, was heute auf der Tageskarte steht.«

In dem Augenblick, als die Worte *in Lakritz geköchelter*

Steinbutt meinen Mund verlassen, reißt er die Augen auf. »*Lakritz*? Herrje. Ist das wegen dieser Rick-Holland-Geschichte?«

»Ich weiß nicht. Das hat Carl nicht gesagt.«

»Also gut, ich nehme das geschmorte Blattgemüse und die Lammschulter. Er weiß, wie ich sie am liebsten habe.«

»Und für dich, Gina?«, frage ich, während ich mir seine Bestellung notiere.

»Was ist an Lamm denn so schwierig?«, entgegnet sie. »Das du musste dir doch nicht aufzuschreiben.«

»Du solltest dir eine Bestellung doch wirklich für zwei Minuten merken können«, bemerkt Steve.

Ich lasse die Hand sinken und schlaff herunterfallen. Lammschulter, denke ich. Lammschulter und Blattgemüse.

»Ich nehme den Thunfisch«, sagt Gina. »Ohne alles. Scharf angebraten, vierzig Sekunden, nicht länger. Und lass es nicht machen von Lorenzo, seine Mutter ist aus Palermo, sonst es schmeckt nach Sardinen.«

Steve schnaubt. »Ach, ich bitte dich. Das ist doch reine Einbildung.«

»Ich schmecke Palermo in allem, was er anfasst«, erwidert Gina beharrlich. »Igitt.«

»Wir haben ihn im *Bellavitae* aufgegabelt«, erzählt Steve mir stolz. »Er saß da, machte Bruschetta und verdiente zweifünfzig die Woche. Ein echtes Talent.«

»Hör auf mit Lorenzo, sonst vergeht mir der Appetit«, protestiert Gina. »Und ich will ein bisschen Gemüse, Erin. Auberginen, Spinat, egal was. Ich werde ohnehin nicht viel essen.«

»Du solltest es zumindest versuchen.« Steve wirkt besorgt und enttäuscht, als sei sie ein schwieriges Kind. »Du kannst doch nicht von Espresso und Zigaretten leben.«

Sie schaut ihn mit großen Rehaugen an. »Ich werde essen, okay? Für dich.« Zu mir sagt sie: »Und sag Geoffrey, er soll uns eine Flasche Brunello bringen. Und etwas Mineralwasser ohne Kohlensäure, und nimm das Brot wieder mit, das wir essen sowieso nicht.«

Mir schwirrt der Kopf von den vielen Anweisungen, als ich das Brot an der Servicestation ablade, Geoffrey nach dem Brunello schicke und das Mineralwasser holen gehe. »Die Maklerin behauptet, es sei eine Bruchbude«, höre ich eine vertraute Stimme sagen, als ich in die Lounge komme. »Zumindest an Bridgehamptoner Maßstäben gemessen.«

Es ist Daniel Fratelli, der Produzent.

Allein sitzt er in Khakihose und verwaschenem blauem Hemd mit einem Bier vor der Nase da. Er isst eine Buttermakrele von der Barkarte und redet mit Alain und Cato. Als ich sein Gesicht so von der Seite betrachte, vergesse ich fast, dass ich meine beiden Chefs bediene und keine Zeit habe, einen Stammgast anzuschmachten, der in einer ganz anderen Liga spielt als ich und zudem eine Freundin hat.

»Das Haus selbst ist nichts Besonderes«, erklärt er Alain. »Aber die Aussicht ist der Hammer.«

»Ist denn ein bisschen Land dabei?«, erkundigt Alain sich.

»Ungefähr ein halber Morgen, mit Kiefern und einem Teich.«

»Klingt doch bestens!«, ruft Cato vom Computer rüber.

»Wenn man ein bisschen Arbeit hineinsteckt, bestimmt.«

»Acqua Panna bitte«, flüstere ich Alain förmlich zu.

Als Daniel meine Stimme hört, schaut er zu mir herüber. »Hallo! Wie geht's?«, begrüße ich ihn.

Er nickt und widmet sich wieder seinem Sandwich. Gerade als ich denke, dass unser Gespräch bereits vorbei ist, ehe es richtig angefangen hat, sagt er: »Heute Abend wieder irgendwelche ungezogenen Gäste?«

Ich bedenke ihn mit einem, wie ich inständig hoffe, professionellen Lächeln. »Zumindest keine unter einundzwanzig.«

»Wie schade. Sie schienen Ihre Berufung gefunden zu haben.«

»Erin ist in Long Island aufgewachsen, sollten Sie also Tipps für den Häuserkauf dort brauchen«, meldet Cato sich zu Wort. »Ihre Eltern wohnen in East Quogue.«

Ich kämpfe gegen den Drang an, ihn fest zu kneifen. Ja, stimmt, sie wohnen in East Quogue, in einem Vier-Zimmer-Farmhaus mit einem Fensterrahmen aus Alu. Was verstehe ich denn schon von Anwesen mit Meerblick oder den Männern, die sich so etwas leisten können?

»Und wie gefällt es ihnen da?«, erkundigt Daniel sich.

Statt die Kommune am anderen Ende der Straße zu erwähnen oder den Nachbarn, der immer in viel zu knapper Badehose seine Gartenarbeit macht, flöte ich: »Oh, sie fühlen sich da sehr wohl. Sie leben schon seit zwanzig Jahren in diesem Haus.«

Er wischt sich mit der Serviette den Mund ab und schiebt den Teller auf der Theke von sich fort. »Ich fahre morgen raus und treffe mich dort mit meiner Immobilienmaklerin und ein paar Freunden. Die vermutlich hoffen, dass ich endlich ein Kaufangebot abgebe, damit sie ihr Gästezimmer wieder für sich haben.«

»Du fährst doch morgen zu deinen Eltern zum Barbecue, stimmt's, Erin?«, fragt Cato.

Ich zögere. »Das weiß ich noch nicht.«

»Mir hast du erzählt, du hättest deine Sachen schon gepackt.«

»Habe ich auch«, erwidere ich kühl. »Für alle Fälle.«

Er grinst, und mich beschleicht das Gefühl, dass er etwas sagen wird, was er nicht sagen sollte. *Alain, beeil dich mit dem Wasser.*

»Vielleicht könntet ihr ja zusammen rausfahren«, schlägt Cato vor und tut, als sei ihm dieser Gedanke gerade erst gekommen. »Ich meine, wo ihr doch beide in dieselbe Richtung müsst.«

Ich gucke ihn mit großen Augen an. Was *macht* er denn da? Daniel will doch keine Kellnerin nach Long Island kutschieren, und ich will nicht eineinhalb Stunden lang mit einem vermögenden Gast im Auto sitzen, der die Speisekarte besser kennt als ich.

»Ich nehme den Bus«, wehre ich ab. »Und außerdem fahren wir bestimmt zu ganz unterschiedlichen Zeiten los.«

»Ach ja?«, entgegnet Daniel. »Ich wollte mich gegen zehn auf den Weg machen.«

»Für wann hast du reserviert, Erin?«, fragt Cato.

»Um … um zehn.«

Alain stellt die Wasserflasche auf mein Tablett, während ich ungeschickt mit einer Zitronenscheibe hantiere. Daniel starrt auf die Reihe beleuchteter Flaschen hinter der Bar. Er scheint sich zu fragen, ob es wohl leichter wäre, sich einfach geschlagen zu geben und mich mitzunehmen.

»Ich hätte nichts gegen eine Beifahrerin, falls Sie morgen mitkommen möchten«, sagt er.

»Dankeschön, aber ich nehme lieber den Bus.«

»Nein, tust du nicht«, widerspricht Cato.

»Doch, tue ich wohl«, protestiere ich beharrlich. »Ich fahre schon seit Jahren mit dem Bus.«

»Das ist aber eine eher lauwarme Begründung«, entgegnet Daniel. »Schon mal den Long Island Expressway im Cabrio lang gefahren?«

»Noch nie«, antwortet Cato an meiner Stelle.

»Im Cabrio?«, murmele ich.

»Nicht irgendein Cabrio«, erklärt Daniel. »Ein echter Klassiker.«

»Nein, das habe ich wirklich noch nicht«, muss ich zugeben.

Er schiebt mir seine Visitenkarte zu. »Daran müssen wir unbedingt was ändern. Schreiben Sie mir Ihre Adresse auf, dann hole ich Sie morgen ab.«

✧

»Und nachdem ich das Tafelsilber fallen gelassen habe, musste ich zu allem Überfluss auch noch Gina und Steve bedienen. Die natürlich keinen Cent Trinkgeld geben.«

»Überhaupt nichts?«, entgegnet Rachel. »Nicht mal fünf Mäuse?«

Wir sind in einer Bar in Soho, die über einen Bambus-Fußboden, eine langweilige, gut aussehende Klientel und eine hippe, ökologisch korrekte Getränkekarte inklusive Bio-Alkoholika und rein natürlicher Mixgetränke ohne künstliche Zusätze verfügt. Es ist das erste Mal, dass ich abends weggehe, seit ich im *Roulette* angefangen habe, und ich habe etwas zu feiern: Ich habe neun Tage überstanden, ohne gefeuert zu werden.

»Drei Stunden Arbeit für einen Hungerlohn, ist das zu fassen? Jane hat mir erzählt, dass es den anderen Kellnern auch nicht besser ergeht.«

»Na ja. Wenigstens hast du morgen deinen freien Tag.«

»Genau, und den darf ich beim Grillfest meiner Eltern verbringen. Und dank Cato werde ich von einem unsere *Gäste* hingefahren.«

Rachel hebt ein Schnapsgläschen mit einem Tequila aus einer exklusiven Miniplantage. »Aber von einem sehr attraktiven, hoffe ich.«

»Könnte man so sagen, er ist bloß … viel zu seriös für mich. Und außerdem ist er Fernsehproduzent.«

»Na und?«

»Erfolgreiche Produzenten und vom Pech verfolgte Kellnerinnen passen nicht so gut zusammen.«

»Zumindest bräuchte er sich nicht von deinem beruflichen

Erfolg in seiner Männlichkeit bedroht zu fühlen«, erklärt sie fröhlich.

»Wie tröstlich.«

»Sieh mal, Erin, eigentlich bist du doch gar keine Kellnerin. Das ist bloß rein zufällig augenblicklich dein Job.«

»Der Augenblick ist das Einzige, was zählt. Und außerdem«, füge ich hinzu, wobei ich nicht so genau weiß, ob ich sie überzeugen möchte oder mich, »finde ich den Koch, von dem ich dir erzählt habe, wesentlich heißer.«

»Den mit dem Knackarsch?«

»Und den *umwerfenden* blauen Augen. Wir haben bisher kaum ein Wort miteinander gewechselt, aber das wird sich jetzt ändern, und wenn ich ihm eine Falle stellen und ihn in der Speisekammer einsperren muss.« Ich trinke einen Schluck Sauvignon Blanc, den ich, Geoffrey sei Dank, zunächst verkoste (schmecke ich da feuchte Steinplatten?), ehe ich mir gestatte, ihn zu genießen. »Wobei mir einfällt, triffst du dich noch mit dem Typ mit dem vierjährigen Kind?«

»Tue ich, und er heißt Brian, und der Sex ist der Wahnsinn. Aber wir reden kaum miteinander. Es ist mehr so: ›Hi, lass uns vögeln, ich muss Olivia abholen, wir sehen uns dann am Freitag.‹«

Ich lehne mich zurück. »Klingt doch toll. Warum eine nette Affäre durch überflüssiges Gequatsche versauen?«

»Das klingt überhaupt nicht nach dir, Erin. Lässt du die Kerle normalerweise nicht mindestens einen Monat lang zappeln, ehe du sie ranlässt?«

»Diese Strategie muss ich wohl noch mal überdenken. Erscheint mir irgendwie etwas zu etepetete für jemanden, der mit rohem Fleisch arbeitet.«

»Ein Koch«, säuselt Rachel verträumt. »Stell dir mal vor, du hättest einen Freund, der dir ein Vier-Gänge-Menü zaubern kann.«

»Und nach dem Essen fallen wir übereinander her.«

Sie lässt den Strohhalm in ihrem beinahe leeren Glas kreisen. »Wo wir gerade bei kuscheligen Bettgefährten sind …«

»Worauf willst du hinaus?«

»Vergiss es«, winkt sie ab. »Da ist nur so ein Hund, mehr nicht.«

Ich stelle mein Glas ab. »Auf keinen Fall.«

»Ich hab doch noch gar nichts gesagt!«

»Wenn du glaubst, du könntest mich rumkriegen, bloß weil ich Tekka bei mir aufgenommen habe, dann irrst du dich gewaltig. Ich habe meine gute Tat schon vollbracht. Ganz zu schweigen davon, dass ich bereits die Hälfte des Trinkgelderlöses eines Abends in ein Aquarium und dessen Einrichtung investiert habe. Ich könnte mir beim besten Willen kein weiteres Haustier leisten.«

»Hunde sind billig«, erklärt Rachel und wedelt abwehrend mit der Hand. »Es ist ein neunjähriger Jack-Russell-Terrier, dessen Besitzerin kürzlich verstorben ist. Sie hat ihn der Frau aus dem Fotoladen gleich um die Ecke von meiner Wohnung anvertraut. Die kann ihn aber auch nicht behalten, und du weißt, was das für mich bedeutet.«

»Nein, was bedeutet das denn für dich?«

»Ich suche eine Pflegestelle.«

»Und was spricht dagegen, dass du ihn selbst aufnimmst?«

»Zwei feindselige Katzen und ein Vermieter, der die Hundehaltung strikt untersagt. *Dein* Vermieter hingegen –«

»Befürchtet schon, Tekkas Aquarium könnte die Wohnung unter mir fluten.«

Sie streckt den Arm aus und nimmt meine Hand. »Bitte, nur für eine Woche. Er bellt nicht mal. Er schläft die ganze Zeit, er mag alles und jeden, und er heißt Rocket.«

Finster stiere ich an die Decke. »Ich wusste, dass das passieren würde.«

»Glaub mir, ich kann doch auch nichts dafür. Gerade kaufe ich noch friedlich Filme ein, und im nächsten Augenblick flehe ich einen wildfremden Menschen an, den Hund nicht einschläfern zu lassen.«

Warum, warum nur musste sie das sagen? »Wird er sonst wirklich eingeschläfert?«

»Nicht, wenn ich es verhindern kann. Komm schon, Erin. Du magst doch Hunde.«

»Aus der Ferne. Wenn die nicht gerade in meine Wohnung einfallen und mir die Haare vom Kopf fressen.«

»Ich würde dich nicht darum bitten, wenn ich nicht völlig verzweifelt wäre. Denk dran, es wäre nur für eine Woche. Das sollte ausreichen, um ein endgültiges Zuhause für ihn zu finden.«

Ich stelle mir einen knurrenden alten Köter vor, dazu mit Hundehaaren überzogene Möbel und den Geruch von Dosenfutter in der ganzen Wohnung. Aber dann erscheint vor meinem inneren Auge das Bild eines unschuldigen kleinen Hundes, der in die Todeskammer geführt wird, ein Opfer der Umstände, die er nicht verstehen kann. »O Gott. Als hätte ich nicht schon genug um die Ohren.«

Rachel strahlt. »Dann machst du es also?«

»Eine Woche, länger nicht«, knurre ich. »Und nur unter einer Bedingung.«

»Was immer du willst.«

»Du bringst das Hundefutter mit und spendierst mir noch einen Wein.«

9. Kapitel

Als am nächsten Morgen der Wecker klingelt, habe ich immer noch den Weingeschmack im Mund.

Nachdem ich zweimal die Schlummertaste gedrückt habe, richte ich mich langsam auf und öffne die Augen. Nie hätte ich mich von Rachel überreden lassen dürfen, in diese Bar zu gehen – und in die andere erst recht nicht. Plötzlich bereue ich meinen übereilten Entschluss: Ich komme mir vor, als hätte ich mich besoffen und dann im volltrunkenen Zustand geheiratet – hatte ich mich tatsächlich breitschlagen lassen, Rocket in Pflege zu nehmen? Ich richte mein juckendes Auge auf die Uhr und muss mit Schrecken feststellen, dass mir noch genau fünfundvierzig Minuten bleiben, um mich wiederherzustellen, ehe ein beinahe wildfremder Mensch hier auftaucht, um mich zum Barbecue meiner Eltern zu fahren. Schlaftrunken stapfe ich über die verstreuten Klamotten der letzten Nacht und wanke ins Badezimmer, wo mir aus dem Spiegel ein bleiches Gesicht entgegenschaut, das aussieht wie das Porträt auf einem Fahndungsfoto. Eine Dusche, zwei Tassen Kaffee und drei Kleiderwechsel später läutet es an der Tür, und ich schlüpfe für diesen Anlass in viel zu hochhackige Schuhe.

»Guten Morgen«, begrüßt Daniel mich, als ich in Jeans und dunkler Sonnenbrille aus dem Haus trete, meine klappernde Dose Aspirin in der Handtasche. Er trägt Shorts und Poloshirt und sitzt auf der Rückenlehne des Fahrersitzes eines uralten, von Rostlöchern durchsiebten Cabrios. *Das* nennt er einen Klassiker?

»Morgen«, krächze ich.

Er lässt sich hinters Lenkrad gleiten, das mit schwarzem Elektrikerband umwickelt ist. Und auf einmal wirkt er gar nicht mehr wie ein weltgewandter Produzent mit Vorzeigefreundin, sondern vielmehr wie ein ganz normaler Kerl mit einem ziemlich hässlichen Auto. »Und, wie finden Sie ihn?«, fragt er.

»Wen?«

»Meinen Austin-Healey. Ich bringe ihn an den Wochenenden nach und nach auf Vordermann, und so langsam kann man die ersten Fortschritte erkennen.«

Ich bemühe mich, beeindruckt zu tun. »Immerhin läuft er«, bemerke ich mit einem kritischen Blick auf die verbeulte Radkappe vorn. »Das ist doch schon mal was.«

Er beugt sich rüber und drückt die Beifahrertür für mich auf. »Das Schloss hakt. Wenn ich es nicht regelmäßig öle, zickt es rum.«

Ich klettere hinein, lege den ausgefransten Sitzgurt an und bete, er möge nicht schon vor dem Queen Midtown Tunnel reißen. »Kann's losgehen?«, fragt Daniel und lässt den Motor an. Der knattert so entsetzlich laut, dass nicht mal ich meine Antwort verstehe. »Das werte ich einfach mal als ja!«, brüllt er und rammt dann den Schaltknüppel in den ersten Gang.

Als wir so durch die Straßen Manhattans röhren, schauen die Menschen auf den Gehwegen und in den Straßencafés auf und sehen sich irritiert nach der Ursache dieses unerträglichen Lärms um. Und selbst als wir hinter einer Harley und einem Stadtbus hertuckern, richten sich doch alle Augen vorwurfsvoll auf den prähistorischen Klapperkasten mit dem lockeren Auspuff.

»Cato hat mir erzählt, Sie seien Produzent«, bemerke ich hinter meinem Vorhang aus wehendem, noch halb feuchtem Haar. »*Flashback*, stimmt's?«

»Stimmt. Schon mal gesehen?«

»Ich habe nicht viel Zeit zum Fernsehen, seit ich abends arbeite.«

»Auf Boulevardfernsehen-Entzug, was?«, neckt er mich und macht den Blinker an, der wie eine billige Uhr tickt. »Eine Schande!«

»Als *Boulevardsendung* würde ich *Flashback* nicht gerade bezeichnen. Aber manchmal ist sie doch etwas ... schlüpfrig.«

»Wir bevorzugen die Bezeichnung *Lifestyle-Sendung*«, entgegnet er und schafft es noch gerade so, bei Gelb über eine Ampel zu knattern.

»Was natürlich wesentlich besser klingt.«

»Drei Zielgruppen waren genau derselben Meinung. Aber genug davon, was ich den ganzen Tag lang mache. Ich wüsste zu gerne, wie Sie im *Roulette* gelandet sind.«

Während er also dem Auto vor uns auf der Stoßstange klebt, erzähle ich ihm die gut einstudierte, verkürzte Version meiner Irrfahrt von der Marketingabteilung in die gehobene Küche. Als ich mit den Sätzen »Kellnern ist bloß eine Übergangslösung. Ich warte nur auf ein passendes Stellenangebot« ende, bin ich bereits einer Unterkühlung nahe. Im Fahrtwind herrschen herbstliche Temperaturen, der Großteil meines Lippenstifts klebt irgendwo in meinen Haaren, wobei mein Kater allerdings auf wunderbare Weise verschwunden ist.

»Ich erlebe es immer wieder, dass Leute, die auf ihre Chance auf einen Einstieg ins Showbusiness hoffen, jahrelang in irgendwelchen Restaurants festsitzen«, erwidert Daniel. »Jedes Mal, wenn ich mit ihnen rede, versichern sie mir, sie stünden ganz kurz vor dem großen Durchbruch.«

»Wie gut, dass ich nicht ins Showbusiness will.«

Er schaut mich aus den Augenwinkeln an. »Ist Ihnen kalt?«

Aus seinem Mund klingt das fast wie eine persönliche Frage. »Ein bisschen vielleicht.«

»Ich glaube, da hinten müsste irgendwo noch ein Pulli liegen …« Er beugt sich zu mir herüber und tastet dann den Boden hinter meinem Sitz ab. Ich gucke stur geradeaus, als er mit den Haaren meine Schulter streift. »Ziehen Sie den über.«

»Danke«, murmele ich und streife mir den muffelig riechenden Wollpullover mit dem Weihnachtsmotiv über.

»Sie sehen richtig festlich aus.« Er zieht an einem Knopf, woraufhin ein Strom heißer Luft meinen Fuß versengt. »Besser?« Ich zeige ihm den hochgereckten Daumen und lehne den Kopf gegen die bröckelnde Kopfstütze. Und obwohl ich für den Rest der Fahrt damit gerechnet habe, wir würden uns die Zeit mit sporadischem, unverbindlichem Smalltalk vertreiben, erzählt Daniel mir schon bald von seiner Suche nach dem perfekten Haus (ein verschachteltes, renovierungsbedürftiges Gemäuer mit Originalstuck), seiner Immobilienmaklerin (einer Rothaarigen Mitte fünfzig, die ihn hartnäckig »Liebelein« nennt), und dass er gerne eine Dokumentation über dieses ganze Abenteuer drehen würde. »Das war mal mein großes Ziel, ehe die Realität mich auf den Boden der Tatsachen zurückgeholt hat. Filme zu drehen über die ganz normalen Alltagsgeschichten, die ganz normale Menschen so erleben.«

»Und was hindert Sie daran?«, erkundige ich mich.

»Würde ich beim Sender aufhören, könnte ich mir das Haus nicht mehr leisten. Also hätte ich auch nichts, worüber ich eine Doku drehen könnte.«

»Paradox.«

»Ja, aber so läuft es nun mal.«

Wir biegen in die Straße zum Haus meiner Eltern ein, und plötzlich sehe ich die vertraute Umgebung mit überkritischem Blick. Warum holen die Taylors ihre Recyclingtonne nicht herein? Haben die O'Sheas ihren Garten wirklich mit dieser grotesken pausbäckigen Putte verunstaltet? Hat in dieser Nachbarschaft denn niemand auch nur ein kleines bisschen guten Geschmack?

Ich zeige auf die Buchsbaumhecke, die mein Vater nie so richtig akkurat stutzt. »Hier gleich die nächste links rein.«

»Okay.« Er biegt in die Kiesauffahrt ein, in der der Buick meines Vaters mit seinem auffälligen Stoßstangenaufkleber (*Wie man einen Liberalen ärgert – Arbeiten und glücklich sein!*) mit dem Prius meiner Mutter und dessen Heckklappenaufkleber (*Wie man einen Konservativen ärgert – Selbstständig denken!*) konkurriert.

»In Wahljahren muss es bei euch ja hoch hergehen«, bemerkt Daniel und macht den Motor aus.

»Die Barbecues sind auch nicht zu verachten.« Ich ziehe seinen Pullover aus und streiche mir das wirre Haar glatt. »Tja dann … danke fürs Mitnehmen.« Und jetzt? Vermutlich sollte ich ihn wohl einladen, mit hineinzukommen, nur der Höflichkeit halber. Nicht, dass er das Angebot annehmen würde. Denn auch wenn er eine Rostlaube fährt, heißt das noch lange nicht, dass er zu den Männern gehört, die mit Vergnügen billiges Grillfleisch aus dem Supermarkt essen, das in Fertigsalatsoße mariniert und anschließend auf dem Grill bis zur Unkenntlichkeit angebrannt wurde. »Sie sind herzlich eingeladen, mit uns zu essen. Ich weiß allerdings, dass Sie mit Ihren Freunden verabredet sind, also –«

»Die sind alle am Strand, und der Termin mit meiner Maklerin ist erst um vier.«

»Tja dann …«

Er schaut zum Haus hinüber, hinter dem eine gigantische graue Rauchwolke in den Himmel quillt. Mein Vater fängt gerne etwas früher an und lässt die Kohle ordentlich durchglühen, damit sie schön heiß ist, wenn die Gäste kommen. »Es ist aber nichts Besonderes«, warne ich ihn vor.

»Macht nichts. Ich wollte irgendwo am Strand ein paar Muscheln essen oder so, aber eine Grillparty klingt wesentlich besser. Natürlich nur, wenn noch ein zusätzliches Gedeck da ist.«

O Gott. Jetzt wird er die ganze Meute kennen lernen müssen. »Klar!«, strahle ich ihn an und brauche dabei meine ganze Kraft, um die Beifahrertür aufzustoßen. »Kommen Sie, gehen wir rein!«

»Erin?« Meine Mutter kommt auf die Veranda, die mit längst abgestorbenen Topfpflanzen und übergroßen Rattansesseln übersät ist. Sie trägt eine weiße Caprihose und eine ärmellose Jeansbluse, und ihr hellbrauner Bob umschwingt locker ihre Wangenknochen. »Was war denn das für ein Krach?«

Daniel lächelt verlegen. »Der Auspuff ist im Lieferrückstand.«

»Hi, Mom!«, rufe ich und laufe die Treppe zum Haus hinauf. »Das ist Daniel Fratelli.«

»Ach ja, hallo!« Sie beäugt den Schweif aus grauen Auspuffgasen, die wir in der Einfahrt hinter uns hergezogen haben. »Ich bin Anne. Da haben Sie ja einen aufsehenerregenden Auftritt hingelegt.«

»Dessen hat man mich schon des Öfteren bezichtigt.«

»Wir geben ihm noch eine richtig schön ungesunde Wegzehrung mit, ehe er sich gleich auf die Häusersuche macht«, erkläre ich und mache die Vordertür mit dem Fliegengitter auf.

»Tja, Daniel, dann sollten Sie sich mal mit meiner Freundin Naomi unterhalten, wenn sie kommt. Sie kennt den Immobilienmarkt hier besser als jeder andere.«

»Super.« Er folgt mir ins Wohnzimmer, das noch kitschiger aussieht, als ich es in Erinnerung hatte. Der eisblaue Teppich beißt sich mit der geblümten Tapete, und die dick gepolsterten Sofas und Sessel sind altmodisch und abgenutzt.

Mein Vater kommt mir in roter Freizeithose und einem seiner T-Shirts von der Duke University entgegen. »Na, wenn das nicht unsere kleine Frittenbudenfachkraft ist!«, ruft er und küsst mich auf die Schläfe. »Und einen deiner Kellnerkollegen hast du auch noch mitgebracht. Bestens. Dennis Edwards.« Schwungvoll reicht er Daniel die Hand.

Mit Entsetzen merke ich, wie ich kalkweiß werde. »Das ist Daniel, ein Gast unseres Restaurants. Er hat mich netterweise im Auto mitgenommen.«

»Kein Problem«, sagt Dad und überspielt seinen Fauxpas mit einem Witz. »Diesmal lassen wir Sie umsonst mitessen, aber beim nächsten Mal servieren wir Ihnen eine saftige Rechnung. Und … seid ihr beiden liiert?«

»Dad, du lieber Himmel!«

»Republikaner sind nicht gerade für ihr Taktgefühl bekannt!«, ruft meine Mutter aus der Küche.

Er zuckt die Achseln. »Na ja, was für ein Gast fährt dich schon bis hier raus, es sei denn, er hat irgendwelche Hintergedanken?«

»Einer, der nur schnell was essen möchte und sich anschließend mit seiner Immobilienmaklerin trifft.«

»Keine Sorge«, versichert Daniel meinem Vater, »ich habe es nur auf eins abgesehen, und zwar auf ein schindelgedecktes Häuschen mit vier Zimmern, einer großen Veranda und Meerblick.«

»Na, das ist doch mal was herzerfrischend anderes. Wie dem auch sei, Sie müssen ja über ein ordentliches Spesenkonto verfügen, wenn Sie Stammgast im *Roulette* sind, was, Daniel?«

»Der Sender zahlt leider nur für Geschäftsessen. Alles andere muss ich aus eigener Tasche blechen.«

»Sender? Sind Sie Schauspieler?«

»Ich bin der Produzent von *Flashback*, der Fernsehsendung.«

Die Augen meines Vaters beginnen zu leuchten. »Im Ernst?« Er sieht erst mich an und dann wieder Daniel. »Wissen Sie was, das könnte Kismet sein. Seit fast vierzig Jahren arbeite ich als Buchhalter. Ich habe hart gearbeitet und meine beiden Kinder mit Studentenkrediten aufs College geschickt, aber jetzt frage ich mich, ob ich mich nicht mal als Regisseur versuchen sollte.«

Ich stelle mir meinen Vater auf einem Regiestuhl vor, wie er mit einem flatternden Schal um den Hals Anweisungen in ein Megafon brüllt. »Was redest du denn da, Dad? Seit wann das denn?«

»Seit er angefangen hat, jeden Film zu zerreißen, den wir uns auf DVD ausleihen, und behauptet, er könne es besser machen«, meldet meine Mutter sich zu Wort.

Anschließend stelle ich Daniel Nate vor, der dem Anlass entsprechend geschniegelt herumläuft und ein gestreiftes Hemd, eine Cargohose und mit Klebeband zusammengeflickte Turnschuhe trägt. Seine Frisur ist rausgewachsen, und er sieht aus, als hätte er sich irgendwann im Lauf der letzten Woche mit einem stumpfen Rasiermesser das Gesichtshaar abgeschabt.

»Du bist also der Koch, von dem ich schon so viel gehört habe«, trompetet Nate mit einem Bier in der einen und einer Faust voll Minisalzbrezeln in der anderen Hand. »Ich dachte, du würdest nie aus der Küche rausgelassen. Hey, wie wäre es, wenn du den Grill übernimmst, wo du schon mal hier bist? Mein Vater lässt immer alles verkohlen, was man ihn anfassen lässt.«

»Den Grill? Jetzt schon?« fragt Daniel mit unschuldigem Schafsblick. »Aber Erin, du kennst mich doch kaum.«

»Nate«, presse ich zwischen zusammengebissenen Zähnen hervor, »du hast den Falschen erwischt.«

»Was? Oje«, murmelt er leise und trinkt einen Schluck Bier.

Schnell wende ich mich wieder meinem Vater zu, dankbar für jede Ablenkung. »Kommt diese Filmgeschichte nicht ziemlich abrupt aus heiterem Himmel?«

»Nur keine Panik«, entgegnet Dad. »Ich habe bloß ein paar

Drehbuchideen aufgeschrieben, weiter nichts. Würde es Ihnen was ausmachen, wenn ich Ihnen mal ein bisschen was davon erzähle, Daniel? Sie könnten mir helfen, das Hühnchen auf den Grill zu legen.«

»Dad, nein«, widerspreche ich und trete zwischen sie. »Bitte.«

»Für ein gutes Essen tue ich alles«, entgegnet Daniel über meinen Kopf hinweg. Er nimmt das Bier, das Nate ihm anbietet, und den Grillpinsel von meinem Vater. »Sie sagten, es gibt Hühnchen? Brust oder Keulen?«

»Flügel«, antwortet Nate. »Zweihundert Stück.«

»Dann sollten wir's anpacken.«

»Und dann finden sie den Richter tot in seinem Auto«, erzählt mein Vater durch den dichten Rauch, der von den Hühnchen aufsteigt. »Und der Angeklagte – *puff!* – steigt in einen einmotorigen Buschflieger und verschwindet in die Berge.«

Daniel dreht mit der Grillzange einen Hühnerflügel um. »Auf Nimmerwiedersehen? Sie meinen, dort endet die Geschichte? Heftig.«

»Gefällt sie Ihnen?« Mein Vater lehnt sich zurück und stellt seine leere Bierflasche auf die Backsteinmauer, von der die Terrasse umgrenzt ist. »Na los, zerreißen Sie es. Das kann ich ab. Ich verdiene meine Brötchen damit, anderer Leute Steuererklärungen zu machen, und glauben Sie mir, dafür muss man ziemlich hart im Nehmen sein. Niemand lässt sich gerne sagen, was er absetzen kann und was nicht. Wissen Sie, was ich meine? Das ist jedes Mal ein Schlag fürs Ego.«

»Klar, so was bekomme ich ständig mit. Einschaltquote im Keller? Einfach mal den Produzenten beschimpfen.«

»Daniel?«, rufe ich von der Terrassentür, von wo aus ich dem Gespräch mit einiger Verblüffung gelauscht habe. »Wenn er dir auf die Nerven geht, einfach Bescheid sagen, ja?«

»Was, ich?«, fragt mein Vater und zeigt mit dem Finger auf sich. »Ich spinne doch bloß ein bisschen Altmännergarn.«

Daniel fuchtelt mit der Zange in der verrauchten Luft herum. »Denk dran, ich bin es gewöhnt, mit Drehbuchautoren zusammenzuarbeiten. Und zwar mit solchen, die sich selbst viel zu ernst nehmen.«

»Geh wieder rein und kümmere dich um die Gäste«, befiehlt mein Vater. »Du bist jetzt im Service. Also solltest du auch servieren.«

»Aber es sind doch bloß vier Leute da.«

»Na und? Hat deine Mutter schon die Bloody Marys gemixt?«

»Schon vor Jahren. Daniel, lass dich von ihm nicht überstrapazieren. Und Dad, bitte, keine weiteren Verkaufsgespräche, ja? Eins reicht.«

»Ja, ja, schon gut.« Er schnappt sich die Barbecuesoße und einen Pinsel vom Picknicktisch und wendet sich dann an Daniel. »Wie dem auch sei, ich habe mir einen Abriss für einen Horrorfilm ausgedacht, furchtbares Gemetzel, aber mit einer netten gesellschaftskritischen Botschaft. Sagen Sie mir, wenn es das schon mal gab, ich kann mir nämlich nicht vorstellen, dass so was in all den Jahren nicht schon mal versucht wurde …«

Gerade, als ich hineingehe, wird die Haustür schwungvoll aufgerissen, und fünf Männer im mittleren Alter stürmen das Haus. »Vorsicht, da kommt die Opposition«, warnt meine Mutter. »Wo bleibt bloß meine Verstärkung? Verflucht, die Demokraten kommen aber auch immer und überall zu spät.«

»Erin!«, donnert einer der Männer. Es ist Walt Babcock, einer der ältesten Freunde meines Vaters.

Ich trinke einen Schluck Bier. »Schön, Sie zu sehen, Mr. Babcock. Lust auf Hühnchen?«

Er klopft sich auf den Bauch, über den sich ein marineblaues Poloshirt spannt. »Immer her damit.«

»Hi, Erin! In der Nachbarschaft geht das Gerücht um, du hättest den Beruf gewechselt.« Das kommt von John Neuwirth, Dads Geschäftspartner. Selbst am Sonntag ist er angezogen wie ein eingefleischter Bürohengst und trägt eine schwarze Hose und ein gestärktes Hemd aus feinem schwarzem Tuch.

»Sie sollten nicht alles glauben, was so erzählt wird«, entgegne ich.

»Dein Dad hat uns erzählt, du seist jetzt im Gastgewerbe tätig«, bemerkt Walt.

»Augenblicklich ja.«

»Interessant. Und in welcher Funktion?«

Ich werfe Nate einen flehenden Blick zu. »In einer tragenden Position«, erklärt mein Bruder unter Verwendung eines von meinem Vater gerne benutzten Euphemismus.

»Na prima!«, dröhnt Walt und krallt sich eine Bloody Mary vom Esszimmertisch. »Wenn man schon zur Armee geht, kann man auch gleich General werden, stimmt's?«

Mom geht mit einer riesigen Schüssel Kartoffel-Paprika-Salat vorbei. »Sag nicht, dein Vater belästigt Daniel mit seinen Filmideen«, grummelt sie mit einem Blick durchs Fenster in den Garten.

»Genau das tut er«, antworte ich. »Seit wann hat er das denn?«

Vertraulich senkt sie die Stimme. »Seit ein paar Monaten. Seit er angefangen hat, Henry-Mancini-Platten zu hören und ›nur mal so zum Gucken‹ bei Bootsverkäufern reinzuschauen. Ich weiß ja nicht, was für eine Phase er gerade durchmacht, aber ich wünschte, sie würde schnell vorbeigehen. Ich habe schon ein großes Kind unter meinem Dach.«

»Ich frage mich, was mit ihm los ist. Für eine Midlifecrisis ist er zu alt.«

Sie leckt etwas Mayonnaise vom kleinen Finger. »Willst du

wissen, was ich denke? Ich denke, er steht vor den letzten zwanzig Jahren seines Lebens, und langsam wird ihm klar, dass er den Großteil seines Lebens damit zugebracht hat, auf den Tasten eines Taschenrechners herumzutippen. Seine rechte Gehirnhälfte liegt seit Ewigkeiten brach.«

Ich denke an meinen fröhlichen, optimistischen Vater, der seit meinem neunten Lebensjahr jeden Morgen mit dem gleichen Plastikthermosbecher zur Arbeit geht. Und ich hatte immer gedacht, er sei zufrieden, habe mir eingebildet, er sei jemand, der nicht nach Höherem strebt, weil er alles hat, was er sich wünscht. »Mir genügt das«, hat er immer gesagt, wenn die Sprache auf sein Büro mit den wackligen Schreibtischstühlen und der veralteten Telefonanlage kam. In seiner Freizeit hat er gerne Haushaltsgeräte repariert und den Urlaub mit Freuden in einer alten Holzhütte in Vermont verbracht, während seine Freunde und Nachbarn Reisen nach Europa unternahmen. Vielleicht »genügt das«, weil es zu mehr nicht gereicht hat.

Ich sitze am Picknicktisch zwischen Daniel und Moms Freundin Naomi und höre zu, wie sie versucht, ihn davon zu überzeugen, dass sie die einzige Maklerin zwischen hier und Montauk ist, die in der Lage ist, das perfekte Haus für ihn aufzutreiben. »Nicht, dass Sie denken, Shelley sei keine gute Maklerin, aber sie ist einfach nicht aggressiv genug. Wenn Sie ein Haus sehen, das Ihnen gefällt, das aber nicht zum Verkauf steht, klingele ich an der Tür und sage dem Eigentümer, dass ich einen Käufer für sein Haus an der Hand habe. Und ich lasse nicht locker und komme so lange wieder, bis er sich irgendwann breitschlagen lässt.«

»Ich fange gerade erst an, mich umzusehen«, erklärt er und führt eine Gabel mit Walts »berühmtem« Krautsalat mit Blauschimmelkäse zum Mund. »Aber wenn es mit Shelley nicht klappen sollte, komme ich gerne auf Sie zurück.«

»Tut mir leid«, entschuldige ich mich. »Seit du hier bist, will dir ständig jemand irgendwas andrehen.«

Daniel zuckt die Achseln. »Ist für mich wie ein ganz normaler Arbeitstag.«

Er scheint nicht mal zu merken, dass er in einem Haus zu Gast ist, wo die Oliven aus der Dose kommen, der Picknicktisch abgesplittert und die Tischgesellschaft durch und durch Mittelklasse ist. Er kümmert sich wie ein Profi um den Grill, lauscht aufmerksam Walts langweiligen Golfgeschichten und schwärmt von Naomis Käse-Enchiladas. Er erzählt Nate, wie er nach dem College nach Asien gegangen ist, um den Klauen seines Vaters zu entkommen, der partout wollte, dass er in seine Investmentgesellschaft einsteigt, und bestärkt mich in meiner im leicht angesäuselten Zustand getroffenen Entscheidung, Rocket bei mir aufzunehmen. »Als Fritz vor fünf Jahren bei mir einzog, war das eine völlig überwältigende Erfahrung. Wenn ich nach Hause kam, war da ein Welpe, der wie ein Flummi an die Wände titschte, so wie alle Labradors, und nachts rumjaulte und mich ständig weckte. Am Wochenende bin ich immer meilenweit mit ihm durch den Park gelaufen. Vier Monate lang hatte ich keine Verabredungen mehr.«

»O mein Gott. Ich hoffe, Rocket wird etwas pflegeleichter.«

»Er ist ja schon etwas älter, also ist er das bestimmt. Und wer weiß? Vielleicht behältst du ihn ja sogar. Wenn man einmal einen Hund hatte, will man nie mehr ohne einen sein. Obwohl es Sonia lieber wäre, ich hätte keinen.«

Ich werde stocksteif, als er den Namen seiner Freundin erwähnt. »Mag sie Fritz nicht?«

»Sie mag nichts und niemanden, der sie anspringt. Und obwohl ich alles versucht habe, ihm das abzugewöhnen, springt Fritz einfach *jeden* an.«

Als John Neuwirth Daniel in ein Gespräch darüber verwickelt, was bloß aus all den guten alten Fernsehkomödien geworden ist, schlüpft Nate unauffällig neben mich auf die Bank. »Du bist total verknallt in den Kerl.«

»Ich hab's dir doch schon mal gesagt, ich stehe auf den Koch aus dem Restaurant.«

»Was spricht denn dagegen, mit zwei Männern gleichzeitig was anzufangen? Und Daniel ist schließlich kein eingebildeter Produzentenfatzke oder so was. Der ist echt cool.«

»Er ist hier wesentlich freundlicher als im Restaurant.«

»Hm«, brummt Nate. »Woran das wohl liegen mag?«

»Könntest du bitte leise sein? Er hat eine Freundin.«

»Ach ja? Und warum verschlingt er dann meine Schwester über die Grillsoße hinweg mit den Augen?«

Ich muss mich beherrschen, um nicht über das ganze Gesicht zu grinsen. »Halt die Klappe! Ich krieg schon Sodbrennen.«

»Sogar Mom hat es gemerkt.«

»Was hat sie gemerkt?«

»Dass er auf dich steht. Außerdem hat sie gesagt, er soll sein Auto in die Werkstatt bringen.«

»Wer möchte Kirschkuchen?«, fragt John Neuwirth im Aufstehen. »Frisch gebacken von der Firma Pillsbury. Ich habe gleich vier Stück gekauft, also nur keine Hemmungen.« »Erin, soll ich dir ein Stück mitbringen?«, fragt Daniel.

»Klar. Wenn schon, denn schon.«

John beugt sich vor und hält beide Hände wie einen Trichter an den Mund. »Guter Fang, Erin. Bestimmt haben wir bald alle eine Einladung im Briefkasten.«

Alle versammeln sich gerade zu einer Partie »Hufeisenwerfen ohne Regeln«, als Daniel seinen kirschkuchenverschmierten Pappteller in den Mülleimer wirft und sich von meinen Eltern verabschiedet.

»Viel Glück bei der Häusersuche«, wünscht meine Mutter, während sie ihm die Hand schüttelt.

»Sie müssen unbedingt mal wieder vorbeikommen«, sagt mein Vater. »Und das nächste Mal dürfen *Sie mich* dann zu Tode langweilen.«

»Immer schön fleißig weiterschreiben«, meint Daniel aufmunternd. Er zieht den Schlüssel aus der Tasche, während ich mit ihm durch das seitlich gelegene Gartentor hinausgehe. Wir überqueren die Einfahrt, bleiben zögernd vor dem Auto stehen und lächeln uns unbeholfen an. »Also dann ...«, sagt er.

»Also dann, noch mal danke fürs Mitnehmen«, murmele ich und wünsche mir plötzlich, ich könnte einfach mitgehen.

»War mir ein Vergnügen.«

»Es war wirklich sehr nett von dir, dass du meinem Vater so geduldig zugehört hast. Ich hätte nie im Leben damit gerechnet, dass er dich so in die Enge treiben würde.«

»Hat mir Spaß gemacht«, entgegnet Daniel.

Ich schüttele den Kopf, weil ich das kaum glauben kann. »Wir sind eine interessante Familie, so viel steht schon mal fest.«

»Dagegen ist doch nichts einzuwenden.«

Hup, hup!

Ich wirbele auf dem Absatz herum und sehe den alten schwarzen Cadillac von Harold Pancratz die Einfahrt heraufschnaufen. »Perfektes Timing«, brumme ich.

»Wie bitte?«

»Nichts. Da kommt bloß unser Partyschreck.«

Harold lässt den Wagen ausrollen, tutet ein lustiges »Tötötö-rö-tö, tö-tö«, steigt dann aus und hält seiner Frau die Tür auf. »Tag zusammen!«, trompetet er.

»Hallo, Harold! Hallo, Brenda!«, rufe ich und bemühe mich, dabei wenigstens ein bisschen begeistert zu klingen. Ich stelle Daniel vor (»ein Freund aus dem Roulette«), der Harolds Herz mit drei kleinen Worten im Sturm erobert, die er, wie ich inständig hoffe, nicht ernst gemeint hat: »Ein echtes Schätzchen.«

Harold strahlt. »Ihrer kann sich aber auch sehen lassen. Bis auf die Roststellen. Das ist das Problem bei ausländischen Wagen.«

»Tut mir leid, dass wir zu spät kommen«, entschuldigt sich Brenda und zeigt uns eine Platte mit winzigen Quiches. »Mein Eischnee wollte einfach nicht steif werden, aber zu guter Letzt ist es mir dann doch noch gelungen.«

»Sieht toll aus. Zu schade, dass ich schon losmuss«, meint Daniel bedauernd.

»Hier, nehmen Sie eine mit für unterwegs.« Brenda nimmt eine Quiche und drückt sie ihm einfach in die Hand.

Ehe ich Daniel unbeschadet hinters Steuer setzen und die Auffahrt hinunterschicken kann, wendet Harold sich mir mit glänzenden Augen zu. »Ich bin so stolz auf dich, Erin.«

»Tatsächlich? Warum denn das?«

Zu meinem Entsetzen packt er mich an den Schultern und drückt mich so fest an sich, dass mir beinahe die Luft wegbleibt. Die Zigarre in seiner Hemdtasche bohrt sich in mein Kinn. »Steve hatte nur Gutes über dich zu berichten, als ich gestern mit ihm gesprochen habe«, tönt er, wobei seine kurzen schwarzen Bartstoppeln über meine Stirn schrammen. »Wie es aussieht, hast du in dieser kurzer Zeit bereits einen bleibenden Eindruck hinterlassen, junge Dame.«

Zerknittert und beschämt weiche ich einen Schritt zurück. »Habe ich das?«

»Darauf kannst du wetten. Gefällt es dir im *Roulette*? Ist es so gut, wie ich es dir versprochen habe?«

»Äh … absolut. Sogar noch besser.«

Zu allem Überfluss reitet Daniel mich noch tiefer rein, indem er behauptet: »Sie hat viel Talent, vor allem bei kleinen Gästen, die unvermittelt ausrasten.«

»Wusste ich's doch, dass sie der Knüller ist«, sagt Harold und bekommt ein paar Fältchen um die dunklen Augen. »Darum habe ich auch meinen Ruf für sie aufs Spiel gesetzt.«

»Okay«, platze ich unvermittelt heraus. »Hat jemand Lust auf Hühnchen?«

»Würdest du Anne das hier bringen, Schätzchen?«, bittet Brenda ihren Mann und reicht ihm die Platte. »Ich würde gerne ganz kurz mit Erin reden.«

Mit einem energischen Ruck reißt Daniel die Fahrertür auf. »Tja, ich sollte mich dann wohl mal besser auf den Weg machen. Nett, Sie beide kennen gelernt zu haben.« Er steckt sich die Quiche in den Mund, als er den Motor startet, und braust in einer gewaltigen Wolke aus brennendem Öl davon. Am liebsten würde ich den restlichen Nachmittag hinter ihm herstarren, doch da hat Brenda auch schon meine Hand gepackt und zieht mich zu der großen Schaukelbank auf der Veranda. »Jetzt, wo wir unter uns sind, können wir ein bisschen von Frau zu Frau reden.«

Wir setzen uns, und sie stupst die Schaukel mit einer leichten Fußbewegung an. Ich mache mich darauf gefasst, über »dieses umwerfende Sahneschnittchen mit dem britischen Akzent« ausgequetscht zu werden, doch stattdessen senkt sie die Stimme zu einem Flüstern und sagt: »Ich kann es kaum erwarten, dich zu fragen, was du von Carl hältst.«

»Carl Corbett?«

Sie legt eine pummelige Hand auf ihr Herz. »Er ist ein Genie, nicht wahr? Ich meine, hast du schon jemals etwas Besseres gegessen?«

»Sein Essen ist wirklich fantastisch.«

»Sicher ist dir schon aufgefallen, wie die Frauen ihn anhimmeln. Gina hat erzählt, dass seine Frau ihn letztes Jahr verlassen hat, weil sie nicht mehr mit dem Restaurant konkurrieren wollte. Wenn du mich fragst, kann das ohnehin keine.«

»Also, ich habe gehört, dass er was mit Kimberly hat, einer unserer Empfangsdamen. Die kann nicht älter sein als dreiundzwanzig und ist genauso groß wie er.«

»Pass bloß auf, Erin! Sonst fragt er dich demnächst auch noch nach deiner Telefonnummer.«

Ich lache. »Also, um ehrlich zu sein, ist er nicht besonders nett zu mir.«

»Nett sein fällt nicht in seinen Aufgabenbereich. Aber diese ungeheuere Anziehungskraft. Du kannst mit aller Kraft versuchen, ihm zu widerstehen, er zieht dich trotzdem in seinen Bann.«

»Das glaube ich kaum, Brenda.«

»Das sagen sie alle«, entgegnet sie und tätschelt mir das Knie. »Bis sie seine in der Pfanne gebratene Meerbarbe probieren.«

10. Kapitel

»Rocket, nein!«

Es ist der folgende Dienstag, und ich fege wie der Wind durch meine Küche, lasse mich auf die Knie fallen und schnappe mir Rocket, der gerade im Begriff ist, das Bein an einem meiner Küchenstühle zu heben. Er winselt und wehrt sich gegen die Umklammerung, entspannt sich aber dann doch, als er merkt, dass ich ihn nicht loslasse. »Warum hast du das nicht vor zehn Minuten im Park gemacht?« Er blinzelt mich an und zieht die grauen Augenbrauen hoch, was ihm ein leicht verwirrtes und irgendwie betretenes Aussehen verleiht. Ein Stückchen trockenen Laubs hängt noch an seinem Knickohr, als Beweis für die vergangene Stunde, die er damit zugebracht hat, Blumen zu zertrampeln und sich im Dreck zu wälzen.

»Denk an unsere Abmachung«, ermahne ich ihn mit strenger Stimme, wie Rachel es mir für eventuelles Fehlverhalten empfohlen hat. »Wenn du dich anständig benimmst, darfst du bis nächste Woche hierbleiben, okay? Also los, raus mit dir, ehe uns hier ein Missgeschick passiert.«

Sonnenstrahlen dringen durch den morgendlichen Dunst, als wir um den Häuserblock marschieren. Jetzt, wo ich selbst so ein Tier Gassi führe, kommt es mir vor, als wimmelte es nur so von Hunden und Hundebesitzern, und was anfangs eine lästige Pflicht war, entwickelt sich schnell zu einer guten Gelegenheit, neue Leute kennen zu lernen.

»Annabelle, lass das!«, schimpft ein weißhaariger Mann im Jogginganzug, als sein riesiger weißer Mischling Rocket anknurrt.

»Keine Sorge – der kleine Kerl ist kämpferischer, als er aussieht«, beruhige ich ihn.

»Ist der nicht goldig?«, flötet eine Dame mit einem Chihuahua. Obwohl sie selbst einen adretten Karo-Anzug anhat, trägt ihr Hündchen ein Nietenhalsband spazieren. »Ein Jack Russell, nicht wahr?«

Ich lächele stolz, als hätte ich Rocket von Welpenbeinen an eigenhändig großgezogen. »Was er mit seinem Bellen jederzeit unter Beweis stellen kann.«

Sie bleibt stehen, und wir unterhalten uns etliche Minuten lang über alles Mögliche, angefangen bei Hundenamen über die unterschiedlichen Charaktere unserer vierbeinigen Hausgenossen bis hin zu ihren merkwürdigen Fressgewohnheiten (»Was er nicht runterschlucken kann, benutzt er als Kauspielzeug«, erkläre ich), während die Hunde kläffen, herumspringen und sich umkreisen. »Bis zum nächsten Mal!«, ruft mir die Dame hinterher, als wir in entgegengesetzte Richtungen weitergehen.

Jetzt, wo ich keine geregelten Arbeitszeiten mehr habe und nicht mehr morgens ins Büro gehe und nachmittags nach Hause komme, ist es irgendwie tröstlich, unvermittelt zu einem neuen Menschenschlag zu gehören: zu denen nämlich, die ihren Hunden treu ergebene Sklaven sind.

Mittags kommt Rachel kurz vorbei, um Rocket einen Gummiseestern zum Spielen zu bringen und »nachzuschauen, wie es so läuft mit unserem kleinen Arrangement«.

»Das wechselt stündlich«, erzähle ich ihr. »Aber eins steht schon mal fest – er braucht wesentlich mehr Auslauf, als er bei mir bekommt.«

»Hier, vielleicht hilft das.« Sie reicht mir eine glänzende blaue Visitenkarte. »Der beste Gassigänger-Service der Stadt. Wärmstens empfohlen von zwei meiner Kunden.«

»Hundopolis«, murmele ich und drehe die Karte um. »Über siebenhundertzweiundvierzig zufriedene Kunden.«

»Die sind nicht ganz billig, aber Rocket wird viel besserer Laune sein, wenn du von der Arbeit kommst. Wo steckt das kleine Pulverfass denn eigentlich?«

Ich gehe mit ihr ins Schlafzimmer, wo Rocket, ausnahmsweise einmal müde getobt, sich auf meinem Hussensessel zusammengerollt hat und schläft.

»Er sieht so friedlich aus«, flüstert sie.

»Das liegt daran, dass er die letzten vier Tage lang, wo er ging und stand, eine Schneise der Verwüstung hinterlassen hat. Er hat den Müll durchwühlt, aus dem Aquarium getrunken, meinen Vermieter auf die Barrikaden gebracht … heute Morgen um acht hat der an der Tür geklopft und mir eine Standpauke gehalten. Die Hälfte davon war auf Griechisch, aber die Kernaussage war: ›Stopf dem Köter das Maul, oder du fliegst raus.‹«

»Ehrlich? Dabei ist Nick doch sonst so ein umgänglicher Mensch.«

»Rocket hat dem ein Ende gesetzt.«

Sie krault ihn zwischen den Ohren. »Dann ist es ja gut, dass er bald umziehen kann.«

»Kann er?«, frage ich stirnrunzelnd.

»Sobald ich alles geregelt habe. Eine Hundefriseurin, die ich kenne, könnte sich vorstellen, ihn eventuell zu nehmen.«

»Ehrlich?« Ich setze mich aufs Bett. »Und wann?«

»Dieses Wochenende, wenn sie sich breitschlagen lässt. Sie hat allerdings schon zwei Hunde und eine Katze, es ist also alles eine Platzfrage.«

»Dieses Wochenende schon? Das geht aber schnell.«

»Ja. Ich dachte, du wärst überglücklich.«

»Bin ich ja auch, es ist bloß so … na ja, irgendwie ist er wie ein liebenswerter, wenn auch etwas nerviger Mitbewohner.

Wenn er nicht gerade irgendwas im Schilde führt, ist er sehr süß und anhänglich.«

»Moment mal. Soll das etwa heißen, du *magst* ihn?«

»Manchmal«, entgegne ich achselzuckend. »Wenn er brav ist. Und … wenn er was angestellt hat und hinterher ganz zerknirscht ist.«

Rachel schüttelt heftig den Kopf. »Ich verstehe dich einfach nicht. Wenn du ihn behalten willst, musst du dich bald entscheiden. Bist du dir sicher, dass du dazu bereit bist, die Verantwortung für einen Hund zu übernehmen? Einen alten Hund, der vielleicht nicht mehr allzu lange bei dir sein wird?«

»Wahrscheinlich nicht. Ich weiß es nicht.«

»Du hast achtundvierzig Stunden Zeit, dich zu entscheiden. Danach steht er zur Vermittlung.«

»Pst. Sonst hört er dich noch. Tiere bekommen so was mit.«

»Wow«, brummt sie. »Sitz und Männchenmachen hat er dir anscheinend schon beigebracht.«

»Sollte das nicht andersrum sein?«

Sie lacht und setzt sich neben mich. »Ich bin eigentlich nicht hergekommen, um nur über Rocket zu reden. Ich wollte wissen, wie der Ausflug mit dem Produzenten nach Long Island gelaufen ist.«

»Wir haben uns nett unterhalten und ein paar Hühnerflügel gegessen, und danach ist er zu seinen Freunden gefahren. Mehr nicht.«

»Das ist alles?«

»Daraus wird nichts, glaub mir. Ich hätte längst was mit dem Koch angefangen, aber im Restaurant was mit einem Kollegen anzufangen, ist gar nicht so einfach. Unter dem immensen Druck kann ich nicht mal anständig flirten.«

»Wo wir gerade bei Druck sind …« Sie schaut auf ihre Uhr. »Ich muss los. In zwei Stunden muss ich in Yonkers einen Leguan ablichten.«

»Eine *Echse*?«

Sie steht auf und legt Rockets Hundespielzeug auf die Sessellehne. »Mit Hunden, Katzen und Vögeln verdiene ich zwar meine Brötchen, aber die Exoten sind das Salz in der Suppe.«

✧

»Loyalität. Ohne die wären wir keine Mannschaft.«

Es ist beinahe elf Uhr abends, und Carl hat Cato, Jane und mich zu einer spontanen Besprechung in die Küche gebeten. »Echte Loyalität geht über die Wände dieses Restaurants hinaus.«

Die Köche sind gerade dabei, die Herde und die dahinter liegenden Wände zu schrubben. Phil, der einzige Mann, der so attraktiv ist, dass er die Dauerschleife in meinem Hirn unterbrechen kann, in der unaufhörlich das immergleiche Programm läuft (Daniel beim Barbecue, und was er alles gesagt und getan hat), steht auf einer Trittleiter und scheuert die Decke. Er setzt kurz ab, um sich die Haare mit dem Handgelenk aus der Stirn zu wischen, und unsere Blicke treffen sich über seinem Topfreiniger. Er trägt blaue Gummihandschuhe und eine Halskette aus kleinen weißen Muscheln, was bei mir eine »Surf-Hausmeister«-Fantasie in Gang setzt, von der ich bisher noch gar nichts geahnt habe.

»Wir können die Konkurrenz nicht schlagen, wenn wir nicht wissen, was sie dem Durchschnittsgast so vorsetzt«, fährt Carl fort. »Mich kennt man zu gut, ich kann da nicht einfach reinspazieren und erwarten, dass ich ein ganz normales Menü serviert bekomme, und auch meine Köche könnten erkannt werden. Darum schicke ich euch drei auf eine Undercovermission. Jetzt sofort.« Er zögert. »Auf meine Kosten, versteht sich.«

Obwohl wir alle erschöpft und kaputt sind vom stundenlangen Rumlaufen, widerspricht keiner. Carl erteilt einen Befehl, dem wir uns nicht zu widersetzen wagen.

»Und worin genau besteht diese Aufgabe?«, erkundigt sich Cato.

»Ihr werdet euch in das neue Restaurant von Rick Holland einschleusen. Ich habe unter dem Namen MacArthur einen Tisch reserviert.«

»MacArthur? Wie General Douglas MacArthur?«, fragt Cato.

»Ganz genau. Jetzt hört zu. Ich möchte, dass ihr so viel wie möglich esst. Ich erwarte einen detaillierten Bericht – wie die Tagesgerichte sind, wie das Essen schmeckt, wie der Service ist. Holland müsste heute Abend auch da sein, also wird er sich sicher im Speiseraum blicken lassen. *Lasst ihn nicht aus den Augen*. Macht euch Notizen. Außerdem will ich Informationen über die Gäste. Berühmte Gesichter, was die Leute bestellen, alles, was ihr in Erfahrung bringen könnt.«

Er drückt Jane ein Bündel Geldscheine in die Hand. »Das müsste reichen. Ich habe einen Hunderter für jeden von euch draufgelegt, den könnt ihr behalten. Denkt dran, wir befinden uns in *la guerre*. Im Krieg. Kein Hummus verkaufender Schönling darf mein Essen ungestraft ›Einheitsbrei für die Zagat-Meute‹ nennen. Das schreit nach Vergeltung.«

»*Zagat-Meute*?«, wiederholt Jane.

Carl nickt düster. »Hier kennt doch jeder jeden. Er muss gewusst haben, dass er damit den ersten Schuss abfeuert. Und jetzt seht zu, dass ihr hier rauskommt. In einer Stunde schließt die Küche, und ihr habt noch einiges vor euch. Ron und Derek können hier nachher dichtmachen.«

Wir ziehen uns um und machen uns auf den Weg zum *Capers*, hibbelig und nervös wie Kampfpiloten vor ihrem ersten Einsatz. Gemessen an der zurückhaltenden beigefarbenen Fassade, sieht das *Capers* aus wie jedes andere elegante Restaurant auf der Upper East Side, drinnen jedoch wartet es mit schmiedeeisernen Lampen, mit Wandteppichen drapierten Sitznischen und pseudomaurischer Architektur auf. »Bin ich der Einzige, der hier auf einen LSD-Trip geraten ist?«, murmelt Cato.

An der Wand neben dem Empfangspult hängt ein gerahmter Zeitungsartikel, der Holland mit seinem blauschwarzen Haar und den schweren Lidern zum attraktivsten Küchenchef Manhattans deklariert. Daneben ist die Titelseite eines Magazins zu bewundern, darauf ein Foto wie aus einer Verbrecherkartei und die Worte: »Wer macht den großen Küchenchefs Manhattans den Garaus? Fragen Sie diesen Mann.«

Wir folgen der Empfangsdame, die einen Kaftan trägt, durch den schmalen Gang zwischen den Tischen hindurch. Die Klientel hier ist jünger und trendiger als die im *Roulette*, und die Luft riecht wie das Quartier Latin einer fremden, exotischen Stadt. Wir zwängen uns an einen Vierertisch in der Mitte des Raums.

»Was ist denn ein Smith and Wesson?«, fragt Cato mit einem Blick in die Cocktailkarte. »Wodka … Kahlua … hm, lieber nicht. Sonst werde ich noch aggressiv.«

»Entspannt, aber putzmunter«, erkläre ich. »Das ist meine Zielvorgabe für heute Abend.«

Wir bestellen unsere Getränke und überlegen dann eine geschlagene Viertelstunde lang hin und her, was wir nehmen sollen. »Wir müssen von allem etwas bestellen«, erklärt Jane entschieden.

»Äh, Jane, Liebes, es gibt hier … Augenblick … zweiundvierzig Gerichte«, entgegnet Cato.

»Carl hat uns eingeschärft, von allem etwas zu probieren«, rufe ich ihm ins Gedächtnis.

»Restaurantkritiker gehen ein halbes Dutzend Mal in ein- und denselben Laden. Wir haben nur diese eine Gelegenheit.«

Aufmerksam studiert Cato die Karte. »Okay, ich hab's. Wir

bestellen jedes dritte Gericht auf der Karte, und alles, was wir nicht essen können, nehmen wir mit nach Hause und probieren es morgen, während wir unseren Kater auskurieren.« Er kostet seinen Drink mit Oolong-Tee und Rum und erklärt, das sei »der neue Absinth. Stellt mich einfach in die Ecke, falls ich umkippen sollte.«

»Holland auf zwölf Uhr«, murmele ich. Er trägt eine makellos weiße Kochjacke mit passender Hose und einen Diamantstecker im linken Ohrläppchen. Mit einem Glas Weißwein in der Hand bleibt er am Tisch neben uns stehen und beginnt, mit einer Brünetten mit niedlichem Puppengesicht und ihrem grauhaarigen, beleibten Begleiter zu plaudern.

»Laurie! Harv! Wie war euer Essen?«

»Fan*tas*tisch«, zwitschert sie.

Holland legt ihr eine Hand auf die Schulter. »Du schreibst doch keine Kritik über mich, oder? Gib mir noch ein bisschen Schonfrist, wir haben erst vor ein paar Wochen eröffnet.« Er lacht.

Cato beäugt die Frau, als würde er sie kennen. »Korrigiert mich, wenn ich mich irre, aber ist das nicht …«

»Laurie Pearson«, sagt Jane.

»Wer ist denn Laurie Pearson?«, frage ich.

Cato senkt die Stimme. »Food-Kritikerin mit dunkler Vorgeschichte. Sie sollte die Chefkritikerin des *Herald* werden, bis ihr ein etwas zu inniges Verhältnis zu einem der Küchenchefs zum Verhängnis wurde, über den sie eine Besprechung schreiben sollte.«

»Was meinst du mit ›innig‹?«

»Eine Suite im Trump Tower, als ihr nichts ahnender Ehemann gerade nicht in der Stadt war. Klingt in meinen Ohren nicht gerade nach objektiver Berichterstattung.«

»Ihre Herausgeber waren nicht besonders erfreut, vor allem, weil sie das alles als Spesen abgerechnet hat«, tuschelt Jane und fährt mit dem Finger an ihrem frostigen Glas entlang. »Jetzt schreibt sie eine Kolumne mit dem Titel ›Sparen und Genießen‹.«

»Ja, Tipps für den kirchenmausarmen Bonvivant«, spottet Cato. »Ich lese sie jede Woche, und das Einzige, was ich bisher gelernt habe, ist, dass Spiegeleier besser schmecken, wenn man ein paar Kerzen anzündet und einen fruchtigen Rosé dazu serviert.«

Ich riskiere noch einen verstohlenen Blick. »Wer ist denn der alte Knacker bei ihr am Tisch?«

»Äh … Phil Donahue, der Talkshow-Moderator?«, rät Jane.

»Der sämtlichen Kellnerinnen unverhohlen auf den Arsch starrt und ununterbrochen von der Geschichte der Litschi faselt?«, fragt Cato. »Wohl eher noch so ein armer, einsamer Feinschmecker.«

»Beeindruckend«, bemerkt unser Kellner, als er die dritte Seite seines Blocks mit unserer Bestellung vollkritzelt. Wie die übrigen Bedienungen auch trägt er ein tailliertes schwarzes Hemd mit Doppelmanschetten und ist mit einem beinahe perfekten Gesicht gesegnet. »Sie müssen schrecklichen Hunger haben.«

»Wir haben ein bisschen Gras geraucht, ehe wir hergekommen sind, das hat ziemlich reingehauen«, erwidert Cato.

Der Kellner bedenkt ihn mit einem verständnisvollen Lächeln. »Dann wird Ihnen das Essen sicher noch mal so gut schmecken.«

Als er in Richtung Küche verschwindet, beugt Cato sich nach vorn. »Bisher bekommt er von mir eine glatte Eins für den Service. Gut informiert, schnuckelig, nicht zu aufdringlich. Irgendwelche Einwände?«

Jane und ich schütteln den Kopf. »Was haltet ihr von der Atmosphäre?«

»Total mein Ding«, entgegnet Cato. »Ein bisschen Puff, ein bisschen Tausendundeine Nacht.«

Jane betrachtet die alten Kelims, die statt Bildern an der Wand hängen. »Ein bisschen unruhig«, meint sie und kritzelt in ihr Notizbuch. »Von mir gibt es eine Zwei plus. Was ist mit den Cocktails?«

»Originell an der Grenze zum Bizarren«, antworte ich und erhebe meinen Ingwer-Passionsfrucht-Martini.

»Alles, was mich interessanter wirken lässt, bekommt meine Stimme«, verkündet Cato.

Den Wein bringt eine junge Sommelière an unseren Tisch, die so herzlich und bescheiden daherkommt, dass Geoffrey dagegen wie eine in Bernstein erstarrte Heuschrecke wirkt. »Ich glaube, der wird Ihnen schmecken«, zwitschert sie und schenkt mir ein wenig zum Probieren ein. Wir stoßen mit Pouilly-Fuissé an (»Auf meine Mitspione«, prostet Cato uns zu), und die Kellner kommen im Gänsemarsch mit unserem Essen aus der Küche getrabt. Die unverfälschten Aromen, die Carl bevorzugt, sind hier durch anregende Gewürze ersetzt worden – Curry, Koriander und Kreuzkümmel. Ich nippe am Wein, rücke mit meinem Stuhl an den Tisch heran und bereite mich seelisch darauf vor, alles ganz abscheulich zu finden.

Misstrauisch beäugt Jane den Gelbflossenthun in Mandelkruste mit Gurkensalat. »Gib es zu. Das Zeug sieht genauso gut aus wie das, was aus Carls Küche kommt.«

Ich löffele mir etwas von der Garnelen-Tagine auf den Teller. »Das wird er gar nicht gern hören. Wir müssen ihm sagen, es hätte affig ausgesehen oder so.«

Cato und ich sehen gebannt zu, wie Jane sich den ersten Bissen vom in Zitronensaft gegrillten Oktopus in den Mund steckt. Sie kaut langsam, schluckt und schüttelt dann den Kopf. »Ach du Schande. Wir haben ein Problem.«

»Wieso?«, fragen wir im Chor.

»Das Zeug ist gut. *Wirklich* gut.«

Ich probiere eine warme, nach Zitronen schmeckende Garnele. »Wie sollen wir das Carl nur beibringen? Der schmeißt uns raus.«

»Du hast recht«, stimmt Cato mir zu, den Mund voller Gurkensalat. »Wir müssen es ihm irgendwie verklickern, ohne dabei hundertprozentig ehrlich zu sein. So nach dem Motto, es ist was Besonderes, aber für die meisten Leute viel zu ausgefallen.«

»Und wenn der Laden begeisterte Kritiken bekommt?«

Jane grinst schief. »Carl würde es bestimmt nicht glauben.«

»O Gott, meine Zunge bekommt gleich einen Orgasmus«, stöhnt Cato. »Werden wir hierfür gerade wirklich bezahlt?«

Als Jane und ich uns dann schließlich um das letzte bisschen Schokoladensüppchen mit tropischen Früchten zanken, haben wir das *Capers* längst zu unserem neuen Lieblingsrestaurant auserkoren.

»Carl kann zwar kochen, aber dieser Typ, der hat eine *Vision*, versteht ihr?«, schwärmt Cato.

Ich lege meinen Löffel nieder. »Zum Teufel mit den Halbwahrheiten. Wir werden ihm einen riesigen Bären aufbinden müssen.«

»Genießen Sie das Essen?«

Wie drei verschreckte Rehe, die Schritte im Unterholz gehört haben, schauen wir gleichzeitig auf. Direkt vor uns steht strahlend und übers ganze Gesicht grinsend Rick Holland. »Ja, danke sehr!«, antworte ich.

»Das Beste, was ich seit langem gegessen habe«, erklärt Jane, ohne den geringsten Funken jener Loyalität an den Tag zu legen, über die Carl uns eben noch einen langen Vortrag gehalten hat.

»Das hört man gerne«, sagt Holland. Er sieht uns einen nach dem anderen an. »Ihr seid vom *Roulette*, stimmt's?«

Cato wird ganz blass um die Nase. »Ich wusste nicht, dass wir so stadtbekannt sind.«

»So was spricht sich schnell rum.«

»Wir wollten bloß schnell einen kleinen Happen essen«, schwindelt Jane.

»Macht es Spaß, für Corbett zu arbeiten, ja?«

»Auf jeden Fall«, entgegne ich.

»Die Bezahlung ist bestens«, fügt Cato hinzu. »Und das Essen ist auch spitze.«

Ein Schatten legt sich über Hollands blaue Augen, bestimmt muss er daran denken, wie er sich mit Carl in einer provenzalischen Küche geprügelt hat. »Wie ich höre, herrscht bei Carls Leuten ein reges Kommen und Gehen.«

»Nicht mehr als in anderen Restaurants auch«, widerspricht Jane.

Holland grinst, als hätte sie damit seinen Verdacht und die aufrichtige Hoffnung bestätigt, dass sein ärgster Feind mit einer ständigen, nur mühsam unterdrückten Meuterei in seiner Küche zu kämpfen hat. »Tja, dann sagt ihm, er kann seine Leute jederzeit zu mir schicken. Ihr seid mir immer herzlich willkommen. Und er ebenfalls.«

»Danke«, murmelt Jane und blickt mich dabei von der Seite an.

»Wir werden es ausrichten«, entgegnet Cato.

Ein paar Minuten später bringt man uns drei Gläser eines teuren *Reserve*-Portweins an den Tisch. »Manchmal ist es besser, den Menschen nicht die Wahrheit zu sagen, wenn sie nicht damit umgehen können«, konstatiere ich.

»Carl braucht davon nichts zu erfahren«, stimmt Jane mir zu.

Cato erhebt sein Glas. »Darauf trinke ich.«

✧

»Um Mitternacht noch *voll*?«, kläfft Carl aufgebracht, als wir am darauffolgenden Nachmittag Bericht erstatten. Aus, wie er sagt, »moralischen Gründen« hat er uns in den Kühlraum zitiert, außer Hörweite der Köche.

»Danach hat es sich aber ziemlich schnell geleert«, beeilt sich Cato zu sagen.

»War Holland auch da?«

»Die ganze Zeit, während wir da waren«, berichte ich.

Carl schnaubt. »Typisch. Er war schon immer mehr fürs Reden als fürs Kochen. Mit wem hat er gesprochen?«

»Mit so ziemlich jedem.«

Seine Augen werden groß und rund. »Etwa auch mit *euch*? Er wusste doch nicht, wer ihr seid, oder?«

»Um Gottes willen, nein.«

»Natürlich nicht«, versichert Jane. »Er hat kaum zwei Worte mit uns gewechselt.«

»Nun gut. Und das Essen?«

Cato beschreibt den Gelbflossenthun und die Gewürze als einen »Garant für Sodbrennen um vier Uhr morgens, wenn ihr mich fragt. Laurie Pearson war da, aber das ist nebensächlich, weil sie auf der schwarzen Liste steht. Stimmt's, Jane?«

Jane nickt. »Ihre Glaubwürdigkeit ist den Bach runtergegangen.«

Doch ganz gleich, wie sehr wir uns auch bemühen, die Wahrheit zu vertuschen, Carl empfindet es als Affront und Kampfansage. »Ich lasse mich doch nicht von einem Massenabfertigungsgroßküchenpanscher an die Wand kochen«, zetert er, während sein Atem in kleinen frostigen Wölkchen explodiert. »Wäre es Keller oder Ducasse, gut, da würde ich schon aus Respekt ein bisschen den Kopf einziehen, aber bei Holland? Mr. Vierhundert-Dollar-Haarschnitt? Mr. *Zagat-Meute*?« Seine Stimme dröhnt durch den kleinen Raum.

»In der Wachtelbouillon waren zu viele Pilze«, wirft Jane leise ein.

»Und wie war sie sonst?«

»Äh, ganz gut.«

Carls Mundwinkel zucken. »Danke, das ist alles. Tagesgerichte in fünf Minuten.« Er starrt uns an und flüstert dann grimmig: »*Vive la guerre!*«. Damit stapft er hinaus und lässt die Tür hinter sich zuschlagen.

✧

Ich weiß nicht mehr so recht, wie viel ich eigentlich verdient habe, seit ich vor zwei Wochen angefangen habe zu kellnern, aber ich weiß, dass mein Verdienst locker mit meinem früheren Gehalt konkurrieren kann. Ich habe die Miete und alle ausstehenden Rechnungen bezahlt und immer noch jede Menge Geld übrig. Diese kleine Reserve kommt mir fast unwirklich vor, wie ein magischer Schatz, der sich jede Nacht von neuem auffüllt. Als Kind der amerikanischen Kreditkartengeneration habe ich früher selten mehr Bares bei mir gehabt als das Geld für ein Taxi. Aber jetzt, nach zahllosen kurzen Transaktionen, in denen ich die Urinstinkte anderer Menschen befriedigt habe, liegen fast viertausend Dollar in großen Scheinen in meiner Unterwäscheschublade. Mit einem Gummiband schnüre ich eine Handvoll Bargeld zusammen und gehe dann in die Innenstadt, wild entschlossen, mich für all das Fingerschnippen und die Extrawürste (»Ich hätte gerne alles in ganz kleine Häppchen geschnitten. Ja, auch den Pok Choi.«) entschädigen zu lassen. Ehe ich mich versehe, habe ich den Verdienst zweier langer Schichten für einen Kaschmir-Überwurf, eine Tüte Kaffeebohnen aus dem Jemen, zwei Flaschen Wein und ein handbesticktes provenzalisches Sofakissen ausgegeben. Ich habe das überwältigende Bedürfnis, mir alles zu gönnen, wonach mir gerade der Sinn steht. Ich habe das Gefühl, in einen wahren Kaufrausch zu verfallen, nachdem ich lange auf so vieles verzichten musste. *Das sieht doch klasse aus, nimm es. Noch eine Portion? Ja, bitte. Ich habe es mir verdient.*

Gerade kommt ein kühler Oktoberwind auf, als ich mich mit meinen Tüten mühsam durch die Tür eines kleinen feinen Deko- und Haushaltswarenladens zwänge. Bestimmt kann ich noch irgendwas dazupacken, ehe ich alles nach Hause schleppe und unter dem Gewicht meiner neu erstandenen Schätze zusammenbreche. Während ich darüber nachdenke, meinem Beutegut noch eine mundgeblasene kobaltblaue Vase hinzuzufügen, klingelt mein Handy. Mit Mühe krame ich es aus meiner Handtasche und sehe eine unbekannte Nummer auf dem Display blinken.

»Hallo?«

»Erin!«, kommandiert eine unverwechselbare weibliche Stimme.

Ich zögere. »Gina?«

»Dein Plan sich ändert heute!«

»Mein Plan?« Plötzlich überkommt mich das Gefühl, als sei Gina nicht nur die Herrin über meinen Dienstplan, sondern auch über mein Schicksal.

»Heute Abend ist eine Hochzeitsfeier im Roulette. Eine Kinderspiel, wir brauchen dich nicht.«

»Oh! Okay …«

»Du und Cato, ihr geht zu eine private Feier. Er hat gesagt, du hast schon für Harold bei Partys gearbeitet, also ich schicke euch beide zu der Wohnung von meiner Freundin.«

Cato, du bist ein toter Mann. »Äh, was für eine Party sagtest du, ist das?«

»Ein *Dinner*«, erklärt Gina laut. »Zwanzig Gäste, so ungefähr. Du ziehst an eine schwarze Hose und tust, was man dir sagt, okay? Um sechs Uhr du triffst dich mit Cato an die Ecke Seventy-sixth und Fifth. Und mach mir keine Schande!«

11. Kapitel

Ein paar Stunden später treffe ich mich vor einem gewölbeartigen Gebäude an der Fifth Avenue mit Cato. Er hat die Haare frisch gegelt, steht lässig gegen eine Hauswand gelehnt und raucht eine Zigarette.

»Ehe du irgendwas sagst, ich tue dir einen Gefallen«, begrüßt er mich.

Ich stiere ihn finster an. »Irgendwie bezweifle ich das.«

»Hey, ich dachte, du würdest dich *freuen*, aus dem *Roulette* rauszukommen.«

»Tue ich ja auch, aber hättest du mich nicht wenigstens vorwarnen können?«

»Wozu?«, fragt er. »Hier verdienst du in der Hälfte der Zeit genauso viel Kohle. Du hättest hören müssen, wie Derek mich angefleht hat, statt dich lieber ihn mitzunehmen. Ich musste ihn mir mit einem Barhocker vom Leib halten.«

»Tja, besten Dank, dass du an mich gedacht hast, aber die erwarten jemanden, der weiß, was er tut.«

Er schnaubt. »Das hat dich doch bisher auch nicht abgehalten.«

»Vielleicht wäre das aber besser gewesen.«

»Hör zu«, sagt er und tritt seine Zigarette aus. »Hast du jemals am großen Finaltag der Footballsaison deinem Onkel Stu ein Sandwich serviert? Das hier ist so ziemlich das Gleiche, bloß sind die Leute etwas hochnäsiger. Abfüllen, vollstopfen, aus dem Weg gehen. Ich schwöre dir, viel mehr ist nicht dabei.«

»Ich hoffe, du hast recht.«

»Habe ich dich je in die Irre geführt? Wenn du nachher mit drei großen Scheinen da rausmarschierst, wirst du mir auf Knien danken. So, und jetzt lass uns den Laden ordentlich aufmischen.«

Er packt meine Hand und zieht mich hinter sich her in eine kühle, stille Eingangshalle. Nachdem der Portier uns oben kurz telefonisch angekündet hat, führt er uns zum Fahrstuhl und wartet, bis die Türen sich hinter uns geschlossen haben. »Du siehst übrigens umwerfend aus«, bemerkt Cato mit einem Blick auf meinen roten Lippenstift und die Ohrringe, die Nate mir geschenkt hat. »Aber denk dran, wir sind zum Arbeiten hier, und nicht zum Vergnügen.«

Ich betrachte mich in der verspiegelten Kabinenwand. »Ich bin rattenscharf, also muss ich vierundzwanzig Stunden am Tag gut aussehen.«

»Daniel und Phil. Ich hätte nie gedacht, dass du so vielseitig bist.«

»Wie kommst du denn auf Daniel?«

»Ich bitte dich, Schätzchen. Seit diesem Barbecue bist du das reinste Pheromon-Bündel.«

»Phil hat mir gestern auf den Po gestarrt«, sage ich. »Wahrscheinlich liegt es daran.«

»Pass bloß auf. Ich weiß, dass er ein Sahneschnittchen ist, aber seit letztem Dezember hat er schon eine Empfangsdame und eine Entremetière durch. Die Entremetière ist eines Tages in Tränen aufgelöst aus dem Restaurant gelaufen und nie wiedergekommen. Ich sage dir, der Kerl macht nichts als Ärger.«

»Keine Sorge, Cato. Ich kann schon selbst auf mich aufpassen.«

»Möglich«, entgegnet er. »Aber Phil ist einer von Carls Jungs, und das bedeutet, dass er der Küchenbrigade treu ergeben ist. Glaub mir, jeder, der so aussieht, hinterlässt eine Spur gebrochener Herzen. Darum stehe ich auch mehr auf die etwas Unscheinbareren – dann darf ich mich nämlich wie der Hauptgewinn fühlen.«

Ich lächele. »Sehr clever.«

»Das Gefühl hält zwar nicht lange vor, aber mir ist es immer noch lieber, ich fühle mich für ein paar Stunden wie ein Prinz als mein ganzes Leben lang wie der Junge von nebenan.«

Der Aufzug verlangsamt seine Fahrt, als wir uns dem obersten Stockwerk nähern. »Für wen arbeiten wir eigentlich heute Abend?«

»Frank und Patti Porter. Sie ist eine dieser professionellen Damen der Gesellschaft, und er ist ein hohes Tier bei SSB Television. Darum habe ich mich auch freiwillig für seine Party gemeldet, damit ich zwischen den einzelnen Gängen ein paar Kontakte knüpfen kann. Ich muss dringend ein kleines Netzwerk aufbauen, sonst wurschtele ich mich ewig mit Statisteneinsätzen und Nebenrollen durch.«

»Ist es nicht ein bisschen seltsam, Leute in ihrem eigenen Zuhause zu bedienen?«

»Eigentlich nicht. Ich habe schon bei tausenden von Privatpartys gekellnert, und verglichen mit einem Abend bei Carl ist es das reinste Vergnügen.«

Die Türen des Fahrstuhls öffnen sich lautlos, und dahinter kommt ein runder Eingangsbereich mit Marmorboden, glänzenden gelben Wänden und einer Buntglaskuppel, die den Blick auf den Himmel freigibt, zum Vorschein. Eine nasenlose römische Büste starrt uns von einem geschnitzten Holztisch in der Mitte des Raums an. »Schon wieder so ein Zwölf-Millionen-Dollar-Penthouse auf der Upper East Side«, seufzt Cato. »Was ist eigentlich aus der guten alten Gemütlichkeit geworden?«

»Wow«, staune ich. »Du meinst, wir können … einfach so hier reinspazieren?«

Er zerrt mich aus dem Aufzug. »Als würde der ganze Laden dir gehören.«

Wir hören Stoff rascheln, und dann ruft eine hohe Stimme: »Hallo zusammen!« Den Korridor entlang kommt eine Dame Ende vierzig mit bronzefarbenen Haaren und taufrischem Teint in einem weich fallenden Hosenanzug aus Seide und mit Goldschmuck behängt auf uns zu. »Haben Sie vielen Dank, dass Sie gekommen sind. Ich bin Patti, und Sie beide haben mir gerade das Leben gerettet. Wie wunderbar, dass Gina und Steve Sie entbehren konnten.« Abrupt unterbricht sie sich und nimmt die Tischplatte unter die Lupe. »O nein, nicht ausgerechnet heute. Wie oft habe ich ihr schon gesagt, sie soll in geraden Linien Staub wischen? Rosalinda!«

Eine stämmige Latina in Dienstmädchenuniform und schwarzen Strümpfen kommt angelaufen. »Ja bitte, Ma'am?«

Patti deutet auf den Tisch. »Wir haben schon mal darüber gesprochen, wissen Sie noch? Im Foyer entsteht der alles entscheidende erste Eindruck.«

Eilig zieht Rosalinda ein Staubtuch aus ihrer Schürzentasche und beginnt, an dem ohnehin schon auf Hochglanz polierten Tisch herumzuwischen. »Entschuldigen Sie bitte, Mrs. Patti.«

»Bitte kontrollieren Sie schleunigst noch mal die gesamte Wohnung. Kaminsimse und alles. *Muchas gracias*.« Damit wendet sich Patti wieder uns zu. »Sind Sie bereit, in die Startlöcher zu steigen? Dann folgen Sie mir.«

Während wir durch endlos viele Zimmer hinter ihr herdackeln, drängt sich mir immer stärker der Eindruck auf, dass ich mich in einer Filmkulisse befinde oder in einem zum Museum umgewandelten Geburtshaus eines berühmten Künstlers. Alles wirkt antik und gleichzeitig makellos erhalten und neu, als hätte man die Sachen vor zweihundert Jahren gekauft und bis heute Morgen mit Laken verhüllt. »Es muss eine Freude sein, für Gina zu arbeiten«, plaudert sie, während wir schwarz-beige gestreifte Sofas, japanische Paravents und kolossale Ölgemälde passieren. »Ist sie nicht wunderbar? Wir haben uns letztes Jahr bei einer Benefizveranstaltung für die venezianischen Kanäle kennen gelernt und uns *auf Anhieb* verstanden.«

»Sie ist wirklich ein Herzchen«, gibt Cato zurück und grinst mich über die Schulter an.

»Mein achtzigjähriger Vater hat sich Hals über Kopf in sie verliebt. Er vergöttert temperamentvolle Frauen«, erzählt Patti und führt uns in eine Küche, die höchstens um ein Drittel kleiner ist als die des *Roulette*, mit hohen geschwungenen Fenstern, von denen man in den Park hinausschauen kann. In der Küche befinden sich zwei Geschirrspüler, zwei Kühlschränke, vier Öfen und ein Chefkoch in tadellos weißer Jacke, der mit einer Kochmütze auf den welligen grauen Haaren an einem zwölfflammigen Edelstahlherd steht.

»Mein Gott«, flüstere ich Cato zu. »Die Wohnung ist ja unglaublich.«

»Ich kann's kaum erwarten, endlich in die besseren Kreise einzuheiraten«, wispert er zurück.

»Sie sind Profis, also wissen Sie sicher, wie der Hase läuft«, sagt Patti. »Bei Fragen wenden Sie sich bitte an Rosalinda oder an meinen Koch, Yves, und bitte denken Sie daran, dass dies ein wichtiger Abend für mich ist. Bei keiner Gelegenheit werden Stärken und Schwächen des Gastgebers so offenbart wie bei einer Dinnerparty.«

Rosalinda führt uns ins Esszimmer, wo wir zwei Tische für jeweils zehn Personen mit handbemaltem Porzellan und Kristallglas eindecken, das so schwer ist, dass es bestimmt mehr wert ist als mein gesamter Jahresverdienst. »Stell dir einfach vor, es seien Pappteller und Marmeladengläser, dann machst du nichts kaputt«, rät Cato mir. »Das ist einer dieser kleinen Psychotricks, wie dir auf der Bühne vorzustellen, das Publikum säße in Unterhosen da.«

Als wir wieder in die Küche gehen, um die Weingläser zu holen, liegen Patti und Yves sich gerade wegen des Desserts für den heutigen Abend in den Haaren.

»Es passt aber nicht zu den Blumen!«, jammert sie.

»Es tut mir leid, Madame, aber daran kann ich nichts ändern.«

»Matsch! Es sieht aus wie Matsch!«

»Aber Madame, so muss ein Schokoladensoufflé nun mal aussehen.«

»Können Sie es nicht ein bisschen …« Sie malt mit ihren manikürten Fingern Kreise in die Luft, als würde sie Sahne schlagen. »Heller machen? Lockerer?«

Yves schürzt die Lippen. »Sie wollten Soufflé haben, und das habe ich gemacht.«

»Bitte, Yves. Es muss in das Gesamtkonzept passen. Was ich ausgegeben habe …« Sie verdreht die Augen und schaut an die Decke. »Ich bringe es einfach nicht über mich, es laut auszusprechen. Ich habe ein Vermögen bezahlt für diese Orchideen.«

»Ich bin doch kein Raumausstatter. Ich koche nicht passend zur Farbe Ihrer Wände!«

Pattis Tonfall wechselt; statt sich einzuschmeicheln, versucht sie es nun mit Strenge. »Nun hören Sie mir mal gut zu, Yves. Ich lasse Ihnen hier eigentlich immer ziemlich freie Hand. Aber wenn ich möchte, dass etwas so gemacht wird, wie ich es will, was nun wirklich nicht oft vorkommt, dann möchte ich auch, dass es so gemacht wird. Verstanden?«

Er seufzt laut, als eindeutiges Zeichen, dass er sich geschlagen gibt. »Also gut, dann fange ich mit der Zitrone noch mal ganz von vorn an. Aber geben Sie mir nachher nicht die Schuld, wenn –«

Siegreich reckt sie das Kinn und tätschelt seinen Arm. »Würde mir nicht im Traum einfallen. So«, sagt sie, womit sie sich wieder uns zuwendet, »die Gäste werden bald eintreffen, und Sie beide sollten den Eindruck vermitteln, als würden Sie sich köstlich amüsieren. Wer sieht schon gerne lange Gesichter?«

»Ich ertrinke in Soufflés«, brummt Yves und nimmt einen Karton Eier aus einem der Kühlschränke.

Ein stiernackiger Mann mit grau meliertem Haar erscheint in der Tür und drückt Patti einen Kuss auf die Stirn. Das muss Frank Porter sein, der berühmte Medienmogul. »Hallo zusammen«, begrüßt er uns. »Einige von Ihnen kenne ich zwar nicht, aber trotzdem herzlich willkommen, auf dass es ein schöner Abend wird und wir spätestens um elf alle wieder vor die Tür gesetzt haben!«

Als es dann klingelt und die Gäste einer nach dem anderen eintrudeln, bestücken Cato und ich Silbertabletts mit Champagner und Hors d'œuvres und befördern unsere Fracht in eins der betont lässig gehaltenen Wohnzimmer, dessen Einrichtung aussieht wie bunt zusammengewürfelt. Ein riesiger Flügel steht in einer Ecke des Raums wie eine unnütze Nippfigur. »Los geht's«, raunt Cato. »Setz dein Serviermädchengesicht auf, Baby.«

Mit einem Lächeln, das teils an eine Cheerleaderin, teils an einen Politiker auf Wahlkampftour erinnert, stürze ich mich todesmutig in die Menge, säusele: »Lachs-Blini? Garnelen?«, und ducke mich vor den herumschwirrenden Luftküsschen. Unser Gastgeber hockt auf einer Sessellehne, teilt Handschläge und Bussis aus und flirtet ungeniert mit jedem der anwesenden, nicht uniformierten weiblichen Wesen. Sollte seiner Frau das auffallen, so lässt sie es sich zumindest nicht anmerken. Sie hat ein anderes, viel dringlicheres Problem.

»Äh, Erin war der Name, nicht wahr? Könnten wir uns kurz unterhalten, bitte?«

»Klar.« Das Tablett hoch über die Köpfe der Gäste haltend, folge ich ihr aus dem Wohnzimmer nach draußen.

»Ich muss Sie um einen Gefallen bitten«, setzt Patti an. Sie spricht leise und sieht mich dabei offen und sympathisch an. Sie will mich ins Vertrauen ziehen, und so nicke ich ernst, um ihr zu zeigen, dass ich willens und bereit bin, ihr zu helfen.

»Natürlich. Was kann ich für Sie tun?«

Sie seufzt. »Ihre Ohrringe sind ja sehr interessant, aber offen gestanden sind sie doch schrecklich groß und auffällig. Sie passen einfach nicht.«

Ich fasse an die Silber-und-Onyx-Creolen, die Nate mir vor zwei Jahren aus Guatemala mitgebracht hat. »Passen?« Plötzlich komme ich mir vor wie eine große, hässliche Couch.

»Zum Dekor, Schätzchen. Sie sind ein bisschen zu unkonventionell. Und mein Stil ist dagegen doch deutlich klassischer.«

»Ach so. Verstehe.«

»Wenn Sie also einen Augenblick Zeit hätten, wäre es mir lieb, wenn Sie sie ablegen könnten.«

Da ich bizarre oder beschämende Bitten schon längst nicht mehr hinterfrage, lächele ich einfach bloß und sage: »Aber gerne.«

Ihr Gesicht entspannt sich wieder. »Wunderbar! Vielen Dank für Ihr Verständnis. Oh – da ist meine Tochter, und sie hat ein Glas Champagner in der Hand.«

Patti eilt auf ein lachendes Mädchen in einem engen rosa Kleid und hohen Keilabsatz-Sandalen zu. Es kann unmöglich älter sein als vierzehn, und doch futtert es ein Minihummerröllchen und plaudert angeregt mit einem erwachsenen Mann, als hätte es sein Leben lang nichts anderes getan, als Party-Etikette zu studieren. Es ignoriert seine Mutter, die ihm auf die Schulter klopft, bis das Objekt ihrer Aufmerksamkeit sich entschuldigt. »Was?«, fährt sie ihre Mutter schnippisch an, während ich mich hinter eine Topfpflanze ducke und hektisch meine Ohrringe herausreiße. Da ich leider keine Taschen zur

Verfügung habe, bleibt mir nichts anders übrig, als sie in der einen Hand zu halten und mein Tablett in der anderen zu balancieren. »Mutter, weißt du denn nicht, dass es unhöflich ist, andere Menschen zu unterbrechen?«

»Das hier ist eine Party für Erwachsene, Edie, und du musst noch deine Hausaufgaben in Geschichte machen.«

»Nein, muss ich nicht«, widerspricht das Mädchen bestimmt.

»Sieh mich an, wenn ich mit dir spreche. Es gibt in Manhattan genau drei anständige Schulen, und aus zweien bist du schon rausgeflogen. Willst du, dass wir dich in ein Internat in der Einöde von Vermont stecken? Denn das werden wir tun, wenn deine Noten sich nicht bald bessern.« Patti zeigt auf die Tür. »Hausaufgaben. Auf der Stelle.« Dann entdeckt sie eine Freundin, und schnell hat sie ihr Lächeln wieder aufgesetzt. »Sonia!«

Sonia? Fast hätte ich meine in Filo-Teig gewickelten Meeresfrüchte fallen lassen, als ich Daniels Freundin erblicke, die nur einen Meter entfernt in edelsteinbesetzten hochhackigen Sandalen und einem schwarzen Kleid, das knapp oberhalb des Knies in einer Rüsche endet, dasteht. Das silberblonde Haar hat sie zu einem lässigen Pferdeschwanz zusammengebunden, eine Frisur, die von unerschütterlichem Selbstvertrauen zeugt.

Daniel ist hier. Muss er sein.

»Tut mir leid, dass ich zu spät komme, Tante Patti«, entschuldigt Sonia sich. »Ich musste Oma noch mal besuchen. Du weißt ja, wie sie ist, wenn man sie auch nur mal für fünf Minuten allein lässt.«

»Ich verstehe das nicht«, entgegnet Patti. »Sie hat doch so viele Freunde da. Frank und deine Mutter bezahlen weiß Gott genug dafür, dass sie dort wohnt. Sie könnte doch zumindest so *tun*, als sei sie glücklich.«

»Glücklich war sie seit 1995 nicht mehr. Zuerst war es die Schilddrüse, und jetzt ist es der Rücken.«

»Unsinn. Wenn sie wollte, würde sie uns alle abhängen. Als wir sie das letzte Mal besucht haben, konnten wir sie nicht einmal dazu bringen, sich kurz hinzusetzen. Sie ist nicht kränker als wir.«

»Sie bildet sich das alles nur ein.« Sonia lacht kurz auf. »Bestimmt hält sie noch zwanzig Jahre durch. O Gott, klingt das sehr herzlos?«

Patti senkt die Stimme. »*Über*haupt nicht. Es ist ganz natürlich, dass man sich hin und wieder ausgenutzt vorkommt. Lass dir deswegen von niemandem ein schlechtes Gewissen einreden. Hast du bei ihr etwas gegessen?«

»Nein. Mir vergeht der Appetit, wenn überall Rollstühle rumstehen, wo man auch hinschaut.«

»Armes Ding. Du musst ja fast umfallen vor Hunger.«

»Die ganze Arbeit und die vielen Besuche bei Oma – ich weiß gar nicht, wann ich das letzte Mal so erschöpft war.«

»Hier … nimm eins von Yves' Hors d'œuvres«, empfiehlt Patti und zupft mich am Ärmel. »Heute Abend hat er sich wieder selbst übertroffen. Die Krevetten sind einfach unverschämt lecker.«

Sonia begutachtet mein Tablett, anscheinend ohne zu merken, dass es von einem menschlichen Wesen gehalten wird, ganz zu schweigen von jemandem, der sie vor zehn Tagen schon einmal bedient hat.

»Und das sind …«, gibt Patti mir das Stichwort.

»Gegrillte Garnelen in Filo-Teig, mit Zitronenöl beträufelt«, doziere ich.

»Wie gesagt, Sonia, zum Niederknien«, fügt Patti hinzu.

»Aber ich habe mir die Hände noch nicht gewaschen«, klagt Sonia, nimmt eine Cocktailserviette und wickelt sie behutsam um eine Krevette. »Wer weiß, was für Bakterien dort herumfliegen?«

Patti lehnt das ihr dargebotene Essen mit einem leichten Kopfschütteln ab. »Ich weiß genau, was du meinst. Heutzutage möchte man am liebsten jedes Mal, wenn man nach draußen geht, Antibiotika schlucken. Besorgen wir dir was zu trinken, damit du auf andere Gedanken kommst.« »Einen Moment, kommen Sie damit noch mal zurück!«, ruft Sonia, als ich gerade auf das nächste Grüppchen zusteuern will. Sie greift zu und schnappt sich noch zwei Krevetten. »Die sind wirklich lecker, Patti. Auf einmal sterbe ich fast vor Hunger.« Beide haken sich unter und schlendern auf die andere Seite des Raums zu.

Gerade habe ich meine letzte Garnele an einen älteren Herrn verloren, der mir ständig zuzwinkert, als eine Stimme raunt: »Entschuldigen Sie, hätten Sie vielleicht noch ein paar von diesen Lachs-Dingsbums?«

Ich schlucke heftig, und als ich mich umdrehe, stehe ich einem lächelnden, ein Champagnerglas schwenkenden Daniel gegenüber. »Du kommst aber ganz schön rum«, bemerkt er.

»Was machst du denn hier?«, frage ich, wobei meine Ohrringe zwischen die Zahnstocher und zerknitterten Servietten auf meinem Tablett plumpsen.

»Ich arbeite für Frank Porter. Und du offensichtlich ebenfalls.« Er schiebt sich ein Blini in den Mund und kaut. »Nicht schlecht. Kein Original-Edwards-Hühnerflügel, aber durchaus genießbar.«

»Mein Vater würde sich freuen, das zu hören.«

Plötzlich habe ich eine erschreckende Vision vor Augen: das Bild, wie meine Eltern in diese Party spazieren – mein Vater in weißen Turnschuhen und Shorts, meine Mutter mit ihrem leichten gemusterten Sommerkleid und einer Zehn-Dollar-Flasche Wein in der Hand – beide viel zu unbedarft und geradeaus, um sich nonchalant zu geben. »*Heiliger* Strohsack«, kann ich meinen Vater zu Mr. Porter sagen hören, »ist das ein Originalgemälde oder bloß ein enorm guter Druck?«

»Hattest du Glück bei der Häusersuche?«, erkundige ich mich.

»Noch nicht«, entgegnet Daniel. »Das Haus, das mir gefallen hat, hat mir ein Typ vor der Nase weggeschnappt, der es abreißen lassen will.«

»Vielleicht wird es Zeit, Naomi auf den Fall anzusetzen. Die hat dir ein Haus besorgt, ehe die Besitzer überhaupt wissen, dass sie verkaufen wollen.«

»Wenn ich in ein, zwei Monaten noch immer nichts gefunden habe, rufe ich sie an.« Er trinkt seinen Champagner aus und stellt das Glas auf mein leeres Tablett. »Was sind denn das für Ohrringe? Hat jemand seine Juwelen gegen eine Extraportion Krevetten eingetauscht?«

»Das sind meine. Patti findet sie zu schrill.«

»Und warum trägst du sie auf dem Tablett spazieren?«

»Ich habe leider keine Taschen.«

Er langt hin, schnappt sich die Ohrringe und steckt sie in die Hemdtasche. »Jetzt schon«, sagt er.

Nachdem wir Terrinen mit einer Suppe aus gegrillter gelber Paprika aufgetragen haben, machen Cato und ich die Runde um beide Tische und bieten Crème fraîche und gehackte Petersilie an. Daniel sitzt auf der anderen Seite des Orchideenarrangements Sonia gegenüber, die gerade ihre Brokatserviette entfaltet und sagt: »Du hast doch auch dieses Skript gelesen, nicht wahr, Dan? Das mit dem mexikanischen Drogendealer? Wie fandest du es?«

Er kneift die Augen zusammen. »Ein bisschen zu gewollt. Ich hatte Mühe, mich hineinzulesen.«

»Es war unkonventionell«, entgegnet sie spitz. »Dann hast du die Story nicht verstanden.«

»Hör lieber auf ihn, Sonia«, mahnt ihr Onkel. »Man muss schon ein ziemlich guter Autor sein, um einen Heroinhändler zum Sympathieträger zu machen, vor allem, wenn er den halben Film über nur damit beschäftigt ist, illegale Einwanderer ins Land zu schleusen.«

»Aber er hat das alles selbst erlebt. Ich finde, wir sollten allmählich anfangen, gewisse Risiken einzugehen und mutige Sachen zu senden. Das meiste, was wir machen, ist doch Mainstream.«

»Ich bewundere die Leidenschaft, mit der du dich engagierst«, sagt Frank, »und ich bin sehr für mutige Sachen. Aber Verbrechen zu verherrlichen, steht nicht besonders hoch im Kurs, jedenfalls nicht bei zweiunddreißigjährigen weißen Frauen aus Missouri. Und von dieser Zuschauergruppe reden wir hier. Wenn du mal so lange dabei gewesen bist wie Daniel, dann kannst du in drei Minuten entscheiden, ob ein Skript für die Fox-Seher markttauglich ist oder nicht.«

Sie verdreht die Augen. »Die Fox-Seher.«

»Du wirst sie doch nicht die nächsten fünf Jahre lang Drehbücher lesen lassen, Frank«, wendet Patti ein.

»Nein, höchstens ein oder zwei«, scherzt er und legt einen Arm um seine Nichte. »Sie muss schließlich alles von der Pike auf lernen wie jedes andere bildhübsche Mädchen aus gutem Hause auch, nicht wahr?«

»Ganz genau«, zieht Daniel sie auf. »Wird langsam Zeit, dass du Steine klopfen musst, genau wie wir anderen.«

»In diesem Fall muss ich dich um eine Lohnerhöhung anschnorren«, sagt sie zu ihrem Onkel und gibt ihm einen Kuss auf die Wange.

»Petersilie?«, frage ich Sonia.

Es dauert einige Sekunden, bis sie merkt, dass ich etwas gesagt habe. »Sind irgendwelche Milchprodukte in dieser Suppe?«, erkundigt sie sich. An ihrem ausdruckslosen Gesicht ist zu erkennen, dass sie sich immer noch nicht an mich erinnert.

»Ich glaube nicht.«

»Wenn Sie in die Küche gehen und das in Erfahrung bringen könnten, wäre ich Ihnen sehr verbunden«, weist Sonia mich schnippisch an. »Und nein, ich möchte keine Petersilie, vielen Dank.«

»Ist sie nicht grässlich?«, meint Cato, nachdem ich Sonia frohgemut die schlechte Nachricht überbracht habe (Crème Double, Butter). »Genau die Sorte reiche Zicke, die ich mit dem größten Vergnügen verabscheue. Und glühend beneide, weil ich so gerne an ihrer Stelle wäre.«

»Ich hätte das bestimmt nicht gemacht, wenn ich gewusst hätte, dass sie heute Abend auch hier ist.«

Er grinst süffisant. »Obwohl Daniel auf der Gästeliste steht? Hättest du wohl.«

»Ich bekomme noch eine Migräne von all diesem Geschwätz«, klagt Yves. Er gießt sich einen kleinen Sherry in ein Glas und nippt daran. »Warum müsst ihr Kellner bloß ständig rumplappern?«

»Entschuldigen Sie, Yves. Stressabbau«, entgegnet Cato. »Das Einzige, was uns davor bewahrt, uns kopfüber die Feuerleiter runterzustürzen.« Er rückt ein bisschen näher. »Jedes Mal, wenn Sonia das *Roulette* betritt, bekreuzigt Luis sich. Sie hält sich für das Heißeste seit Rosario Dawson. Die macht mich echt *fertig*.«

»Ich kann einfach nicht verstehen, was Daniel an ihr findet«, gebe ich leise zurück. »Er ist viel unkomplizierter und bodenständiger als sie. Dachte ich zumindest.«

»Reiche haben mit der Inzucht schlimmere Probleme als die letzten Hinterwäldler. Es ist ganz gleich, wie nett oder vorurteilsfrei sie auch scheinen mögen. Am Ende sucht Geld immer nur noch mehr Geld.«

»Hast du mal sein *Auto* gesehen?«

»Nein, aber ich habe schon davon gehört. Das Auto ist sein Hobby, Erin. Er hat nicht vor, es zu heiraten.«

»Ich dachte, es hätte vielleicht etwas zu bedeuten.«

»Ja, dass ein Ausflug auf die falsche Seite der Stadt ganz amüsant sein kann, solange man nicht dort leben muss.«

Nach dem Dessert zieht die Partygesellschaft weiter in die Bibliothek, wo Cato und ich lautlos von der Couch zum Kamin und weiter zum Ohrensessel schweben und Digestifs, Espresso-Mürbegebäck und Schokolade reichen. Ich setze »das Raunen« ein, eine Stimme, die, obwohl kaum hörbar, so entscheidende Informationen wie »Trüffel« oder »Calvados« übermittelt. Sonia und Daniel teilen sich ein winziges geblümtes Zweisitzersofa, und er hat den Arm um ihre zart gebräunten Schultern geschlungen. Ich reiche ihm gerade in dem Augenblick ein Cognacglas, als sie ihm einen Kuss auf den Mundwinkel gibt. »Danke«, nuschelt er.

»Lass uns nächstes Wochenende nach Harbour Island fahren«, sagt sie zu ihm. »Ich möchte mir das Hotel anschauen, das India entworfen hat.«

Er nippt an seinem Brandy. »Sollten wir nicht lieber warten, bis die Hurrikansaison vorbei ist?«

»Warum? Ich finde Stürme sehr romantisch.«

Ich stehe etwas abseits in einer Ecke des Raums, die Hände auf den Rücken gelegt, in dem klaren Bewusstsein, gerade mit minimalem Einsatz eine ekelerregend hohe Summe zu verdienen, und trotzdem fühle ich mich hundeelend. Ich muss zusehen, wie Cato beim Auffüllen von Mr. Porters Cognacglas die Gelegenheit ergreift, ihn um einen Job als Schauspieler anzubetteln. » … geschrieben, dass ich der Rolle des Orlando neues Leben eingehaucht habe«, schleimt er gerade.

»Das glaube ich Ihnen gerne«, entgegnet Mr. Porter.

»Ich bin für alles offen, aber Bühnenarbeit oder eine Rolle in einer Daily Soap wären erst mal mein großes Ziel.«

Mr. Porter gähnt. »Es ist immer gut, sich Ziele zu setzen.«

Um halb zwölf haben die Gäste begonnen, sich zu verabschieden, und Cato und ich helfen Rosalinda dabei, die Küche wieder in ihren ursprünglichen Zustand vor der Party zurückzuversetzen. »Mr. Porter hat mir empfohlen, alles über meinen Agenten laufen zu lassen, und dann gesagt, ich soll ihm noch eine Zigarre holen«, murrt Cato, während wir die Weingläser abtrocknen. »Wieso bin ich noch mal in dieser Branche?«

»Es tut mir leid, Cato. Womit könnte ich dich ein bisschen aufheitern? Fällt dir irgendwas ein?«

»Weiß nicht. Ich denke, ich treffe mich nachher noch mit ein paar Kollegen. Komm doch mit! Wir betrinken uns und graben wildfremde Menschen an.«

»Klingt super, aber ich muss mit Rocket Gassi gehen.«

»Komm doch einfach später. Wir halten dir einen Platz frei und lassen dir was von dem ganz billigen Bourbon übrig.«

»Wo wollt ihr denn hin?«

»Reactor 6. Eine Bar auf der Avenue B, einer dieser hip abgewrackten Läden mit Nukleardeko. Glaub mir, es ist unmöglich, sich im Schatten eines Pappmaché-Atompilzes nicht zu amüsieren. Das verleiht den Worten ›Lebe im Jetzt‹ eine ganz neue Bedeutung.«

Ich muss lächeln und stelle mein letztes Glas auf die Marmorarbeitsplatte. »Kann ich meine Freundin Rachel mitbringen?«

»Herzchen, deine Freundinnen sind meine Tanzpartnerinnen.«

Patti kommt mit zwei Umschlägen in der Hand in die Küche. »Sie beide hat mir wirklich der Himmel geschickt«, erklärt sie und reicht jedem von uns einen Umschlag. »Sie sind wahre Schätze. Haben Sie vielen Dank. Alles ist einfach perfekt gewesen, bis auf das Soufflé, und das war nun wirklich nicht Ihre Schuld. Haben Sie Yves irgendwo gesehen?«

Wir schütteln beide die Köpfe, obwohl wir gesehen haben, wie er vor über einer Stunde klammheimlich durch den Dienstbotenausgang verschwunden ist.

12. Kapitel

Rachel und ich halten unsere Gläser in die Höhe und quetschen uns in eine Betonsitzecke im Reactor 6. Poster aus der Zeit des Kalten Kriegs zieren den bunkerähnlichen Raum, in dem schrill gekleidete Schwule, tätowierte ultracoole In-People und gelangweilt wirkende College-Kids sich gegenseitig die Plätze auf den Fünfziger-Jahre-Sofas streitig machen. Technomusik lässt den Boden beben. »Und wann bist du zu dem Entschluss gekommen?«

»Ich bin zu keinem Entschluss gekommen, ich habe bloß meinen Widerstand aufgegeben.«

»Du weißt aber, was das bedeutet, richtig?«

»Äh, ich glaube, es bedeutet, dass ich jetzt einen Hund habe.«

»Um den du dich bis ans Ende eures gemeinsamen Lebens kümmern musst.«

Ich nippe an meinem Weißwein Marke unbekannt. »Warum kommst du mir denn jetzt *damit*? Ich dachte, du hättest es so gewollt.«

»Ich will mich nur vergewissern, dass du das Kleingedruckte gelesen hast. Bist du gewillt, morgens um sechs unfreiwillig mit ihm Gassi zu gehen? Kleine Missgeschicke geduldig zu ertragen? Und überall die Hundehaare?«

»Na klar doch. Ich weiß, worauf ich mich da einlasse.«

Jane löst sich mit einem großen rosaroten Drink in der Hand aus der Menge und setzt sich neben mich auf die Bank. Als ich gerade dabei bin, Rachel und sie miteinander bekannt zu machen, kommt Phil in einer abgewetzten Lederjacke, Kochhose und roten Basketballschuhen hereinspaziert. Er stellt sich zu Alain und Cato an die Bar und schaut sich flüchtig um. Als sein Blick auf mich fällt, grinst er mich vielsagend an, was augenblicklich meine Erinnerung an Daniels Hand auf Sonias nacktem Knie auslöscht.

»Was hältst du eigentlich von Phil?«, frage ich Jane.

Sie blinzelt mich durch den Trockeneisnebel an, der radioaktiven Niederschlag darstellen soll. »Ganz okay für eine belanglose kleine Affäre. Warum?«

»Weil wir seit meinem ersten Arbeitstag miteinander flirten.«

»Sei vorsichtig«, warnt sie mich. »Carl ist wie ein Trainer. Er mag es nicht, wenn man seine Spieler ablenkt.«

»Ich will ihn ja nicht ablenken. Ihm die Kleider vom Leib reißen vielleicht, aber das wird ihn doch wohl nicht vom Kochen abhalten, oder?«

»Wenn Carl das spitzkriegt, wird einer von euch beiden fliegen. Und das wird sicher nicht sein Schützling sein.«

Rachel wendet sich an Jane. »Sie macht das bloß wegen dieser Sache mit Daniel.«

»Hat sich schon herumgesprochen«, antwortet Jane. »Cato hat mir die Kurzversion erzählt.«

»Hey«, mische ich mich ein, »ich finde bloß, dass es ganz nett wäre, jemanden näher kennen zu lernen, mit dem man jeden Tag zusammenarbeitet.«

»Hm«, brummt Jane.

»Wie du meinst«, fügt Rachel hinzu.

Zehn Minuten später teilen Phil und ich uns ein Bier und einen Barhocker und unterhalten uns zum ersten Mal über etwas anderes als darüber, was andere Leute essen. Ich erfahre, dass er zwei Jahre jünger ist als ich, noch nie weiter westlich als Ohio war und heute Abend nur hier ist, weil Alain ihm erzählt hat, ich würde auch da sein. »Bei der Arbeit kann man sich einfach nicht unterhalten, also dachte ich mir, ich muss dich woanders abfangen«, erklärt er.

»Ist vermutlich sowieso besser, sich anderswo zu treffen.«

»Ja, ist aber auch irgendwie ziemlich seltsam für mich. Köche hängen normalerweise nicht mit Kellnern ab.«

»Bloß mit Entremetières und Empfangsdamen, was?«

Er guckt mich an, als verstünde er den Witz nicht. »Wir haben nicht viel gemeinsam, was? Kochen ist eine Lebenseinstellung, die man nicht verstehen kann, wenn man nicht selbst zu dem Zirkus dazugehört. Man braucht schon eine Menge Stehvermögen, um sechzig Stunden die Woche in der Küche zu arbeiten. Und man verdient so gut wie nichts, wenn man nicht in einer Top-Position arbeitet oder Miteigentümer eines Restaurants ist so wie Carl. Und dann muss man sich auch noch dauernd was Neues einfallen lassen. Carl hat gerade von einem Typen bei Lockhead Martin einen Beutel entwickeln lassen, mit dem man der Luft jedes beliebige Aroma verleihen kann.«

»Der *Luft*?«

Phil nickt. »Dadurch schmeckt alles, was man isst, viel intensiver. Und das ist erst der Anfang. Carl arbeitet daran, Geschmacksmoleküle zu fusionieren, um so noch nie da gewesene Aromen zu kreieren.«

»Was das neue flüssige Carpaccio erklären würde.«

»Verrückt, was? Wir mussten alle eine Verschwiegenheitsklausel unterzeichnen, damit keiner auf die Idee kommt, Carls Erfindungen zu klauen. Er will sogar Patente darauf anmelden lassen.«

»Patente? Aufs Essen?«

»Heutzutage muss man mit allem rechnen.«

Ich trinke das Bier aus und stelle die Flasche auf den Tresen. »Wie wäre es, wenn wir das Roulette mal für einen Abend vergessen und einfach nur tanzen?«

»Zu diesen Rave-Müll?«, fragt er und weist mit dem Daumen auf den DJ.

»Scheint die anderen doch auch nicht davon abzuhalten.«

Und so halten wir uns bald mitten auf der Tanzfläche in einer schwitzigen Umarmung umklammert. Phils feuchte Haare streifen mein Gesicht, als die Menge uns enger aneinanderpresst. »Ich sehe dir im Restaurant immer gerne bei den Vorbereitungen zu«, haucht er mir ins Ohr. »Du wirkst dabei immer so ernst.«

»Das liegt daran, dass ich keine Ahnung habe, was ich da tue«, wispere ich.

Er zieht mich noch fester an sich. »Weißt du denn, was du hier gerade tust?«

Nach zwei Songs verlassen wir gemeinsam die Tanzfläche und halten unter dem Tisch Händchen, während Rachel und Alain sich über Cocktailklassiker unterhalten. Es liegt ein gewisser Reiz des Verbotenen darin, jemanden aus Carls Truppe abzuschleppen, so als wilderte ich auf fremdem Terrain. Fast erwarte ich, eine donnernde Stimme durch ein Megafon zu hören, die mir befiehlt: »Pfoten weg vom dem billigen Chardonnay und dem Chef de Partie.« Phils Oberschenkel presst sich gegen mein Bein, und plötzlich ist mir zum ersten Mal seit dem kleinen dreitägigen Zwischenspiel mit dem Pressesprecher meiner alten Firma klar, dass ich die Nacht nicht in meinem eigenen Bett verbringen werde.

Cato hatte ja so was von recht, als er vorgeschlagen hat, hierherzukommen. Ich liebe diesen Kerl – wo steckt der bloß? Ich entdecke ihn auf der Tanzfläche, wo er Jane herumwirbelt und damit die Leute ringsum auf einen Meter Abstand hält. »Was meinst du, sollen wir verschwinden?«, flüstert Phil mir ins Ohr.

Ich trinke mein Glas mit einem Schluck aus. »Ruf mich morgen an«, sage ich zu Rachel.

Sie lächelt vielsagend. »Bist du sicher, dass du bis dahin wieder zuhause bist?«

Phil und Alain geben sich die Hand, und Alain zwinkert mir zu. Ich habe die vage Vorahnung, dass alle auf der Arbeit davon erfahren werden, aber was soll's? Darüber mache ich mir später Sorgen. Phil legt die Hand auf meine Hüfte und folgt mir durch die Menschenmenge. Sobald wir draußen vor der Tür sind, drehe ich mich auf dem Absatz um und küsse ihn, und als er sagt: »Ich wohne hier gleich um die Ecke«, entgegne ich: »Immer dir nach.«

Gemeinsam laufen wir zu einem heruntergekommenen Wohnhaus und gehen eine mit einem Läufer ausgelegte Treppe hinauf. »Wundere dich nicht, falls Patrick und Kevin zuhause sind«, warnt er mich noch, als er die Tür aufschließt.

»Patrick. Der Patrick vom *Roulette*?«

»Ja. Und Kevin ist zweiter Patissier im *Esca*. Normalerweise sind sie immer vor mir zuhause.«

Aber drinnen ist alles still und dunkel. Phil knipst die Deckenlampe im Wohnzimmer an, die eine mit einer mexikanischen Decke drapierte Couch, eine Stereoanlage mit gigantischen Lautsprechern und einen Fernseher auf einer Holzkiste mit einer Werbung für Dosentomaten beleuchtet. Selbst mit den beiden winzigen Schlafzimmern und der kleinen Schlafnische kann die Bude nicht mehr als 50 Quadratmeter groß sein.

»Wie kann man denn zu dritt in so einem Kaninchenstall leben?«, frage ich. »Carl sollte euch mal dringend eine Gehaltserhöhung geben.«

»Hat er erst vor ein paar Monaten«, erklärt Phil, der sich wohl angegriffen fühlt. »Glaub es oder nicht, in dieser Stadt sind neunundzwanzig Riesen nicht schlecht.«

»Oh, das wusste ich nicht«, murmele ich, dankbar für mein Kellnerinnengehalt, das es mir ermöglicht, in einer geräumigen Zweizimmerwohnung zu leben.

»Ich bin gerade dabei, meinen Studentenkredit von der Kochschule abzuzahlen. Achtzehn Jahre dauert das. Klingt ziemlich lang, aber wenn man bedenkt, wie lange man braucht, um ein Haus abzuzahlen, ist es gar nicht so schlimm.«

Phil macht den Kühlschrank in der engen Küche auf und holt zwei Flaschen Bud Light heraus – nicht unbedingt meine erste Wahl, aber das ist mir inzwischen ganz egal. Während ich daran nippe, rechne ich die verschiedenen Sorten Alkohol, die ich an diesem Abend bereits getrunken habe, mit der Anzahl der Getränke zusammen und kann mir so an zwei Fingern abzählen, dass es auf mindestens zwei zusätzliche Stunden im Bett hinauslaufen wird. Aber so weit will ich gar nicht in die Zukunft denken. Phil bringt mich in seinen Schuhkarton von Schlafzimmer, wo eine Lampe ohne Schirm und eine offene Müslischachtel auf der Kommode stehen. Sobald er die Tür hinter uns geschlossen hat, gebe ich mich dem hormongesteuerten Wahnsinn hin und beginne, mir die Bluse aufzuknöpfen.

»Komm her«, murmelt er, setzt sich auf den ungemachten Futon und fingert an seiner Hose herum. »Seit Wochen bin ich scharf auf dich.« Er zieht sich den Pullover über den Kopf, und darunter kommen der durchtrainierte, muskulöse Körper und die stahlharten Arme eines Ausdauersportlers zum Vorschein. Ich setze mich neben ihn, und ein linkisches Lächeln huscht über sein Gesicht. »Carl würde uns dafür umbringen.«

Ich beuge mich zu ihm rüber. »Morgen vielleicht. Aber heute Nacht nicht mehr.«

Bum.

Kurz nach vier werde ich unsanft aus dem Schlaf gerissen. Im trüben Licht der Straßenlaterne vor dem Fenster sehe ich Phil auf dem Rücken liegen, das Laken irgendwo zu den Knien runtergerutscht. Schweißperlen glitzern auf seiner nackten Brust.

Habe ich überhaupt eine Hose an? Ich setze mich auf und betaste meine Beine. Splitterfasernackt. Ich klebe, habe Durst und eine neblige Erinnerung daran, wie Phil mich in eine Stellung biegt, für die es meines Wissens bisher nicht mal einen Namen gibt. Nachdem wir auf dem Bett angefangen haben, machten wir erst auf dem Fensterbrett weiter, dann auf dem Schreibtisch, und zu guter Letzt sind wir dann auf dem orange-braunen Flechtteppich gelandet. Ich fasse mir an die Schramme am linken Oberschenkel und muss grinsen.

» ... Musik an«, grölt eine Männerstimme aus dem Wohnzimmer. Ich höre ein Husten, dann Schritte und das Dröhnen der Stereoanlage. O nein. Phils Mitbewohner sind nach Hause gekommen, und wie es sich anhört, haben sie ihre Freunde mitgebracht.

» ... die Frau, die Carl poppt.« Das ist Patrick.

»Welche?«, fragt eine andere Stimme.

»Der vögelt sich durch ganz Manhattan. Manche sind gerade mal volljährig, und andere könnten glatt seine Oma sein. Die Puertoricanerin, erinnerst du dich an die? Die muss mindestens fünfundvierzig gewesen sein.«

»Die war echt scharf. Also, meine Oma sieht nicht so aus.«

»In zehn Jahren bin ich auch so weit, und dann mache ich es genauso«, verkündet Patrick. »Angenehmer Nebeneffekt, wenn man Küchenchef ist.«

»Wenn du dann noch einen hochkriegst.«

Wie viele Typen da wohl im Wohnzimmer hocken? Vier? Fünf? Ich will nach Hause, und dafür muss ich wohl oder übel durch eine Wohnung voller fremder Leute spazieren.

»Phil«, flüstere ich. »Ich gehe jetzt.« Keine Reaktion. Ich schubse ihn sanft an, und er dreht sich zu mir um.

»Willst du einen Nachschlag?«, brummt er.

»Gerne, aber deine Mitbewohner sind gerade nach Hause gekommen.«

Er schlingt die Arme um meine Hüften. »Na und? Ignorier sie einfach.«

»Das kann ich nicht. Ich glaube, ich sollte jetzt besser gehen.«

»Nein«, protestiert er leise. »Bleib, wo du bist, ja? Gib mir nur ein paar Sekunden zum Aufwachen ...« Langsam rutscht sein Arm von meinem Körper. Er ist wieder eingeschlafen.

»Zeit zum *Besaufen*!«, brüllt jemand. Na toll. Ich will hier raus.

Schnell schlüpfe ich in Bluse und Hose, finde nach kurzem Suchen meine Handtasche, die um den Bettpfosten geschlungen ist, und taste dann den Boden ab, um nur nicht versehentlich etwas liegen zu lassen. Jetzt muss ich bloß noch rausgehen und so schnell wie möglich zur Tür flitzen. Das wird kurz, aber schmerzhaft. Aber was bleibt mir anderes übrig? Soll ich stundenlang warten, bis alle sich ins Koma gesoffen haben? Oder darauf hoffen, dass Phil morgens für uns alle Pfannkuchen zum Frühstück macht?

Ich fasse mir an die Ohrläppchen, um mich zu vergewissern, dass ich meine Ohrringe nicht zwischen den Laken verloren habe. *Wo zum ...?* Dann fällt es mir wieder ein – sie sind noch in Daniels Hemdtasche. Endlich hatte ich es geschafft, den Gedanken an ihn zu verdrängen, und schon ist er wieder da, obwohl ich gerade überhaupt nicht an ihn denken will.

Curtis Mayfield röhrt in voller Lautstärke durch die Wohnung, als ich mir meine Tasche über die Schulter hänge und kurz überschlage, wie lange es wohl dauern wird, das Wohnzimmer zu durchqueren. Selbst wenn ich im Schneckentempo durch den Raum schleiche, höchstens fünf Sekunden. Und außerdem, wen interessiert schon, was die denken? Sicher hat Patrick auch schon mit Frauen geschlafen, die er kaum kannte. Also braucht er sich nicht als Richter aufzuspielen.

Ich fasse mir ein Herz, öffne die Tür, und augenblicklich

ziehen sich meine Pupillen in dem hellen Licht zusammen. Wie um meinen Auftritt anzukündigen, verstummt die Musik schlagartig. Jetzt gibt es kein Zurück mehr. Hocherhobenen Hauptes marschiere ich ins Wohnzimmer. Der Typ vor der Stereoanlage starrt mich an, und drei weitere, die in der Küche damit beschäftigt sind, Drinks zu mixen, schauen mir ganz verdattert hinterher. Ich gucke stur geradeaus und gehe unbeirrt weiter.

»Erin?«, sagt Patrick verdutzt. »Was machst du denn hier?«

»Du kennst die Kleine?«, fragt jemand.

Blonde Dreadlocks tauchen hinter der Resopalarbeitsplatte auf. »Wo habt ihr denn euren Triple Sec?«

Patricks Erstaunen schlägt in Belustigung um. »Haben wir dich geweckt, Erin? Hey, willst du einen Kamikaze? Die sind echt gut. Ich mach dir einen mit Southern Comfort.«

Ich reiße die Tür auf und stiefele schnurstracks den Flur hinunter. »Mist, Mist, Mist«, fluche ich leise. Lautes Gelächter verfolgt mich die Treppe hinunter bis auf die Straße, die mir nun dunkler vorkommt als noch vor ein paar Stunden. Auf dem Bürgersteig liegen Zeitungsfetzen, und in den Hauseingängen hängt Uringeruch. Wo bin ich? Das hier ist keine Gegend, in der man mitten in der Nacht allein rumlaufen sollte. Ich habe immer noch das Geld dabei, das ich bei der Dinnerparty der Porters verdient habe – dreihundertfünfzig Dollar minus ein paar Getränkerunden. Entschlossen umklammere ich meine Tasche und gehe dicht am Bordstein, wobei ich den Horizont nach einem freien Taxi absuche. Zehn Minuten später sehe ich einen halben Häuserblock entfernt ein Taxi. »Hey!«, schreie ich und renne los. Ich angele schnell nach dem Türgriff, springe hinein und nenne hastig meine Adresse.

»Sie hatten Glück, dass ich Sie gesehen habe«, bemerkt der Fahrer.

Matt lehne ich den Kopf gegen den Rücksitz. »Wenn bloß die anderen mich *über*sehen hätten.«

Ich war noch nie so froh, nach Hause zu kommen.

Schnell mache ich mit Rocket einen Fünf-Minuten-Spaziergang um den Block, stopfe meine Kleider in den Wäschesack und ziehe mir den Bademantel über. Während ich die Zähne putze, schaue ich in den Spiegel und sehe mich so, wie Phils Mitbewohner mich gesehen haben müssen – mit verschmierter Wimperntusche, blutunterlaufenen Augen und einem verräterischen Knutschfleck am Hals gleich unterhalb des Kinns. Wäre ich nicht so müde, würde ich mich in Grund und Boden schämen. Erst als ich das Licht ausmache, sehe ich, dass das Lämpchen am Anrufbeantworter blinkt.

Sie haben eine neue Nachricht.

Ich drücke auf Abspielen, und es ertönt die Stimme, die ich am wenigsten erwartet hätte. *»Hallo, Erin. Carl Corbett am Apparat. Ich möchte dich bitten, morgen eine Stunde früher im Restaurant zu sein. Der morgige Abend wird einer der wichtigsten deines Lebens, und du musst auf jeden Fall alle Vorarbeiten frühzeitig erledigen. Habe ich dein Interesse geweckt? Wunderbar. Dann schlaf gut.«*

✧

»Ich habe auch so eine Nachricht bekommen«, erzählt Cato am nächsten Nachmittag. »Bloß in meiner hieß es, es werde so etwas wie eine Premiere am Gershwin.«

»Was ist hier eigentlich los?«, fragt Jane und schüttelt energisch eine gefaltete Tischdecke auseinander. »Als ich gestern Abend nach Hause kam, erzählte Julian, nach Mitternacht habe ein Mann angerufen und nach mir gefragt und irgendwas von Vorbereitungen auf den großen Abschlussball gefaselt.«

Ron schält mit einem Messer eine abgebrannte Kerze aus

einem Kristallkerzenhalter. »Meine Frau und ich haben schon geschlafen, als Carl anrief und meinte, wir müssten uns auf die Stunde null vorbereiten. Es war unmöglich, eine klare Antwort aus ihm rauszubekommen. Ich bin schnurstracks zum Büro gegangen, als ich herkam, aber Steve macht nicht auf.«

»Klassischer Unternehmensführungstrick«, brummt Derek. »Uns alle härter arbeiten, aber dafür im Dunkeln lassen.«

»Bestimmt erfahren wir um fünf, was eigentlich los ist«, meine ich mit vom Schlafmangel kratziger Stimme. »Carl kann das Geheimnis schließlich nicht ewig für sich behalten.«

»Habt ihr die Liste mit den zusätzlichen Vorbereitungsarbeiten gesehen? Wände fleckenfrei sauber abwischen. Toiletten auf Hochglanz putzen. Ohne Witz.«

»Vermutlich hat sich ein A-Promi für heute Abend angekündigt«, spekuliert Jane. »Hat Phil dir gegenüber irgendwas erwähnt, Erin?«

»Nicht, dass ich wüsste. Um ehrlich zu sein, ist meine Erinnerung an die vergangene Nacht bestenfalls etwas nebelig.«

»Hübscher Knutschfleck, nebenbei bemerkt«, neckt Cato mich. »Sehr neunte-Klasse-Schulball-mäßig.«

Wie auf Kommando drehen wir uns alle gleichzeitig um, als hohe Absätze durch die Lounge klappern und dann am Eingang zum Speiseraum innehalten. Es ist Gina in einem ärmellosen schwarzen Kleid, über und über mit Aberhunderten von Kristallperlen besetzt. An ihrer Seite Nino in einem Nadelstreifenanzug mit einem Lutscher im Mund. Er sieht aus wie ein kleiner Nachwuchsgangster an seinem ersten Arbeitstag.

»Höre ich hier Gerede?«, fragt sie. »Ab sofort ich will keine Gerede mehr hören.«

Etliche Sekunden lang sagt niemand ein Wort. Endlich macht Derek den Mund auf. »Wir haben uns bloß gefragt, warum Carl uns früher herbestellt hat.«

»Was ist nur los mit euch?«, schimpft sie und tippt sich mit dem Zeigefinger an die Stirn. »Seid ihr alle blöde? Evelyn Harker isst heute Abend hier.«

»Wer ist Evelyn Harker?«, frage ich.

»Die Kritikerin der *Manhattan Today*«, erwidert Derek.

»Und woher wissen wir, dass sie kommt?«

»Gestern Abend jemand hat mich angerufen«, erklärt Gina. »Carl ist so nervös, dass er hat nicht geschlafen. Er ist geblieben in der Küche die ganze Nacht, und die Köche sind gekommen heute Morgen um sechs.«

Ich stelle mir vor, wie der arme Phil im Halbdunklen aus dem Bett geklingelt wurde. Er muss noch kaputter sein als ich.

»Ron, deine Haare sehen aus so.« Gina macht eine Zickzackbewegung über ihren Augenbrauen. »Schnell, bring das in Ordnung. Alle müssen perfekt aussehen.« Ron zieht den Kopf ein und verschwindet auf die Herrentoilette.

Gina schleift Nino hinter sich her, als sie herumgeht und sämtliche Tische inspiziert, dann einen Schritt zurücktritt und den ganzen Raum in Augenschein nimmt. »Tisch neun«, sagt sie schließlich. »Da setzen wir sie hin.«

Catos Bereich, Gott sei Dank. Janes Gesicht erschlafft regelrecht vor Erleichterung, während der arme Cato kreidebleich wird. Derek sieht aus, als hätte man ihm die Gelegenheit zu brillieren vor der Nase weggeschnappt.

»Denk dran, Käi-*tou*«, warnt Gina ihn. »Ich habe dir erzählt, was ist aus meiner Kellnerin geworden, die Harker schlecht bedient hat. Gute Kritik, gutes Geschäft. Schlechte Kritik« – sie fährt sich mit dem Daumen über die Kehle –, »und das *Roulette* ist erledigt. Und du ebenfalls!«

Nino holt den Lutscher aus dem Mund. »Kellner machen Mama böse.«

Gina lächelt engelsgleich auf ihn herab. »Ich bin nicht böse, Nino. Ich bin Italienerin. Wir sind sehr leidenschaftliche Menschen.« Sie packt ihn am Handgelenk und zerrt ihn Richtung Küche, nicht ohne im Weggehen noch die Drohung fallen zu lassen: »In einer Minute bin ich wieder da, also an die Arbeit!«

Cato verbirgt die Augen hinter einer Hand und flüstert: »Gebt mir Drogen. Ganz egal was, bloß her damit.«

»Beruhige dich«, rede ich ihm gut zu. »Das schaffst du doch mit links.«

»Zwei Monate, nachdem Harker eine Kritik über das *Sybarite* geschrieben hat, mussten sie den Laden dichtmachen«, klärt Jane mich auf. »Der Küchenchef ist in ein Zen-buddhistisches Kloster in Kalifornien geflüchtet und ward seither nicht mehr gesehen.«

»Warum nur bin ich je aus Oklahoma weggegangen?«, stöhnt Cato. »Warum habe ich mich nicht mit einem netten Kerl häuslich niedergelassen und eine kleine Fremdenpension eröffnet?«

Nino erscheint zu meinen Füßen und hält mir eine zerfledderte Zeitschrift unter die Nase. »Mama sagt, du musst das sofort lesen.«

Ich nehme ihm die Ausgabe der *Manhattan Today* aus der Hand. Schnell huscht er wieder in die Küche, und ich überfliege die Titelseite, wobei mir auffällt, dass die Zeitschrift gut ein Jahr alt ist. Während Cato und Jane mir über die Schulter schauen, durchsuche ich das Inhaltsverzeichnis, blättere zu Seite dreißig vor und beginne, laut vorzulesen:

Diese Woche macht Evelyn Harker sich auf den Weg zur Upper East Side, wo sie die Erfahrung machen muss, dass es manchmal die größte Herausforderung des ganzen Abends sein kann, überhaupt eine Vorspeise zu bekommen ...

CORBETT KOMMT INS SPIEL

von Evelyn Harker

Nachdem Shootingstar Carl Corbett auf seinem Weg nach oben durch etliche der renommiertesten Küchen New Yorks gegangen ist wie ein heißes Messer durch die Butter, ist er nun endlich stolzer Mitbesitzer eines Lokals auf der Upper East Side. Ein aufregender Schritt für einen achtunddreißigjährigen Küchenchef, dessen Ruf als Enfant terrible bemerkenswert ist in einer Branche, in der theatralisches Getue an der Tagesordnung ist. »Ich bin besessen von Essen«, erklärt er. »Es reicht mir nicht, dass den Leuten mein Essen schmeckt. Ich möchte ihr Leben verändern.«

Nun denn, mach dich auf Veränderungen gefasst, Madison Avenue. Carl Corbett, der ursprünglich aus Philadelphia stammt, hat sich mit Steve und Gina Runyan zusammengetan und gemeinsam mit ihnen ein Restaurant mit dem pfiffigen Namen Roulette *eröffnet. Mrs. Runyan, gebürtige Italienerin, hat sich dabei der Aufgabe der Innengestaltung angenommen und auf Basis nur eines einzigen Highschool-Kunstkurses einen Look kreiert, der sich wohl am besten mit den Worten »europäisches Flair trifft amerikanischen Exzess« beschreiben lässt. Darauf angesprochen, dass sie dieses Handwerk nicht studiert hat, entgegnete sie schlicht und ergreifend: »Jeder Italiener hat ein bisschen Michelangelo im Blut.« Man fragt sich, was der alte Meister selbst zu den mit Pfauenfedern besetzten Wandleuchtern oder den in Gipssäulen eingelassenen Swarowski-Kristallen gesagt hätte, aber andererseits könnte man sich auch fragen, was er wohl von New York gehalten hätte.*

Bei unserem ersten Besuch werden meine Begleitung und ich in eine etwas abgelegene, wenngleich laute Ecke gleich neben der Lounge geführt (lesen Sie dazu auch mein Manifest über Restaurantakustik auf Seite 74). Während wir an warmem Rosmarinbaguette knabbern, leiert unsere Bedienung die Tageskarte herunter, und zwar derart desinteressiert und monoton, dass selbst der sau-

tierte Wolfbarsch mit Sellerie-Essenz fade klingt. Geoffrey Gould jedoch, der Übersommelier, den das Roulette dem Café NoNo abspenstig machen konnte, sprüht beim Dekantieren des 97er Château Frederic nur so vor Charme und Fachwissen. Der Wein wartet mit Pflaumenaromen und dem Duft von Sattelleder auf und ist alles andere als ein Mauerblümchen. An ihm gibt es nur eins auszusetzen, und zwar das Preisschild, das mit dreihundert Dollar eine derartige steile Gewinnspanne aufweist, dass man dafür eigentlich Sauerstoffmasken und Steigeisen bräuchte.

Doch leider kann auch der beste Bordeaux nicht über einen nachlässigen Service hinwegtäuschen. Unsere Kellnerin macht zunächst einen Abstecher in die Lounge, um ein paar Freunden einen Besuch abzustatten, ehe sie sich dann schließlich dazu herablässt, uns wieder zu beehren. Diese Verzögerung bringt unsere gesamte Zeitplanung für diesen Abend durcheinander. Vierzig Minuten dauert es, bis unsere Vorspeisen endlich an den Tisch kommen. In der Zwischenzeit haben wir das ganze Brot vertilgt und erwägen bereits, uns über die Tischdecke herzumachen. Aber das Warten hat sich gelohnt. Küchenchef Corbett beschreibt seinen Kochstil als »amerikanische Küche für das neue Jahrtausend«, und als ich die von dekadenten, scharf angebratenen Foie-gras-Scheiben gekrönte Taubenkeule probiere, verstehe ich, was er damit meint. Mein Begleiter ist ganz aus dem Häuschen angesichts seines Samtsüppchens vom weißen Spargel: eine cremige, intensiv duftende Suppe, die er als »Haute Heiße Tasse« bezeichnet. Sie schreit nur so nach gesalzenem Lawasch mit Trüffelöl als Beilage, doch unsere Bedienung ist leider mal wieder unabkömmlich: Sie muss einer Gruppe japanischer Geschäftsleute am Nebentisch ihre Tätowierung am Fußgelenk vorführen. Wir hoffen inständig, sie möge diesen Schnitzer dadurch wieder wettmachen, dass sie unser Zwischengericht pünktlich serviert, doch das scheint sie entweder vergessen zu haben, oder aber sie wurde in einen exklusiven Club für Empfangsdamen nach Tokio entführt. Kurz überlegen wir, einfach zu türmen, ohne die Rechnung *zu bezahlen, als wie vom Himmel geschickt ein höflicher junger Mann mit unserem Essen erscheint, was meinen missgestimmten Begleiter zu dem Ausruf »Es gibt einen Gott« veranlasst.*

Ein Bissen, und der Abend ist gerettet. Der Küchenchef kontert den miserablen Service, indem er uns mit in der Pfanne gegrilltem Antarktisdorsch an Olivenbutter und Patisson-Kürbis regelrecht fesselt. Mein Begleiter schwelgt in Canard de Corbett, scharf angebratener Moulard-Entenbrust mit Knoblauch und Single-Estate-Kakao und mit einem Spritzer Armagnac beträufelt. Beim zweiten Besuch beeindruckt uns die tasmanische Meerforelle, ein geschmacksintensiver Fisch, parfümiert mit eingelegtem Ingwer und Szechuan-Pfefferkörnern. Ebenfalls herausragend ist der Rücken vom schottischen Wildhasen mit geschmolzenem Schwarze-Johannisbeergelee. Ein wunderbarer Wildgeschmack und sehr zart ist er eine luxuriöse Ergänzung des spätherbstlichen Menüs.

Die Desserts sind nicht ganz so gelungen. Die Schokoladensünde von Patissière Betsy Lowe ist göttlich – ein Mürbteigtörtchen umgibt eine mit Espressobohnensplittern durchsetzte üppige Schokoladenbuttercreme. Mein Brotpudding allerdings ist wie Blei, Schwerkraft in Reinform, als hätte er ein Herz aus Eisen. Und obwohl die Limetten-Blutorangen-Creme eine köstliche Verschmelzung von Bitterkeit und Süße ist, sind die Dekor-Akzente aus Spinnzucker unangenehm spitz. Fast kommt es einem vor, als bisse man in eine Hutnadel.

Von den Fehltritten beim Dessert und dem hundmiserablen Service einmal abgesehen könnten die Runyans und Carl Corbett hier wirklich eine gute Nase bewiesen haben – eine renommierte Adresse, ein Ambiente, das einem die Augen schier übergehen lässt, und Gerichte, die die Gäste zu der Frage aller Frage verleiten: Was kommt als Nächstes?

»Tja, Mädels«, brummt Cato. »Das werden wir wohl bald erfahren.«

13. Kapitel

Um fünf Uhr hat Ginas Harker-Hysterie auch die Küche erreicht. Carl, hohläugig und erschöpft von sechsunddreißig Stunden in den Clogs, weigert sich schlichtweg, die Kellner, die in Reih und Glied vor ihm stehen, überhaupt zur Kenntnis zu nehmen, und schreit stattdessen lieber alle zwölf Köche gleichzeitig an. Den blassen, unrasierten Phil hat er ganz besonders auf dem Kieker.

»Wo bist du eigentlich den ganzen Tag mit deinem Kopf?«, will er wissen. »Verdammt noch mal, wie siehst du überhaupt aus? Der wichtigste Abend meiner Karriere, und du schaust total fertig aus.«

Wütend wirft er ein Geschirrtuch auf die Vorbereitungsfläche, dann dreht er sich um und starrt mich durchdringend an. Ach du Schande. Er weiß, was letzte Nacht passiert ist, das sehe ich ihm an. Aber wer könnte es ihm gesteckt haben? Hätte ich bloß auf Jane gehört. Könnte ich nur die letzten achtzehn Stunden zurückspulen und Phil stattdessen mit zu mir nach Hause nehmen.

»Keine Sorge, ich reiße mich zusammen«, versichert Phil. »Ich glaube, ich habe mir irgendwo … ein Virus eingefangen oder so was.«

Carl lässt mich keine Sekunde aus den Augen. »Ein Virus, dass ich nicht lache. Dein Schwanz ist das Problem. Ehrlich gesagt, hätte ich gedacht, du hast einen besseren Geschmack.« Er grinst mich flüchtig an. »Ich hätte geschworen, du stehst auf dicke Möpse.«

Mir stockt der Atem, und mein zunächst ungläubiges Erstaunen verwandelt sich schnell in kochende Wut. Phil schluckt und schaut angestrengt zu Boden.

»Ihr seid eine erbärmliche Mannschaft beschissener Pappnasen«, blafft Carl sie an und fuchtelt mit einem Arm in der Luft herum. »Wer von euch will heute Abend hier abhauen? Hä? Wer zieht als Erster den Schwanz ein? Kommt schon! Lasst hören!«

José unterdrückt ein Niesen, und Carl wirbelt auf dem Absatz herum. »War das ein Ja?«, fragt er.

»Was?«

Carl streckt die Hand aus und packt ihn am Schlafittchen. »Willst du das Handtuch werfen?«

»Natürlich nicht, Chef. Ich –«

»Willst du wieder zurück nach Harlem, Meeresfrüchteeintopf und Schweinsfüße kochen?«, spottet Carl und zerrt José auf die Zehenspitzen seiner Clogs. »Panierten Wels und Kuhbohnen? Frittierte Hühnerflügel für FÜNFZIG CENTS?«

»Nein, Chef, mir gefällt's hier!«

Carl rückt mit dem Gesicht auf einen Zentimeter an ihn heran, ehe er ihn schließlich rückwärts gegen den Grill schubst. »Dann halt's Maul!«

José rückt seine Jacke zurecht, während die übrigen Köche mit gesenkten Köpfen schweigend herumstehen. Carl poltert herum und murmelte etwas von »nutzlosen Vollidioten«, dann reißt er das Klemmbrett so gewaltsam von der Wand, dass der Nagel herausspringt und unter einen Herd kullert. Schließlich, als er schon hochrot im Gesicht ist und ganz außer Atem, bellt er: »Bringt eure verdammten Posten in Ordnung«, und tritt hinter dem Pass hervor. »Also gut, Kellner. Reden wir darüber, wie wir die wichtigste Kritikerin von ganz New York von den Socken hauen.«

Wütend funkelt er jeden Einzelnen von uns an: »Heute Abend wird wie Weihnachten im trauten Kreis der Familie.«

Niemand sagt etwas. Ich wage es nicht, Phil anzusehen, aus Angst, in die Luft zu gehen.

»Erinnert ihr euch an eure beschissene Kindheit? Erinnert ihr euch an die Enttäuschung, als ihr das letzte Geschenk ausgepackt habt, und drinnen war nichts weiter als ein verfluchter Sparbrief? Erinnert ihr euch daran, wie eure Mutter gelächelt hat, als euer Vater sich hat volllaufen lassen und der Baum abgebrannt ist und der Truthahn halb roh und innen noch gefroren aus dem Ofen kam? Erinnert ihr euch daran, wie sie immer und immer wieder gesagt hat, es sei das schönste Weihnachten aller Zeiten, bis ihr es irgendwann geglaubt habt? Wisst ihr, was sie da gemacht hat?« Er macht einen tiefen, zittrigen Atemzug. »Sie hat eine Illusion geschaffen, Leute. Sie hat die schöne Weihnachtsfassade aufrechterhalten, damit die Welt für euch kleine Bälger nicht zusammenbricht. Versteht ihr, was ich damit sagen will?«

Die ganze Brigade, ja die ganze Küche, ist totenstill. Ich werfe einen Blick auf Ron, dessen Gesicht vor Schreck verzerrt ist.

»TRÄUME!«, donnert Carl, womit er auch noch meinen letzten verbliebenen Nerv zerschmettert. »Es geht um drei Stunden, für die der Alltag draußen vor der Tür bleibt! Eure Aufgabe ist es, dafür zu sorgen, dass der kleine Timmy sein Fahrrad bekommt und der Baum nicht umkippt! Jeder in diesem Restaurant muss seinen Teil dazu beitragen, damit die Fantasiewelt funktioniert. Wenn an Tisch sieben jemand unzufrieden ist, beeinträchtigt das Harkers gelungenen Abend. Und Harkers gelungener Abend« – er senkt die Stimme zu einem Flüstern –, »bestimmt über unser aller Zukunft.«

Gerade durchforste ich den Umkleideraum nach einem zweiten Kuli und versuche, meinen Herzschlag wieder auf die normale Frequenz zu senken, als die Bürotür am anderen Ende des Gangs aufgeht. »Geh doch!«, höre ich Gina sagen. »Ich hoffe, du stirbst als einsamer alter Mann.«

Steve schnaubt. »Das könnte dir so passen, hm? Dann könntest du alles verpulvern.«

»Was, alles? Wir sitze doch praktisch auf die Straße! Nino und ich müssen bald wohnen im Bahnhof!«

»Gott bewahre, dass du dich selbst um deinen Sohn kümmern musst. Das ist heute der dritte Abend in Folge, an dem du Bridget angerufen hast, damit sie ihn abholt. Würdest du mehr Zeit mit deinem Sohn verbringen, könnten wir das Kindermädchen zurück nach Dublin verschiffen und ein Vermögen sparen.«

»Und dich hier allein lassen? Amerikaner haben doch keine Ahnung, wie man führt eine Restaurant. Nur *meinetwegen* läuft die Laden.«

Ich rücke etwas näher an die Tür heran und spitze die Ohren, damit ich Cato und Jane nachher ausführlich Bericht erstatten kann.

Steve seufzt. »Du würdest immer noch Tagesgerichte auf die Tafel schreiben, hätte ich dich damals nicht in diesem miesen kleinen Dreckskaff aufgegabelt. Und so dankst du es mir? Wir ersaufen in Rechnungen!« Er hält kurz die Luft an. »Ich hätte dir diese verdammte Wohnung nicht kaufen sollen. Was nützt einem eine Drei-Millionen-Dollar-Aussicht, wenn du solche Höhenangst hast, dass du sie nicht mal genießen kannst?«

»Ist deine blöde Auto«, kontert Gina. »Zweihundert Dollar die Woche für Benzin, und die halbe Zeit es ist kaputt!«

»Ich hatte dich gebeten, den Geländewagen da rauszulassen.«

»Immerhin ich lasse meine Mutter raus.«

»O nein, tust du nicht«, knurrt Steve.

»Doch, tue ich wohl.«

»Nein, tust du nicht.«

»Glaubst du, ich gebe eine Pfifferling auf deine Auto, wenn meine arme Mama lebt ganz allein in Roccasecca? Sie kann doch nicht leben in eine große Haus ganz allein! Sie wird krank und vergisst zu esse!«

Steve lacht. »Die Frau könnte im Ringkampf gegen eine Kuh gewinnen.«

Gina schnappt nach Luft. »Willst du damit sagen, meine Mutter ist eine *contadina*? Eine Bäuerin?«

»Na, aber das ist sie doch, oder etwa nicht? Wie sollte man wohl sonst eine Frau nennen, in deren Garten ein Dutzend Hühner rumläuft?«

»Hör zu«, zischt Gina. »Entweder sie kommte hierher und wohnte bei uns, oder ich gehe und nehme Nino mit. Dann du wirst ihn nicht mehr sehen, bis du liegst auf deine Sterbebett.«

»Wie kannst du von mir erwarten, noch ein weiteres Maul zu stopfen? Wenn deine Mutter auch nur halb so viel Geld ausgibt wie du, dann müssen wir bald nach Queens ziehen!«

»Dann zwing sie doch, arbeiten zu gehen. Dafür du bist vielleicht Manns genug.«

»Ich bin Manns genug, daran besteht gar kein Zweifel.«

»Ha! Ein geiziger Kragen, das biste du.«

»Ich bin ein Mann, und zwar mehr als genug für dich, und das werde ich dir beweisen, hier und jetzt.«

»Lass mich los.«

Es folgen eine schallende Ohrfeige, ein Aufschrei und dann ein kurzes Gerangel. Was ist da drinnen los? Nach einigen Sekunden Stille fällt die Tür ins Schloss. Vorsichtig schleiche ich auf Zehenspitzen den Flur entlang, während aus dem Büro Geraschel und leises Stöhnen zu vernehmen sind. O mein Gott. Sie … sie *tun* es doch nicht etwa gerade, oder doch? Eine Gürtelschnalle klimpert, und ein Möbelstück poltert gegen die Wand. Mir dreht sich der Magen um, als Ginas

Stimme an mein Ohr dringt. »Nicht auf der Sessel, Stevie. Komm her.«

Ein Stapel Papier plumpst auf den Teppich, dann hört man leises Keuchen. Als ich am Büro vorbeischleiche, beginnt der Boden rhythmisch zu quietschen. Ich höre nicht auf zu rennen, bis ich an der Servicestation bin.

»Das ist ja das Widerlichste, was ich je gehört habe«, bemerkt Jane angeekelt. »Los doch, wir wollen Details.«

Verstohlen schaue ich mich um und murmele dann aus dem Mundwinkel: »Ich glaube, sie haben die Schuhe angelassen.«

Jane muss ein Lachen unterdrücken. »Wie lange waren die beiden denn beschäftigt?«

»Keine Ahnung. Sie hatten gerade erst angefangen, als ich abgehauen bin.«

»Steve schafft wahrscheinlich keine dreißig Sekunden«, meint Cato. »Gina ist aus der Nähe betrachtet einfach zu furchteinflößend.«

»Von hinten geht es aber«, entgegne ich.

»Gut beobachtet«, ergänzt Jane. »Vielleicht hat er sie umgedreht.«

Ein paar Minuten später kommt Gina nach unten, hochrot und blinzelnd. Sie lässt den Blick durch den Speiseraum schweifen und weist uns an, niemanden, der durch die Tür kommt, unverhohlen anzustarren, da sie davon überzeugt ist, unsere Augen würden telepathisch ausplaudern, dass wir von ihrer Quelle beim *Manhattan Today* einen Tipp bekommen haben.

»Das schafft auch nur Gina, nach dem Sex *noch* verspannter zu sein als sonst«, flüstert Cato.

»Wie würdest du dich nach einem Quickie mit Steve fühlen?«, fragt Jane.

Er denkt kurz nach. »Sehr benutzt.«

»Wann soll die Harker denn kommen?«, erkundige ich mich. »Diese Warterei ist ja grässlich.«

»Es wurde nur gesagt, wir sollten die Augen aufhalten nach einer Frau im marineblauen Kleid mit einer männlichen Begleitung.«

Jane schiebt sich heimlich ein Pfefferminz in den Mund. »Das ist ja lächerlich. Die Beschreibung passt auf halb New York.«

Wir verstummen, als eine Frau mittleren Alters im blauen Rock am Arm eines sehr viel jüngeren Mannes an das Empfangspult tritt. Er trägt einen Rollkragenpullover und eine Hose mit Aufschlag und hat Koteletten bis zum Kinn. »Schaut weg, Leute«, raune ich. »Das könnte unsere Frau vom Fach sein.«

»Ihre Haare sind viel zu schwarz und glänzend«, stimmt Cato mir zu. »Das ist definitiv eine Perücke.«

»Es ist erst halb acht«, widerspricht Jane. »Kritiker essen immer spät.«

Ich nicke. »Stimmt. Wahrscheinlich versucht sie, uns mit einem gezielten Täuschungsmanöver in die Irre zu führen.«

Gina hetzt, einen dezenten Campari-Duft verströmend, an uns vorbei. »Iste sie es!«, zischt sie. »Nicht atmen!« Sie schubst Kimberly unsanft mit dem Ellbogen beiseite und führt Harker und ihren Begleiter höchstpersönlich in Catos Bereich.

»Woher wollen wir wissen, dass sie es ist?«, erkundigt sich Jane.

»Das merkt man doch«, jault Cato. »Sie sieht doch schon so kritisch aus.«

Wir beobachten, wie sie stehen bleibt und etwas zu Gina sagt. »Was ist los?«, frage ich.

Harker weist auf den Tisch, der am weitesten von der Küche entfernt steht, ein beengter Katzentisch, den wir die »Quarantäne« nennen. Unter normalen Umständen würde Gina nicht mal zulassen, dass der Bürgermeister sich einen anderen Tisch aussucht, aber bei Evelyn Harker ist das etwas anderes. »Natürlich, natürlich«, hören wir sie sagen, als sie die beiden durch den Speiseraum geleitet.

»Das ist dein Bereich, Erin«, stellt Cato fest. Er klingt gleichermaßen erleichtert und entsetzt.

Ich packe ihn am Arm. »Aber du bedienst sie doch trotzdem, oder? Ich kann das nicht. Gina würde mich nie …«

Gina schnippt aus dem Speiseraum mit den Fingern nach mir. Ich schließe die Augen gerade lange genug, um mein Leben in Bildern an mir vorbeiziehen zu sehen.

Carl schmettert einen Topf gegen die Wand, als Gina ihm die Nachricht überbringt. Nach einem ohrenbetäubenden Scheppern wird es totenstill in der Küche.

»Keine Sorge«, beruhigt Gina ihn. »Sie machte das schon.«

»Sie *machte* das *nicht*!«, tobt Carl. »Sie soll sich fernhalten von der Frau!«

Ausnahmsweise sind Carl und ich einer Meinung. »Ehrlich gesagt, Gina«, melde ich mich zaghaft zu Wort, »Cato ist doch schon viel länger hier als ich, und ich glaube, er würde –«

»Ist besser so«, sagt sie und hebt die Hand, um mich zum Schweigen zu bringen. »Wenn wir ihr schicken unsere beste Kellner an unsere schlechteste Tisch, dann sie wird merken, dass wir wissen, wer sie ist. Dann sind wir dran wegen Bestechung. Dann sagt sie, das Essen ist gute nur für sie!«

»Cato will es aber *gerne* machen«, lüge ich.

»Nein«, bestimmt sie. »Ist dein Bereich. Patti Porter hat neulich Abend mit mir über dich gesprochen. Sie sagt, du lernst schnell und bist freundlich zu allen. Und außerdem, ist Geschäft. Ich kann nichts machen.«

»Dann lass Ron sie doch bedienen«, schlägt Carl vor. »Oder Jane.«

»Erin«, beharrt Gina.

»Jane.«

»Erin.«

Ich kann kaum fassen, was ich da höre. Fast scheint es, als wolle sie, dass ich die Harker bediene, nur um zu demonstrieren, wer hier das Sagen hat. Carl fuchtelt mit gespreizten Händen in der Luft herum. »Das reinste Affentheater! Die Arbeit von Jahren in *ihren* Händen!«

Gina verdreht die Augen. »Wie *dramatisch*. Du musst dich entspannen. Sonst du bekommst irgendwann eine Herzinfarkt und fällst tot um auf die Straße wie meine arme Vater.«

»Wie du meinst«, knurrt er und wirft einen Haufen Zwiebelwürfel in eine Pfanne. »Ich hoffe, das Rabenaas erstickt.«

»Du kochste schön für sie!«, ermahnt Gina ihn.

Carl packt die Pfanne und wirbelt die Zwiebeln mit einer leichten Drehung des Handgelenks durch die Luft. »Willst du mich auf den Arm nehmen? Ich habe dieses Restaurant *aufgebaut*, schon vergessen?«

Gina wedelt abwehrend mit der Hand. Als sie die Küche verlässt, bleibt sie unterwegs vor mir stehen und lächelt. »Siehste du? Ich setze immer durch meine Kopf.« Sie streckt die Hand aus, rückt meinen Kragen zurecht und tätschelt mir dann die Wange. »Enttäusch mich nicht.«

Als ich zögere, klatscht sie zweimal in die Hände. »Worauf wartest du noch?«, ruft sie und stößt die Tür auf. »Los geht's!«

Der Weg zu Harkers Tisch ist wie der Gang zum Galgen: Mein Publikum ist ahnungsvoll besorgt, und ich weiß, dass ich das nicht überleben werde. Aber das ist schon in Ordnung. Dann mache ich eben Zeitarbeit. Das ist zwar nicht so gut bezahlt, aber nach dieser Erfahrung wird es mir vielleicht sogar richtig Spaß machen. »Guten Abend und willkommen im *Roulette*«, begrüße ich sie mit trockenem Mund. »Kann ich Ihnen einen Cocktail bringen?«

Harker schaut mich mit einem harten Gesichtsausdruck an. »Das hoffe ich doch sehr.«

O Gott. Die Frau ist echt fies.

»Zwei Gin Martinis«, kommandiert sie. »Ohne Eis, sehr kalt, zwei Oliven pro Glas.«

»Bevorzugen Sie eine bestimmte Sorte Gin?«

»Ja. Eine nicht allzu schauderhafte.«

»Natürlich«, erwidere ich. »Vielen Dank.«

Über seinen Schüttelbecher gebeugt, mixt Alain wie ein nervöser Chemiker die Martinis. Einen Tropfen Wermut zu viel, und *schwupp!* Das Spiel ist aus. Seine schmalen Hände zittern, als er die Oliven mit Perlmuttzahnstochern aufspießt, die für die Promis reserviert sind. »Harker stellt gerade ein Buch mit ihren schlimmsten Verrissen zusammen«, erzählt er. »Es heißt *Die letzten Abendmahle*. Da komme ich auch rein, wenn die nicht richtig gemixt sind.«

»Die sind bestimmt perfekt.«

»Ich kann ja immer noch nach Paris zurückgehen«, unkt er düster. »Oder Avignon. Da kennt sie keiner.«

Als er gerade die Gläser auf mein Tablett stellt, tritt Gina von hinten an mich heran. »Und? Mag die Harker dich?«

»Noch zu früh, das zu sagen. Sie hat zehn Worte gesagt, und die drehten sich allesamt um Martinis.«

»Wie steht ihr Stimmungsbarometer?«

Würde ich Gina die Wahrheit sagen, sie würde zusammenbrechen. »Vermutlich eine Neun, wenn die Drinks anfangen zu wirken.«

»Geh jetzt und erklär ihnen die Tageskarte.«

»Okay.«

»Aber dränge sie nicht.«

»Bestimmt nicht.«

»Erzähl ihr, was sie will hören.«

»Mache ich.«

»Und nicht vergessen«, ruft sie mir hinterher. »Immer lächeln!«

Mein Herz pumpert wie ein wild gewordener Dreschflegel, als ich an den Tisch zurückkehre und Harker ihre Martinis auf den Tisch stelle. »Heute Abend gibt es einige Ergänzungen zu unserer Speisekarte«, setze ich an.

»Und die wären?«, sagt sie und lehnt sich zurück.

Gleich als der erste Satz meine Lippen verlässt, weiß ich, dass ich geliefert bin. Mir will einfach nicht mehr einfallen, welche Soße zu welchem Zwischengericht gehört. Carls Bemerkung über die »dicken Möpse« hat mich so schockiert, dass ich kaum etwas von den Tagesgerichten mitbekommen habe. »Entschuldigen Sie bitte«, stottere ich errötend. »Ich habe den Faden verloren.«

Harkers Begleiter nippt an seinem Drink, während ich verzweifelt versuche, mir ins Gedächtnis zu rufen, was Carl so oft wiederholt hat, dass wir es nicht vergessen könnten, »selbst wenn ihr unter Vollnarkose wärt«. Jeden Moment ist es jetzt so weit, dass ich von meinem Spickzettel ablesen muss, und das unter Ginas und Steves Blicken, die in der Nähe des Empfangspults herumstehen und mich mit Argusaugen beobachten.

Denk nach, Erin! Flussaal ... Bordelaise ... Ragout ... ich setze ein Lächeln auf. »Zur Vorspeise servieren wir heute Abend ...« Carls Geist muss kurzzeitig von mir Besitz ergriffen haben, denn plötzlich sage ich die Tagesgerichte fehlerlos Wort für Wort auf und gebe dabei mein Allerbestes. Catos Empfehlung folgend, so zu tun, als beschriebe ich meinen ersten Orgasmus, klingt das Frikassee vom Rochenflügel mit Koriander bei mir, als müsse man es in seinem Leben einmal gekostet haben, bevor man stirbt. Als ich mit einer atemlosen Beschreibung des schwarzen Beluga und der mit Linsen gefüllten Wachtel ende, zieht Harkers Begleiter ein Taschentuch hervor und putzt sich laut und vernehmlich die Nase.

Die Harker klappt ihre Hornbrille zum Lesen auseinander. »Wir würden uns zunächst gerne die Speisekarte ansehen, wenn's recht ist.«

»Selbstverständlich. Ich schaue gleich wieder vorbei«, sage ich und verbeuge mich beinahe, als ich mich vom Tisch entferne.

Cato fängt mich auf dem Weg in die Küche ab. »Und? Wie läuft es?«

»Ich weiß nicht. Ich glaube, ich hatte gerade eine außerkörperliche Erfahrung.«

Er legt mir den Arm um die Schulter. »Das habe ich schon tausend Mal durchgemacht. Jetzt weißt du auch, wie sich Lampenfieber anfühlt.«

Der Vierertisch gleich neben Harker scheint von der Anwesenheit einer Restaurantkritikerin in unserer Mitte nicht das Geringste zu ahnen. Dort entsteht eine lautstarke Debatte bezüglich der Bestellung, und schließlich werde ich gebeten, einzugreifen und die Wahl zwischen zwei Vorspeisen zu übernehmen, »ehe einer anfängt, mit Brot um sich zu werfen«. Als ich schließlich zu der einzigen Person, auf die es wirklich ankommt, zurückkehre, ist Harkers Martiniglas beinahe leer, die Speisekarte liegt zusammengeklappt auf dem Tisch, und Geoffrey trabt immer wieder mit Kostproben sämtlicher Weine, die wir offen anbieten, an Harkers Tisch. »Was darf ich Ihnen heute Abend bringen?«, frage ich, als sie an einem erschreckend teuren Vega Sicilia nippt, den Geoffrey als »180 Milliliter purstes, sonnendurchflutetes Spanien« bezeichnet. Obwohl sie genug zu essen für vier bestellt, lässt sie Carls Favoriten und alle Tagesgerichte bis auf eines links liegen.

Sobald sie ihre Bestellung aufgegeben hat, flitze ich zum Computer. Mir schwirrt der Kopf vor Beilagen und Vorspeisen. »Lasergegrillte Rübchen en croute«, murmele ich und tippe, so schnell ich kann, auf dem Bildschirm herum. Ich schaue auf und erlebe einen posttraumatischen Blackout. »Das *hat* sie doch bestellt, oder?« Ich sehe mich selbst an ihrem Tisch stehen und höre, wie diese Worte Harker über die Lippen gehen. Ja, ganz sicher. »Foie-gras-Salat in Gelee …«

Gerade habe ich die Eingabetaste gedrückt, als Omar aus der Küche zu mir getrottet kommt. »Der Chef will dich sprechen.«

Gina verlässt das Pult und heftet sich mir an die Fersen, und so ist sie direkt hinter mir, als ich durch die Schwingtür gehe. Carl, der eine Schutzbrille trägt und ein Stück Rindfleisch mit einem Gerät bearbeitet, das wie eine Pistole aussieht, schüttelt ratlos den Kopf, als ich hereinkomme. »Was zum Teufel ist eben da draußen passiert, Erin?«

»Was meinst du damit?«

»Was ich *damit* meine?« Er greift sich den Computerausdruck und wedelt damit vor meiner Nase herum. »Ich meine, so eine Bestellung hätte ich von einem Kindergeburtstagstisch mit lauter Sechsjährigen erwartet! Hast du die Mousse vom Wolfsbarsch nicht angepriesen? Und was ist mit dem Rotbarsch? Die Gewürze habe ich über Nacht einfliegen lassen aus BANGALORE!«

»Ich habe Harker alles aufgezählt, und zwar en detail. Sie … sie wollte bloß das Hühnchen.«

»*Niemand* will bloß das Hühnchen! Da stimmt doch was nicht!«

Gina deutet die inspirationslose Bestellung als Zeichen des Himmels. »Gott iste böse auf mich«, jammert sie und starrt an die Decke. »Ich habe zu viel eingekaufte diese Woche.«

Der Moment der Wahrheit kommt zehn Minuten später, als Chen wie mit Samthandschuhen die Vorspeisen auf Harkers Tisch platziert. Gina und ich beobachten aus der Lounge, wie

Harker die Teller beäugt, sich mit ihrem Begleiter bespricht und dann ratlos die Hände hebt.

Gina schnappt nach Luft. »*Merda!* Sie hat ein Problem. Geh sofort hin und kümmere dich darum!«

Schnell, schnell flitze ich mit wehendem Rock durch den Raum. Mein Trinkgeld, mein Job, das Schicksal des gesamten Restaurants hängen am seidenen Faden. »Ist alles zu Ihrer Zufriedenheit?«, frage ich etwas zu schrill.

Harker zeigt auf die beiden Vorspeisen. »Könnten Sie uns das bitte erklären?«

Verwirrt starre ich sie an. Bittet sie mich gerade, die Namen sämtlicher Gerichte noch einmal zu wiederholen, um mich auf Herz und Nieren zu prüfen, oder hat sie tatsächlich vergessen, was sie bestellt hat? Doch dann trifft mich die entsetzliche Erkenntnis wie ein Schlag in die Magengrube. Irgendwie habe ich es, obwohl ich mir allergrößte Mühe gegeben habe, Ginas Erwartungen gerecht zu werden, geschafft, den ultimativen Super-GAU herbeizuführen. Ich habe die falsche Bestellung eingegeben.

»Wir haben die Foie-gras-Terrine und den Salat von gegrillten Tomaten bestellt«, sagt sie. »Das sind … Karotten in einer Art Teigmantel, und das ist auch nicht die Foie gras, die ich haben wollte.«

Hektisch reiße ich die Teller vom Tisch. »Es tut mir so leid. Ich werde diesen Fehler augenblicklich korrigieren.« Ich fliege förmlich in die Küche, während Gina entsetzt die Hände vor den Mund schlägt.

Carl muss meine Anwesenheit gespürt haben, denn er dreht sich genau in dem Augenblick an seinem Herd um, als ich an den Pass trete. Ich stelle die Teller ab, und er schnappt hörbar nach Luft. »Nein, nein, *nein*! Was hast du getan?«

»Ich glaube, ich habe die falschen Vorspeisen bestellt.« Marty, Phil und José lassen alles stehen und liegen, drehen sich um und starren mich an. Patrick, einen tropfenden Hummerschwanz in der Hand, schüttelt langsam den Kopf.

»Du glaubst was?«, wiederholt Carl leise. Seine Pupillen sind doppelt so groß wie sonst.

»Harker hat es sich ständig wieder anders überlegt, und ich nehme an, sie meinte die Foie-gras-Terrine statt des Salats. Wie das mit den Karotten passiert ist, weiß ich selbst nicht so genau, aber in letzter Zeit hat die Karte täglich gewechselt, und ...« Ich gucke auf die Vorspeisen, die unter den Wärmelampen langsam unappetitlich werden. »Es tut mir aufrichtig leid.«

Gina platzt hinter mir in die Küche. »Ich habe alles mit angesehen! Es war fürchterlich!«

Auf Carls Gesicht spiegeln sich die unterschiedlichsten Gefühle: erst Zorn, dann Beschämung und schließlich bittere Enttäuschung. Das ist wie ein Sterbefall. Sein Traum von einer perfekten Kritik hat sich sang- und klang- sowie völlig sinnlos in Luft aufgelöst. »Du blöde Kuh«, raunzt er mich an.

»Das *Roulette* ist tot, genau wie *La Caravelle* und *La Côte Basque*«, heult Gina. »Ich will wieder nach Hause. Keine Restaurants mehr, nur eine kleine Haus, in dem ich wohnen kann ganz allein!« Sie läuft die Treppe hinauf ins Büro, und ihr schwarzes Kleid bauscht sich hinter ihr.

Tränen treten mir in den Augen. »Heul jetzt bloß nicht rum!«, kommandiert Carl.

Während die übrigen Köche wieder an ihre Arbeit gehen, richtet er Harkers Vorspeisen an, nimmt sie aus jedem nur erdenklichen Winkel unter die Lupe und stellt sie mir schließlich vor die Nase.

»Vielleicht ist dir nicht ganz klar, was es mich gekostet hat, dahin zu kommen, wo ich jetzt bin«, sagt er und sieht dabei grau und ausgezehrt aus. »Wie viele Jahre ich in anderer Leute Küchen schwitzen musste, um *die eine winzige Chance* zu bekommen, mich vor jemandem wie Evelyn Harker beweisen zu können. Und du hast sie mir versaut. Worauf ZUM TEUFEL wartest du also noch? Bring die an den Tisch, ehe ich dich eigenhändig hier rausschmeiße!«

Mutlos und mit zusammengebissenen Zähnen nehme ich die Teller und tue, wie mir geheißen. Glücklicherweise ist die Harker zu sehr in ihr Gespräch vertieft, um die Ankunft der Vorspeisen zu bemerken. Doch nach einigen zögerlichen Häppchen schürzt sie die Lippen und legt die Gabel beiseite. Ich eile wieder an den Tisch und bete, diesmal möge das Problem nicht meine Schuld sein.

»Ich hätte gerne etwas mehr Soße für die Terrine, bitte«, sagt sie.

»Soße«, wiederhole ich, wie um mich zu vergewissern, dass ich sie richtig verstanden habe. »Gerne.«

Als Carl mich in die Küche kommen sieht, bekommt er einen panischen Gesichtsausdruck. »Was denn jetzt?«

»Harker. Mehr Soße.«

»Ach, verdammt!«, schreit er.

Steve kommt mit einer leeren Flasche Moretti in der Hand nach unten. »Ich habe gerade eine Webseite namens stopharker.com gefunden. Da gibt es einen kleinen Zähler, der anzeigt, wie viele Restaurants sie schon in den Ruin getrieben hat. Der wird stündlich aktualisiert. Man kann sich ein Fahndungsplakat von ihr ausdrucken, aber das Bild ist zu verschwommen. Man kann nur ihre Nase erkennen.«

»Tja, der Rest ihres Gesichts ist in Quarantäne, falls du es sehen möchtest«, bemerkt Carl spitz.

»Ich möchte, dass alle sich zusammenreißen«, befiehlt Steve. »Gina ist so fertig mit den Nerven, dass ich ihr zur Beruhigung eine halbe Xanax verabreichen musste. Sogar Geoffrey benimmt sich wie ein kleiner Junge, der vor einem großen Star steht. Das ist doch lächerlich.« Dann wendet er sich mir zu.

»Und du«, sagt er und betont dabei jedes Wort, »bist eine einzige Katastrophe. Entweder du reißt dich jetzt am Riemen, und zwar pronto, oder du hast die längste Zeit hier gearbeitet.«

14. Kapitel

Harker hebt ihr Himbeertörtchen mit der Gabel an und späht darunter, als erwarte sie, dort eine Fliege vorzufinden. »Noch etwas Kaffee?«, frage ich ängstlich. Im Lauf der letzten halben Stunde habe ich sämtliche Versuche, zuversichtlich und fröhlich wirken zu wollen, schlichtweg aufgegeben. Ich habe Angst vor ihr, und sie merkt es.

Ihr Begleiter starrt mich mit unterkühlten Blicken an. Ich hätte ihm genauso gut einen ordentlichen Schluck billigen Whiskeys aus dem Supermarkt anbieten können.

»Nein danke«, entgegnet Harker spitz. »Bringen Sie uns bitte die Rechnung.«

Ich gehe Richtung Lounge und sehe Carls Gesicht am anderen Ende des Speiseraums auftauchen. Er schaut um die Ecke, um einen Blick auf die Frau zu erhaschen, deren Kritik über sein Wohl und Wehe entscheiden wird, doch die Beleuchtung ist zu schummerig und der Tisch zu weit entfernt. Nachdem er sich bei dem Versuch, um eine Säule und eine mit Iris gefüllte Vase herumzuspähen, den Hals verrenkt hat, gibt er schließlich auf und geht zurück in die Küche.

Es ist mein Glück, dass Gina die Sache aufgrund der Beruhigungstablette philosophisch betrachtet und nachsichtig geworden ist. »Heute Abend ich habe angefangen nachzudenken«, seufzt sie ganz leicht lallend und greift mit der Hand quer über die Theke, um ein Ballonglas Sangiovese von Alain entgegenzunehmen. »In Italia, ich habe keine Geld, aber ich arbeite hart, ich pflanze an einen Garten, und niemand störte mich. Jeden Tag ist essen, Liebe machen, draußen sitzen und selbst gemachten Wein trinken. Warum ich bleibe in New York, nur um unglücklich zu sein?«

Harker lässt etwas mehr als fünfzehn Prozent Trinkgeld auf dem Tisch liegen und verschwindet nach zahlreichen *Gute-Nacht*-Wünschen und *Dankeschöns* und *Beehren-Sie-uns-bald-wieder*-Schmeicheleien von Gina durch die Eingangstür. Ich stehe in der Küche und warte auf Betsy, die mit Zuckerschrift *Alles Gute zur Pensionierung, Neil!* auf einen Dessertteller schnörkelt, vermeide es, Carl anzusehen, und stelle mir vor, wie die Harker mich in ihrer Kritik auseinandernehmen wird. Ein paar Meter weiter grillt Phil Fisch, und auf dem Rücken seiner weißen Jacke breiten sich kleine Schweißflecken aus. Er bückt sich, öffnet den Kühlschrank und schaut hinein. Nachdem er kurz innegehalten und ein perfekt gebräuntes Filet angerichtet hat, sagt er etwas zu Carl und verschwindet im Keller.

»Tut mir leid, Erin!«, ruft Betsy. »Ich hinke ein bisschen hinterher. Einen Moment noch.«

Schnell gehe ich im Kopf noch mal meine Tische durch. Alle meine Gäste laufen augenblicklich, wie Cato sagen würde, auf »Autopilot«, warum also nicht die Gelegenheit nutzen, Phil dazu zu bringen, dass es ihm leidtut, meine Maße jemand anderem als seinem Tagebuch anvertraut zu haben? Ich warte, bis Carl mir den Rücken zuwendet, und husche dann die ungestrichene Holztreppe hinunter.

Ich kann Phil in dem feuchten, nach Turnschuhen müffelnden Raum, in dem die Köche sich umziehen, nirgendwo entdecken, und in Carls Büro gibt es bloß einen L-förmigen Schreibtisch und einen vor sich hin summenden Computer. Schließlich finde ich ihn ganz hinten am anderen Ende des Vorratsraums, halb versteckt steht er hinter den Kisten, und über seinem Kopf baumelt eine Glühbirne ohne Lampenschirm. Als er meine Schritte hört, stopft er sich hektisch irgendwas in die Hosentasche und beginnt, wie verrückt mit den Händen herumzufächeln. Langsam dreht er sich um, einen Ausdruck gespielter Unschuld im Gesicht. »Herrgott, Erin«, stöhnt er auf und atmet tief durch. »Ich dachte, du wärst Carl. *Glaub* mir, er ist heute nicht in der Laune für so was.«

Ich rümpfe die Nase. »Und was wäre so was?«

Er lächelt und zieht einen winzigen Joint heraus. »Die letzten sechzehn Stunden waren verdammt hart. Eigentlich sollen wir damit warten, bis wir ausgestempelt sind, aber heute musste es einfach sein, damit ich wieder runterkomme. Willst du auch mal?«

»Danke, ich warte auf meinen Feierabenddrink.«

Er wirft einen Blick auf den Joint und steckt ihn wieder in die Tasche. »Hey, was da vorhin in der Küche passiert ist …«

»Ja, wie wär's, wenn du mir das mal genauer erklärst? Es wäre doch höchst interessant zu erfahren, woher Carl sein Detailwissen bezogen hat.«

»Sei mir nicht böse, ja? Ich habe keine intimen Sachen über dich ausgeplaudert. Ich habe bloß mit Patrick darüber geredet, wie cool ich dich finde, und das muss Carl mitbekommen haben. Erst war er gar nicht in der Nähe, und auf einmal fängt er damit an, Köche sollten sich nicht mit Kellnerinnen einlassen, und ich wäre besser nach Hause gegangen und hätte Hal McGee gelesen … egal, ich schwöre bei Gott, der Kerl hat Radarohren.«

»Klar. Hör zu, ich gehe besser wieder hoch. Da oben wartet ein Kuchen auf mich.«

Phil greift nach mir und packt mich am Arm. »Ich lüge dich nicht an, Erin. So was würde ich nicht machen.«

»Ach, wirklich?«, brumme ich wenig überzeugt.

»Wirklich.«

»Okay, tja, ich muss gehen.«

»Nur noch eine Sekunde«, murmelt er und umfasst mein

Handgelenk noch fester. »Warum bist du letzte Nacht einfach gegangen?«

»Ich konnte nicht schlafen mit so vielen Leuten im Haus. Ich habe versucht, dich zu wecken, aber –«

Er beugt sich vor und küsst mich, wodurch ich beinahe rückwärts in ein Regal mit Lebensmitteln kippe. »Vorsicht«, sagt er lachend.

»Lass das! Betsy wundert sich bestimmt schon, wo ich abgeblieben bin.«

»Dann kommt es auf ein paar Minuten mehr oder weniger auch nicht mehr an.« Fordernd drückt er sich gegen mich.

»Hör auf! Du willst wohl, dass wir beide rausfliegen.«

Er hat die Augen halb geschlossen. »Nein, ich will bloß dich. Komm schon. Ich sorge dafür, dass du noch froh sein wirst, heute zur Arbeit gekommen zu sein.«

»Unmöglich. Du hast doch mitgekriegt, was für einen Scheißtag ich hatte.«

»Armes Baby«, flüstert er und streicht mir mit der Hand über die Haare. »Haben sie dich da draußen fertiggemacht?« Er lächelt mich ehrlich betroffen an, und ich kann mir das Grinsen nicht mehr verkneifen.

»Ich hasse diesen Job.«

Er legt mir den Arm um die Taille. »Ich auch, manchmal.«

Ich drehe mich zu ihm um, und er gibt mir einen nach Rauch schmeckenden Kuss. »Ich muss mich um meine Tische kümmern …«, murmele ich.

»Nur noch zehn Sekunden.« Er greift durch das T-Shirt nach meinen Brüsten. Mir wird heiß, und plötzlich bin ich ganz außer Atem. Die Schritte und das Scheppern der Kochtöpfe oben in der Küche rücken in immer weitere Ferne, bis sie kaum noch zu hören sind. Als ich mit den Händen unter seine Kochjacke fasse, stöhnt Phil: »Ich will dich jetzt sofort.«

»Das ist doch nicht dein Ernst.«

»Mein voller Ernst.«

Noch ein langer Kuss, und die alle Vernunft über Bord werfende Begierde verbündet sich mit dem Drang, es Carl in seinem eigenen Keller heimzuzahlen. »Was Gina und Steve können, das können wir schon lange«, knurre ich.

»Was ist mit Gina?«

»Nichts.« Ich spähe rüber zur Tür, um mich zu vergewissern, dass die Luft rein ist, und dann streife ich meine Strumpfhose herunter. Phil grinst und greift sich an den Hosenstall, während ich meinen Rock hochziehe. Ich drehe ihm den Rücken zu, halte mich an einem der Regale fest und versuche, mir den Kopf nicht an einem riesigen Blechkanister mit Olivenöl zu stoßen, während er hinter mir keucht und stöhnt.

»Was zum Teufel machst du da unten, Phil?«, brüllt Carl die Treppe hinunter. »Schlimm genug, dass dein Posten nicht ordentlich bestückt ist! Wie lange kann es denn dauern, ein paar Pinienkerne zu holen? Beweg deinen Arsch sofort hierher!«

»Beeil dich!«, flüstere ich.

»Komme schon, Chef!«, schreit er in mein Ohr. Nach einigem hitzigen Rumgefummel à la »dein Mann ist gerade nach Hause gekommen, und er hat eine Flinte dabei« ist alles vorbei. Er macht den Reißverschluss zu und stolpert zur Treppe, die Tüte mit den Pinienkernen in der Hand. »Das war super. Ich würde dich nachher gerne sehen, okay?«

»Mal sehen. Ich bin noch nicht fertig mit Bösesein.«

Er lacht. »Du machst mich echt verrückt.«

Am Ende des Abend schleppe ich mich zum Umkleideraum, erschöpft und beschämt, aber der Kick des verbotenen Quickies mit Phil kribbelt noch in meinem Bauch. Als ich am Büro vorbeigehe, höre ich durch die geschlossene Tür Steves Stimme und weiß sofort, dass er über mich redet.

»Wenn es nach mir gegangen wäre, hätten wir sie gar nicht erst eingestellt.« Zögernd bleibe ich im Flur stehen. Ich will zwar nicht die Lauscherin an der Wand spielen, aber ich schaffe es auch nicht, einfach weiterzugehen.

»Sie könnte unseren guten Ruf komplett ruinieren«, lautet Carls leise, aber nachdrückliche Antwort. »Ganz zu schweigen davon, dass sie mit Phil rummacht. Solche Fehler unterlaufen nur einem totalen Amateur. Wenn Cato oder Ron eine falsche Bestellung eingeben, merken sie es, noch ehe sie aus dem Drucker kommt.«

»Wir wollen mal nicht überreagieren«, beschwichtigt ihn Steve. »Sie hat heute Abend Mist gebaut, aber daran war Gina nicht ganz unschuldig. Die Harker einer neuen, unerfahrenen Kellnerin zu überlassen, war so ziemlich das Dümmste, was sie tun konnte. Was sie natürlich nie im Leben zugeben würde – du weißt ja, wie stur sie ist. Aber deswegen lasse ich mir bestimmt keine grauen Haare wachsen.«

Ich atme ganz flach und bemühe mich, mein Zittern zu unterdrücken.

»Ein kleiner Rückschlag genügt, und kein Schwein ruft mehr an«, gibt Carl zu bedenken. »Du hast alles richtig gemacht im *Avenue*, und doch bist du damit baden gegangen.«

»Das mit dem *Avenue* war was anderes. Der Standort war mies, der Speiseraum zu dunkel … Himmel, am Abend der Eröffnung ist in der Küche eine Wand eingestürzt.«

»Ich will damit nur sagen, keiner schafft es, sich zweimal von so einer Pleite zu erholen.«

Es entsteht eine lange Pause. Ich höre Steves Stuhl knarzen. »Ich kann es nicht. Das würde Harold nicht gefallen.«

»Ja, und?«

»Und? Er hat uns jede Menge Kundschaft eingebracht. Ohne die Weinproben würde ein Viertel unserer Gäste nicht herkommen. Er ist ein alter Freund ihrer Familie. Liebt sie heiß und innig. Wenn ich sie rausschmeiße, bin ich ihn auch los, ganz ohne Frage. Nicht, dass mich das stören würde – der

Typ geht mir auf die Nerven, ist immer schon so gewesen. Wenn er hier ist, dauert es keine fünf Minuten, und schon will er mir erklären, wie ich das Tischreservierungssystem verbessern könnte oder die Beleuchtung oder irgend so was. Und seine Frau, hast du die erst mal gesehen? Mit ihrem Pferdearsch?«

»Ja, ja«, mosert Carl ungeduldig. »Eine Quasselstrippe. Rückt mir dauernd zu dicht auf den Pelz.«

»Aus unerfindlichen Gründen hat Gina einen Narren an ihr gefressen. Wie dem auch sei, die Sache ist die: Wir müssen einfach vorsichtiger sein. Harold könnte uns jede Menge Scherereien machen. Das *Fruit de Mer* hat den Spirituosenhändler gewechselt, und plötzlich kam raus, dass das Gesundheitsamt sie wegen diverser Verstöße auf dem Kieker hatte. Das war letztes Jahr, und sie müssen sich immer noch abstrampeln, um wieder neue Kunden an Land zu ziehen. In unserer Branche ist es immer riskant, alte Verbindungen zu kappen.« Steve macht eine kurze Pause. »Und außerdem weiß Harold von der Rechnung vom letzten Jahr.«

»Hm? Welche Rechnung?«

»Von der Weinprobe. Wir haben einige Kisten Pétrus mehr verbraucht, als wir bezahlt haben, und Harold hat es gemerkt.«

»Wie viele Kisten?«

Steve räuspert sich. »Zehn, vielleicht.«

»Zehn? Na, herzlichen Glückwunsch …«

»Wir bezahlen den Kredit für sein beschissenes kleines Häuschen schon lange genug ab. Und außerdem sollte er das sowieso nicht so eng sehen. Ich habe getan, als müsse das Ganze ein Versehen sein, aber ich bin mir nicht sicher, ob er mir das abgekauft hat. Hach, er wollte es mir so gerne glauben, und das ist auch der einzige Grund, weshalb wir noch Geschäfte mit ihm machen. Aber er könnte uns genauso gut das Leben schwer machen und ein bisschen in unseren alten Bestellungen rumkramen, wenn ihm danach wäre.«

»Na toll. Super. Und was sollen wir jetzt machen? Sie behalten?«

»Ich weiß es nicht. Ihr Durchschnittsumsatz ist der niedrigste von allen, und die meiste Zeit steht sie immer noch völlig verschreckt in der Gegend rum. Sie macht zwar alles, was zu tun ist, aber sie gehört ganz offensichtlich nicht hierher. Ich finde, wir sollten einfach … abwarten, was in den nächsten Wochen so passiert. Vielleicht haben wir ja Glück, und sie kündigt von sich aus.«

»Dann sollten wir ihr diese Entscheidung so leicht wie möglich machen.«

In den zehn Sekunden, die ich brauche, um vom Büro in den Umkleideraum zu stapfen, wird aus meinem ersten Schreck zunächst Empörung und schließlich schäumende Wut. Steves Worte hallen mir durch den Kopf: *Abwarten, was in den nächsten Wochen so passiert*. Ich zerre meinen Rock herunter und schleudere ihn achtlos über einen Kleiderbügel. Auf einmal erscheint mir Zeitarbeit keine allzu verlockende Alternative mehr. Wenn ich hierbleiben will, muss ich es besser machen. Ich muss mehr geben, muss irgendwie das nächsthöhere Level erreichen.

Ich warte auf das Poltern von Carls Clogs auf der Treppe, ehe ich das Licht ausknipse und hinunter in die Lounge stiefele, wo die anderen Kellner gerade ihre Feierabenddrinks bestellen.

»Sieht aus, als könntest du einen Gin vertragen«, stellt Cato fest, als er mich sieht.

»Soll das ein Witz sein? Nach so einer Schicht will ich nur noch ins Bett.«

»Sicher? Wie wär's, wenn du dir schnell einen Martini reinschüttest und nachher zu Jane kommst? Wir pokern um Geld. Ich liebe es, wenn Ron und Derek für mich kiebitzen.«

»Vielleicht beim nächsten Mal.«

Als ich auf dem Weg nach draußen am Empfangspult vorbeikomme, drückt Kimberly mir einen Briefumschlag in die Hand. »Das hat jemand für dich dagelassen, Erin.«

Ich starre auf die unbekannte geneigte Handschrift. Als ich den Umschlag aufreiße, fallen meine Ohrringe und ein gefalteter Zettel heraus.

Erin,
hatte ganz vergessen, dir die neulich Abend zurückzugeben. Warum trägst du sie nicht zu der Party, die ich am Freitag gebe? 24 East 78th Street, ab elf Uhr.
Daniel

Cato taucht hinter mir auf. »Was ist denn hier los?«, fragt er und späht über meine Schulter. »Ist jemand gestorben?«

Ich halte ihm die Nachricht unter die Nase. »Nein, aber ich sterbe gleich.«

»Warte mal, deine Hand zittert so furchtbar, dass ich sie kaum lesen kann.« Er murmelt die Zeilen leise mit und sagt dann: »Aber hallo, Schätzchen. Im Ernst?«

»Was mache ich denn jetzt?«, frage ich und drehe mich zu ihm um. »Ich kann doch da nicht einfach *hingehen.*«

»Bist du wahnsinnig?« Cato packt mich an beiden Schultern. »Du gehst da hin, und wenn ich dich eigenhändig anziehen und an den Haaren hinschleifen muss. So eine Gelegenheit wirst du dir nicht entgehen lassen.«

»Was … ich meine, warum sollte er – er hat eine *Freundin.*«

»Und du hast haselnussbraune Augen, wie ich sie noch nie gesehen habe. Und ich werde nicht zulassen, dass du die an einen Postenchef verschwendest.«

15. Kapitel

Am nächsten Morgen stehe ich unter der Dusche, übe meine Verkaufssprüche ein (»Möchten Sie vielleicht einen Espresso oder ein Glas Sauternes zu Ihrem Mandelsorbet?«) und versuche, mich davon zu überzeugen, dass ich stark und kompetent bin. Ich werde es Carl und Steve zeigen und ihnen beweisen, dass sie sich in mir geirrt haben. Ich werde das Blatt wenden, koste es, was es wolle.

Bumm bumm bumm.

Als er das unverwechselbar laute Hämmern meines Vermieters an der Wohnungstür hört, fängt Rocket augenblicklich an zu bellen. Oje. Nick gehört nicht zu den Leuten, die einfach mal so auf ein Schwätzchen vorbeischauen. »Komme!«, rufe ich. So viel dazu, an meinem freien Tag mal so richtig auszuspannen.

Ich werfe mich in meinen Bademantel und flitze mit nassen Füßen den Flur entlang. Nick steht mit farbverkleckster Jeans und ebensolchen Turnschuhen vor der Tür, sein schwarzes Haar späht unter einer Yankees-Kappe hervor.

»Hi«, sage ich. »Wie geht's?«

»Ging schon besser«, entgegnet er und zieht die Augenbrauen hoch, als müsse ich nur zu gut wissen, wovon er redet.

Ich tue, als hätte ich nicht die geringste Ahnung. »Tut mir leid, das zu hören. Und … gerade beim Anstreichen?«

»Appartement zwei ist frei geworden«, erklärt er. »Da wartet noch jede Menge Arbeit auf mich. Die Vormieter haben mit ihren Zimmerpflanzen was ganz Übles angerichtet. Der Boden sieht aus …«

Rockets Gesicht taucht neben meinem Knie auf, und Nick beäugt ihn wachsam. »Das mit dem Bellen habe ich dir schon mal gesagt, Erin«, brummt er und verschränkt die muskulösen Arme.

»Er muss sich erst noch eingewöhnen. Aber er ist in den letzten Tagen schon viel ruhiger geworden.«

»Kommt mir aber gar nicht so vor. Jede Nacht weckt er Mrs. Sandifer mit seinem Gekläffe, wenn du nach Hause kommst.«

Ich verziehe das Gesicht. »Hat sie sich beschwert?«

»Mehrfach. Warum legst du dir nicht einfach eine Katze zu? Die stört niemanden, und mit der brauchst du auch nicht Gassi zu gehen.«

»Rocket ist ein toller Hund. Er ist bloß gelegentlich ein bisschen hypernervös, weiter nichts.«

Nick starrt ihn an, als stelle er sich all die kleinen Verbrechen vor, die das Untier begehen könnte. »Der letzte Hund, der hier im Haus gewohnt hat, hat die Elektrokabel aus der Wand gerissen und meine Frau gebissen. Mein Arzt hat gesagt, Stress sei Gift für mich. Den hier habe ich nur ins Haus gelassen, weil du schon so lange hier wohnst.«

»Im März werden es drei Jahre.«

»Ich will keine weiteren Beschwerden hören, verstanden? Wenn dein Hund sich anständig benimmt, gibt es keine Probleme.«

»Wird er. Versprochen.«

»Okay«, murmelt er. »Dann versuche ich, mir deswegen keine Sorgen mehr zu machen.« Sein runzliges Gesicht entspannt sich. »Wenn du mir beim Anstreichen helfen willst, ich bin unten in Appartement zwei.«

✧

Meine ersten Worte an diesem Freitag, als ich Cato sehe, sind: »Von denen lasse ich mich nicht rausekeln.«

Er wendet sich von seinem Spind ab und stopft sich einen Streifen Kaugummi in den Mund. »Hast du was durchgezogen, ehe du hier reingekommen bist? Du bist ja völlig paranoid.«

Doch als ich ihm von dem Gespräch zwischen Carl und Steve erzähle, das ich belauscht habe, werden seine Augen ganz schmal. »Diese Wichser merken es nicht mal, wenn sie einen Star vor der Nase haben. Wenn die dich rausschmeißen, dann kündigen wir anderen alle aus Protest.« Er hält inne und lächelt dann. »Zugegeben, du hast ein Talent dafür, in den ungeeignetsten Augenblicken die Aufmerksamkeit auf dich zu ziehen, und Harkers Bestellung durcheinanderzubringen, war wirklich eine Meisterleistung.«

»Tja, na ja, ich kann es immer noch nicht fassen, dass sie mich gezwungen haben, sie zu bedienen, obwohl ich gar nicht wollte –«

Er unterbricht mich. »Du solltest dich mal hören. Ich kann nicht, ich wollte nicht – in ›Gast‹ steckt nirgendwo ein ›ich‹.«

»Was soll *das* denn heißen?«

»Ist das nicht offensichtlich? Du wirst nie eine wirklich gute Kellnerin, wenn du nicht aufhörst, ständig an dich zu denken. Aus drei miesen Kaschemmen bin ich rausgeflogen, bis ich das kapiert habe.«

»Du? Rausgeflogen?«

»Kannst du mir glauben. Ich war so gehemmt, dass ich nicht mal die Liste mit den verschiedenen Kartoffelpüree-Variationen aufsagen konnte, ohne zu stottern. Die dachten, ich sei schwer von Begriff.«

Ich lache. »Das ist ja furchtbar.«

»Wenn man erst mal von Ellie's Country-Stübchen in Oklahoma City vor die Tür gesetzt wurde, kann es eigentlich nur noch aufwärtsgehen. Da stand ich also und wollte unbedingt nach New York, ohne nennenswerten Lebenslauf allerdings, also habe ich mich komplett zum Affen gemacht und im edelsten Nobelschuppen der ganzen Stadt um einen Job gebettelt. Bis heute weiß ich nicht, warum die es damals mit mir riskiert haben. Wie dem auch sei, meine ersten Gäste waren ein reizendes älteres Ehepaar, schlecht gekleidet und völlig fehl am Platz, und nach ungefähr zwei Worten meiner Vorspeisenrezitation ging mir plötzlich ein Licht auf: Ich wollte einfach nur, dass die beiden einen netten Abend verleben. Es ging nicht mehr darum, was sie über *mich* denken. Und von diesem Augenblick an war ich nicht mehr ein befangener, nervöser Trottel mit einem Hirn wie Schweizer Käse, sondern fing an, richtig gutes Geld zu verdienen.«

Ich ziehe meine Bluse vom Kleiderbügel. »Und die Moral von der Geschichte ist ...«

»Hör auf, dauernd nur an dich zu denken. Und betrachte deine Gäste als Wickelkinder mit dickem Portemonnaie. Sie sind hilflos, also musst du ihnen alles abnehmen. Von Wutausbrüchen darfst du dich nicht aus dem Konzept bringen lassen. Gib ihnen, was sie haben wollen, finde heraus, was ihr Geschrei zu bedeuten hat, und vergiss nie, wer das Sagen hat.«

»Bei dir klingt das wie ein Kinderspiel.«

»Ist es aber nicht«, sagt er, stellt einen Fuß auf die Stuhlkante und bindet sich die Schnürsenkel. »Bei ungezogenen Gören immer schön die Ruhe zu bewahren, ist Schwerstarbeit, aber dafür wirst du schließlich bezahlt.«

»Okay, ich brauche noch ein paar genauere Anweisungen. Ich gehe an den Tisch und ... was dann?«

»Zeig Mitgefühl. Hab ein bisschen Mitleid. Diese Leute können nicht mal selbst aufstehen und sich was zu essen holen, weißt du. Jedes Mal, wenn du über deine eigenen Worte stolperst oder dich fragst, wie du wohl aussiehst, denk daran, dass du mit großen Babys in Versace-Outfits redest. Für sie bist du die ganze Welt. Tu alles mit möglichst viel

Autorität, dann fallen ihnen die kleineren Fehler überhaupt nicht auf. Vielleicht erlebst du sogar eine angenehme Überraschung, und sie benehmen sich ausnahmsweise wie Erwachsene.«

Für den Rest meiner Schicht versuche ich mich als wohlwollende Herrscherin über ein Fünf-Tische-Königreich zu betrachten. Ich gehe von Gast zu Gast, nicht als Hochstaplerin mit einer ins Stocken geratenen Marketingkarriere, sondern als geborene Servicekraft, fest entschlossen, jeden Gast zu beschwatzen, zu umschmeicheln und ihm so lange Honig ums Maul zu schmieren, bis er sich Dessert und Digestif bringen lässt. Ich bin fröhlich und geduldig, reagiere auf absurde Forderungen, als lebte ich nur dafür, Betsy nach dem Zuckergehalt ihres Grapefruitsorbets zu fragen, und könne mir nichts Schöneres vorstellen, als eine Tasse kakaobestäubten Cappuccino-Milchschaum aufzuschäumen – ohne den Cappuccino versteht sich.

»Der Klippfisch ist wunderbar, aber mit einem Hauch Kerbel und ein paar Schalotten wäre er noch besser«, erklärt ein Mann mit Pferdeschwanz und Nickelbrille. »Würden Sie das dem Koch bitte ausrichten?«

»Er wird den Rat sicher zu schätzen wissen«, flöte ich, obwohl das genaue Gegenteil der Fall ist und ich es nicht mal im Traum wagen würde, ihm irgendetwas Derartiges zu sagen. »Darf ich ihnen als Beilage etwas von unserem sautierten Kohlrabi mit Brunnenkresse bringen? Das wäre die perfekte Ergänzung zu diesem Gericht.«

Statt herumzudrucksen, als die Wallers mich fragen, ob ich einen Freund habe, erkläre ich ihnen, dass ich momentan daran arbeite und sie auf dem Laufenden halten werde. Mrs. Waller möchte wissen, »was zum Teufel der Chef mit meinem Menü gemacht hat«, nennt mich aber »Herzchen«, und als ihr Mann zur Toilette humpelt, erzählt sie mir im Vertrauen, dass die Physiotherapie »endlich wieder einen Mann aus ihm gemacht hat«.

»Wie schön!«, zirpe ich. »Darf ich Ihnen heute Abend einen Käsegang bringen? Carl hat gerade noch eine Portion eines seltenen französischen Blauschimmels da, der sicher genau Ihren Geschmack treffen wird.«

»Wenn er so gut ist, warum nicht? Meine Cholesterinwerte sind zwar wieder in den Himmel geschossen, aber das Leben ist so kurz.«

Leider ist die Geschäftsleitung zu sehr anderweitig beschäftigt, um meine Bemühungen angemessen zu würdigen. Carl ist ungewöhnlich entspannt, klatscht Patrick mit einem Geschirrtuch auf den Po und nennt Derek »Rocco Pickelbacke«, mich allerdings würdigt er den ganzen Abend lang keines Blickes. Steve setzt hartnäckig sämtliche ausländischen Touristen und übellaunigen Gäste in meinen Bereich und kläfft: »Natürlich nicht!«, als ich ihn frage, ob wir auch Diners Club annehmen.

»Du darfst beim ersten Versuch nicht gleich überwältigende Ergebnisse erwarten«, tröstet Cato mich später, als wir unsere Uniformen ausziehen. »Du hast Mrs. Waller glücklich gemacht, und das ist eine beachtliche Leistung. Jetzt kannst du guten Gewissens zu Daniels Party gehen und dich mal ein bisschen locker machen.«

»Ich werde nicht lange bleiben«, entgegne ich. »Eigentlich sollte ich überhaupt nicht hingehen.« Ich zerre am Reißverschluss meines schwarzen Kleides, das meine Rippen korsettartig zusammenschnürt.

Cato pfeift. »Schau sich das mal einer an. Hinten rückenfrei, und vorn auch nicht viel mehr. Ein Glück, dass ich da bin und auf dich aufpasse.«

»Bist du?«

»Daniel ist gestern auf einen Drink vorbeigekommen und hat mir gesagt, ich soll doch auch kurz vorbeischauen.«

»Und ich habe mir schon eingebildet, ich sei was ganz Besonderes«, murmele ich halb im Scherz.

»Er hat mich doch nur eingeladen, damit du auch ganz bestimmt kommst. Ein uralter Trick.«

»Ich bezweifle, dass das irgendwas mit mir zu tun hat.«

»Glaub mir. Ich bin fast so gut darin, Männer zu durchschauen, wie zu kellnern. Ich weiß, wie die ticken.«

Durch leichten Nieselregen laufen wir zu einem herrschaftlichen alten Haus auf der Seventy-eighth Street und fahren mit dem Aufzug in den vierten Stock. Während wir den Flur entlanggehen, zupfe und zerre ich am Saum meines Kleides herum, das mir urplötzlich viel kürzer vorkommt als gerade eben noch. Cato klingelt, und als die Tür aufgeht, steht dahinter eine Frau mit glatten braunen Haaren und zierlichen Gesichtszügen. Ihre bestickte Jeans und die Audrey-Hepburn-Pumps wirken gleichzeitig teurer und weniger gekünstelt als meine männermordende Aufmachung. »Wollt ihr zu Daniels Party?«, zwitschert sie.

»Wenn's noch was zu trinken gibt«, gibt Cato mit charmantem Grinsen zurück.

Sie lächelt. »Dem Mann kann geholfen werden.« Sie schließt die Tür hinter uns und führt uns einen mit alten Fotografien von New Yorker Stadtansichten gesäumten Flur hinunter.

»Ich bin viel zu aufgetakelt«, flüstere ich Cato zu.

»Du siehst umwerfend aus. Den Knutschfleck hast du übrigens toll überschminkt.«

»Ich hoffe, Sonia ist nicht da.«

»Och, ich schon, allein wegen des Unterhaltungswerts«, wispert er. »Aber du kennst mich ja. Lieber grusele ich mich, als dass ich mich langweile.«

Wir kommen in ein mit flackernden Kerzen in Teelichthaltern und abgedunkelten Wandlampen beleuchtetes Wohnzimmer. Stylishe Menschen, wo man auch hinsieht, in kleinen

Grüppchen stehen sie und lungern auf den Möbel herum, mit Gläsern in der Hand der Bluesmusik lauschend. Weit und breit ist keine Sonia zu sehen.

Daniel springt von einem dunkelbraunen Ledersofa auf. »Hi! Freut mich, dass ihr es noch geschafft habt.« Er gibt uns beiden die Hand. Obwohl ich mir Mühe gebe, möglichst gleichgültig zu wirken, schaffe ich es nicht, ihm dabei in die Augen zu sehen.

»Was darf ich euch anbieten?«, fragt er und weist auf eine Anrichte, auf der sich Alkoholika und bunt zusammengewürfelte Gläser drängen. »Erin? Was möchtest du trinken?«

»Wodka Tonic?«

»Das kriege ich gerade noch hin.«

Er gießt mir gleich einen Doppelten ein und reicht mir das Glas, als ein riesiger schokobrauner Labrador mit wild wedelnder dicker Rute herangaloppiert kommt. An seinem Halsband baumeln blaue Metallmarken. »Fritz, ich dachte, ich hätte dir gesagt, du sollst im Schlafzimmer bleiben«, rügt Daniel ihn streng. »Du hast heute Abend schon genug Leute angesprungen.«

Cato krault dem Hund die Ohren. »Der bekommt also immer die Reste des Tagesmenüs.«

»Wenn ich sie nicht in die Mikrowelle stecke und selbst aufesse.«

Laut hechelnd kommt Fritz zu mir herübergewedelt. Ich halte mein Glas in die Höhe und mache mich auf Hundepfoten auf meinem Kleid oder, schlimmer noch, auf den nackten Oberschenkeln gefasst. Stattdessen steckt er mir seine kalte, nasse Hundenase ohne Umschweife zwischen die Beine. »Ach … Himmel.« Mein Drink schwappt beinahe auf den Dielenboden.

»Fritz! Böser Hund!«, schimpft Daniel und zieht ihn am Halsband fort. »Er scheint zu glauben, du gehörtest zum Rudel oder so was. Komm her, du Dummie. Sitz. *Sitz.*« Er lässt den Hund nicht aus den Augen, während er Cato einen Scotch einschenkt. »Bleib, wo du bist. Hier, bitte sehr, Cato.«

»Danke. Cheers.« Cato sieht sich um und beugt sich dann zu mir herüber. »Jede Menge hübscher Jungs«, murmelt er. »Höchste Zeit, sich unters Volk zu mischen.«

»Wage es ja nicht, mich allein zu lassen.«

»Tue ich doch gar nicht. Ich lasse dich hier in Daniels Obhut.«

Und während er in der Menge untertaucht, fällt der Hund wieder über mich her. »Hey, Bursche«, sage ich und bemühe mich, wie eine völlig gelassene Hundeliebhaberin zu klingen, wobei ich gleichzeitig seinen schweren Schädel beiseiteschiebe. »Du bist aber anhänglich.«

»Fritz, komm her.« Daniel zeigt auf seine Füße. »Und, wie geht es Rocket? Hat er sich schon eingelebt?«

»Mehr als nur eingelebt, er bleibt nämlich endgültig.«

»Wirklich? Ich habe mir schon gedacht, dass es vielleicht so kommen könnte.«

»Jetzt muss ich nur noch das mit seinem Kläffen hinbekommen, damit ich keine nächtlichen Besuche von der Polizei bekomme.«

Daniel tätschelt dem Hund den Hals. »Viel Glück. Zwei Hundeschulkurse haben bei seinem Dickschädel nicht viel ausrichten können. Er apportiert ganz gut. Mehr habe ich für mein Geld nicht bekommen.«

»Rocket ist zu alt für die Hundeschule. Wahrscheinlich wäre er den anderen Hunden bloß ein schlechtes Vorbild.« Als ich das Glas gerade an meine Lippen setze, hebt Fritz eine Vorderpfote und kratzt damit über mein Schienbein.

»Autsch!« Ich schaue an mir herunter und sehe zwei dünne, blutige Striemen.

»Fritz, nein …« Daniel zerrt ihn fort und lässt sich auf die

Knie fallen, um den Schaden zu begutachten. Sein Atem ist warm auf meiner Haut. »Das tut bestimmt ganz schön weh.«

»Ist ja nicht tief«, beteuere ich und wische das Blut weg. »Halb so schlimm, ehrlich.«

Daniel steht auf und schnippt mit den Fingern. »Okay, Kumpel, jetzt reicht's. Du kommst in Einzelhaft.«

»Bitte sperr ihn nicht ein. Ich hätte ein schrecklich schlechtes Gewissen. Er ist so süß.«

»Er ist noch sehr viel süßer, wenn nicht so viele Menschen um ihn herum sind. Ich glaube, irgendjemand hat ihm Eiscreme gegeben. Ich bin gleich wieder da.« Er führt Fritz aus dem Dunstkreis des Wohnzimmers hinaus und verschwindet durch einen Durchgang. Ich trete mit schmerzenden Füßen von einem Stöckelschuh auf den anderen und beobachte, wie Cato sich mit einem schlanken asiatischen Mann mit enger Lederjacke und strubbelig hipper Frisur im Tokio-Stil unterhält. Im Gegensatz zu mir passen die beiden perfekt hierher.

»Macht es dir was aus, wenn ich andere Musik auflege?« Dieselbe Frau, die eben die Tür aufgemacht hat, tritt an die Stereoanlage gleich neben mir und fängt an, einen riesigen Plattenstapel zu sichten.

»Ganz und gar nicht«, entgegne ich, dankbar dafür, mich mit jemandem unterhalten zu können. »Was Gutes dabei?«

»Bestimmt. Dan hat einen fabelhaften Geschmack.« Sie streckt mir die Hand hin. »Ich bin Melanie.«

»Erin. Nett, dich kennen zu lernen.«

Sie zieht eins der Alben heraus, wirft einen Blick darauf und legt es beiseite. »Und woher kennst du den Gastgeber?«

»Also …«, versuche ich, Zeit zu schinden, und wünsche mir, ich müsste diese Frage nicht beantworten. »Wir haben uns im *Roulette* kennen gelernt. Das Restaurant gleich die Straße runter.«

»Tatsächlich? An der Bar oder …?« Mit einem interessierten Stirnrunzeln wartet sie darauf, dass ich ins Detail gehe.

»Äh, nein … ich arbeite dort.«

»Ach! Als was denn?«

Ich trinke einen großen Schluck aus meinem Glas. »Augenblicklich nur als Kellnerin. Und du?«

»Ich bin eine der Autorinnen der Sendung«, erklärt Melanie.

»Der Sendung«. Als liefe außer *Flashback* sowieso nichts im Fernsehen. »Das ist ja spannend.«

»Ja, sehr. Manchmal glaube ich, ich habe den besten Job der Welt.« Sie legt eine Platte der Ohio Players auf den Plattenspieler und dreht die Lautstärke auf. Nach einigen Sprüngen spielt die Nadel einen kratzigen R&B-Groove. »Ich würde sooo gerne mal mit ein paar meiner Freundinnen ins *Roulette* gehen, aber es ist absolut *unmöglich*, da eine Tischreservierung zu bekommen. Meinst du, du könntest ein gutes Wort für uns einlegen?« Erwartungsvoll schaut sie mich an.

»Ich kann's ja mal versuchen!«, erwidere ich mit einem eiskalten Lächeln.

»Danke!«

»Gerne!«

»Das war doch hoffentlich nicht deine Idee, oder?« Daniel tritt neben mich und zeigt auf die Stereoanlage. »Ich will nicht, dass irgendwer weiß, dass ich mal so ein Zeugs gehört habe.«

»Ich werde es keinem erzählen«, entgegne ich.

»Alles meine Schuld«, erklärt Melanie stolz.

»Okay, Melanie, dann bleibst du jetzt hier und spielst den DJ. Ich zeige Erin währenddessen kurz die Wohnung.«

Nach einem Abstecher in Daniels große, moderne Küche (»Die benutze ich zwar nie, aber hin und wieder gehe ich rein und schaue nach dem Rechten«, erzählt er) kehren wir der Party den Rücken und gehen einen stillen Flur hinunter.

»Wie lange wohnst du schon hier?«, erkundige ich mich, als mir die feinen Risse an der Decke auffallen.

»Seit zwei Jahren, und das Einzige, was ich bisher renoviert habe, ist die Küche. Darum klebt in einigen Zimmern auch noch die alte Tapete an den Wänden. Wahrscheinlich sollte ich mir kein Ferienhaus kaufen, ehe ich die Bude hier auf Vordermann gebracht habe, aber was soll's? Ich bin nicht besonders gut darin zu warten, wenn ich etwas unbedingt haben will.«

In einem kleinen holzvertäfelten, mit Büchern und Unterlagen vollgestopften Zimmer legen wir einen kleinen Zwischenstopp ein. Eine Messinglampe wirft einen runden Lichtkegel auf den Schreibtisch und beleuchtet einen abgewetzten Perserteppich. Neben dem gläsernen Briefbeschwerer stehen eine Ted-Turner-Wackelpuppe und eine leere Dose Cashewnüsse. »Hübsch«, sage ich. »Sieht sehr nach brotlosem Künstler aus, wenn man sich die Nüsse wegdenkt.«

»Es hat so ein Flair des frühen Hemingway, findest du nicht?«

»Vielleicht kannst du ja hier mit der Arbeit an den Dokumentarfilmen anfangen, von denen du mir erzählt hast.«

Er lächelt. »Eines schönen Tages. Momentan bin ich Leibeigener des Senders.«

»*Das* Gefühl kenne ich.«

»Ja, aber bei dir ist es was anderes. Du bist raus aus dem *Roulette*, sobald sich für dich was Besseres ergibt. Ich dagegen sitze fest. Wenn man erst mal eine Hypothek aufgenommen und eine Sekretärin und Angestellte hat, die auf einen angewiesen sind, dann ist das eine ganz neue Dimension des Festsitzens. Zwar nicht ganz so schlimm, als wäre ich in die Firma meines Vaters eingestiegen, aber …«

»Hast du dir je gewünscht, du hättest das gemacht?«

Daniel lacht. »Nicht mal ansatzweise. Dad und ich können uns nicht mal auf die Zeit einigen, zu der die Sonne morgens aufgeht, geschweige denn gemeinsam ein Unternehmen führen. Außerdem haben seine Geschäftspartner ihn vor fünf Jahren ausgezahlt. Woraufhin er mit seiner zweiten Frau nach Santa Barbara gezogen ist.«

»Deine Mom und er sind also …«

»Geschieden, schon seit meinem zweiten Schuljahr. Meine Mom wohnt immer noch hier, in demselben Genossenschaftshaus, in dem ich groß geworden bin. Ich versuche, sie, so oft es geht, vor die Tür zu locken, aber sie ist inzwischen sechsundsiebzig, also bleibt sie am liebsten zuhause und malt Aquarelle. Und gar nicht mal so schlechte.«

»Besser, als Drehbücher für Horrorfilme zu schreiben wie mein Dad.«

»Aber nicht halb so interessant zum Erzählen.« Er streckt die Hand aus und streicht mir die Haare von der Schulter nach hinten. »Wie ich sehe, trägst du die Ohrringe.«

»Ja, danke sehr.« Ich halte den Atem an, als er die Perlenverzierungen betrachtet und mit dem Fingerrücken meinen Hals streift

»Solide Handarbeit. Ich hatte Zeit, sie mir ganz aus der Nähe anzusehen.«

»Mein Bruder hat sie mir geschenkt.« Meine Stimme ist kaum mehr als ein Flüstern.

»Dan?«, ruft eine Frauenstimme hinter uns.

Daniel lässt die Hand sinken. »Hier drinnen!«

Absätze klappern durch den Flur, und als ich mich umdrehe, versinke ich in einer Wolke zitronigen Parfums. Es ist Sonia, die hellen Haaren hochgebunden, einen zarten Diamantreif um den Hals. Unglaublich. Eben war ich noch zu aufgetakelt, jetzt komme ich mir vor wie Aschenputtel, dabei bin ich immer noch auf derselben Party. »Hi, Babe«, haucht sie und küsst Daniel auf den Mund. »Tut mir leid, dass ich zu spät komme. Ich hoffe, du hast dir keine Sorgen gemacht.«

»Wie war's denn?«, erkundigt er sich.

»Lang«, seufzt sie und streift ihr Kaschmirtuch ab, unter dem ein verführerisches lavendelblaues Kleid zum Vorschein kommt. »Diese Benefizdinger fressen immer mehr von meiner Zeit auf. Nicht, dass Aids oder die Kunst mir egal wären, aber es gibt doch für alles gewisse Grenzen.«

Er legt ihr die Hand auf die bloße Schulter. »Erinnerst du dich noch an Erin aus dem *Roulette*?«

»Sollte ich?« Sie neigt den Kopf ganz leicht zur Seite.

»Sie war auch vor zwei Wochen bei Frank und Patti.«

»Beruflich«, ergänze ich und versuche mit einem Lächeln, das ich für den Restaurantbetrieb perfektioniert habe, zu übertünchen, wie peinlich mir diese ganze Situation ist. »Vielleicht erinnern Sie sich noch an die Pfeffermühle.«

»Ach ja, richtig. Wie geht es Ihnen?«

»Gut, danke«, erwidere ich, erstaunt, dass sie sich danach erkundigt. »Und Ihnen?«

»Ehrlich gesagt, könnte ich einen Drink vertragen, also gut, dass Sie da sind. Eben wurden bloß diese überzuckerten Cocktails serviert, mit denen soll mir niemand zu nahe kommen, also habe ich den ganzen Abend nichts als Mineralwasser getrunken. Ein Glas Wein wäre wunderbar, rot oder weiß, ganz gleich.«

»Sie ist nicht im Dienst«, erklärt Daniel und lacht kurz auf.

»Ach nein?«, entgegnet Sonia, als stünde ich nicht unmittelbar vor ihr. »Hat Patti dir nicht die Nummer des Partyservice gegeben? Ich dachte, du wolltest jemanden engagieren.«

»Ich habe es mir anders überlegt, und bisher ist alles bestens gelaufen. Ich hole dir deinen Wein.« Er schaut mich kurz an. Sein unbefangenes Auftreten ist inzwischen einer steifen Kühle gewichen. »Erin, noch etwas zu trinken?«, fragt er und greift nach meinem leeren Glas.

Ich wende mich ab, ehe er merkt, wie enttäuscht ich bin. »Danke, für mich nicht«, antworte ich. »Ich muss gleich los. Danke für die Führung.«

Als ich wieder ins Wohnzimmer zurückkomme, dudelt schon wieder Blues aus der Stereoanlage, es ist noch voller geworden als vorhin, und irgendwer hat die Flügeltüren geöffnet, die auf den Balkon hinausführen. Kalte Luft weht herein, und die langen weißen Gardinen am Fenster flattern im Wind.

Ich bahne mir einen Weg durch die Menge, steige über irgendjemandes Knie hinweg und rutsche beinahe auf einer Cocktailserviette aus. Endlich entdecke ich Cato, der mit dem strubbelhaarigen Typen, mit dem er sich eben unterhalten hat, in einer schummrigen Ecke sitzt. Er stellt mir seinen neuen Freund als Toshio vor und zieht mich neben sich aufs Sofa.

»Und, wo haben Daniel und du euch die ganze Zeit versteckt?«, will Cato wissen.

»Wie meinst du das? Wieso guckst du mich so an?«

»Ich glaube, er mag dich, darum gucke ich so.«

Ich schnaube. »Soll das ein Witz sein?«

»Nein. Ich bin todernst. Meine Intuition trügt nie.«

»Diesmal schon. Er wollte nur den aufmerksamen Gastgeber spielen.«

»Ja, schon klar.«

»Komm schon, Cato. Du weißt, mit wem er zusammen ist. Es liegt doch auf der Hand, dass wir keinerlei Gemeinsamkeiten haben, wäre der Funken also *tatsächlich* übergesprungen, was eindeutig nicht der Fall ist, dann wäre es vollkommen absurd zu glauben –«

»Du weißt, was Shakespeare über die Dame sagt, die zu laut protestiert?«

»Ich protestiere doch gar nicht. Ich bin bloß anderer Meinung als du.«

»Und trotzdem irrst du dich.« Er zieht eine Zigarette aus der Schachtel auf dem Sofatisch und zündet sie sich an.

Toshio nimmt sie ihm nach einem Zug aus der Hand.

»Na ja, ist ein langer Tag gewesen«, sage ich und rutsche von der Kante des Sofapolsters. »Ich glaube, ich gehe jetzt.«

»Bloß, weil Sonia da ist? Lass dich doch von der nicht in die Flucht schlagen, Süße. Bleib hier und kämpfe.«

»Ich stürze mich in keinen aussichtslosen Kampf. War nett, dich kennen zu lernen, Toshio.« Ich lächele ihn an und stehe auf.

»Bis dann«, erwidert er und hebt die mit Silberringen geschmückte Hand.

»Soll ich dir ein Taxi rufen?«, fragt Cato.

Ich sehe zu, wie Daniel und Sonia durchs Wohnzimmer in die Küche gehen. Ich will bloß noch hier weg. »Schon in Ordnung, danke. Wir sehen uns morgen bei der Arbeit, okay?«

Cato wirkt besorgt, als er mein Gesicht sieht. »Okay. Wir reden dann morgen.«

Da ich möglichst schnell verschwinden will, drängele ich mich durch die Menschenmassen und wühle hastig meinen Mantel aus einem Kleiderhaufen auf der Bank am Eingang heraus. Unbemerkt stehle ich mich hinaus und mache die Tür hinter mir zu.

16. Kapitel

Als ich am Montagmorgen durch die Tür in die Restaurantküche hereinspaziert komme, pralle ich beinahe mit einer riesigen Fernsehkamera zusammen. »Schnitt!«, brüllt ein ziemlich frustriert klingender Mann. »Joanne, könnten wir die Kellner bitte draußen halten?«

Eine Frau mit runder Brille und einem strengen Zwanziger-Jahre-Bob taucht aus einem Labyrinth von Scheinwerfern, Kabeln und fahrbaren Stativen auf. »Entschuldigen Sie bitte«, sagt sie zu mir und scheucht mich zurück in den Speiseraum. »Wir drehen hier gerade.«

»Einen Film?«

»Nein. Eine Sendung fürs Gourmetfernsehen. Wir haben einen ziemlich straffen Zeitplan, wenn Sie also nach oben müssen, dann bitte außen herum und durch die Hintertür. Und leise. Wir möchten das Ganze nicht noch mal drehen.« Sie legt einen Finger auf die Lippen. »Pst.«

Mein Umweg führt mich auf die Straße, um die Lorbeerbäume in den großen Kübeln herum, die den Restauranteingang bewachen, an dem goldenen Geschäftsschild, das an der Backsteinmauer prangt, vorbei und einen schmalen Durchgang entlang nach hinten. Durch die Hintertür schleiche ich mich in die Küche, die besser ausgeleuchtet ist als eine Nachtbaustelle. Im Zentrum des ganzen Trubels steht Carl, professionell mit Make-up, Puder und Rouge zurechtgeschminkt, und über seinem Kopf baumelt ein schwarzes Mikrofon.

Gina schaut vom Spielfeldrand zu und bewegt bei jedem

Wort, das Carl spricht, stumm die Lippen mit. Ich versuche, mich unauffällig an ihr vorbeizuschleichen, aber da schnellt ihre Hand auch schon hervor und umklammert mein Handgelenk. »Erin!«, zischt sie. »Geh nach oben und komm erst wieder runter, wenn alle sind weg.«

»Okay. Und was ist mit den Vorbereitungen für heute Abend?«

»Das machste du später.« Sie reißt die Augen auf und zeigt in Richtung Zimmerdecke. »Geh jetzt. Ich sage dir, wenn du kannst anfangen mit Eindecken.«

Im Umkleideraum bläst Cato Rauchkringel aus dem Fenster, und Jane zupft sich mit Hilfe des Spiegels in ihrer Puderdose die Augenbrauen. Derek sitzt auf dem Stuhl unter der Stempeluhr, das Handy am Ohr.

»Hätte ich gewusst, dass wir hier die Zeit totschlagen müssen, hätte ich mein Skript mitgenommen«, mault Cato. »Ich habe demnächst ein knallhartes Vorsprechen.«

»Weiß ich schon davon?«, frage ich.

»Noch nicht. Mein Agent muss jemandem einen runtergeholt haben, denn die Sache ist eigentlich ein paar Nummern zu groß für mich. Eine Off-Off-Broadway-Produktion, eine der Hauptrollen. Wie ihr seht, stehe ich auf öffentliche Blamagen.«

»Sei doch nicht so pessimistisch«, tadele ich und hänge meine Strickjacke auf. »Das könnte dein großer Durchbruch werden.«

»Das bezweifele ich. So was passiert nur im Film.«

»Das dauert ja ewig da unten«, meint Jane. »Ich hätte mit Julian im Bett liegen bleiben sollen.«

»Und schon wieder redest du über Sex«, witzelt Cato. »Gut, dass ich auch gerade welchen hatte, sonst müsste ich mir die Ohren zuhalten und singen.« Er zieht ein letztes Mal an der Zigarette und schnippt die Kippe hinunter in die Gasse. »Wann will Julian eigentlich endlich eine ehrbare Frau aus dir machen?«

»Er hat mir schon drei Heiratsanträge gemacht. Ich brauche nur noch ja zu sagen.«

»Gleich drei?«, frage ich und ziehe den Reißverschluss meines Rocks zu. »Der ist aber hartnäckig.«

Sie zuckt die Achseln. »Ich bin noch nicht so weit, ihm eine Antwort zu geben. Ich finde es schon schwer genug, mich auf eine bestimmte Frisur festzulegen, ganz zu schweigen davon, mich auf einen vierzigjährigen Mann einzulassen, der am liebsten gestern schon Kinder gehabt hätte. Wir treffen uns übrigens nachher im Town, falls jemand mitkommen möchte.«

»Kann nicht«, entgegnet Cato. »Muss noch meinen Text lernen.«

»Ich würde ja gerne, aber ich treffe mich nachher mit Phil«, erkläre ich.

Sie klappt die Puderdose zusammen und schaut mich an. »Hast du deinen Karren bei Carl nicht schon tief genug in den Dreck gefahren?«

»Wir haben unsere Lektion gelernt und sind jetzt etwas diskreter. Oder vielmehr, Phil ist etwas diskreter.«

»Ich weiß, auf wen sie *wirklich* steht«, wirft Cato ein.

»Daniel?«, fragt Jane.

»Hör auf, Cato«, warne ich ihn. Nach dem Partyfiasko vom vergangenen Wochenende ist Daniel der letzte Mensch auf Erden, über den ich reden will. Kleine Knutsch- und Fummeleinlagen mit Phil während der Arbeitszeiten haben sich als hervorragendes Betäubungsmittel erwiesen, und in den vergangenen Tagen haben wir den Weinkeller, den Kühlraum und die winzige Vorratskammer unter der Treppe, in der Carl sein Wurzelgemüse lagert, entweiht.

»Wie läuft es denn eigentlich so mit Daniel?«, fragt Jane mich.

»Er ist verrückt nach ihr«, antwortet Carl. »Er weiß es nur noch nicht.«

»Er hat eine Freundin«, entgegne ich. »Und außerdem habe ich was mit Phil.«

Cato lacht. »Und zwar im ganzen Restaurant, nach allem, was du mir erzählt hast.«

»Cato, noch ein Wort, und ich werde nie wieder –«

Rons Schuhe quietschen durch den Flur, und er kommt mit einem breiten Grinsen im Gesicht hereingeschneit. »Ist das abgefahren oder was? Wir im Fernsehen!«

»Nicht wir, Ron«, korrigiert Jane ihn. »Carl.«

»Danach ist das *Roulette* weltberühmt. Und wir Kellner gleich mit.«

Cato reibt sich die Augen. »Ich sage dir das ja nur ungern, Ronnie, aber um uns schert sich keiner einen feuchten Dreck. Wir sind so austauschbar wie die Gläser.«

»Das stimmt nicht«, protestiert Ron. »Wir sind echte Experten auf unserem Gebiet. Viele Kellner stecken eine Menge Herzblut in ihren Beruf.«

»Herzblut?«, lacht Cato.

»Ich unterhalte mich gerne mit anderen Menschen übers Essen. Darum habe ich überhaupt erst angefangen zu kellnern.«

»Du lässt dir gerne sagen, was du zu tun hast?«

»Man muss mir nicht sagen, was ich zu tun habe«, gibt Ron scharf zurück. »Ich weiß, was die Leute wollen, noch bevor sie den Mund aufmachen. Dafür braucht es jede Menge Können und Erfahrung.«

»Könntet ihr bitte mal die Luft anhalten?«, fällt Derek ihm ins Wort. »Ich versuche, hier Geschäfte abzuwickeln.«

»Das Thema wird sowieso langsam langweilig«, entgegnet Cato. »Will noch jemand ein bisschen lauschen gehen?«

»Gina hat gesagt, wir sollen hier drinbleiben, also mache

ich das auch«, schmollt Ron und zieht eine Boulevardzeitung aus der Tasche.

»Diesen Egotrip lasse ich mir für kein Geld der Welt entgehen«, spottet Jane. »Kommst du mit, Erin?«

»Ich folge dir auf Schritt und Tritt.«

Wir schleichen uns am Büro vorbei und setzen uns auf die oberste Treppenstufe, wo wir belauschen, wie Carl von seiner Großmutter erzählt, einem kulinarischen Naturtalent, die zwei Berufen nachging, alte Nachbarn bekochte und immer noch genügend Zeit fand, ihrem Enkelsohn alles über die französische, italienische und japanische Küche beizubringen. »Der schönste Tag ihres Lebens war der Tag, an dem ich meine Messer eingepackt habe und zum *Culinary Institute of America* gegangen bin«, berichtet er. »Eine Woche später ist sie friedlich entschlafen.«

»Über Ihr Kochbuch wird in den Medien ja schon vor der Erscheinung viel spekuliert«, bemerkt der Moderator. »Stimmt es, dass Sie auf dem Titel zu sehen sind, wie Sie im Alter von fünf Jahren selbstgemachte Pasta ausrollen?«

Carl legt eine Kunstpause ein. »Mit vier.«

Keine Minute nachdem die letzte Einstellung im Kasten ist, schreit Gina nach uns. »Beeilung! Wir sind spät dran! Wo bleibte ihr? Tagesgerichte in fünfzehn Minuten.«

Wir flitzen hinunter und fangen an, die Tische einzudecken, während sie um das im Aufbruch begriffene Kamerateam herumscharwenzelt. »Ich habe Carl diese große Chance erst ermöglicht«, prahlt sie und verfolgt den Moderator quer durch den Speiseraum. »Ich habe ihm gegeben diese schöne Küche und lasse ihn koche, was er will.«

Der Moderator guckt, als müsse er unbezahlte Überstunden machen. »Noch mal vielen Dank«, sagt er und schüttelt Gina notgedrungen übertrieben fest die Hand. »Wir geben Ihnen Bescheid, wann der Beitrag gesendet wird.«

Nach hektischem Serviettenfalten versammeln wir uns in der Küche zur Vorstellung der Tagesgerichte, wo wir Carl in einem fortgeschrittenen Stadium der Selbstbeweihräucherung vorfinden. Nachdem er den Fernsehleuten den ganzen Nachmittag Honig ums Maul geschmiert hat, hat er glühend rote Wangen (oder sind das etwa noch Make-up-Reste?), ist aufgewühlt und an der Grenze zur Hysterie. Wild gestikulierend stolziert er vor uns auf und ab und zerlegt die Regenbogenforelle mit bloßen Händen. »Das ist mehr als nur ein Fisch«, verkündet er und hält uns ein schimmerndes weißes Filet vor die Nase. »Das ist die Geschichte einer Tierart und eines Flusses. Es ist die Geschichte des amerikanischen Westens!«

Gerade als wir schon denken, die Schulstunde sei zu Ende, wirft er einen Blick auf seine Taucheruhr am Handgelenk und verzieht schmerzvoll das Gesicht. »Ich möchte um einen Moment Ruhe bitten«, verkündet er. »Heute sind es genau einhundertvierundsechzig Wochen, seit die geniale, wunderbare Julia Child verstorben ist.«

Jane, Ron und Cato neigen tief bewegt ihre Häupter, während ich daran denken muss, wie ich meiner Mutter einmal zu Ostern dabei geholfen habe, eine Rinderbrust nach einem Rezept von Julia Child zuzubereiten. Das Einzige, woran ich mich noch erinnern kann, sind die zermürbenden fünf Stunden Vorbereitung, und wie meine Mutter dann »Dreck« knurrte, als sie das Ding schließlich aus dem Ofen holte.

Nach etlichen angespannten Sekunden seufzt Carl tief auf. »Die Haute Cuisine wird ohne sie nie wieder dieselbe sein. Auf dass mein eigener bescheidener Beitrag auch nur ein Zehntel so groß sein möge.«

»Hört, hört«, bemerkt Ron darauf.

Carl wirft ihm einen ärgerlichen Blick zu. »Das wäre alles für heute«, brummt er und hängt das Klemmbrett wieder an die Wand. »Jetzt holt eure Gabeln und macht's kurz.«

Nach einem hübschen langen Ausflug in die schwerelose Egosphäre kommt Carl langsam wieder auf den Boden der Tatsachen zurück. Und scheint beim Eintritt in die Erdatmosphäre regelrecht zu verglühen.

»Marty! José! *Mitdenken!*«

Innerhalb von nicht mal einer Stunde ist aus dem Küchenparadies von vorhin die reinste Hölle geworden. Carl kippt zwei teure belgische Biere in einen großen Plastikbecher, aus dem er trinkt, während er jeden, der in seine Schusslinie gerät, mit Befehlen bombardiert. »Cato, wenn du noch einmal hier reinkommst und Luis anspringst, fliegst du raus! Würdest du bei den Belegschaftstreffen zuhören, Erin, bräuchtest du nicht immer so verdammt viele saublöde Fragen zu stellen!«

Ron scheint die Gefahr zu spüren und schleicht geduckt herein. Mit gesenktem Kopf schreibt er eine Stimmungsbewertung von 7 auf die Weißwandtafel, wischt die Zahl dann mit dem Daumen wieder weg und kritzelt stattdessen eine 6,5 hin.

»Entscheide dich endlich, Ron«, wettert Carl. »Wir sind hier nicht im Matheunterricht.«

»Tut mir leid, Chef. Aber ich weiß, dass du möchtest, dass wir möglichst präzise sind.«

Carl schlägt sich mit der flachen Hand auf die feuchte Stirn. »Würdest du bitte einfach schon weg sein?« Sobald Ron zur Tür hinaus verschwunden ist, brüllt Carl ihm hinterher: »Danke sehr!«

Und er ist nicht der Einzige, der eine Stinklaune hat. Seine schlechte Stimmung muss ansteckend sein, denn sie scheint auf etliche Gäste in meinem Bereich abgefärbt zu haben:

»Ich bin Hypoglykämiker, habe eine Laktoseintoleranz und bin allergisch gegen Salz.«

»Ich habe noch nie so dünne grüne Bohnen gesehen. Kann der Koch mir nicht ein paar dickere machen?«

»Wären Sie so nett, mir die Speisekarte vorzulesen? Ich habe meine Brille vergessen.«

Als ich schließlich nach oben gehe und meine Uniform ausziehe, habe ich blutunterlaufene Augen, und meine zu einem Pferdeschwanz gebundenen Haare bleiben auch ohne Gummi in dieser Form. Aber ich bezweifle, dass Phil das überhaupt merken wird. Das letzte Mal, als ich ihn gesehen habe, hatte er eine ausgefranste Red-Sox-Kappe verkehrt herum auf dem Kopf und einen unidentifizierbaren braunen Streifen im Gesicht.

Wir treffen uns am anderen Ende des Häuserblocks und winken ein Taxi heran. Phil schlüpft neben mich auf den Rücksitz und lässt seinen zerlumpten Army-Rucksack auf den Boden plumpsen.

»Ich bin echt gespannt, endlich deine Bude zu sehen«, sagt er, als das Taxi losfährt.

»Du erzählst das aber niemandem, okay?«

»Meinst du, ich will Carl einen Grund servieren, mich wieder fertigzumachen? Er könnte viel für meine Karriere tun, vor allem nach einem Tag wie heute.«

»Wie fandest du das Ganze? Hat er nicht allerliebst ausgesehen?«

Bei Phil stellen sich die Nackenhaare auf. »Ich weiß nicht. Vermutlich.«

»Was ist los?«

»Ich wünschte, du würdest nicht immer so über ihn herziehen«, beklagt er sich. »Ich habe ihm eine Menge zu verdanken.«

»Du *arbeitest* für ihn. Er erntet die Lorbeeren für jedes einzelne Gericht, das du kochst. Wie kannst du ihm da was schulden?«

»Das meiste, was ich kann, hat er mir beigebracht. Und eigentlich ist er ziemlich cool.«

»Er ist ein Choleriker! Bitte. Du kannst ihn doch auch nicht immer mögen.«

Phil dreht sich zu mir um. »Dann flippt er eben hin und wieder mal aus. Na und? Vor vier Jahren war ich noch Entremetier und konnte ein paar ordentliche Soßen zusammenrühren. Heute kann ich jede Küche in der ganzen Stadt rocken. *Kunz*, *Boulud* – egal, wie gut ihre Köche sind, ich bin mindestens genauso gut, wenn nicht besser. Wenn ich eine Idee ausbrüte, die Carl vom Hocker haut, dann ist es, als hätte er Gott höchstpersönlich gesehen oder so was. Er weiß *wirklich* zu schätzen, was ich für ihn tue. Und außerdem hat er mir mehr als einmal aus der Patsche geholfen. Hat mir sechshundert Dollar geliehen, als ich dringend nach Hause musste, und sie nie zurückverlangt. Was ich nicht mal von meiner eigenen Familie behaupten kann.«

»Wahrscheinlich mit Absicht«, mosere ich, halb zerknirscht, halb abwehrend. »So kann er dich mit gutem Gewissen fünfzehn Stunden am Tag schuften lassen.«

»Glaubst du, ihm ist es nicht genauso ergangen, als er angefangen hat? Für Le Croze hat er unbezahlt als Entremetier gearbeitet, nur um möglichst viel zu lernen, nur um in seiner Nähe sein und sich was abschauen zu können. Du verstehst das einfach nicht. Aber ich nehme an, das kann man auch von dir nicht erwarten.«

»Ich verstehe es *sehr wohl*«, entgegne ich leicht angesäuert und hopse auf dem Sitz auf und ab, als wir durch ein Schlagloch fahren. »Aber trotzdem würde ich mich nicht von ihm wie einen Fußabtreter behandeln lassen, und das für neunundzwanzig Riesen im Jahr.«

Phil lacht. »Ach, aber für neunzig lässt du dich so behandeln, ja? Ich habe mit eigenen Augen gesehen, dass du eine ganze Menge schluckst, und das ohne ein Ziel vor Augen. Du wirst nie dein eigenes Restaurant eröffnen. Du greifst nicht nach den Michelin-Sternen. Entweder du bist in ein paar Monaten wieder verschwunden, oder du verschimmelst in deiner Uniform wie Ron.«

»Was hast du gesagt?«, fauche ich und starre ihn mit zusammengekniffenen Augen an.

»Nichts. Ich mein ja bloß.«

»Wie kommst du auf die hirnrissige Idee, ich könnte nicht verstehen, was du durchmachst? In der Küche herrschen raue Sitten, aber draußen bei den Gästen auch. Die Leute behandeln mich, als sei ich ihr Dienstmädchen, und so viel Trinkgeld können sie mir gar nicht geben, dass mir das nichts ausmachen würde. Warum kannst *du das* nicht verstehen?«

Er beißt sich auf die Innenseite der Wange und legt mir dann eine Hand aufs Knie. »Okay, verstanden. Lass uns einfach … nicht mehr darüber reden.«

»Gute Idee.«

Der Fahrer dreht sich halb zu uns um. »Ihr wollt gutes Essen? Mein Bruder hat einen Laden auf der Canal Street. Das beste Baba Ganusch, das ihr je gegessen habt. Schmeckt euch beiden, und ihr müsst nicht mehr streiten.«

✧

Phil stellt meinen Wecker wieder hin und dreht sich auf den Rücken. »Mist, schon halb acht«, brummt er. »In einer Stunde muss ich bei der Arbeit sein.«

Ich räkele mich auf meiner Seite des Bettes, wo ich nackt unter dem Laken ausgestreckt liege, die Haare an einer Seite des Gesichts festgeklebt. »Draußen ist es noch nicht mal hell.«

»Doch, ist es.« Er setzt sich auf und sieht sich verschlafen um. Wie es scheint, setzt er die Geschehnisse der vergangenen Nacht gerade im Kopf zusammen. »Das meine ich, wenn ich sage, Kellner haben's gut. Du kannst liegen bleiben und noch ein bisschen weiterdösen, während ich in der Küche stehe und mir zwei Tagesgerichte aus den Fingern saugen muss, bei denen Carl einen Steifen kriegt.«

»Und warum machst du es dann?«, frage ich.

»Keine Ahnung.«

»Es muss doch einen Grund geben.«

Er zögert. »Es ist wie bei der Armee. Man geht hin, weil man nicht so genau weiß, was man sonst machen soll, und nach einer Weile bist das einfach du. Die anderen Jungs sind darauf angewiesen, dass du da bist. Man lernt irgendeinen neuen Scheiß, und plötzlich ist man auch noch mächtig stolz darauf. Die Bezahlung ist zwar nicht allzu gut, und jeden Abend räuchere ich meine Lunge mit Grillqualm aus und lass mir von Carl die Hölle heißmachen, aber wenigstens schießt keiner auf mich.«

Ich drehe mich auf den Rücken. »So habe ich das noch nie betrachtet.«

Er beugt sich zu mir herunter, küsst meine Schulter und flüstert: »Ich fand's einfach unglaublich letzte Nacht.«

»Ich auch«, murmele ich und frage mich dabei, warum meine Knie mir wie ausgeleierte Gummibänder vorkommen.

»Gibt es hier irgendwo einen Laden, wo's Kaffee zum Mitnehmen gibt?«, will Phil wissen, während er in seine Hose steigt. Rocket beäugt ihn aus seinem Hundebett in der Zimmerecke. »Ich werde die U-Bahn nie finden, wenn ich es nicht schaffe, vorher wach zu werden.«

»Ich mach dir einen Kaffee, wenn du willst«, biete ich ihm halbherzig an.

»Schon gut. Schlaf weiter.«

Er zieht seine Fleecejacke an und späht durch einen Spalt im Vorhang hinaus in den grauen Himmel. Beim Anblick seines müden Gesichts bekomme ich Gewissensbisse und komme mir furchtbar faul vor. Er hat recht – während ich in meinem warmen Bett weiterschlummere, muss er ins Restaurant und sich mit Carl und dem Grill herumschlagen.

»Eineinhalb Blocks von hier gibt es eine Kaffeebar«, sage ich und schlüpfe unter der Decke hervor. »Gib mir fünf Minuten. Ich bring dich hin.«

Ein einsamer Regentropfen schlägt ans Fenster, als ich an meinem Latte nippe und darauf warte, dass Phil seinen doppelten Espresso bekommt. »Na, du bist mir ja ein schöner Anblick«, raunze ich mein Spiegelbild an. Meine Frisur sieht durch den Wind auch nur unwesentlich besser aus, und die dunklen Ringe unter meinen Augen reichen bis runter zu den Wangen. Man könnte fast meinen, ich hätte die ganze Nacht Wein getrunken und jemandem Lippendienste erwiesen. Und damit läge man gar nicht mal so falsch.

»Warte mal kurz, wo haben die hier Zucker?«, sagt Phil.

Er trägt eine überbreite Sportlersonnenbrille und eine verfusselte rote Wollstrickmütze, während um ihn herum die Leute in Anzügen und Trenchcoats in ihre Handys schnarren oder die Zeitung überfliegen. Am Holztresen bleibt er stehen, kippt extra viel Zucker in seinen Becher und drückt dann den Plastikdeckel darauf. »Okay, gehen wir.«

Wir gehen nach draußen zu einem Laternenpfahl, an dem ein fest angebundener Rocket an seiner Leine zerrt, um sämtliche vorbeigehenden Fußgänger zu beschnüffeln. Phil macht einen Schritt zur Seite, um der Hundeschnauze auszuweichen. »Eines Tages beißt er noch einen unschuldigen Passanten ins Bein, und der verklagt dich dann«, prophezeit er.

»Rocket ist nicht bissig. Er ist bloß bei Fremden ein bisschen nervös, mehr nicht.«

»Okay. Solange er mich in Ruhe lässt.«

»Halt das mal«, bitte ich ihn und reiche ihm meinen Latte. Der Wind bläst mir die Kapuze meines Pullovers ins Gesicht, als ich an der Leine herumfingere.

»Willst du mich nicht zur U-Bahn bringen? Wir haben schon fast den halben Weg geschafft.«

Ich fädele die Leinenschlaufe über mein Handgelenk. »Darauf kommt's jetzt auch nicht mehr an. Ich bin ja sowieso schon wach, mehr oder weniger.«

Er reicht mir meinen Kaffee und legt mir den Arm um die Schultern, wodurch er mich ausgerechnet in dem Moment anschubst, als ich den Becher an die Lippen setze. Ein warmes Rinnsal ergießt sich über mein Kinn, genau in dem Augenblick, als ich eine vertraute Gestalt schnurstracks auf mich zukommen sehe.

Daniel. In schwarzer Nylontrainingshose, Windjacke und Turnschuhen. In dem Bruchteil einer Sekunde, ehe er mich entdeckt hat, wische ich mir mit dem Ärmel über das Kinn, wodurch ich den Kaffee über meine Wange verschmiere.

»Erin?«

Anscheinend bin ich auch in diesem furchtbaren Aufzug noch zu erkennen. »Daniel! Ausgerechnet!« Ich schenke ihm ein strahlendes Ungeputzte-Zähne-Lächeln. »Was machst du denn hier in meinem Revier?«

Er weist die Straße hinunter. »Ein Freund von mir wohnt gleich um die Ecke. Wir laufen ein paarmal die Woche zusammen.«

»Ach! Das ist ja toll. Gut für dich. Ich habe seit Monaten keinen Sport mehr gemacht, aber ich bin in letzter Zeit so beschäftigt, also ...« Hilfe, ich rede ohne Punkt und Komma.

»Du bist aber furchtbar früh auf für eine Frau, die bis spät in die Nacht arbeitet«, bemerkt Daniel mit einem Blick auf meinen fahlen Teint und die vom Make-up des vergangenen Abends verschmierten Augen. »Oder kommst du gerade erst nach Hause?«

»Nein!« Ich lache atemlos. »Wir waren schon längst zuhause.« *Wir*. Mist.

Wobei mir Phil wieder einfällt, der stocksteif wie bestellt

und nicht abgeholt daneben steht. »Oh, entschuldige bitte, das ist …«

Daniel gibt ihm die Hand. »Daniel Fratelli.«

»Phil McGregor.« Seine Stimme klingt ungewohnt förmlich. So habe ich ihn noch nie gehört.

»Daniel ist einer unserer Stammgäste«, erkläre ich und stoße Phil leicht in die Rippen, damit er sich nicht so unmöglich aufführt. »Im Restaurant.«

»Ach ja?« Jetzt, wo ihm klar wird, dass Daniel und ich nichts miteinander haben, hebt sich seine Laune spürbar. »Ich bin der Grillardin der Küche.«

»Grillkoch«, werfe ich ein.

»Grillkoch.« Daniel nickt, als ginge ihm nun endlich ein Licht auf. »Nun, was auch immer Sie da machen, ich bin ein großer Fan Ihrer Kochkunst.« Ich sehe das Erstaunen in seinem Gesicht. Dieser verwahrloste Snowboarder-Verschnitt soll so unglaublich gut kochen können?

»Danke. Wenn alles nach Plan läuft, werde ich hoffentlich bald Souschef.«

Ich sehe ihn stirnrunzelnd an. »Ach, tatsächlich? Wann denn?«

»Bald. Habe ich zumindest so eingeplant.«

»Und das muss dann wohl Rocket sein«, meint Daniel und geht neben dem Hund in die Hocke. Rocket flitzt hin und her vor Aufregung, und seine Krallen kratzen geräuschvoll über den Bürgersteig.

»Passen Sie auf, der kann ganz schön angriffslustig sein«, warnt Phil ihn. »Letzte Nacht hat er sich ohne Vorwarnung auf meinen Fuß gestürzt.«

»Nicht auf deinen Fuß, auf deine *Socke*«, korrigiere ich ihn.

»Wie du meinst. Jedenfalls guckt meine Ferse jetzt aus dem Loch, das er reingebissen hat.«

Daniel strubbelt Rocket über den getupften Rücken. »Was sagen die von dir? Die sagen, du bist manchmal ein bisschen durchgedreht. Ist das wahr?« Rocket wedelt mit dem Schwanz und reibt seine Schnauze an Daniels Knie. »Ich weiß nicht. Auf mich machst du einen ziemlich freundlichen Eindruck.«

»Und der Schein trügt nicht«, erwidere ich stolz.

»Ich muss los, Erin«, meldet Phil sich zu Wort.

»Oh, ja klar. Entschuldige bitte, Phil hat eine Verabredung mit seinem Grill.«

»Ich sollte auch los. Nett, Sie kennen gelernt zu haben, Phil. Ich komme so ungefähr einmal die Woche vorbei, also …«

»Ja, schauen Sie doch mal in der Küche vorbei und sagen Sie hallo. Vielleicht kann Carl Ihnen dann alles zeigen.«

»Darauf komme ich gerne zurück.«

Sobald Daniel sich umgedreht hat und gegangen ist, schiebt Phil seine Sonnenbrille auf die Mütze und wendet sich an mich. Seine Augen leuchten in dem diffusen Licht beinahe unwirklich blau. »Stehst du auf den Kerl?«

Ich schlucke. »Was?«

»Du hast mich sehr wohl verstanden. Du findest ihn gut, oder?«

Ich lache und hänge mich bei ihm ein. »Ich glaube, du hast Halluzinationen von deinem Espresso. Los jetzt. Sonst kommst du noch zu spät.«

17. Kapitel

Um neun Uhr am darauffolgenden Abend führt Kimberly meine Eltern, Nate und das Ehepaar Pancratz in meinen Bereich des Speiseraums. Ich kann mein Pech kaum fassen. Zuerst hat Carl mich bei der alltäglichen Vollversammlung mit Fragen zum Menü bombardiert (»Beschreibe mit höchstens fünf Wörtern den Geschmack des Hon-Shimeji-Pilzes«), dann hat Gina meine Gedecke nachgemessen, nur um zu verkünden, sie seien »schief und krumm wie die Turm von Pisa«. Und nun, wo das Schlimmste überstanden schien, muss ich Menschen bedienen, die ich schon mein ganzes Leben lang kenne. Und dabei fand ich es schon grauselig, dass Rachel vergangene Woche auf ein Gläschen und ein paar Häppchen hereingeschaut hat.

Steve mimt den charmanten Restaurantchef, während Cato zu mir in die Lounge kommt, um mir sein volles Mitgefühl auszusprechen. »Seit einem Monat drohen sie damit, hier aufzukreuzen«, jammere ich. »Ich habe sie angefleht, es sein zu lassen, aber sie wollten nicht auf mich hören.«

»Nimm's nicht so schwer«, entgegnet Cato. »Ich wäre vor Scham am liebsten im Boden versunken, als meine Mutter im Mai zu Besuch hier war. Sie hat ein Schweinekotelett bestellt und gefragt, ob Carl ihr ein paar hausgemachte Fritten dazu machen könne. Genauso gut hätte sie ein ›Lobet-den Herrn‹-T-Shirt ihrer freikirchlichen Gemeinde tragen und ihr überbreites Wohnmobil draußen vor der Tür parken können.«

»Das macht es jetzt auch nicht gerade besser.«

»Ich bereite dich nur vor auf die Freuden des Elternabends.«

Steve rückt für Brenda den Stuhl zurecht und reicht jedem eine Speisekarte, dann geht er auf dem Weg zurück zum Pult an mir vorbei. »Deine Mutter ist der Hammer. Unglaublich, dass sie so eine erwachsene Tochter hat.«

Mir dreht sich der Magen um. »Danke.«

»Wie wär's, lass doch ihre Vorspeisen heute Abend aufs Haus gehen, ja?«

»Okay. Da werden sie sich sicher freuen.«

Als ich an ihren Tisch komme, hebt Harold beide Arme und grinst. »Da ist ja unser Mädchen!«, ruft er. »Und ihr habt gedacht, ich sei nur hier, um Geoffrey zu ärgern und mir von Steve einen Scheck abzuholen.« Die Leute in der Sitznische nebenan drehen sich um und starren uns an.

»Du siehst ja wirklich *hinreißend* aus in dieser Montur«, bemerkt Brenda und steht auf, um mich auf die Wange zu küssen. Sie trägt ein limettengrünes Oberteil mit Wasserfallausschnitt und eine stachelige Brosche, die droht, ihr Kinn aufzuspießen.

»Hallo zusammen«, begrüße ich sie. »Wie war euer Theaterstück?«

»Wunderbar«, schwärmt meine Mutter und streicht sich den Rock glatt.

»Unglaublich«, ergänzt Brenda. »Ich habe geweint.«

»Zum Gähnen«, murrt Nate.

Mein Vater setzt die Brille auf und öffnet die Weinkarte. »Sogar ich könnte was Besseres schreiben. Nicht, dass ich angeben wollte.«

Meine Mutter schnaubt. »Dein Vater ist während des zweiten Akts eingeschlafen.«

»Ich wollte meine Kräfte für das Essen schonen«, erklärt er.

Harold beugt sich zu mir herüber, als wolle er mir ein streng gehütetes Geheimnis anvertrauen. Er riecht nach Old Spice, und die obersten Knöpfe seines royalblauen Hemds stehen offen, sodass ein kleines Büschel schwarzer Brusthaare zu sehen ist. »Ich für meinen Teil bin reif für einen Rusty Nail. Brenda nimmt ein Glas von dem Newton Chardonnay.«

»Eine ausgezeichnete Wahl. Wie wär's mit einem Bier, Nate? Ich wette, du kannst eins brauchen.«

»Aber nur eins«, entgegnet er kläglich. »Ich wurde heute auserkoren zu fahren.«

»O nein. Im Ernst?«

»Wir haben auf dem Weg hierher geknobelt. Was bedeutet, dass ich die ganze Sache nüchtern durchstehen muss.«

»Pech gehabt«, scherzt Harold und schlägt ihm auf den Rücken.

»Aber wenn du noch nie einen achtundsiebziger Caddy gefahren bist, dann steht dir ein ganz besonderes Vergnügen bevor. Normalerweise lasse ich nicht mal die Typen vom Parkservice hinters Steuer, aber dir gebe ich hier und jetzt den Schlüssel, damit du siehst, dass ich dir voll und ganz vertraue.« Er greift in die Tasche und reicht Nate einen Schlüsselbund. »Hier, bitte sehr. Aber du musst mir versprechen, dass du die Gänge nicht zu sehr hochziehst. Der Caddy ist sensibel und überhitzt leicht. Wir wollen schließlich nicht irgendwann um Mitternacht am Straßenrand stehen und auf den Abschleppdienst warten.«

Mein Vater reicht die Weinkarte an meine Mutter weiter. »Mich von vorn bis hinten von meiner Tochter bedienen zu lassen, gibt mir irgendwie das Gefühl, furchtbar wichtig zu sein.«

Ich lächele und zeige mit dem Finger auf ihn. »Pass bloß auf. Wenn du mir irgendwelchen Ärger machst, hetze ich dir unseren Sommelier auf den Hals.«

»Lieber Himmel, bitte nicht. Bring uns einfach einen kalten Weißwein, der nicht gleich ein Vermögen kostet.«

Als Geoffrey mir schließlich geholfen hat, eine Flasche der mittleren Preiskategorie auszuwählen, und ich mit den Getränken an den Tisch zurückkehre, unterhält Gina gerade alle mit Geschichten über ihren ersten Chefkoch. Die Haare hat sie zu einem strengen Pferdeschwanz zusammengebunden, und an ihren Ohren baumeln riesige goldene Kreolen. Schicker New Yorker Achtziger-Jahre-Look mit einem Hauch aktuellem billigem Eurokitsch. »Alles hatte er uns gestohlen, und dann ist er gegangen zu Rikers. Ich hoffe, sie erschießen ihn!«, zetert sie gerade.

»Ach, wie furchtbar«, entgegnet meine Mutter. »Das muss ja ein echter Schock gewesen sein.«

»Die Polizei hatte gefunden fast fünfzig Pfund Rinderfilet in seine Appartement. Aber ich weiß bis heute nicht, was passiert ist mit dem ganzen Wein, den er genommen hat, und meine Töpfe sind verschwunden auf Nimmerwiedersehen.«

Brenda lächelt zum Dank, als ich ihr das Weinglas hinstelle. »Er wird in der Hölle schmoren.«

»Und er ist noch längst nicht der Schlimmste«, fährt Gina fort. »Wir hatten mal einen Restaurantleiter, der hat geschlafen mit den Kellnerinnen und hat gesagt den Köchen, wohin sie sich scheren können. Danach ich habe gesagt, keine Restaurantleiter mehr. Ich mache alles selbst und sterbe jung an Erschöpfung.«

»Nun, Sie wissen doch, wie es heißt«, sagt mein Vater zu ihr. »Manchmal muss man das Steuer seines Schiffs selbst in die Hand nehmen!«

Harold schlürft an seinem Rusty Nail. »Gelegenheit macht Diebe. Darum habe ich auch Überwachungskameras in meinen Lagerräumen und einen Elektrozaun um den Parkplatz.«

Gina legt ihren dünnen Arm um mich. »Erin wird sich heute Abend gut um Sie kümmern.« Ich stehe linkisch neben ihr, die Hände seitlich fest an den Körper gepresst.

»Wir werden sie schon ordentlich herumscheuchen«, verspricht mein Vater.

Fünfundvierzig Minuten und ein Glas Mersault später kann meine Mutter sich noch immer nicht entscheiden, was sie bestellen soll. »Okay, Mom, grenzen wir das Ganze doch mal ein bisschen ein«, sage ich zu ihr.

»Aber es klingt alles so köstlich.«

»Du musst dir die Speisekarte als Multiple-Choice-Fragebogen vorstellen«, rät Harold ihr. »Alle Antworten sind irgendwie plausibel, aber nur eine ist richtig.«

»Das macht es nur noch schlimmer!«, jammert meine Mom und schlägt mit der Serviette nach seinem Arm. »Ich stehe auch so schon schrecklich unter Druck.«

»Letztes Mal hatte ich den Barramundi, und er war himmlisch«, wirft Brenda ein.

»Warum machst du nicht einfach die Augen zu und tippst mit dem Finger auf die Karte?«, schlägt mein Vater vor.

»Denk dran, in Krustentieren reichern sich Schadstoffe an«, mischt Nate sich ein. »Und auch keinen Granatbarsch. Der ist so gut wie ausgerottet.«

»Nimm den Hummer«, empfehle ich entgegen dem Rat meines Bruders. »Der wurde heute Morgen frisch aus Maine eingeflogen. Du wirst dahinschmelzen.«

»Derartiges ökologisches Missmanagement solltest du auf keinen Fall unterstützen, Mom«, mahnt Nate.

»Erinnerst du dich noch an die Nantucket-Bay-Jakobsmuscheln, die wir auf unserer Hochzeitsreise gegessen haben?«, fragt mein Vater und lehnt den Kopf gegen die Schulter meiner Mutter.

Meine Mutter küsst die kahle Stelle auf seinem Kopf. »Ich erinnere mich noch an jeden Augenblick unserer Flitterwochen. Wir sind ja kaum aus dem Cottage rausgekommen.«

»O Gott. Bitte nicht schon wieder.« Nate verdreht die Augen.

Ich komme mir vor wie ein Cowgirl, dem gerade die Herde durchgeht. »In einer Minute bin ich wieder da, Mom«, sage ich über den Heidenlärm der verschiedenen Meinungen hinweg. »Wenn du bis dahin nicht weißt, was du bestellen willst, suche ich etwas für dich aus.«

Als ich in die Küche gehe, um meine Einschätzung ihrer derzeitigen Stimmungslage aufzuschreiben (eine Neun, fehlt nicht viel zu Freudentänzen), winkt Carl mich zum Pass. »Gina hat gesagt, Harold und seine Frau sind heute Abend mit deiner Familie zum Essen hier. Was haben sie bestellt?«

»Bis jetzt noch gar nichts. Meine Mutter tut sich ein bisschen schwer mit der Entscheidung.«

»Sie hat massenweise Zeit gehabt, sie hätte die Speisekarte auswendig lernen können. In drei Minuten will ich eine Bestellung haben, spätestens. Catos Zehnertisch sitzt schon, und wir wollen hier hinten nicht gleich anfangen zu rotieren. Steve staffelt größere Gesellschaften nicht umsonst.«

Schnell komme ich zu dem Entschluss, dass dies nicht der richtige Zeitpunkt ist, mit Carl eine Diskussion über das gottgegebene Recht meiner Mutter anzufangen, sich mit ihrer Bestellung notfalls den ganzen Abend Zeit zu lassen, und gehe zurück in den Speiseraum. »Die Zeit ist um, Mom. Der Hummer ist super. Du wirst es nicht bereuen.«

Sie umklammert ihre Speisekarte, die ich ihr gewaltsam aus der Hand nehmen will. »Könnte der Küchenchef mir nicht vielleicht eine halbe Portion Hummer und eine halbe Portion Lachs machen? Oder eine Vorspeise aus beidem? Und könnte ich als Beilage den geschmorten Lauch ohne Butter bekommen, das wäre perfekt. Oder die Erbsensprossen mit extra Knoblauch, je nachdem, was besser ist.«

Heiliger Himmel. Sie gehört genau zu der Sorte von Gästen, die Kellner fürchten und irgendwann zur Hölle wünschen. Wer hätte das geahnt?

»Vorspeise und Zwischengang, Mom«, sagt Nate und schnippt mit den Fingern. »Auf geht's.«

»Das Zwergblattgemüse ist köstlich«, bemerkt Brenda und trinkt ihren Chardonnay aus. »Das wird in Hawaii auf gedüngter Lava gezogen.«

»Nimm die tasmanische Forelle mit Fenchelgelee«, empfiehlt Harold. »Wer nicht wagt, der nicht gewinnt.«

»Dann also Forelle und Hummer«, erkläre ich bestimmt. »Und jetzt gib mir die Speisekarte.«

Meine Mutter schüttelt den Kopf. »Ist es denn zu viel verlangt, vier Gerichte zu bekommen statt nur zwei? Ist das Leben denn nicht schon Einschränkung genug?«

»Himmelherrgott noch mal, Anne«, brummt mein Vater. »Ich verhungere hier.«

»Carl macht dir alles, was du haben willst«, versichert Harold. »Er sieht das nicht so eng wie manche dieser Promi-Egoschweine.«

Ich ziehe eine Augenbraue hoch. »Ach nein?«

»Wenn es irgendein Problem gibt, dann sag ihm, es ist für Harold. Ihm macht das nichts aus, glaub mir. Für einen alten Freund ist ihm keine Mühe zu viel. Wusstet ihr eigentlich, dass wir beide uns schon seit seiner ersten Stellung nach der Kochschule kennen? Ich habe diesen Laden downtown beliefert, der pingeligste Küchenchef, den ich je erlebt habe, und da war dieser junge Bursche aus Philly, der die genialsten Soßen kreierte. Er hat die ganze Küche auf den Kopf gestellt, und innerhalb von sechs Monaten gehörte der Laden ihm.«

Vom Empfangspult aus schaut Gina mich mit zusammengekniffenen Augen an. Sie fragt sich wohl, warum ich herumstehe und plaudere, statt zu arbeiten. »Okay, Mom, ich brauche jetzt wirklich eine Antwort. Ob du es glaubst oder nicht, ich muss heute Abend auch noch ein paar andere Gäste bedienen.« Ich werfe einen Blick zur Lounge, wo Cato mit dem Sitzplan am Computer steht. *Mach schon, mach schon.*

Aus heiterem Himmel rattert Harold eine Liste von Gerichten herunter, in der es vor Wörtern wie *halbe Portion, Beilage, zusätzlich dazu* und *stattdessen* nur so wimmelt. Allesamt Carls Lieblingshasswörter.

»Habe ich mir alles richtig gemerkt, Anne?«, erkundigt Harold sich.

»Perfekt. Was du für ein Gedächtnis hast.«

»Mom, ich weiß nicht, ob wir uns derartige Freiheiten bei der Menüzusammenstellung erlauben dürfen.«

»Carl macht das nichts«, versichert Harold. »Dafür garantiere ich.«

Ich flüchte in die Küche, um mich zu erkundigen, ob diese eigenmächtigen Änderungen »in Ordnung sind, ausnahmsweise«, und komme gerade in dem Augenblick herein, als der Drucker Catos ellenlange Bestellung ausspuckt. Carl reißt den Zettel ab und brüllt den Köchen Anweisungen zu. Er richtet zwei Vorspeisen an und gibt sie Luis, ehe er mich ansieht. »Ein neuer Tag, eine neue Enttäuschung, Erin.«

»Ich habe alles da. Ich muss dich bloß was wegen ein paar Sonderwünschen fragen.«

»Tipp sie in den Computer«, sagt er und wedelt abweisend mit der Hand.

»Willst du sie nicht erst absegnen?«

»Was glaubst du, was ich machen soll? Mich weigern, einen Gast zufrieden zu stellen? Die Bestellung ist nicht das Problem, das Problem sind deine Fähigkeiten als Kellnerin!«

Phil schaut mich an mit einer Mischung aus Angst und Mitgefühl.

»Ich habe mir alle Mühe gegeben –«

»Tja, und dabei jämmerlich versagt. An einer Bestellung, auf die man eine Stunde warten muss, trägt nicht der Gast die Schuld, sondern du.«

»Es waren fünfzig Minuten. Und Harold hat gesagt, es würde dir nichts ausmachen.«

Carl lächelt beinahe. »Wenn Harold vom Spirituosengroßhändler zum Weltklassekoch aufgestiegen ist, höre ich auf ihn. Solange hältst du die Klappe und tippst jetzt deine Bestellung ein, sonst gehen deine Desserts hier um ein Uhr morgens raus.«

Als ich an der Küchentür bin, fragt Carl: »Ach übrigens, für wen sind eigentlich die ganzen Sonderwünsche?«

»Meine Mutter.«

Er schnaubt abfällig. »Hab ich mir doch gedacht. Die ist genauso eine Spinatwachtel, wie du es mal wirst.«

Mir bleibt das Herz stehen. Das hat er doch gerade nicht laut gesagt, oder etwa doch? Fast wäre ich auf dem Absatz herumgewirbelt und … ja, was? Hätte ihm ebenfalls eine Beleidigung an den Kopf geworfen? Hätte mich rausschmeißen lassen, während meine Eltern keine zehn Meter weiter an ihrem Wein nippen? Trotzig hebe ich das Kinn und befehle mir, mich wie ein erwachsener Mensch zu benehmen – indem ich die Bestellung eintippe und dann geradewegs zum Boss renne.

Nachdem ich Lounge und Speiseraum erfolglos nach Steve abgesucht habe, gehe ich nach oben, um Gina ausfindig zu machen. Statt ihrer treffe ich Nino, der unbeaufsichtigt mutterseelenallein im Flur Rollschuh fährt. »Wo ist deine Mama, Nino?«, frage ich über das Rattern und Kratzen der Plastikrollen hinweg. Er verlangsamt nicht mal sein Tempo. Als er das nächste Mal an mir vorbeidonnert, packe ich ihn an den

Schultern und drehe ihn zu mir um. »Ich muss mit deiner Mutter über den Verrückten in der Küche reden«, sage ich und lächele in sein mit Süßigkeiten verklebtes Gesicht. »Weißt du, wo sie ist?«

Fast scheint es, als würde er mit den Informationen herausrücken, die ich haben will. Er macht den Mund auf, holt tief Luft und brüllt: *»Va' all'inferno!«*, reißt sich aus meiner Umklammerung los und rollt den Gang entlang davon.

Nun spreche ich zwar kein Italienisch, aber ich hatte mal Spanisch auf dem College, und ich glaube, ein Fünfjähriger hat mir gerade gesagt, ich solle zur Hölle fahren. »Du mich auch, du Früchtchen«, murmele ich und stampfe wutentbrannt wieder nach unten.

»Mach dich bereit für Tisch sechs, Erin!«, ruft Marty. »Wir haben hier hinten das Unmögliche geschafft und deine Bestellung fertig gemacht, damit Mama und Papa nicht den ganzen Abend bei uns rumhängen.«

Als ich Cato dabei helfe, meinen Eltern die Vorspeisen zu bringen, entdecke ich Gina mit einem Glas Wein in der Hand in der Lounge. Ich stelle den letzten Teller ab, mahle noch etwas frischen Pfeffer auf den Seeteufel mit Meeresgemüse für meinen Vater und gehe dann zum Empfangspult. »Ich habe dich gesucht, Gina«, sage ich.

»Ich war auf der Toilette.« Sie schürzt die granatroten Lippen. »Gefällt dir die Farbe? ›Red Sin‹ von Yves Saint Laurent. Habe ich gerade aufgetragen.«

»Sehr hübsch. Ehrlich gesagt, hatte ich gehofft, du könntest mir da bei etwas helfen.«

Sie zuckt unmerklich zurück. »Ach. Und wobei?«

»Es geht um Carl.«

Sie wirft einen Blick in das Register mit den Reservierungen. »Die Wallers kommen in fünf Minuten. Mach es bitte kurz.«

»Also …« Ich sage es in Worten, die eine Italienerin verstehen kann. »Er hat meine Mutter beleidigt.«

Entsetzt reißt sie die Augen auf. »Nein!«

»Doch«, versichere ich nickend.

»Ihr ins Gesicht?«

»Mir ins Gesicht. In der Küche. Er hat sie eine Spinatwachtel genannt.«

Sie wägt das Wort kurz ab, dann zuckt sie die Achseln. »Das sagen wir bei mir zuhause auch. Ist doch eigentlich nicht so schlimm.«

»Das heißt ›blödes altes Weib‹.«

»Ich weiß, was es heißt. Ich selbst habe schon benutzt das Wort.« Sie beugt sich zu mir herüber und schaut stirnrunzelnd zu Tisch sechs hinüber, wo meine Mutter sitzt und gerade über etwas lacht, das Nate gesagt hat. »Deine Familie alle essen, alle sind glücklich. Carl hat gesagt etwas unter vier Augen, weil er ist wütend gewesen. Alle Chefköche sind ein bisschen …« Sie zeigt mir einen Vogel. »Denk immer daran, okay? Ist heute eine wichtige Tag für ihn. Er könnte eine große Kochpreis gewinnen. Peter Archer. Heute Morgen sie haben die Namen bekannt gegeben.«

»Wie schön für ihn«, knurre ich. »Ein Wunder, dass er da keine bessere Laune hat.«

»Wenn er gewinnt für beste Chefkoch von New York, dann kommt das *Roulette* in alle Zeitschriften und überall im Fernsehen. Er macht in seine Küche, was er will. Hast du gehört? Lege dich nicht an mit ihm.«

»Du kannst dich wirklich glücklich schätzen«, bemerkt Harold, als ich Omar dabei helfe, den Tisch für den zweiten Gang zu richten. »Mit Carl zusammenzuarbeiten, ist doch wie Klavier spielen für Sinatra, oder? Es ist ein Privileg, in der Nähe eines solch unglaublichen Talents sein zu dürfen.«

»Er verblüfft mich jeden Tag aufs Neue«, entgegne ich. Omar lächelt mich kaum merklich an.

»Ich hatte ja keine Ahnung, dass ihr hier so köstliches Essen auftischt, Liebes«, zwitschert meine Mutter. »Es ist so …«

»Hip?«, wirft mein Vater ein.

»Avantgardistisch«, schwärmt meine Mutter. »Hummer im Becher? Hat man so was schon mal gehört?«

Harold fährt sich mit dem Daumennagel zwischen die Schneidezähne. »Ich glaube, wir sind uns alle einig, dass es großartig ist.«

»Bitte sag mir, wenn ich damit völlig den Rahmen sprenge, Erin«, sagt meine Mutter, »aber meinst du, wir könnten vielleicht mal ganz kurz einen Blick in die Küche werfen?«

»Hast du schon mal gesehen, wie es hinter den Kulissen eines solchen Restaurants zugeht?«, fragt Harold sie.

»Nein, noch nie.« Ihre Augen sind groß und rund vor Aufregung.

Harold schlägt mit der flachen Hand auf den Tisch. »Das müssen wir auf der Stelle ändern. Erin, wenn du kurz Zeit hast, sag Carl Bescheid, wir würden uns gerne ein bisschen umschauen. Er braucht für uns nichts Großartiges zu inszenieren, wir schlüpfen einfach mal schnell rein und sind auch gleich wieder weg. Wir wollen ihm schließlich nicht im Weg stehen.«

»Ehrlich gesagt, er hat heute Abend extrem viel um die Ohren, ich weiß also nicht, ob das so ein guter Zeitpunkt dazu ist.«

»Och, das stört ihn überhaupt nicht. Er sieht das ganz locker. Und wenn du schon mit ihm redest, würdest du ihn bitte daran erinnern, dass Brenda ihr Steak gerne zwischen leicht angebraten und halbdurch hätte? Im *Roulette* könnte leicht angebraten doch eine Spur zu blutig für sie sein.«

»Es macht dir doch nichts aus, oder, Herzchen?«, fragt

Brenda. »Es wäre mir sehr unangenehmen, es zurückgehen lassen zu müssen.«

»Das wäre mir auch sehr unangenehm.«

»Schick uns Steve mal rüber«, dröhnt Harold. »Vielleicht können wir noch einen Blick in den Weinkeller werfen, ehe wir die Küche besichtigen. Schließlich habe ich ihn sozusagen gefüllt, und das zu einem verdammt guten Preis.«

Ich schaue Nate an, der mich mit einem hilflosen Achselzucken ansieht. Er ist stocknüchtern und vier zu eins in der Unterzahl. Es gibt nichts, was er tun könnte.

Nachdem Omar und ich die Hauptgerichte abgeräumt haben, führt Steve die ganze Truppe in die Küche. Er winkt meiner Mutter voranzugehen, dann legt er ihr sanft die Hand auf das Schulterblatt und folgt ihr hinein. Als ich ein paar Minuten später in die Küche komme, um Betsy zu fragen, was für ein Dessert sie einem Mann empfehlen würde, der sich kürzlich einer Magen-Bypass-Operation unterziehen musste (»Eine Traube?«), darf ich mit ansehen, wie Carl mit Charisma nur so um sich wirft. »Haargenau«, pflichtet er gerade meinem Vater bei. »Es geht nicht ums Geld. Es geht darum, etwas zu tun, was man gerne tut.«

»Dieser Mann hat mehr Zen als jeder andere in diesem Geschäft«, erklärt Harold. »Von ihm könnten wir uns alle noch eine Scheibe abschneiden.«

Carl legt den Arm um Brenda, die beinahe zittert vor Aufregung. »Das ist eine Frau, die mein Essen wirklich zu schätzen weiß«, tönt er und bedenkt sie mit einem langen, vieldeutigen Blick.

»Noch nie im Leben hatte ich in einem Restaurant derart sinnliche Erlebnisse«, erwidert sie.

»Machen Sie mir die Frau bloß nicht abspenstig, Corbett, sie ist alles, was ich habe«, witzelt Harold.

Steve lacht und beugt sich zu meiner Mutter herunter. »Jetzt wissen Sie auch, weshalb Gina ihn *eigentlich* eingestellt hat.«

Meine Mutter kichert.

»O Gott«, murmele ich.

»Kennst du die?«, fragt Betsy, während sie extraleichte Vanille-Passionsfrucht-Eiscreme aus einem Behälter spachtelt.

»Ja. Das ist meine Familie.«

Sie seufzt. »Und du musst sie bedienen? Armes Ding.«

»Ich mache dir einen ganz besonderen Drink«, erklärt Alain, während wir die Routineabschlussarbeiten durchführen. »Etwas, das dich vergessen lässt, damit du morgen wieder herkommst.«

»Danke«, seufze ich und wische das T auf der Computertastatur mit Ammoniak und einem Wattestäbchen ab. »Aber ich glaube, so starken Alkohol gibt's gar nicht.«

»Vertrau mir. Ein Schluck, und gleich ist alles besser. Ich habe in Frankreich gelernt, ihn zu mixen, und er wirkt immer. Garantiert.«

»Und was kommt da rein?«

Er zuckt die Achseln. »Wodka, Rum, Zitronensaft … und noch ein paar andere Sachen. Ich mache ihn für jeden ein bisschen anders. Vor ein paar Tagen habe ich auch einen getrunken. Wirkt wahre Wunder.«

»Tatsächlich? Und wie heißt er?«

Er lächelt und senkt die Stimme. »Fuck the Boss.«

18. Kapitel

Nach zwei Wochen mitternächtlicher Treffen und Abschiedsszenen im Morgengrauen beschließen Phil und ich, unsere Beziehung auf eine neue Ebene zu heben. Am Sonntag um acht treffen wir uns vor dem *Catch*, einem Restaurant in Chelsea, wo, wie Phil mir versichert hat, sein Kumpel vom Culinary Institute und Kochkollege Travis dafür sorgen wird, »dass wir das beste Essen bekommen, das ich nicht selbst gekocht habe«. Als ich ankomme, trage ich ein, wie ich hoffe, sowohl der Gelegenheit als auch meinem stets leger gekleideten Begleiter angemessenes Outfit – ein tief ausgeschnittenes Oberteil und Jeans. Zu meinem Erstaunen hat Phil sich mit seiner Garderobe diesmal mehr Mühe gegeben als ich und sich so richtig in Schale geworfen.

»Wow«, bemerke ich anerkennend, als er mir in eleganter Hose, dunkelgrünem Rollkragenpullover und schwarzem Ledermantel entgegenkommt. »Du siehst … toll aus.«

»Danke, du aber auch.« Er gibt mir einen Kuss. »Ich will in Jeremy Rechters neuem Laden nicht unangenehm auffallen.«

»Jermey wer?«

»Rechter. Er ist eines dieser verwöhnten reichen Kinder, denen Daddy ein Restaurant vor die Nase gesetzt hat und die es auch nur aus diesem einen Grund haben. Er ist, weiß nicht, vielleicht achtundzwanzig. Jünger als ich, und er hat nicht halb so viel Zeit investiert, aber er bekommt trotzdem schon jede Menge Aufmerksamkeit von Seiten der Medien.«

Phil schaut sich nervös um, und plötzlich tut er mir leid. »Wollen wir reingehen?«, frage ich.

Er legt den Arm um mich und führt mich eine steile Treppe hinunter zu einer blauen Tür. »Die Getränke und Vorspeisen gehen sicher aufs Haus, wie ich Travis kenne. Als er letzten Sommer im *Roulette* war, habe ich ihn und seine Frau aus den Socken gehauen mit einem in Tee geräucherten Wildschwein. Sie meinten ernsthaft, sie hätten noch nie etwas Besseres gegessen.«

Er macht die Tür auf, und zwei Paare drängeln sich an uns vorbei nach draußen. Als wir hineingehen, wird das gesamte Restaurant mit seiner Einrichtung aus hellem Holz und gebürstetem Edelstahl auf einen Schlag sichtbar – ein auf zwei Ebenen aufgeteilter Speiseraum, eine halb offene Küche und eine lange Bar, hinter der nicht nur ein, sondern gleich drei Barkeeper stehen. Hinter einem roten Empfangspult steht mit unbeweglicher Miene eine asiatische Empfangsdame. Sie sieht aus, als wolle sie uns erst ins Verhör nehmen, ob wir auch würdig seien, dort etwas zu essen zu bekommen.

Phil räuspert sich im Nähertreten. »Guten Abend«, verkündet er mit dem Selbstbewusstsein eines Stars. »McGregor für zwei Personen bitte.«

»McWas?«, fragt sie streng und verwandelt sich vor unseren Augen in eine fiese Zollbeamtin.

Phil beugt sich vor und legt eine Hand an sein Ohr. »Wie bitte?«

»Ich sagte, wie war der Name?«

»McGregor. Travis Long erwartet uns.«

Etwas peinlich berührt von seinem Versuch, sich von der ordinären Masse abzuheben, tue ich, als suchte ich etwas in meiner Handtasche.

»Er ist ein guter Freund«, fügt Phil hinzu.

Die Empfangsdame nickt, als habe sie das alles schon hundert Mal gehört, und brütet weiter unbeeindruckt über ihrem Reservierungsbuch. Sie macht ein paar Striche mit dem

Bleistift, weist nach links und sagt: »Warten Sie bitte in der Lounge.«

Phil hat hochrote Wangen, als wir den Spezialcocktail des Hauses – Mango-Minz-Margarita – bestellen und uns im Gedränge vor der Bar einen Platz zum Stehen suchen. »Ich frage mich, was Travis treibt«, murmelt er und verrenkt sich fast den Hals, um einen Blick in die Küche zu erhaschen. »Ich kann ihn nirgends sehen. Vielleicht ist er inzwischen an einem anderen Posten. Sonst hat er immer als Sautier gearbeitet.«

»Na ja, es riecht jedenfalls unglaublich gut hier drinnen. Für dieses Essen lohnt es sich bestimmt zu warten.«

Er sieht auf seine Uhr. »Wir hätten schon vor zehn Minuten unseren Tisch bekommen sollen. Das ist doch völliger Bockmist.«

»Darüber brauchst du dich doch nicht zu ärgern«, entgegne ich und streiche beruhigend über den Ärmel seiner Jacke. »Den Laden haben sie aber ganz hübsch hingekriegt, meinst du nicht?«

Skeptisch schaut er sich im Speiseraum um. »Ein bisschen viel Granit.«

Was als Versuch anfing, ein bisschen Romantik in unsere bisher rein sexuelle Beziehung zu bringen, entwickelt sich langsam, aber sicher zu einem krampfhaften Bemühen meinerseits, Phils Ego nicht vollständig in sich zusammensacken zu lassen. Solange ich die Illusion aufrechterhalten kann, dass alles ganz wunderbar ist, besteht die realistische Hoffnung, dass der Abend doch noch ein Erfolg wird. Und da dies einer meiner seltenen freien Abende ist, bin ich wild entschlossen, ihn auch zu genießen.

Als die Empfangsdame schließlich kommt, um uns zu retten, sind wir beide bereits beim zweiten Cocktail angekommen, und allmählich gehen mir die heiteren Bemerkungen über die geschmackvolle Inneneinrichtung und die goldigen bunten Gläser aus. Wir folgen ihr nach oben zu einem Tisch in der Ecke des Raums mit Blick auf die offene Küche und den Trubel unter uns. Sobald sie unsere Speisekarten auf den Tisch gelegt und sich mit dem obligatorischen »einen schönen Abend noch« verabschiedet hat, beuge ich mich vor und nehme Phils Hand.

»Der Tisch ist perfekt. Jetzt bist du doch sicher auch froh, dass wir hiergeblieben sind, oder?«

Er schaut sich um, als wolle er sich vergewissern, dass man uns nicht um einen noch besseren Tisch betrogen hat. »Könnte größer sein, aber ist ganz in Ordnung.«

»Bloß in Ordnung? Ach, komm schon.«

Er zieht die Hand weg und windet sich aus seiner Jacke. »Nein, ist schon gut. Ich hätte bloß nicht gedacht, dass es hier drinnen so … du weißt schon, eng ist. Ich bin kein kleiner Mensch. Ich habe gerne genug Platz, um mich auszubreiten.«

Da es ihn vermutlich nur noch mehr verärgern würde, wenn man ihn darauf hinweist, dass er nicht ganz so groß ist, wie er glaubt, lehne ich mich einfach zurück und schlage die Speisekarte auf. »Die ist ja doppelt so lang wie im *Roulette*«, stelle ich fest.

»Was soll das denn heißen? Sollen wir unsere Karte mit so einem Schrott wie überbackenen Muscheln und Ossobucco auffüllen?«

»Guten Abend! Ich bin Amy! Wie geht es Ihnen?«

Unsere Kellnerin strahlt uns von oben herab an. Sie hat eine Frisur wie ein Kobold und leicht gebräunte Haut und strotzt nur so vor Selbstbewusstsein, Schwung und Kompetenz. Doch statt dass ich mich wohl fühle, erweckt das in mir nur den Wunsch, mich als perfekter Gast zu erweisen. »Bestens!«, flöte ich.

Phil überspringt die Formalitäten und kommt gleich zum

Wesentlichen. »Könnten Sie Travis bitte ausrichten, dass Phil da ist?«

»Travis?«

»Ja, er hat uns um halb neun erwartet.«

Amys munteres Gesicht wird ganz lang. »Das tut mir leid, aber er arbeitet nicht mehr hier.«

»Das soll doch wohl ein Witz sein. Wieso das denn?«

»Das weiß ich nicht genau.«

»Ist er rausgeflogen?«

Sie zögert. »Ich weiß es nicht. Er ist heute Nachmittag gegangen.«

»Aber warum hat er denn nicht wenigstens ...« Phil starrt fassungslos ins Leere, als die Hoffnung auf Freigetränke und Sonderbehandlung sich in leere Luft auflöst und einem anonymen Dinner mit freundlichen Grüßen von dem Küchenchef Platz macht, der gerade seinen Freund vor die Tür gesetzt hat.

»Darf ich Ihnen noch einen Cocktail bringen, oder möchten Sie heute Abend gerne einen Wein trinken?«

Angesichts der Tatsache, dass es Phil die Sprache verschlagen hat, überfliege ich rasch die erste Seite der Weinkarte und entscheide mich für eine Flasche, die ich schon mal im *Roulette* serviert habe. »Wir hätten gerne einen 2000er Pur Sang und einen Kübel Eis«, ordere ich und klappe die Karte zu. Geoffrey wäre stolz auf mich – oder er würde mir vorhalten, ich hätte stattdessen den 2004er bestellen sollen.

»Eigentlich sollten wir auf der Stelle gehen«, mault Phil, als Amy wieder weg ist. »Ich will nicht wie ein Niemand hier rumsitzen und vier Tage alten Fisch essen.« Mit angewidertem Gesicht späht er über die Brüstung nach unten.

»Wir haben so lange auf den Tisch gewartet, und ich habe einen Bärenhunger. Das mit deinem Freund tut mir leid, aber können wir das nicht für eine Weile vergessen und einfach nett zusammen essen?« Ich spreche in dem flehenden, mütterlichsanften Tonfall, der normalerweise Rocket vorbehalten ist – kein gutes Zeichen.

Phil lehnt sich auf seinem Stuhl zurück. »Dann muss das Essen aber wirklich verdammt gut sein, mehr kann ich dazu nicht sagen.«

»Hast du den Artikel unten an der Wand gesehen? Drei Sterne von Frank Bruni.«

»Große Sache. Hat das *Roulette* auch.«

Als Amy schließlich unseren Wein bringt und die Bestellung aufnimmt, fange ich langsam an, mich zu entspannen. »Hast du das Laugenbrot probiert? Das könnte ich den ganzen Abend weiterfuttern.«

»Da ist Rechter«, entgegnet Phil mit einem Blick in die Küche. »Nicht mal dreißig und schon eine Glatze.«

Ich schaue nach unten und sehe einen komplett kahlköpfigen Mann in Kochuniform, der Wein in eine flammende tiefe Pfanne gießt. »Vermutlich der viele Stress, wenn man ein Restaurant leitet.«

»Guck dir doch mal an, wie der da rumstolziert. Der ist nie auf einer Kochschule gewesen. Brauchte er nicht. Sein Daddy hat ihm alles gekauft.«

Nach einer Dreiviertelstunde Übung in purer Selbstbeherrschung und bemüht positiver Sicht auf die Dinge streiche ich allmählich die Segel. »Du hast aber auch wirklich an allem und jedem was auszusetzen, weißt du das? Warum sagst du mir nicht, wie du den Wein findest? Ziemlich lecker, hm?«

Phil nimmt sein Glas und nippt daran. »Ich trinke nicht oft Wein, aber der ist nicht schlecht. Wo ist die Servicehilfe? Omar hätte uns längst die Wassergläser nachgefüllt.«

Auch die umgehende Ankunft unserer Vorspeise kann Phils Laune nicht heben. Er erinnert mich an Mrs. Waller, wie er das appetitliche Arrangement aus kurz angebratenen Jakobsmuscheln in Zitrusvinaigrette mit zusammengekniffenen

Augen kritisch mustert. »Die haben bei weitem nicht die vorgeschriebene Größe. So was ist verboten. Die sind viel zu klein. Die müssen jemanden bestochen haben.«

»Wieso hältst du nicht einfach die Klappe und isst sie?«, frage ich mich einem erzwungenen Lächeln.

»Wundert mich nicht, dass Travis hier rausgeflogen ist. Wahrscheinlich hat er Rechter klipp und klar gesagt, dass der Laden den Bach runtergeht.« Phil beugt sich über den Tisch und stochert mit der Gabel in meinem Thunfisch herum. »Der sieht ganz okay aus. Nicht besonders einfallsreich, aber zumindest haben sie beim Fisch die Temperatur richtig hinbekommen.«

Entnervt lege ich das Besteck zur Seite. »Würdest du bitte aufhören, an allem rumzumeckern?«

Er dreht sich um, als redete ich mit jemandem hinter ihm, und zeigt dann auf seine Brust. »Hä? Hey, ich mache nur ein paar kritische Anmerkungen. So ist das eben, wenn man vom Fach ist. Wenn du glaubst, ich sei schlimm, dann solltest du Steve mal hören, wenn der auswärts isst. Einmal ist er mit Carl und mir zu Mary's Fish Camp gegangen und hat die ganze Zeit ununterbrochen über alles hergezogen. Ich glaube nicht, dass wir uns an dem Abend über irgendwas anderes unterhalten haben. Die Cracker fand er ganz passabel, aber das war's dann auch schon.«

»Ich bin auch vom Fach, und ich mache so was nicht.«

»Ja, aber du hast es nicht im Blut. Du musst nicht so kritisch sein, weil du nicht in direkter Konkurrenz zu sämtlichen anderen Köchen der Stadt stehst so wie ich.« Ein lautes Lachen vom Nebentisch lässt ihn zusammenzucken. »Hätte ich gewusst, dass es hier so laut ist, wäre ich mit dir ins *Balthazar* gegangen. Da kann man zwar sein eigenes Wort nicht verstehen, aber wenigstens ist das Essen genießbar.«

»Das wäre sicher besser gewesen. Dann hätten wir uns

überhaupt nicht unterhalten müssen.« Ich esse einen Happen Thunfisch, der, wie ich am Rande mitbekomme, wirklich köstlich schmeckt.

Phil kaut mit allerhöchster Konzentration, dann dreht er sich auf seinem Stuhl um und gestikuliert wild zur anderen Seite des Raums hin. »Du entwickelst dich langsam zum Alptraum jedes Kellners«, zische ich, »und wenn du nicht auf der Stelle aufhörst, stehe ich auf und gehe.«

Leider ist es ihm bereits gelungen, die Aufmerksamkeit der bedauernswerten Amy zu erregen. Sie eilt mit dem Ausdruck allergrößter Sorge und Geringschätzung an unseren Tisch – ich kenne das, weil ich es jeden Abend am eigenen Leib erfahre. Ich tue mein Bestes, das Gespräch auszublenden, das damit beginnt, dass Phil sagt: »Sind wir hier eigentlich Ihr Katzentisch?«, und damit endet, dass Amy verspricht, »es wiedergutzumachen«. Kaum hat sie Phil den Rücken zugedreht, bedenke ich ihn mit einem tödlichen Blick. »Würdest du im *Roulette* sitzen, würden die Kellner schon Nadeln in die kleine Voodoo-Puppe stecken, die wir in der Servicestation verstecken.«

»Jetzt mach aber mal halblang, ist ja schließlich nicht so, als würde ich die Speisekarte umschreiben wollen.« Er hält die Salzmühle in die Höhe. »Ich will bloß anständiges Salz, und nicht diesen Müll aus der Dose. Ist das denn zu viel verlangt?«

Auch eine zweite Flasche Wein kann Phil nicht in dem Maß besänftigen, wie ich es erhofft hatte, im Gegenteil, der Alkohol macht ihn nur noch arroganter und unausstehlicher. Mit erhobener Gabel schaut er von seinem Felsenbarsch auf. »Was ist das für ein Dreck, den ich hier esse?«

Fassungslos starre ich ihn an. »Das darfst du mich nicht fragen. Du hast es doch bestellt.«

»Der hat rundum so eine« – er schubst den Fisch mit dem

Finger an – »Schlemmerfilet-Brotkrumenkruste. Als Tiefkühlgericht aus dem Supermarkt hätte ich den wesentlich billiger bekommen.«

Mühsam schlucke ich ein Stückchen Rochenflügel runter. »Das sollte eigentlich ein romantischer Abend sein, keine Meckerattacke auf das Essen.«

»Sag mir nicht, dass es dir schmeckt.«

»Ehrlich gesagt, schmeckt es mir hervorragend. Wesentlich besser als bei Carl jedenfalls.« Ich bin mir nicht ganz sicher, ob ich das tatsächlich ernst meine oder ob mir einfach der Geduldsfaden gerissen ist.

»Willst du damit sagen … ich fasse es nicht …« Wutentbrannt nimmt Phil seine Serviette vom Schoß und wirft sie auf den Tisch. »Was verstehst du denn schon von Essen? Du hast in deinem ganzen Leben noch nicht für zwei Cent gekocht.«

»Na und? Das heißt doch nicht, dass ich den Unterschied zwischen grässlich und köstlich nicht schmecke.«

»Natürlich heißt es das«, knurrt er und wird immer lauter. »Du denkst, ein Schreinermeister wüsste ein schönes Möbelstück nicht mehr zu schätzen als Otto Normalverbraucher? Wenn man weiß, wie viel Arbeit in einem Gericht steckt, weiß man auch, ob man sich beeindrucken lassen sollte oder nicht. Und das hier …« Angewidert schiebt er seinen Teller in die Mitte des Tischs. »Das würdest sogar *du* hinbekommen.«

Ich schließe für einen Moment die Augen, und in dieser kurzen Zeit lösen sich sowohl mein Appetit als auch meine Begeisterung für Phil in Luft auf. »Lass dir die Rechnung geben«, sage ich im Aufstehen. »Wir gehen.«

An den Nebentischen werden die Leute auf uns aufmerksam, als Phil hektisch zurückzurudern beginnt. »Warum bist du denn so angestunken? Komm schon, wir haben noch fast eine ganze Flasche Wein.«

»Tut mir leid, aber ich habe für heute Abend genug von dir.

Genauer gesagt, ich habe endgültig genug von dir. Carl hatte recht. Wir sollten unsere Beziehung rein beruflich halten.«

Phil sackt auf seinem Stuhl zusammen und stiert unglücklich auf sein halb gegessenes Essen. »Wenn du glaubst, ich komme auf Knien angerutscht, dann irrst du dich.«

»Auch das würde mich nicht umstimmen.«

Ich setze mich wieder hin und warte darauf, dass Amy uns die Rechnung bringt, die Phil mit einem großen Geldschein bezahlt. »Das Trinkgeld übernehme ich«, werfe ich ein.

Er zuckt die Achseln. »Von mir aus. Ich würde ihr allerdings nicht allzu viel geben. Sie hat doch ziemlich lange gebraucht, um unsere Bestellung aufzunehmen. Ich hoffe, du bist als Kellnerin besser als sie.«

✧

Am Nachmittag des nächsten Tages stoße ich auf der Treppe beinahe mit Phil zusammen, der gerade mit einem Gehaltsscheck in der Hand aus dem Büro oben kommt. »Hi«, sage ich und trete beiseite.

Ich hoffe, er wird etwas sagen, so was wie: »Das mit gestern Abend tut mir leid. Vergessen wir es einfach und sind Freunde, okay?«, doch er grinst bloß süffisant und verdreht die Augen. »Klaro«, brummt er und poltert an mir vorbei. Ein paar Sekunden später höre ich, wie er etwas zu Marty sagt, und beide lachen.

Ich gehe weiter in den Umkleideraum, wild entschlossen, das unerfreuliche Ende unserer kleinen Affäre so gelassen wie möglich zu nehmen: sprich, die ganze Geschichte aus meinen Gedanken zu verbannen, als hätte es sie nie gegeben. Ich ziehe meine Uniform an, und auf dem Weg nach draußen fällt mein Blick auf den neuen Dienstplan, der mit einer Reißzwecke an die Wand gepinnt ist. Ich überfliege die Namensliste, bis ich auf meinen stoße: *Erin: Bitte Rücksprache mit Steve.*

Dreimal lese ich diese Worte, bis ich sie verstanden habe. Rücksprache mit Steve? Ich schaue in die Spalten neben den Namen der anderen Kellner, aber ich bin die Einzige, die die Anweisung bekommen hat, sich im Büro zu melden. Ein Adrenalinstoß jagt durch meinen Körper. Vielleicht sind meine Beziehungen zu Harold und meine verzweifelten Versuche, wie ein echter Profi zu kellnern, einfach nicht genug. Ich lungere noch ein bisschen im Umkleideraum herum und hoffe darauf, dass Cato oder Jane hereinkommen und mir erklären können, was hier los ist. Als niemand kommt, werfe ich meine Handtasche auf einen Stuhl und gehe den Flur entlang zum Büro.

»Steve?« Ich klopfe an die halb geschlossene Bürotür.

»Ja.«

»Hi«, sage ich beim Eintreten. »Du wolltest mich sprechen?«

Er schaut vom Schreibtisch auf und steckt sich seinen Kuli hinters Ohr. »Mach die Tür zu und setz dich.«

Ich hocke mich auf eine Stuhlkante und lege die Hände auf die Knie.

Er räuspert sich geräuschvoll. »Du bist jetzt seit zwei Monaten hier, richtig?«

»Ja.«

»Und in dieser Zeit hast du ganz passable Arbeit geleistet.« Er lächelt und kneift dabei ein Auge zu. »Du bist schneller geworden, und du scheinst die Menüauswahl inzwischen ziemlich gut im Griff zu haben.«

»Danke sehr.« Langsam beginne ich, mich zu entspannen. Vielleicht ist das einfach bloß ein Mitarbeitergespräch, wie Steve es mit jedem seiner Angestellten früher oder später führt. Ich werfe einen Blick auf den Schreibtisch und suche nach Hinweisen auf einen letzten Gehaltsscheck, doch ich sehe nur eine angestoßene Kaffeetasse und einen verstreuten Stapel Papier, bei dem es sich allem Anschein nach um Rechnungen handelt.

»Aber du hast dir auch einige gravierende Fehler geleistet. Einer dieser Fehler wird womöglich in Harkers Kritik auftauchen und könnte schwerwiegende Folgen für das Restaurant haben.«

»Das tut mir sehr leid«, versichere ich hastig. »Seitdem bin ich bei den Bestellungen ganz besonders sorgfältig, und ich habe mir seither auch keinen Schnitzer mehr geleistet.«

»Letzten Samstag war noch so ein Beispiel. Du hast so viel Zeit darauf vergeudet, mit deinen Eltern zu plaudern, dass sie beinahe eine Stunde für ihre Bestellung gebraucht haben. Was in der Küche für einen Rückstau gesorgt hat, der wiederum lange Wartezeiten für unsere übrigen Gäste bedeutete.«

»Ich habe nicht mit ihnen geplaudert.«

»Außerdem hast du dich mit Carl angelegt.«

»Ich habe ihm die Situation erklärt.«

»Siehst du? Und jetzt legst du dich mit mir an. Carl und ich haben uns unterhalten, und wir sind uns einig, dass sich etwas ändern muss, wenn du weiterhin hier arbeiten möchtest.«

Ich hole tief Luft und versuche, meine Stimme möglichst fest klingen zu lassen. »Und an welche Veränderungen hattet ihr da so gedacht?«

»Mehr Einsatz. Mehr Disziplin. Du musst uns beweisen, dass dieser Job bei dir oberste Priorität genießt und nicht bloß ein kleiner Abstecher auf deinem Weg nach irgendwo ist.«

»Soll heißen …?«

Er hievt seinen dicken Knöchel aufs Knie. »Soll heißen, dass du dich ordentlich ins Zeug legen musst. Zusätzliche Schichten, besondere Veranstaltungen.«

»Zusätzliche Schichten? Aber ich arbeite doch schon fünf Abende die Woche. Ich habe gar nicht die Zeit, noch mehr zu arbeiten, es sei denn, ich übernachte hier.« Ich hänge noch einen kleinen Lacher dran, den er allerdings geflissentlich überhört.

»Fünf Nächte sind in unserer Branche gar nichts. Bei uns gibt es kein Mittagessen, also musst du schon mal keine Doppelschichten arbeiten, und du bist selten länger als fünfundvierzig Stunden die Woche eingestempelt. Wir haben es dir hier bisher sehr leicht gemacht, Erin, und beide Augen zugedrückt. Jetzt möchten wir, dass du uns etwas zurückgibst.« Er schaut mich einen Moment zu lange an. Ich senke den Blick und gucke auf meine Hände.

»Wir erwarten von dir, dass du an sechs Abenden die Woche im Restaurant bist und gelegentlich etwas früher kommst, um beim Saubermachen zu helfen. Oder auch mal länger bleibst, je nachdem, was gerade anfällt.«

»Und wie lange soll dieser neue Dienstplan gelten?«, erkundige ich mich.

»Keine Ahnung. Da kann ich dir augenblicklich keinen Zeitrahmen nennen.«

»Aber ich meine, ist es überhaupt ... *erlaubt*, dass ich so viel arbeite?«, frage ich mit einem zaghaften Lächeln. »Das wären doch dann Überstunden, oder?«

Steve starrt mich mit schlaffen Lippen an, dann gluckst er. »Du kannst dich ja ans Arbeitsgericht wenden, wenn du glaubst, das würde was bringen. Ansonsten erwarte ich, dass du am Montag um drei hier antanzt, es sei denn, ich rufe dich an, damit du früher herkommst. Und jetzt, wenn du nichts dagegen hast ... ich stecke bis zum Hals in Rechnungen.«

Hilflos umklammere ich die Stuhllehne. Fast platze ich damit heraus, dass ich ganz genau weiß, was hier gespielt wird – weil er mich wegen Harold nicht rausschmeißen kann, hat er sich kreative Möglichkeiten einfallen lassen, um mich rauszuekeln. Fast sage ich ihm ins Gesicht, er solle sich jemand anderen mit etwas weniger Selbstachtung suchen, der sich »ordentlich ins

Zeug legt«, doch dann muss ich an das Training denken, an die langen Nächte, daran, wie viel Cato und Jane und ich zusammen gelacht haben, und das gute Gefühl, dass regelmäßig Geld in die Kasse kommt. »Bekomme ich wenigstens immer denselben Tag frei?«

Steve zuckt die Achseln. »Kommt ganz darauf an, was hier so zu tun ist.«

»Aber –«

»Deine Kollegen könnten unten ein bisschen Hilfe brauchen«, brummt er. »Um sieben kommt eine Zwölfer-Gesellschaft, und du wirst da gebraucht. *Jetzt*, bitte.«

»Lass dich von denen nicht ausbeuten, Erin«, schimpft Jane, als wir silberne Teekannen mit Politur und alten Lappen auf Hochglanz bringen. »Wehr dich.«

»Die einzige Möglichkeit, mich zu wehren, ist die, zu kündigen. Und genau das wollen die doch.«

»Arschlöcher«, knurrt sie. »Darum brauchen wir die Unterstützung der Gewerkschaft. Damit sie uns nicht wie Packesel herumscheuchen können.«

»Nicht so laut, Janey«, flüstert Cato. »Du weckst noch die Geschäftsführung.«

Ron schaut von einem Ecktisch auf, wo er gerade mit einem Reisebügeleisen die Falten aus einer Tischdecke plättet. »Wir wollen doch wohl nicht schon wieder Stunk wegen dieser Gewerkschaftssache machen, oder? Damit stellen wir uns bloß gegen Steve und Carl, und nachher zapfen sie uns die Beiträge vom Trinkgeld ab.«

»Als würde mich das interessieren«, erwidert Cato.

»Warum auch?« Jane wischt sich mit dem Handgelenk die Haare aus dem Gesicht. »Selbst wenn wir uns gewerkschaftlich organisieren würden, wärst du doch gar nicht mehr lange genug hier, um das noch mitzuerleben.«

»Nicht mehr lange genug hier?«, wiederholt Ron. »Wie meinst du das?«

»Sie haben sich wegen des Stücks bei ihm gemeldet.«

»Tatsächlich, Cato?«, rufe ich. »Wirklich?«

Er zuckt die Achseln. »Es geschehen noch Zeichen und Wunder, was?«

»Siehst du, ich habe dir doch gesagt, das wird dein großer Durchbruch.«

»Nur nichts überstürzen, Süße. Die Konkurrenz schläft nicht, und ich habe mir, schon eine Woche nachdem ich aus dem Bus von Oklahoma hierher gestiegen bin, abgewöhnt, mich zu früh zu freuen.«

»Was ist das denn für ein Stück?«, will Ron wissen.

»Eine ziemlich coole Geschichte über einen Alkoholiker, der wieder zuhause bei seinen Eltern einzieht und sich in eine der Freundinnen seiner Mutter verliebt. Ein bisschen wie eine Mischung aus *Das verlorene Wochenende* und *Harold und Maude*. Ich spreche für die Hauptrolle vor, und wenn alles glattgeht, werde ich schon im Frühjahr auf der Bühne irgendeine Oma befummeln.«

Ron zuckt zusammen. »Muss ich das wissen?«

»Ich bin als Hetero ziemlich überzeugend«, versichert Cato. »Würdest du mich nicht kennen, würdest du echt glauben, ich sei genauso langweilig wie ihr.«

Jane wirft einen schmutzigen Lappen nach ihm. »Ich bin nicht langweilig. Ich habe Julian letzte Woche Wick MediNite vom Hals geleckt, als er erkältet war.«

Cato schnappt nach Luft. »Ich stehe *total* auf Wick MediNite.«

»Pst«, flüstert Ron, als Absätze durch den Gang klackern. »Sie kommt.«

Gina und ein schmollender Nino betreten den Speiseraum und erinnern dabei frappierend an ein Mutter-Sohn-Zirkusgespann. Mit ihrem engen goldenen Rollkragenpullover und den schwarzen Leggins fehlt ihr nur noch ein Trapez. »Wir gehen zu einer Geburtstagsparty«, verkündet sie stolz und bleibt direkt vor uns stehen. »Sieht meine Nino nicht süß aus?« Sie zwingt ihn dazu, sich umzudrehen und die gestreifte Ballonhose aus Fallschirmseide und die kurze bestickte Jacke vorzuführen.

»Sehr herzig«, bemerke ich.

»Du siehst ja aus wie ein kleiner Kosak«, sagt Cato.

»Was meinst du, Nino?«, ermuntert Gina ihn.

Misstrauisch schaut er hinüber zur Bar, als stelle er sich eine Zukunft mit jeder Menge Haselnusslikör und endlos langen Nächten vor. »Danke schön.«

»Keine Ursache, Kleiner«, entgegnet Cato.

Steve kommt mit einem marineblauen Blazer über der Schulter und dem Autoteil der Zeitung unter dem Arm aus der Küche geschnauft. »Bist du so weit?«, fragt er Gina. »Dann komm. Bringen wir's hinter uns.« Dann wendet er sich an mich. »Erin, Carl ist im Keller. Er würde gerne kurz mit dir reden.«

»Jetzt gleich?«

»Jetzt gleich.«

Ich seufze und reiche Jane meinen Lappen. »Schon unterwegs.«

Es kommt mir vor, als müsse ich mich in Gefängnisblock B melden, während ich in den Keller hinunterstiefele. Die Tür zum Vorratsraum steht halb offen, und von drinnen höre ich einen dumpfen Schlag. »Carl?«

Im selben Moment, als ich über die Schwelle trete, wirbelt ein großes braunes Etwas durch die Luft und fliegt direkt auf mich zu. »Hmpf!« Unfreiwillig fange ich einen Sack Zucker mit der Brust ab und taumele nach hinten.

»Leg den da rüber!«, kommandiert Carl und zeigt auf ein

Metallregal an der Wand. »Gestern ist eine große Lieferung gekommen, und ich will, dass hier alles sortiert und mal gründlich Ordnung gemacht wird. Hier drinnen sollte es aussehen wie in einem Operationssaal, wenn du fertig bist.«

Ich lasse den Sack an der bezeichneten Stelle fallen und mache eine Bestandsaufnahme, und zwar im wahrsten Sinn des Wortes. Kisten und Tüten mit jedem nur erdenklichen Inhalt von Reis bis Maisstärke drängen sich in den Regalen und auf jedem Zentimeter der Arbeitsfläche. »Mach das fertig, ehe du dich ausstempelst, allerdings nicht auf Kosten der Gäste«, weist Carl mich an. »Ist mir egal, auch wenn du den ganzen Abend nur einen Tisch hast, ich möchte, dass du die ganze Zeit über oben bist.« Er dreht sich um. »Ach ja, unter dem Spülbecken steht ein Eimer mit Lappen drin, falls du irgendwo Mäusekot finden solltest. Du kannst dir Martys Rückenstützgurt ausleihen, falls du Angst hast, dich zu verheben. Normalerweise würde ich Enrique das machen lassen, aber es wird langsam Zeit, dass die Leute, die hier die fette Kohle verdienen, auch mal mit anpacken.« Er geht an mir vorbei und klappert in dunkelgrünen Clogs in die Küche hinauf.

Als ich zum Belegschaftstreffen muss, habe ich gerade mal zehn Säcke Kaffeebohnen gestapelt. Sechs Stunden später ist mein Bereich immer noch voll, und Kimberly führt gerade einige leicht angetrunkene Neuankömmlinge an einen Ecktisch, der heute Abend bereits mehr als oft genug belegt war. Es ist weit nach Mitternacht, als ich schließlich wieder in den Keller komme.

»Was tun die dir bloß an? Du schwitzt ja wie ein Schwein, bemerkt Cato, als ich nach oben hetze, um beim Aufräumen zu helfen. »Keine Sorge. Ich kümmere mich um die Espressomaschine.«

Ich drücke ihm einen Kuss auf die Wange. »Danke. Ich komme wieder, sobald ich kann.«

Als ich wieder im Keller bin, ist Carl schon da. Wie ein Kommandant marschiert er in dem Raum auf und ab, und seine Clogs klackern laut auf dem Zementboden. »Irgendwelche Köttel gefunden?«

»Neben der Gefriertruhe. Ich habe sie mit Ammoniak weggewischt.«

»Gut. Insekten oder Spinnen?«

»Eine Grille«, melde ich und reibe mir die schmerzende Schulter. »Die habe ich an der frischen Luft ausgesetzt. Gott sei Dank keine Spinnen.«

Mit verschränkten Armen inspiziert er den Lagerraum, dann knipst er das Licht aus und macht die Tür zu. »Sieht passabel aus. Hast du unter der Spüle geputzt?«

»So weit bin ich noch nicht gekommen.«

»Ich glaube, hinter den Mülltonnen ist Lauge verschüttet worden. Darum solltest du dich besser noch kümmern, ehe du gehst. Falls du was in der Mausefalle findest, wirf es in den Müllcontainer.« Er schlägt mit der flachen Hand auf einen riesigen Mehlsack. »Du scheinst ja ein wahres Organisationstalent zu sein, Erin. Gut möglich, dass ich dich in Zukunft öfter mal um Hilfe bitte.«

Ich streife mir Gummihandschuhe über und verbringe eine halbe Stunde mit dem Kopf unter der Spüle, verfluche mich selbst und entsorge eine mumifizierte Maus. Anschließend schrubbe ich mir zweimal die Hände und mache mich auf den Weg nach oben zu meinem wohlverdienten Feierabenddrink. Gerade will ich die Küchentür aufdrücken, als die von innen aufgestoßen wird und mich hart am Kinn erwischt. Wer zum …? Es ist Carl, der auf seinem Handy telefoniert.

»Die Preisverleihung ist in drei Wochen, und glaub mir, ich kann es kaum erwarten«, sagt er. »Dann werde ich diesem Holland endlich mal zeigen, wem diese Stadt gehört.«

19. Kapitel

HECTOR'S 14th STREET: Ultraschickes neues mexikanisch-amerikanisches Restaurant sucht dynamische Model-Typen für sämtliche anfallenden Arbeiten. Hohes Niveau, hoher Umsatz. Erfahrung in der gehobenen Gastronomie erforderlich, Teamfähigkeit Voraussetzung. Bewerbungen ausschließlich an chefhector.com. Keine telefonischen Bewerbungen.

Nach einer Woche, in der ich Geoffrey dabei assistieren muss, in meiner Freizeit den Weinkeller des *Roulette* zu katalogisieren (»Paulliac, Erin, schreibt sich mit *au*. Nicht mit *o*.«), habe ich die Nase gestrichen voll. Carl, Steve, ihr habt gewonnen. Sosehr es mir widerstrebt, Cato und Jane zu verlassen, ist es doch an der Zeit, Harold ein Dankeskärtchen zu schreiben, meine Montur zurückzugeben und zuzusehen, dass ich hier möglichst schnell verschwinde.

Mein erster Abstecher gilt dem Capers, wo die Empfangsdame mir mitteilt: »Wir haben zweihundert Lebensläufe in unserer Kartei, aber Sie können Ihren gerne dalassen, wenn Sie möchten.« Ich lasse es sein und bewerbe mich stattdessen bei zwei oder drei anderen Restaurants, die in meinen Ohren wie gemütliche, gut bezahlte Ruheoasen klingen, verglichen mit meiner derzeitigen Verurteilung zu schwerer Zwangsarbeit. Hector's 14th Street ist das einzige Lokal, das zurückruft.

Das Vorstellungsgespräch findet im protzigen Brazil Grill statt, dem Flaggschiff der Kette in TriBeCa. In einem mit amazonenhaften Artefakten dekorierten Büro sitze ich Luke, dem Restaurantleiter, gegenüber und beantworte Fragen wie zum Beispiel: »Was mögen Sie an Ihrem Job als Kellnerin am liebsten?« (»Die Gäste!«), und »Warum haben Sie Ihre letzte Stellung gekündigt?« (»Ich bin auf der Suche nach neuen Herausforderungen.«). Dann bekomme ich noch einige Fakten über Küchenchef Hector Santos serviert, der, von der portugiesischen Fusion-Küche gelangweilt, mit der er berühmt wurde, zu seinen mexikanisch-amerikanischen Wurzeln zurückgekehrt ist.

»Snacks wie Nachos und Enchiladas sind wieder in«, erklärt Luke, in dessen Mund eine Zahnspange funkelt und der eine auffallend dünne, blasse Haut hat. »Wir haben den Laden vor einem Monat eröffnet, und schon jetzt ist er ein Megaerfolg.«

»Toll.«

Er stopft meine Bewerbung in eine Mappe. »Wissen Sie was, wie wär's, wenn Sie im Lauf der Woche mal einen Probetag als Kellnerin bei uns arbeiten? Tragen Sie dunkle Jeans, und dann schauen wir mal, wie das klappt, okay?«

Ich beschließe, probehalber erst mal ein, zwei Schichten zusätzlich reinzuquetschen, ehe ich im *Roulette* kündige, nur um auf Nummer sicher zu gehen, und so tanze ich an meinem kostbaren freien Tag in dem an eine Lagerhalle erinnernden *Hector's* an. Nachdem ich in den vergangenen Monaten Haute Cuisine serviert habe, kann ich nicht anders, als über diesen Schuppen ein wenig die Nase zu rümpfen. Irgendwie halte ich mich für zu gut für diesen Laden. Die Möblierung ist äußerst sparsam ausgefallen, und die Wände sind in einem Farbton gehalten, den man eigentlich nur als »schmutziges Apricot« bezeichnen kann. Geknotete Seile, Stacheldrahtrollen und zerbeulte Nummernschilder, mehr Dekoration gibt es nicht. Und da ich nirgendwo eine Menschenseele entdecken kann, habe ich den Eindruck, in einer Geisterstadt gelandet zu sein.

»Hallo?« Meine Stimme hallt durch den leeren Speiseraum.

Etliche Minuten suche ich nach jemandem, der mir weiterhelfen kann, bis ich auf einen Mann stoße, der im Flur Fliesen legt. »Entschuldigen Sie«, sage ich, »ist der Restaurantleiter auch da?«

»Sie meinen Luke?« Er weist auf eine Treppe, und so steige ich hinab in die lange, unterirdische Küche. Mit den niedrigen Decken, den schmalen Gängen und den fehlenden Fenstern kommt sie mir im Gegensatz zum *Roulette* doch sehr beengt vor. An den Wänden wird jeder Zentimeter Platz von monströsen Küchengeräten in Anspruch genommen, darunter ein Industriemixer und ein Steinofen, so groß, dass man ihn auch als Krematorium benutzen könnte. Die Köche befinden sich in den verschiedensten Stadien der Vorbereitung auf den kommenden Abend, schreien, lachen und quetschen sich in dem beengten Raum hinter dem Pass aneinander vorbei. Das hier sind rauere Jungs als die Uptown-Gang im *Roulette*, hier sieht man Nasenringe und kunstvolle Tattoos. Siebziger-Jahre-Punkmusik dröhnt durch den Raum. Gerade will ich fragen, wo ich Luke wohl finden könnte, als er um die Ecke geschlittert kommt. »Oh, hallo, Susan.«

»Äh, ich heiße Erin.«

»Stimmt. Besorgen wir dir als Erstes ein T-Shirt. Ist sonst noch jemand da?«

»Wenn sie sich nicht irgendwo versteckt haben, dann nicht«, antworte ich.

Auf Lukes Wangen bilden sich rote Flecken. »Wir müssen ein neues Treffen ansetzen. Eddie?«, ruft er dem am nächsten stehenden Koch zu. »Wann wollte Hector hier sein?«

»Sein Verleger war heute Morgen da«, antwortet Eddie, ohne von den Jalapeños aufzuschauen, die er gerade würfelt. »Da habe ich ihn zum letzten Mal gesehen.«

»Nun gut.« Luke führt mich in einen schmalen, von Spinden gesäumten Raum. »Für den Anfang werde ich dich als

Lisas Springerin einsetzen, sollte sie jemals auftauchen. Welche Größe hast du?« Er zieht einen großen Müllsack voller T-Shirts aus einem Schrank und kramt darin herum.

»M. Entschuldige bitte … sagtest du Springerin? Ich dachte, ich sollte als Kellnerin angelernt werden.«

»Augenblicklich ist nur eine Stelle als Springerin frei, aber so bekommst du schon mal Praxiserfahrung. Du bringst die Teller aus der Küche an den Tisch, hilfst den Servicehilfen und teilst dir das Trinkgeld mit dem jeweiligen Kellner. Du wirst hart schuften, also kannst du deine Mitgliedschaft im Fitness-Studio gleich kündigen!«, bemerkt er augenzwinkernd. »M … mal schauen. Nein, XS ist das Einzige, was wir haben. Sieht aus, als müsste es dir passen.« Er reicht mir ein T-Shirt, unwesentlich größer als ein Topflappen, und geht hinaus, damit ich mich umziehen kann.

Ich knöpfe meine Bluse auf und schlüpfe in den weißen Baumwollfetzen mit der Aufschrift *Schluck den Wurm*. Mein BH zeichnet sich darunter ab und sogar ein paar Rippen. Na toll.

»Bist du Erin?« Eine Frau Anfang zwanzig mit kantigem Gesicht erscheint in der Tür. Sie trägt strahlend grüne Kontaktlinsen und ein T-Shirt, das genauso eng ist wie meines. Auf ihrem steht *Chinga tu madre*.

»Ja. Und du musst Lisa sein.«

»Wir sind im Speiseraum und decken ein. Du solltest längst oben sein, statt hier im Umkleideraum rumzutrödeln.«

»Ich muss nur noch das T-Shirt ein bisschen ausleiern, damit ich nicht gleich wegen Erregung öffentlichen Ärgernisses verhaftet werde«, witzele ich und zerre an dem Saum herum.

»Die sollen so eng sitzen. Komm schon. Wir haben keine Zeit zu verplempern.«

Ich folge ihr nach oben, wo fünfzehn ziemlich gewöhnlich wirkende »Model-Typen« wie aus dem Nichts aufgetaucht sind und grob behauene Holztische mit Zinngeschirr und mit der mexikanischen Flagge bedruckten Leinenservietten decken. Augenblicklich reicht sie mich an einen großen, stämmigen Springer namens Byron weiter, der seinem Dichternamen zum Trotz ein Mundwerk hat wie ein frisch entlassener Sträfling.

Wütend funkelt er mich an. »Na toll. Schon wieder einen neuen Springer anlernen.«

»Hi«, entgegne ich. »Wie geht's?«

»Unsere Barbedienung hat sich krankgemeldet, also musst du den Tequila von unten hochholen«, weist Lisa ihn an.

»Ich soll Leute anlernen, die von Tuten und Blasen keine Ahnung haben, und dann verlangst du auch noch, ich soll was von wo holen? Habe ich sechs Arme, verdammter Mist? Guck mich an, habe ich die?« Wutentbrannt stiefelt er in Richtung Küche davon und zieht dabei seine Hose hoch. »In drei Minuten will ich dich in der Küche sehen, Erin. Wir haben eine Menge Arbeit.«

Während ich mich in der hohen Kunst übe, ein dreißig Kilo schweres, mit Tellern beladenes Tablett auf meiner Schulter zu balancieren, kommt ein Typ Mitte dreißig mit Milchbubigesicht in die Küche flaniert. Er trägt einen braunen Seidenanzug, eine Türkis-Halskette und geflochtene Ledersandalen. Dazu verströmt er jene Art aalglatten Selbstbewusstseins, wie man es nur durch ein fettes Bankkonto und multiple Sexualpartner bekommt.

Nachdem er die Köche in akzentfreiem Englisch begrüßt hat, steckt er die Finger in eine große silberne Schüssel, stopft sich etwas, das wie Hackfleisch aussieht, in den Mund und sagt zu einer Frau mit rosaroten Strähnen: »Was meinst du, Molly? Noch mehr Ancho-Chilis?«

Sie späht in die Schüssel. »Da könntest du recht haben, Hector.«

»Lass dich von mir nicht beirren, entgegnet er und tritt einen Schritt zurück. »Das ist dein Posten, und du machst deine Arbeit sehr gut.«

Neben mir sehe ich einen verschwommenen Schatten, als Byron sich wegduckt. »Heiliger Strohsack, Erin. Pass mit dem Tablett auf, ja? Fast hättest du mich umgenietet.«

»Besprechung in dreißig Sekunden, Leute!«, ruft Luke die Treppe hinunter.

»Noch eine Besprechung?«, meckert Byron. »Wozu?«

Luke taucht mit farblosen Lippen am Treppenabsatz auf. »Weil die Unpünktlichkeit langsam einreißt, deswegen.«

»Ich bin normalerweise sogar früher da als nötig.«

»Das ist sehr löblich, aber die Anwesenheit bei Besprechungen ist nicht verhandelbar.«

»Ich will ja auch gar nicht verhandeln. Ich sage dir bloß, ich komme nicht. Ich habe mit dem Eindecken zu viel zu tun.«

»Und wie, meinst du, wird das auf die anderen wirken?«, fragt Luke.

»Ist mir doch egal, wie das wirkt. Ist doch völlig sinnlos, Leute anzustänkern, die sich an die Regeln halten.«

»Was sinnvoll ist und was notwendig, ist nicht unbedingt ein und dasselbe. Alle nach oben, bitte.«

Die Bedienungen und Köche versammeln sich in einem Nebenraum, der sich offensichtlich noch im Bau befindet. Ich bücke mich, um unter dem gelben Absperrband hindurchzuschlüpfen, und setze mich auf einen mit durchsichtigem Plastik eingewickelten Stuhl. Hector kommt hereingerauscht, bleibt auf dem Weg zu einer verstaubten Sitznische in der Ecke mit der Sandale an einem Styroporblock hängen und stolpert.

»Hallo zusammen«, begrüßt er uns. »Danke, dass ihr so viel Geduld mit uns habt in dieser Anfangsphase, in der wir noch mit ein paar Kinderkrankheiten zu kämpfen haben. Luke hat mir erzählt, dass letztes Wochenende ein ganzes Grüppchen von euch geschlossen gekündigt hat. Außerdem kommen etliche Mitarbeiter ständig zu spät, also würde ich gerne von euch hören, was wir besser machen können, damit es mehr Spaß macht, hier zu arbeiten.«

Lisa hebt die Hand. »Ich war gestern Nacht fast bis drei Uhr hier. Wann bekommen wir endlich geregelte Arbeitszeiten?«

Statt sie mit den Worten »Wenn es mir passt!« anzubrüllen, wie Carl es getan hätte, grinst Hector sie schief an. »Halte durch, okay, Lisa?«, sagt er mit dem geübten Charme eines Autoverkäufers. »Vergesst nicht, die Leute haben ein Jahr lang darauf gewartet, dass wir endlich eröffnen. Wir sitzen alle im selben Boot. In den nächsten Wochen müssen wir euch leider bitten, bis zum Umfallen zu arbeiten.«

»Ich arbeite noch woanders in der Frühstücksschicht«, erklärt einer der Köche. »Ich muss um ein Uhr nachts hier raus sein, sonst bin ich den ganzen Tag nicht zu gebrauchen.«

»Mein Vater hat achtzehn Stunden am Tag als Tellerwäscher gearbeitet, als er einundsiebzig hierhergekommen ist«, entgegnet Hector. »Die Gastronomie ist kein Zuckerschlecken, aber darum lieben wir unsere Arbeit doch so sehr. Wir können mittags sechshundert Gäste verköstigen und trotzdem frisch und munter zur Abendschicht erscheinen und es allen noch mal so richtig zeigen. Wenn ihr euch in einem Monat immer noch chronisch überfordert fühlt, sagt mir bitte Bescheid, dann reden wir weiter.«

Nachdem er seinen Angestellten eine halbe Stunde lang zugehört hat, wie sie ihre Ansichten zu den unterschiedlichsten Themen äußern, beim neuen Geschirr angefangen bis hin zur Musikauswahl (anhand einer Abstimmung per Handzeichen wird ersichtlich, dass die meisten Kellner das nonstop dudelnde Latino-Geschnulze verabscheuen), schickt Hector uns mit wohlgesetzten Lobhudeleien zurück ans Werk. »Gute Arbeit, Leute. Ich weiß euren Einsatz zu schätzen. Ich könnte mir keine bessere Mannschaft wünschen.« Woraufhin wir halbherzig applaudieren und aufstehen, noch ehe er zu Ende geredet hat.

»Wer ist hier eigentlich der Boss?«, frage ich Byron.

Er schnaubt verächtlich. »Kommt drauf an, wen du fragst.«

Ich hatte ja schon vorher viel um die Ohren, aber so was wie hier habe ich noch nie erlebt.

»Wo sind die Chips für Tisch vierundfünfzig?«, brüllt Lisa durch den Lärm.

Das aus Tamales bestehende Belegschaftsessen rumort in meinem Bauch, während ich die Computerausdrucke durchblättere, die aus der Tasche meiner kurzen schwarzen Schürze quellen. »Ich glaube, nach denen habe ich gerade gefragt.«

»Du *glaubst* das? Tja, dann frag noch mal!«, herrscht sie mich an, als sich der Empfangschef mit einer Fünfergruppe an mir vorbeirempelt.

Eilends hechte ich die Treppe hinunter, die von schmelzendem Eis und verschütteter Salsa so rutschig ist wie eine Skisprungschanze. »Ich breche mir noch den Hals!«, kreische ich, aber meine Stimme wird von dem lärmenden Akkordeon übertönt, das aus der Stereoanlage dröhnt.

In der Küche drängen sich verwirrte Springer, überreizte Köche und ein sehr heiserer Annoncier. »Das sind dreiundzwanzig Burritos mit schwarzen Trüffeln für heute!«, krächzt er und hustet dann in seinen Ärmel. »Hat jemand ein Hustenbonbon?«

Der Küchenchef schiebt ihm unter den Wärmelampen eine Sprühdose zu. »Hier, habe ich selbst gemacht. Eukalyptus, Perrier und Jack Daniel's. Wirkt wahre Wunder. Hör zu, hast du Hector gesehen? Mir steht's hier hinten bis zum Hals.«

»Der ist oben und lässt sich mit ein paar Stripperinnen aus dem Scores fotografieren«, erwidert eine der Springerinnen.

Der Annoncier sprüht sich das Zeug in den Rachen und schluckt. »Wow.«

»Ich warte auf einen Korb Chips«, sage ich. Aber ich könnte genauso gut in mein Kissen schreien. Fajitas strömen aus allen Richtungen herbei wie Abwasser aus einem verstopften Gulli, und der Tellerwäscher hat sich gerade an einem kaputten Brotteller den Finger aufgeschlitzt. »Ich brauche schnell ein bisschen Sekundenkleber«, kommandiert der zur Krankenschwester mutierte Grillkoch. »Es blutet ziemlich heftig!«

Ein Teller Hummer-Chimichangas taucht im Pass auf. »Sind das zufälligerweise meine?«, frage ich ins Nichts.

Byron kommt aus dem Speiseraum heruntergesurft und landet mit einem Bums direkt neben mir. »Na, Erin, wie läuft's?«

Ich drehe mich zu ihm um und jaule: »Hilf mir!«

»Würde ich ja gerne«, keucht er und knallt Teller auf ein Tablett. »Aber ich bin schon dafür zuständig, für zwei Kellner das Essen hochzuschleppen. Hast du einen Springer zu wenig? Nimm Byron. Brauchst du jemanden, der dir den Arsch abwischt? Byron macht das schon. Wo steckt Byron? Räumt seine Leiche aus dem Weg.«

»Ich bin nach einer halben Stunde Anlernen für die Essensversorgung des halben Restaurants zuständig? Willst du das etwa damit sagen?«

Byron nickt. »Gibt einem einen ordentlichen Adrenalinkick, was?«

Der selbstherrliche Carl käme mir jetzt gerade recht. Ich bin kurz davor, wegen ein paar Maischips in Tränen auszubrechen, als ich sehe, wie der Frittierkoch einen Korb der Spezialität des Hauses abtropfen lässt und salzt. »Die nehme ich«, sage ich beherzt, greife hinter den Pass und nehme ihm den Korb einfach aus der Hand. »Gracias.«

Er lächelt und entblößt dabei goldene Schneidezähne. »*De nada*, Schätzchen.«

Aber ich schaffe es mit meiner Schmuggelware nicht mal bis zur Treppe. »Komm sofort zurück und nimm ein Tablett mit, Springer Nummer zwei!«, ruft der Küchenchef. »Die gesamte linke Seite deines Bereichs wartet im Augenblick auf ihr Essen.«

Nach Dutzenden von Abstechern in den Speiseraum bekomme ich schließlich einen Tennisarm und arthritische Anfälle in den Schultern, und mein eines Knie spielt nicht mehr mit. Wie durch ein Wunder bleiben die meisten meiner Fehler auf die Küche beschränkt, wo mich der schier unerträgliche Lärm vor jeder Form von Kritik bewahrt, oder davor, die Verantwortung für meine Patzer übernehmen zu müssen.

»Ich dachte, ich hätte dir die Rinderbrust-Taquitos schon gegeben«, brummt der Küchenchef verwirrt.

»Nö«, lüge ich dreist und verschweige tunlichst, dass ich die erste Ladung auf der Treppe fallen gelassen habe, wo sich zunächst die übrigen Kellnern darauf gestürzt haben, ehe die Reste anschließend zertrampelt und schließlich von der Servicehilfe weggefegt wurden.

»Okay, gib mir fünf Minuten. Ich verliere hier hinten noch den Verstand. Hector!«, blökt er. »Mayday! Mayday!«

Hector sitzt inzwischen an einem von Lisas Tischen, den Arm um zwei Damen im Rentenalter gelegt. »Grüßen Sie Hector von mir!«, rufen die Gäste immer wieder. »Wo ist Hector?«, »Sagen Sie Hector, er soll mal vorbeischauen.« »Wir wollen Hector sehen.«

Doch es ist nicht alles eitel Sonnenschein. »Entschuldigen Sie bitte, Miss! Was hat es denn bitte mit diesem Salat auf sich? So einen könnte ich auch im *Chili's* bekommen.«

Lisa rempelt mich mit ihrem Tablett voller Dos Equis an und übernimmt die Gäste. »Ich mach das schon«, zischt sie mir zu. »Erkundige dich mal nach den Desserts für Tisch einundvierzig.«

Aha, Tisch einundvierzig, wo mehr oder minder entblößte Mädels den Chef gerade dazu zwingen, ihre Servietten zu signieren. »Ladys, Ladys, ihr macht mich ja ganz nervös!«, lacht Hector.

Als ich schließlich mit einem sich unter Zimtflan, Sopapillas und frittiertem Eis biegenden Tablett zurückkomme, liegt eines der Mädels quer über Hectors Schoß ausgestreckt, während ein anderes versucht, die mexikanische Nationalhymne zu singen. »*Mexicanos, al grito de guerra* – stimmt das so?«

»Woher soll ich das wissen?«, fragt Hector. »Ich kann kein Spanisch.«

»Ich brauche eine Schmerztablette«, stöhne ich rum, als Byron und ich die Krümel von den noch warm gesessenen Stühlen wischen. »Mir tun alle Knochen weh.«

»Gewöhn dich schon mal dran«, entgegnet er. »Das ist jetzt dein neues Leben. Du heißt Erin, und du trägst Essen durch die Gegend. Ende der Geschichte.«

Der Empfangschef kommt in seinem *Border Patrol*-T-Shirt vorbei, späht unter die Tische und holt verlorenen Schmuck, heruntergefallene Servietten und an Tisch neunundsechzig sogar einen Schuh hervor. »Das muss die Frau gewesen sein, die irgendwann rausgetragen wurde«, meint er. »Das macht bis jetzt zwei Sandalen, einen Stiefel und einen Slipper, und das alles in nur einer Woche.«

Aus dem Augenwinkel sehe ich ein Bündel Dollarscheine. »Hier ist dein Anteil«, erklärt Lisa und gibt mir das Geld. »Minus dreiundzwanzig Dollar für den Murks bei der Zackenbarsch-Taco-Bestellung.«

»Danke«, murmele ich gepresst und zähle meine Einnahmen. Sechsundvierzig Dollar. Nicht viel mehr als an meinem ersten Abend im *Roulette*.

»Erin? Hättest du mal kurz einen Moment Zeit?« Luke ruft mich an die Bar, wo der Boden von verschütteten Getränken klebt und übersät ist mit winzigen Papierhüten. »Besprechen wir doch mal kurz deine Leistung heute Abend.«

Er bedeutet mir, mich zu setzen. »Für deine erste Schicht hast du dich ganz wacker geschlagen, würde ich sagen. Ich würde dir eine ordentliche Sieben geben – eine beachtliche Punktzahl, aber mit Raum nach oben für Verbesserungen.« Stolz schaut er sich in dem verwüsteten Restaurant um. »So, jetzt, wo du selbst miterlebt hast, wie das hier läuft, wie findest du es?«

Ich bin zu müde, um darauf eine taktvolle Antwort zu geben. »Um ganz ehrlich zu sein, Luke, der Abend war eine einzige Katastrophe. Die Gäste warten zwanzig Minuten auf ihre Drinks und auf ihr Essen eine ganze Stunde, und der Empfangschef hat sie hineingezwängt wie in eine überfüllte Tokioter U-Bahn. Das Computersystem ist zweimal abgestürzt, niemand hatte Zeit, mir zu helfen, und Hector war so damit beschäftigt, sich bei den Gästen einzuschleimen, dass er die Küche völlig vergessen hat. Da war den ganzen Abend Land unter. Auf der Treppe bricht sich garantiert noch mal jemand den Hals, die Schichten sind zu lang, die Vorspeisen sind ihr Geld nicht wert …« Ich muss eine Pause machen, um Luft zu holen. »Soll ich weitermachen?«

Er schluckt laut, dann nickt er.

»Okay, in der Zeit, die es braucht, bis die in der Küche den Durchblick haben, welches Essen wohin gehört, und die Springer es endlich an den Tisch gebracht haben, ist es kalt. Und –«

»Ich meine, nein«, fällt er mir ins Wort. »Aber danke für die Rückmeldung.« Er trinkt seinen mit einer winzigen Chilischote garnierten Martini aus. »Wir brauchen hier Leute, die ein bisschen flexibler sind, während der Laden noch im Aufbau ist.

Nach allem, was du mir eben erzählt hast, Susan, weiß ich nicht, ob du wirklich ins *Hector's* passt.«

»Ich heiße Erin. Und nein, tue ich nicht.« Ich folge ihm zur Tür und drückte ihm die feuchte Hand.

»Komm doch mal wieder vorbei«, sagt er, wobei er seine Zahnspange entblößt.

»Übrigens, du solltest Byron mal hin und wieder einen Tag freigeben«, empfehle ich ihm. »Er macht eine ganze Menge Kurse und fällt sonst in Biologie garantiert durch. Gute Nacht.«

✧

»Wir gehen los, sobald ich meinen Kaffee ausgetrunken habe, okay?«

Es ist der nächste Morgen, und Rocket kratzt ungeduldig an der Wohnungstür und winselt erbärmlich. Die kurze Runde um den Block um drei Uhr morgens war nicht mal annähernd genug Bewegung für ihn. Er will seinen schmuddeligen Gummiball und einen richtigen Spaziergang, so einen, wie wir ihn zuletzt gemacht haben, ehe ich zwölf Stunden am Stück bis zu den Knöcheln in brennenden Tequilas und Krabbenfleisch-Quesadillas gestanden habe.

»Also gut.« Ich kippe den restlichen Kaffee in den Ausguss. »Gehen wir. Gib mir nur eine Minute, damit ich mich anziehen kann.«

Gerade als ich durch die Küche gehe, höre ich Stimmen durchs Treppenhaus nach oben schallen. Eine davon kenne ich, das ist Nick, aber die andere klingt wie – meine Mutter? Ich bleibe stehen und spitze die Ohren, um zu verstehen, was da geredet wird. Warum sollte meine Mutter unangekündigt um zehn Uhr an einem Freitagmorgen bei mir auf der Matte stehen?

Mich über Rocket beugend, löse ich die Türkette und drehe

den Riegel um. Sobald ich die Tür einen Spaltbreit aufgemacht habe, geht mir auf, dass es nicht meine Mutter ist, die da redet, sondern eine potenzielle neue Mieterin, die sich Appartement zwei anschaut. »Ab wann wäre die Wohnung denn bezugsfertig?«, erkundigt sie sich bei Nick.

»In zwei, drei Tagen. Ich muss nur noch die Spülmaschine reparieren, dann könnten Sie einziehen.«

»Komm schon, Rocket«, flüstere ich. »Das ist jetzt nicht gerade der günstigste Zeitpunkt, Nick in die Arme zu laufen. Du weißt doch, was er von dir hält.«

Aber Rocket weicht keinen Zentimeter zurück. Nachdem er den ganzen Abend und die ganze Nacht eingesperrt war, ist er nun aufgedreht und wittert die Freiheit. Ich versuche, ihn mit dem Fuß beiseitezuschieben, doch er wuselt bloß drum herum. »Platz da, Bursche.«

Mein Flehen zeigt keinerlei Wirkung. Ich bücke mich, um ihn am Kragen zu packen, doch in dem Augenblick, als ich den Druck auf die Tür verringere, drückt er den Kopf durch den Spalt und schiebt sich nach draußen. Hektisch versuche ich, ihn zu fassen zu bekommen, und verpasse um Haaresbreite seinen Schwanz, während er den Korridor hinunterflitzt.

»Rocket, komm sofort zurück!«

Hastig reiße ich die Tür auf und laufe ihm barfuß in Pyjamahose und ausgebeultem T-Shirt hinterher. Als ich schließlich zur Treppe komme, ist er schon auf dem Absatz zum zweiten Stock. Ein Horrorszenario schießt mir durch den Kopf: Rocket rennt blindlings aus dem Haus und mitten in den Verkehr hinein. Wenn Nick die Haustür angelehnt hat, weil noch mehr Leute die Wohnung besichtigen wollen, dann wird genau das passieren. Als ich zwei Stufen auf einmal nehmend förmlich die Treppe hinunterfliege, höre ich Nicks Stimme durch die leeren Räume hallen. »Ich habe gestern einen hübschen neuen Sitz draufgeschraubt.«

Ich sehe die Autos die First Avenue entlangsausen, während Rocket sich mit den Hinterläufen von der letzten Stufe abstößt. Elegant segelt er über den Fliesenboden des Foyers. »Rocket, halt!«

Aber mein Kommando spornt ihn bloß noch mehr an. Gerade als ich ihn schon verloren glaube, dreht er nach rechts ab und galoppiert geradewegs in Appartement zwei hinein.

Sekunden später bin ich ebenfalls zur Stelle, aufgelöst und völlig atemlos. Ich hetze den Flur entlang, in dem es noch nach frischer Farbe riecht, und schlittere in das Wohnzimmer, wo Rocket mutterseelenallein herumsteht und den Kopf schief legt. Nicks Worte schweben aus der Küche zu uns herein: »Das ist nur der Motor. Der Kühlschrank hält noch mindestens fünf Jahre.«

»Komm schon, ehe uns jemand sieht«, flüstere ich mit heftig bebender Brust. »Gehen wir.«

Rocket beäugt mich misstrauisch und bewegt sich langsam auf das Badezimmer zu. Kampflos wird er sich nicht von mir nach oben befördern lassen.

»Ich habe Ihre Kreditwürdigkeit bereits überprüft. Das sieht alles sehr gut aus«, erklärt Nick, und seine Stimme kommt immer näher. »Jetzt brauche ich nur noch die Kaution, und die Wohnung gehört Ihnen.«

»Wunderbar. Ich stelle Ihnen gleich einen Scheck aus.«

»Rocket, bitte«, flehe ich und breite die Arme aus.

Aber er ist nicht in der Stimmung für faule Kompromisse. Wie um mir vor Augen zu führen, wie lange es her ist, seit er das letzte Mal draußen war, scharrt er zweimal kurz am Boden und schnüffelt demonstrativ an der Wand.

»Nein –!«, kreische ich und stürze auf ihn zu.

Aber es ist schon zu spät. Lässig hebt er das Bein und lässt einen langen, nassen Strahl auf den frischen Anstrich rieseln, genau in dem Augenblick, als Nick und seine neue Mieterin um die Ecke biegen.

»Erin?«, stammelt Nick, als er mich da so stehen sieht, ohne Schuhe, die Hände entsetzt vor den Mund geschlagen. Seine dichten schwarzen Augenbrauen treffen sich beinahe in der Mitte. »Brauchst du etwas?«

Die neue Mieterin, eine schwangere Frau Anfang dreißig mit flaumigem Haar, bemerkt den Schaden als Erste. »*Einen* Moment mal«, sagt sie, einen Kuli und das gezückte Scheckbuch noch in Händen. »Hat dieser Hund etwa gerade …«

»Ja, hat er«, entgegne ich zerknirscht. »Es tut mir leid.«

»In meiner neuen Wohnung?«

Nick beugt sich nach vorn und starrt Rocket durchdringend an. »Was ist hier passiert?«

Noch ehe ich um Vergebung betteln und nach Küchenpapier und Chlorbleiche laufen kann, hat Nick auch schon den feuchten Fleck mit Rocket in Verbindung gebracht. »Raus mit ihm!«, zetert er.

»Sofort«, beschwichtige ich ihn und versuche, den vor Schreck versteinerten Rocket auf den Arm zu nehmen, der sich vor mir ins sichere Badezimmer flüchtet. Er springt aufs Klo und hechtet von dort in die Wanne.

»Ich meine endgültig! Auf der Stelle!«

»Okay, ich muss bloß –« Dann fällt bei mir der Groschen. »Was?«

»Du hast mich schon verstanden!« Er hebt den Arm und weist zur Tür.

»Sie möchten, dass ich … ausziehe?«

Nick fährt sich mit der Hand über die Stirn und ringt um Fassung. »Du hast lange in meinem Haus gewohnt. Du hast gesagt, er würde nichts kaputt machen, und ich habe dir vertraut.«

»Hat er auch nicht! Ich meine, das hat er noch nie gemacht. Es ist alles meine Schuld. Ich bin in letzter Zeit nicht oft zuhause gewesen und –«

»Das ist mir egal. Ich habe dem Hund schon mehr als genug Chancen gegeben. Entweder er ist bis heute Abend verschwunden, oder ich stelle deine Sachen auf die Straße.«

Die neue Mieterin verkrümelt sich unauffällig und tut, als begutachte sie den Kleiderschrank im Schlafzimmer.

»*Heute Abend*? So schnell kann ich doch kein neues Zuhause für ihn finden.«

Er zuckt die Achseln. »Musst du aber.«

»Wie wär's, wenn ich für die Farbe aufkomme? Wären hundert Dollar angemessen? Ich kann Ihnen auch etwas mehr geben, für den Fall, dass er es noch mal macht, was allerdings nie wieder vorkommen wird, das verspreche ich Ihnen.«

Er schüttelt den Kopf. »Du hast eine schöne Wohnung, mietpreisgebunden und alles. So was ist heutzutage schwer zu finden. Dieses Viech, das mein Haus verwüstet, ist bloß ein Tier. Du hast die Wahl.«

»Bitte, Nick. Zwingen Sie mich nicht zu so einer Entscheidung.«

Er schlägt die Hände über dem Kopf zusammen, stapft in die Küche und brummt: »Irgendjemand muss das wegwischen, ehe es einzieht und einen Fleck macht.« Ich höre ihn unter der Spüle herumkramen, und ein paar Sekunden später taucht er mit einer Sprühflasche und einem trockenen, verbogenen Schwamm wieder auf.

»Ich mache das schon«, sage ich und nehme ihm die Sachen aus der Hand. Dann bücke ich mich und wische Wand und Boden ab. »Sehen Sie? Geht alles weg, fast, als sei nichts gewesen.«

»Hol den Hund aus der Dusche und geh«, knurrt Nick.

»Geben Sie uns noch eine Chance«, bitte ich ihn und sehe ihm flehentlich in die Augen. »Ich tue alles.«

»Tut mir leid, Erin. Ich habe dir ja gesagt, du solltest dir lieber eine Katze anschaffen.«

20. Kapitel

»Du musst mir helfen, Rachel! Ohne dich wäre ich nie in diese Lage geraten!«

»Ich bin gerade bei einem Fototermin in Staten Island«, raunt sie mit gedämpfter Stimme. »Was soll ich denn machen?« Ich höre, wie sie sich entschuldigt, dann in einen anderen Raum geht und die Tür hinter sich schließt. »Da draußen wartet ein Ehepaar auf mich, das sich mit seinem Papagei ablichten lassen will. Der ist sechzig Jahr alt, und ich habe Angst vor ihm.«

Erschöpft von unserem Ausflug in den Park, liegt Rocket ausgestreckt auf dem Wohnzimmerboden und kaut auf seinem Quietsche-Hamburger herum. »Dann komm her, wenn du damit fertig bist.«

»Kann ich nicht. Ich muss nachher noch Abzüge zu einem Kunden bringen, und die sind nicht mal annähernd fertig.«

»Herrje! Aber was soll ich denn jetzt machen?«

»Weiß ich auch nicht«, erwidert sie über die knisternde Mobilfunkverbindung. »Ihn zu deinen Eltern bringen?«

»Mein Vater hat eine Hundehaarallergie. Die einzigen Tiere, die ihm das Leben nicht zur Hölle machen, sind die, die er auf seinen Grill schmeißt.«

»Und was ist mit deinen alten Arbeitskollegen?«

»Mit denen habe ich kaum noch was zu tun, seit ich angefangen habe zu kellnern. Da kann ich doch nicht einfach aus heiterem Himmel anrufen und sie bitten, meinen Hund bei sich aufzunehmen, bis ich eine neue Wohnung gefunden habe.«

»Jane oder Cato?«

»Habe ich schon gefragt. Bei denen ist Hundehaltung grundsätzlich verboten.«

Sie seufzt. »Ich wünschte, ich wüsste, was ich sagen soll.«

Ich mache den Reißverschluss meiner Jacke auf und ziehe mir die Schuhe aus. »Na toll. Jetzt stecke ich echt in der Klemme. Danke, Rocket.«

»Sei doch ein bisschen nachsichtiger mit ihm, Erin. Er ist alt. Er tut sein Bestes.«

»Aber ich doch auch! Ich verwöhne ihn nach Strich und Faden. Ich habe den teuersten Hunde-Ausführ-Service der Stadt für ihn engagiert. Er braucht mehr Zeit und Aufmerksamkeit, als er von mir bekommt.«

»Hör mal, ich muss jetzt weitermachen.« Eigentlich erwarte ich, dass sie auf der Stelle auflegt, doch das tut sie nicht. »Es tut mir leid. Aber wenn alle Stricke reißen, kannst du ihn natürlich immer noch in eine Hundepension bringen.«

»Eine Hundepension? Nach allem, was er durchgemacht hat? Das würde er doch überhaupt nicht verstehen. Er würde glauben, ich schiebe ihn ab. Er würde denken, ich will ihn einschläfern lassen!«

»Entspann dich. Ich rufe später noch mal an, okay? Wenn mir in der Zwischenzeit eine Lösung einfällt, sage ich dir Bescheid.«

Sobald wir aufgelegt haben, beginne ich hektisch in meinem Adressbuch zu blättern. Dann fange ich an, sämtliche Menschen anzurufen, denen ich zutrauen würde, sich um einen Hund zu kümmern, doch sie scheinen alle gerade nicht in der Stadt zu sein, in einer Besprechung zu stecken oder ihre Schwiegerfamilie bei sich zuhause zu beherbergen. Um halb eins wird klar, dass Rocket zumindest eine Nacht in einem Käfig in der Gesellschaft Dutzender anderer verlassener Hunde wird verbringen müssen.

»Tja, dann muss es wohl so sein«, sage ich zu ihm. »Das ist der Anruf, von dem ich gehofft hatte, er würde nie nötig sein.«

Ich greife zum Hörer und tippe die Nummer ein. Ein Klingeln, ein zweites Klingeln, dann ein drittes.

»Roulette«, meldet Steve sich barsch.

»Steve«, setze ich an und bemühe mich, meiner Stimme ein heiseres Krächzen zu verleihen. »Hi, hier ist Erin.«

Er zögert kurz. Offensichtlich wittert er schon ein Problem. »Was gibt's?«

»Na ja, ich fühle mich schrecklich, als hätte ich die Grippe oder so was, und ich glaube, ich sollte heute lieber nicht zur Arbeit kommen. Ich meine, ich könnte, wenn es unbedingt sein müsste, aber kein Gast will einen kranken Keller.«

»Vorgestern Abend hast du noch ganz fit ausgesehen.«

»Wie bitte?«

»Ich sagte, vor achtundvierzig Stunden hast du noch ausgesehen wie das blühende Leben.«

»Es kam wie angeflogen.«

»Hast du Fieber?«

»Ja, 38,5°, um genau zu sein«, antworte ich ungehalten. Langsam fange ich fast an, mir selbst die Geschichte abzunehmen – ein gutes Zeichen, denn wie es aussieht, muss ich mich auf eine zähe Auseinandersetzung gefasst machen.

»Meine Kellner werden nicht krank«, konstatiert er. »Und wenn doch, dann werfen sie eine Tablette ein, um ihre Schicht durchzustehen, und versuchen, ihre Viren nicht in alle Richtungen zu verstreuen. Marty hatte letztes Jahr eine leichte Lungenentzündung, aber er hat die Zähne zusammengebissen und trotzdem für eine Gesellschaft von zweihundert Gästen gekocht. Und diesen Einsatz erwarte ich von jedem Einzelnen von euch.«

»Aber … mir ist schwindelig. Mein Arzt hat gesagt, es sei

keine gute Idee, in der Gegend rumzulaufen.« Ich beschließe, Steves Panik vor einer Schadensersatzklage zu schüren. »Ich könnte hinfallen und mich verletzen.«

Er schnaubt verächtlich. »Du fällst auch, *ohne* krank zu sein. Tut mir leid, aber es ist keiner da, der deine Schicht übernehmen könnte. Derek hat heute Abend frei, aber er schiebt Extraschichten im *Suburb*. Wenn du also nicht auf der Stelle kündigen und deinen Rock und die Bluse morgen Mittag gewaschen und gebügelt im Büro abliefern willst, empfehle ich dir, um drei Uhr hier anzutanzen. Besser um halb drei. Ich möchte, dass du das Silberbesteck durchzählst, um sicherzugehen, dass Enrique damit nicht seine Verwandtschaft durchfüttert.«

Ich huste in einem letzten verzweifelten Versuch, Mitleid zu erregen. »Ich glaube, man sollte das nicht auf die leichte Schulter nehmen. Es könnte was Gefährliches sein, etwas … ich weiß nicht, aus Asien vielleicht.«

»Wir haben nicht genug Kellner, die für dich einspringen können, während du dich zwei Wochen lang ins Bett legst und hätschelst. Wenn ich's mir recht überlege, ist das vielleicht gar nicht so schlecht. Vielleicht lernst du ja dann endlich, was es heißt, alles für den Job zu geben.«

Ich hole tief Luft. Das ist jetzt nicht der richtige Zeitpunkt, die Nerven zu verlieren und die letzten verbliebenen zwei Prozent meiner ohnehin mickrigen Chance zu vertun, diese Geschichte doch noch umzubiegen. »Aber ich habe doch schon alles gegeben. Ich habe quasi im Alleingang das ganze Restaurant aufgeräumt und neu sortiert.«

»Das ganze Restaurant? Wir haben nicht mal richtig angefangen. Wie gesagt, sei um halb drei hier. Und gurgele mit Salzwasser, ehe du herkommst. Deine Stimme klingt nicht gerade toll, und die Gäste hassen es, wenn sie den Kellner bitten müssen, alles zu wiederholen.«

Aus dem Badezimmer höre ich ein hallendes Plätschern,

was mir verrät, dass Rocket gerade aus der Kloschüssel trinkt statt aus seinem Wassernapf, den ich vor gerade mal einer Stunde frisch aufgefüllt habe. Dann kommt er mit tropfender Schnauze in die Küche spaziert, als wolle er sagen: »Ich bin spazieren gegangen und habe etwas getrunken. Alles ist gut.«

»Okay«, seufze ich resignierend in den Hörer. »Ich schätze, ich werde kommen können.«

»Gut, und bereite dich schon mal darauf vor, dass es hektisch wird. Wir sind heute Abend ausgebucht. Von sieben Uhr an wird die Hölle los sein.«

»Warte mal … Steve? Wenn ich Derek dazu überreden könnte, für mich einzuspringen, wäre das okay?«

»Wirst du nicht. Wir sehen uns nachher.«

Ich lege auf, starre zum Schlafzimmerfenster hinaus und überlege, was ich nun als Nächstes tun soll. Zwei Stunden reichen nicht mal annähernd, um eine gute Hundepension zu suchen, Rocket hinzubringen und dafür zu sorgen, dass er sich dort halbwegs wohl fühlt. Also krame ich in meinen Schreibtischschubladen herum, bis ich schließlich die Liste mit den Telefonnummern sämtlicher Kellner finde. Ich schicke ein Stoßgebet zum Himmel, das mit »bitte« beginnt und mit den Worten »sonst bringe ich mich um« endet, und greife zum Hörer.

»Hallo?«, meldet sich eine genervt klingende Männerstimme.

»Derek?«

»Was?«

»Hi! Hier ist Erin. Vom Roulette.«

Pause. »Herrgott noch mal, ist man denn nirgendwo vor euch sicher?«

Ich lache, wild entschlossen, mich von dieser kleinen Unhöflichkeit nicht aus dem Konzept bringen zu lassen. »Ich rufe an, weil –«

»Ich weiß, warum du anrufst. Und die Antwort lautet nein.«

»Äh, wie bitte?«

»Ich kann heute Abend nicht für dich einspringen. Ich arbeite schon zwei Schichten die Woche im *Suburb* und vier im *Roulette*. Da bleibt mir kaum genug Zeit, in der Nase zu bohren.«

»Das tut mir schrecklich leid, Derek, glaub mir, ehrlich. Aber ich bin wirklich krank, ich liege flach. Wenn du mir helfen könntest, nur dieses eine Mal …«

»*Krank*, hm? *Verstehe*.«

»Und ich … muss zuhause bleiben und mich schonen, damit ich es nicht verschleppe.«

»Du langweilst mich, Erin«, sagt er gähnend. »Regelrecht einschläfernd, die Geschichte.«

Ich muss einsehen, dass fadenscheinige Entschuldigungen, Betteln, Flehen und Tränen nichts nutzen werden. Ich habe es hier mit einem Mann zu tun, der nur eine Sprache kennt. »Ich bezahle dich«, platze ich heraus. »Fünfzig Dollar.«

Derek bricht in raues Gelächter aus. »Du machst mir echt Spaß, weißt du das? Ich will ein Restaurant eröffnen, und dazu fehlen mir siebzigtausend Dollar.«

»Hundert.«

»Peanuts. Damit kann ich ein Stück Scheiße anzahlen.«

»Okay, zweihundert.«

Keine Antwort.

»Zweihundertfünfzig?«

Nach kurzem Schweigen sagt er: »Ich denke, da könnte sich eventuell was machen lassen.«

✧

»Das wird wie eine Pyjamaparty«, sage ich zu Rocket, als wir an der Ecke Ninety-third und Lexington aus dem Taxi steigen. »Das wird dir sicher gefallen.«

Aber Rocket hört mir gar nicht zu – er ist viel zu sehr damit beschäftigt, den zweiten Ausflug des Tages in vollen Zügen zu genießen. Es dämmert schon, und ein bitterkalter Wind kommt auf. Rocket zerrt nicht wie sonst immer mit aller Kraft an der Leine, sondern bleibt stehen und hebt schnüffelnd die Nase. »Das wird so ein Spaß mit den anderen Hunden«, plappere ich und streichele ihn durch sein kariertes Wollmäntelchen. »Und du musst auch nur ein, zwei Nächte hierbleiben, dann …« Ich breche ab. »Bringen wir's hinter uns. Die schließen in ein paar Minuten.«

Ich schultere einen kleinen Matchsack mit Rockets Futter- und Wassernapf und seinen Spielsachen und drücke die schwere Glastür mit der Aufschrift »Pfötchenresidenz Hundehotel« auf. Ich sage mir, so schrecklich ich mich dabei auch fühlen mag, dass ich das einzig Richtige tue. Ich werde Rocket einchecken, nach Hause gehen, noch ein bisschen rumtelefonieren und uns da irgendwie wieder rausholen.

Ein Glöckchen bimmelt, als wir das kleine, überheizte Büro betreten, in dem es nach Teppichshampoo und alten Zeitungen riecht. Es gibt einen weißen Schalter mit einem vernachlässigten Farn auf der einen Seite, auf der anderen ein Schwarzes Brett voller Tier-Comicstrips und Anzeigen von Gassigängern. Schrilles Kläffen und tiefes Bellen ertönen hinter einer vergitterten Tür. Rocket zögert und schaut sich besorgt um. Ganz im Gegensatz zu dem, was ich ihm eben von »ein, zwei Nächten« erzählt habe, sieht das hier eher nach zwanzig Jahren bis lebenslänglich aus. »Bitte«, flüstere ich und ziehe ihn Richtung Schalter. »Mach es nicht noch schlimmer, als es ohnehin schon ist.«

Ein älterer Mann mit hängenden Schultern und sein Dackel checken eben ein. »Stella bekommt ausschließlich Diätfutter«, erklärt der Mann der jungen Frau, die gerade seine Kreditkarte durch das Lesegerät zieht. Ihr rotblondes Haar ist mit einem Bleistift zu einem Knoten hochgesteckt, und sie trägt eine weite, mit Hundewelpen und Kätzchen bedruckte Hose mit passendem Kittel darüber. Auf ihrem Namensschild steht mit einem roten Marker geschrieben, dass sie Abby heißt.

»Ich glaube, sie hat abgenommen, seit ich sie das letzte Mal gesehen habe«, stellt sie fest.

»Der Tierarzt hat gesagt, keinen Käse mehr. Das macht eine Menge aus.«

»Haben Sie die neuen Fütterungsanweisungen im Anmeldeformular notiert?«

»Zweimal am Tag eine halbe Tasse«, bestätigt der Mann nickend. »Also, das klingt jetzt sicher sonderbar, aber ich muss Sie einfach etwas fragen.«

Abby reißt den Beleg aus der Maschine. »Schießen Sie los.«

»Als sie das letzte Mal hier war, hat Stella gehustet, als sie wieder nach Hause kam, und ich habe gehört, dass gerade die Hundegrippe umging. Haben Sie hier irgendwelche Probleme damit gehabt?«

Ich erstarre.

»Das war in allen Pensionen so, aber augenblicklich ist das eigentlich kein Thema. Stella ist jung und gesund, also dürfte ihr das nichts ausmachen. Wir legen großen Wert auf Sauberkeit und gründliche Desinfektion, und wir nehmen keine offenkundig kranken Tiere auf, also …«

Der Mann unterschreibt den Beleg und reicht ihn zurück. »Sie tun, was Sie können.«

»Genau. Dann gute Reise. Wir passen gut auf sie auf.« Sie kommt um den Schalter herum nach vorn und nimmt die Leine von Stellas Besitzer entgegen, der, nach einer Ermahnung an den Hund, nicht zu viel zu fressen, hinausgeht.

Abby lächelt mich an, und ich zwinge mich, an den Schalter zu treten. »Bin sofort zurück«, sagt sie und verschwindet mit der winselnden Stella hinter der Gittertür. Eine Minute später kommt Abby mit einer Limodose in der Hand zurück. »Möchten Sie einchecken?«, fragt sie mich.

»Ja«, antworte ich über den Lärm erneut aufkommenden Bellens hinweg.

»Haben Sie vorhin angerufen?«

»Ja, genau, das war ich.«

Sie beugt sich nach vorn und schaut neben mir auf den Boden. »Dann muss das wohl Rocket Edwards sein. Wie lange wollten Sie ihn denn hierlassen?«, erkundigt Abby sich und schiebt mir Klemmbrett und Kugelschreiber zu.

»Äh…, eine Nacht, denke ich.«

»Bestens. Füllen Sie einfach das Formular mit den tierärztlichen Angaben und der Nummer, die wir im Notfall kontaktieren sollen, aus.«

»Notfall? Okay …« Ich fange an, Rachels Adresse aufzuschreiben, halte plötzlich inne und lege den Stift wieder weg. »Tut mir leid. Ich glaube, ich kann das einfach nicht.«

»Das erste Mal?«

»Ja.«

»Keine Sorge. Er ist hier in guten Händen.«

»Darum geht's nicht, es ist bloß … ich habe es mir anders überlegt, das ist alles.«

»Ich führe Sie gerne herum«, bietet sie mir an. »Ich glaube, unsere Anlage würde Ihnen sicher gefallen. Die meisten Hunde fühlen sich sehr wohl bei uns.«

»Das glaube ich Ihnen gerne. Ich bin bloß noch nicht so weit.«

Abby scheint fast gekränkt. »Ach. Also gut, Sie müssen es wissen. Wenn Sie uns brauchen, wir öffnen morgens um acht.«

»Danke. Vielen Dank. Es tut mir leid.« Ich zerre Rocket zur Tür und auf die dunkle Straße hinaus, die inzwischen nass vom überfrierenden Regen ist. »Mist«, knurre ich. »Wo habe ich uns da bloß reinmanövriert?« Ich gehe bis zum Ende des Blocks, wo ich mich mit Rocket unter eine flatternde schwarze Markise stelle.

Ich habe keine Ahnung, was ich jetzt machen soll.

Wie ich da so zitternd vor einem verrammelten Bücherladen stehe, beginne ich, mich zu fragen, ob ich womöglich in letzter Zeit alles falsch mache. Vielleicht sollte ich Steve auf der Stelle anrufen und kündigen. Wie soll ich mir einen anderen Job und eine neue Wohnung suchen, wenn ich ununterbrochen arbeiten muss? Aber wenn ich kündige, wie soll ich mir dann noch irgendwas leisten können, es sei denn, ich gebe meinen Hund ab und ziehe wieder zu meinen Eltern? Ich sitze in der Falle, weil ich das Geld unbedingt brauche, und mir bleibt keine andere Wahl, als weiter blind in dieselbe Richtung zu marschieren.

Mit einem frustrierten Aufstöhnen trete ich in eine Windböe hinaus, und in meinem Matchsack klimpern Spielzeug und Näpfe. »Ich weiß zwar nicht, was wir machen, wenn wir erst mal da sind, aber wir gehen jetzt nach Hause«, sage ich zu Rocket, wobei der Sturm mir beinahe meinen Fleecehut vom Kopf reißt. Rocket leckt an einem Flecken Eis auf dem Bürgersteig, während ich erfolglos versuche, ein Taxi anzuhalten. In der Hoffnung, auf der anderen Straßenseite mehr Glück zu haben, überquere ich die Straße, obwohl die Ampel Rot zeigt, und hebe den Arm. Meine Finger sind taub, und meine Hoffnung geschwunden, als wir uns schließlich mutlos auf den langen Fußmarsch downtown machen.

Warum habe ich nicht Stiefel angezogen statt Turnschuhe? Alle paar Minuten bleibe ich stehen und winke wie blöd den vorbeifahrenden Taxis zu, dann fluche ich lauthals und marschiere weiter. Für Rocket ist die ganze Sache ein einziges großes Abenteuer – das laute Gehupe, die schutzsuchenden

Menschen, der weggewehte Regenschirm, der uns um Haaresbreite verfehlt und in einem Baum hängen bleibt. In einem kleinen Lebensmittelladen kaufe ich mir einen Kaffee, und als ich wieder herauskomme, merke ich, dass ich nicht weit entfernt bin vom *Roulette.* Ich wünschte, es gäbe hier jemanden, der eine verkühlte Kellnerin und einen Hund mit eisverkrusteten Pfoten aufnehmen könnte, aber der einzige Mensch, den ich hier auf der Upper East Side kenne, ist Daniel.

Nein. Das geht nicht.

Ganz gleich, wie unterkühlt und verzweifelt ich auch sein mag. Ich bleibe einfach hier am Bordstein stehen und warte, bis ein Taxi anhält, selbst wenn meine Füße am Bürgersteig festfrieren sollten.

»Bitte, hör auf zu zittern, Rocket«, flehe ich ihn an. »Bei dem Anblick komme ich mir vor wie eine Rabenmutter.«

Genau in dem Moment, als ich schon glaube, ihn unter meinen Mantel stecken und in die U-Bahn schmuggeln zu müssen, kommt ein leeres Taxi um die Ecke und fährt direkt auf uns zu. »Na endlich«, seufze ich erleichtert und nehme Rocket auf den Arm. »Wir sind gerettet.«

Doch der Fahrer bremst nicht die Bohne. Schnell werfe ich einen Blick über meine Schulter nach hinten und sehe dort einen gut gekleideten, hundelosen älteren Herr mit hoch erhobenem Arm stehen. »Halt, das ist meins!«, rufe ich noch, als das Taxi an uns vorbeirast und Rocket und mich mit einem Schwall eiskalten Wassers übergießt. Der Mann springt in den Wagen, das Licht auf dem Autodach erlischt, und sie verschwinden im Verkehr.

Rocket jault kurz auf und schüttelt sich heftig, als ich ihn auf die Erde setze. Sein pitschnasser Hundemantel ist verrutscht und hängt ganz schief an einer Seite, und den Schwanz hat er zwischen die Beine geklemmt. »Zum Teufel mit dem Stolz«, murre ich. »Gehen wir.«

Meine Schuhe sind völlig durchnässt, als ich die Seventy-eighth Street entlanglaufe, hin zu dem einzigen Menschen, den ich noch nicht um Hilfe gebeten habe. Von unten sieht das Haus, in dem Daniel wohnt, aus wie das Annapurna-Basislager – licht und warm, mit lebenden Menschen und kuscheligen Decken. Sobald wir unter die ausladende Markise schlüpfen, schüttelt Rocket sich wieder und bespritzt den Pförtner mit kalten Tröpfchen. »Das tut mir leid«, entschuldige ich mich.

»Aber warum denn?«, entgegnet er lächelnd. »Ich habe Gummischuhe an und einen Regenmantel. Dafür sind die doch da.«

Als er oben bei Daniel anruft, kommt mir ein entsetzlicher Gedanke: Was, wenn Daniel und Fritz nicht allein sind? Sonia könnte bei ihm auf der Couch liegen, Drehbücher lesen, sich überlegen, wen sie mit nur einem Streich ihres Kugelschreibers ins Verderben stürzen oder zu einem reichen Mann machen will. Und dann komme ich mit meinem tropfnassen Hund hereingestolpert und blamiere mich bis auf die Knochen, nur um mich dann mit einer fadenscheinigen Entschuldigung schnell wieder zu verdrücken und hinaus in das Unwetter zu gehen.

»Wissen Sie was, vergessen Sie es besser«, sage ich zu dem Pförtner, als der gerade den Hörer auflegt und zu mir sagt: »Gehen Sie ruhig nach oben.«

»Wirklich?«

»Mr. Fratelli erwartet Sie.«

In der Zeit, die der Aufzug braucht, um vier kurze Stockwerke nach oben zu fahren, kämme ich mir die Haare und versuche, Rocket mit meinem Schal trocken zu reiben, den ich anschließend zusammen mit meinem leeren Kaffeebecher in den Matchsack stopfe. Als die Türen des Fahrstuhls sich öffnen, steht Daniel in abgewetzter Jeans, langärmeligem rotem

T-Shirt und Wollsocken vor mir. »Was ist los?«, fragt er mich mit besorgtem Blick.

Das Lächeln, das ich eigentlich aufsetzen wollte, will mir nicht gelingen. »Du musst meinen Hund nehmen«, platze ich heraus, und meine Stimme droht zu brechen.

Stirnrunzelnd sieht er erst mich an und dann Rocket. »Warum? Was ist denn passiert?«

»Ich … mein Vermieter – das ist eine lange Geschichte.« Ich schüttele den Kopf. »Ich hätte nicht herkommen sollen.«

Er streckt die Hand aus und nimmt Rockets Leine. »Würdest du bitte mit reinkommen? Du bist ja schon ganz blau.«

✧

»Wie wär's mit Wild mit Soße, ruft Daniel aus der Küche. »Mag er das?«

Ich trockne mir das Gesicht mit einem Handtuch ab. »Keine Ahnung. Das hat er bei mir noch nie bekommen.«

Rocket kläfft lautstark. »Na ja, er dreht gerade durch, also scheine ich nicht ganz falschzuliegen. Fritz, du hast genug gefressen. Rocket, zeig's ihm, kämpf um dein Futter.«

Als Daniel wieder ins Wohnzimmer kommt, jagt Rocket gerade seinen Napf durch die Küche, der scheppernd und kratzend über den Boden schrammt. »Ich hatte ja keine Ahnung, dass Fritz so eine Memme ist«, bemerkt er. »Da taucht ein Hund auf, der nur halb so groß ist wie er, und plötzlich ist er nur noch der Beta-Rüde.«

»Und es würde dir wirklich nichts ausmachen, wenn Rocket ein paar Tage hierbliebe?«

»Überhaupt nichts. Und Fritz muss ohnehin lernen, sein Spielzeug auch mal zu teilen.«

»Ich kann dir gar nicht sagen, wie dankbar ich dir bin.«

»Das hast du doch bereits. Viermal.« Er weist auf meine nassen Klamotten. »Die solltest du schleunigst ausziehen.«

»Oh, na ja … ich habe aber nichts anderes zum Anziehen dabei.«

»Da lässt sich bestimmt noch was finden«, versichert er mir.

»Danke, aber du hast schon genug getan. Ich sollte lieber gehen.«

»Nicht in dem Zustand. Komm mit.«

Während ich mich noch frage, ob er mir vielleicht eine von Sonias Blusen leihen will, dackele ich auch schon hinter ihm her in ein kleines, mit Teppichboden ausgelegtes Schlafzimmer mit Blick auf den Garten. Die Daunendecke ist bis zu den zerknüllten Kissen hochgezogen. Auf dem Boden steht ein Hundebett mit Monogramm, daneben liegt ein ordentlich angenagter Kauknochen.

Daniel knipst eine Lampe an und öffnet den Kleiderschrank. »Meinst du, Kragenweite 44 könnte dir passen?« Er zieht ein Kordhemd vom Kleiderbügel und wühlt dann im obersten Regalfach herum, wobei sein T-Shirt hochrutscht und ein paar Zentimeter glatter Haut an seinem Rücken enthüllt. »Ich glaube, irgendwo habe ich hier noch eine alte Trainingshose. Da ist sie ja.« Er reicht mir die Sachen und lächelt. »Die sind dir sicher viel zu groß. Du bist so … klein.«

»Schon in Ordnung. Ich tue alles, wenn mir nur schnell wieder warm wird.«

»Dafür werde ich schon sorgen.«

»Äh, wo kann ich mich denn umziehen?«, frage ich beinahe wispernd.

Er sieht mich eindringlich an. »Wo immer du willst. Von mir aus gleich hier.«

»Hier?«

Er schluckt. Ich sehe, wie seine Brust sich hebt und senkt. »Es gibt aber auch ein Badezimmer um die Ecke. Mit einer Tür.«

Zwar öffne ich den Mund, doch es dauert ein paar Sekunden, ehe ich weiterspreche. »Dann werde ich wohl einfach –«

Mit beiden Händen fasst er mein Gesicht. »Pst. Sag jetzt nichts.«

»Und was ist mit deiner Freundin?«

»Welcher Freundin?«, flüstert er.

Ich schaue ihn an und lasse die Kleider in meiner Hand auf den Boden fallen. Er küsst mich, zaghaft zunächst, als fürchte er, ich könne mich losreißen. Als ich seine Schultern umfasse, vergräbt er seine Hände in meinen Haaren und zieht mich hinunter auf den Teppich. Das kann doch alles nicht wahr sein. Ich bin erfroren, und das ist mein letzter Gedanke, ehe ich das gleißend helle Licht sehe und meine Oma Rita, die gestorben ist, als ich elf war. Nur noch fünf Minuten. Mehr verlange ich nicht.

Mit dem Fuß bleibe ich an einem Stuhl hängen, der geräuschvoll von der Wand wegrückt. Ungeschickt fummele ich an den Knöpfen von Daniels Hemd herum und spüre, wie einer davon abspringt, während er versucht, mir das Sweatshirt über den Kopf zu ziehen, ohne seinen Mund von meinem zu nehmen. Als ich die Augen aufmache, merke ich erst, dass ich halb unter dem Sprungrahmen liege. Daniel fingert an meinem BH herum, währenddessen ich an seinem Gürtel zerre, und schließlich schaffen wir es, fast unbekleidet auf der Bettdecke zu landen. Er trägt noch eine Socke und seine hellblaue Boxershorts, während meine Unterwäsche das Einzige ist, was mich noch von dem trennt, woran ich in den vergangenen beiden Monaten krampfhaft nicht zu denken versucht habe. »Du kannst jetzt nicht gehen«, murmelt er. »Ich lasse dich nicht weg.«

»Keine Sorge«, entgegne ich atemlos. »Selbst wenn ich es wollte, ich glaube, ich könnte meine Hose nicht finden.«

Ich bleibe mit der Armbanduhr in meinen Haaren hängen,

und als ich mich auf die andere Seite drehe, um sie auszuziehen, sehe ich Rocket im Türrahmen stehen.

»Hey!«, ruft Daniel ihm zu. »Tu mir einen Gefallen und kau auf irgendwas rum, ja? Wir können hier keine Zuschauer brauchen.«

21. Kapitel

Die folgenden zehn Tage verbringe ich im Dauerlauf zwischen der Arbeit und Daniels Wohnung. Bei mir zuhause schaue ich nur sporadisch vorbei, um mich umzuziehen, meinen Fisch zu füttern und die Pflanzen zu gießen. Mein Tag beginnt um acht, wenn Daniel ins Büro geht, und endet, wenn ich vom *Roulette* nach Hause komme und wir »schlafen gehen«. Rocket, der sich vor dem gutmütigen Fritz als neuer Herr des Hauses aufspielt, meidet sein Hundekörbchen im Wohnzimmer und hat stattdessen einen Wildledersessel erobert. »Mach es dir nur nicht zu gemütlich«, warne ich ihn. »Morgen früh schaue ich mir wieder zwei Wohnungen an.«

Wobei ich allerdings regelrecht erleichtert bin, dass weder das Loft auf der Lower East Side noch die Altbauwohnung in Soho das Richtige für mich sind. Nicht mal die Tatsache, dass mir jemand anderes ein Zweizimmerappartement in den West Eighties vor der Nase wegschnappt, kann mich aus der Ruhe bringen. Ich ertappe mich dabei, dass ich hoffe, die perfekte Wohnung möge so lange auf sich warten lassen, bis ich bereit bin, diesen herrlichen Schwebezustand wieder zu beenden. Zum ersten Mal seit Monaten zerbreche ich mir nicht ununterbrochen den Kopf über meine berufliche Zukunft oder setze mich unter Druck, um möglichst schnell einen neuen Job zu finden. Cato beglückwünscht sich zu seinem erfolgreichen Verkupplungsversuch, und selbst Steve fällt meine gute Laune angenehm auf. »Wurde ja auch langsam Zeit, dass du anfängst zu lächeln«, bemerkt er.

Den Morgen verbringe ich damit, das Geschirr vom Abendessen zu spülen und mich von Fritz und Rocket durch den Park schleifen zu lassen. »Zu teuer«, erkläre ich, als meine Maklerin Carolyn mit neuen Angeboten anruft. »Zu klein. Zu weit weg.«

»Für jemanden, der so schnell wie möglich eine neue Wohnung haben will, sind Sie aber ziemlich wählerisch«, stellt sie irgendwann fest.

An meinem freien Tag gehe ich in den Supermarkt und kaufe Blumen und freue mich schon auf den Moment, wenn Daniel nach Hause kommt und zugegebenermaßen ziemlich mitgenommen aussieht, weil er schon den x-ten Abend hintereinander viel zu spät ins Bett gegangen ist. »Ich habe im Büro ein ganz kurzes Nickerchen gehalten«, versichert er mir. »Ich bin fit wie ein Turnschuh.« Ganz gleich, ob wir uns alte Filme ansehen, uns am Sonntagnachmittag Dim Sum teilen oder einfach nur im Bett liegen und reden, wir denken nicht an morgen. Ich bin obdachlos und verdiene meine Brötchen als Kellnerin. Das Leben ist schön.

An einem Samstag Mitte November befestigt Daniel das Segeltuchverdeck an seinem Auto, und wir fahren raus nach Long Island, um uns mit Shelley, seiner Immobilienmaklerin, zu treffen. Mit dem herumwuselnden Rocket auf dem Schoß nehme ich endlich all meinen Mut zusammen und stelle die Frage, die mir schon seit Wochen im Kopf herumspukt. »Was ist eigentlich aus Sonia geworden?«

Daniel grinst. »Ich hatte gehofft, wir könnten das Thema ausklammern.«

»O nein. Diesmal nicht.«

»O Mann.« Er streckt die Ellbogen durch und seufzt. Man merkt, dass er um die richtigen Worten ringt. »Es war sozusagen ein abgekartetes Spiel. Ich bin der alleinstehende aufstrebende Fernsehmacher, Sonia ist die Nichte der Porters und braucht einen kuscheligen kleinen Job, damit sie was halbwegs

Sinnvolles zu tun hat. Und *bums* – schon bin ich ihr Chef *und* gehe mit ihr aus. Zugegeben, anfangs fand ich sie sogar ziemlich attraktiv, aber mit ihrer Verwöhntes-reiches-Mädchen-Masche ging sie mir schon nach drei Tagen furchtbar auf die Nerven.«

»Und sie hatte so gar nichts an sich, was dir gefallen hätte? Überhaupt nichts?«

»Wenn du wissen willst, ob es dabei nur um Sex ging, nein, ging es nicht. Ich meine, nicht dass wir das nicht alle schon mal gemacht hätten, aber …«

»Hey, man sollte nicht von sich auf andere schließen.«

Er reicht seine Hand herüber und drückt mir durch die Jeans das Bein. »Komm schon, sag mir die Wahrheit.«

Ich drehe und winde mich, um ihm zu entkommen. »Noch will ich das makellose Bild, das du von mir hast, nicht zerstören. Können wir nicht erst mal eine Weile auf Wolke sieben schweben, ehe wir sämtliche Karten auf den Tisch legen?«

»Der Grillkoch, Erin. Ich will Details hören.«

»Du bist noch nicht fertig mit der Sonia-Geschichte. Ich verstehe immer noch nicht, wie du es geschafft hast, zwei Monate lang mit ihr eine Beziehung zu führen.«

Er zieht an einem gigantischen Truck vorbei und schaltet hoch. »So schlimm war sie ja nun auch wieder nicht. Zugegeben, sie war unhöflich, schwierig und wollte nach gerade mal eineinhalb Wochen bei mir einziehen. Aber sie hat mich angebetet, und ihre Fußmassagen waren *göttlich.*« Er lacht, und ich gebe ihm einen Klaps auf die Schulter. »War nur Spaß!«, ruft er. »Okay, jetzt bist du dran. Und erzähl mir nicht, du hättest mit diesem Phil geistreiche Gespräche geführt.«

»Hey, wenigstens hat er dich nicht rumkommandiert und dir gesagt, du sollst ihm einen Drink holen.«

Daniel zieht den Kopf ein. »Das tut mir leid. Du hast ausgesehen, als seist du kurz davor, ihr dein Glas über den Kopf zu gießen.«

»Hätte ich mal lieber tun sollen. Hast du Ärger mit den Porters bekommen, als du dich von ihr getrennt hast?«

»Frank sagte wörtlich, er sei *enttäuscht*. Ich glaube, ihm hat es mehr zu schaffen gemacht als Sonia. Zuerst war er mir gegenüber ein bisschen unterkühlt, aber inzwischen hat sich die Lage wieder beruhigt. Er hat jemand anderen ausgeguckt, der sie unter seine Fittiche nimmt, eine wirklich schlaue Frau, die ihre Leute hart rannimmt. Der armen Sonia stehen schwere Zeiten bevor.«

»Und was springt für mich dabei raus, dass ich mit einem Produzenten ins Bett gehe? Was habe ich davon?«

»Hm«, überlegt er. »Außer gelegentlichem Notfall-Hundesitting? Ich weiß nicht, vielleicht ein netter Nachmittag in den Hamptons?«

Wir folgen Shelleys weißem Mercedes am Rathaus und der Grundschule vorbei zu unserem dritten Haus des Tages, einem mit Schindeln verkleideten Häuschen mit schiefen Böden und einem geblümten Vorhang unter der Spüle in der Küche. Während die Hunde im Garten Fangen spielen, schlendern wir von einem Zimmer zum nächsten, spähen in Schränke und öffnen Türen. »Die Decken sind ziemlich niedrig, meinst du nicht?«, bemerkt Daniel, als er sich den Kopf am Eingang zum Wohnzimmer schrammt.

»Keine Ahnung. Du bist von uns beiden der Riese, nicht ich.«

»Solch charmante Details finden Sie nicht überall«, preist Shelley das Häuschen an und versucht vergeblich, die durchgebrannte Deckenleuchte anzuknipsen. »Die verleihen dem Haus so etwas Authentisches.«

Durch ein leicht verzogenes Panoramafenster schaue ich hinaus auf den windgepeitschten Strand. »Die Aussicht ist fantastisch.«

»Ja, wenn ich mich auf dem Weg dahin nicht selbst k.o. schlage«, meint Daniel.

»Sie könnten die Decken auch anheben lassen«, wirft Shelley eilfertig ein. »Es aufstocken, vielleicht ein weiteres Stockwerk anbauen. Da könnte ein herrlicher Wohnbereich entstehen, wenn Sie den richtigen Architekten ranlassen. Sie haben schon so viele Cottages gesehen, Dan. Vielleicht wird es langsam Zeit, etwas kreativer zu denken.«

»Ehrlich gesagt, finde ich, es wird langsam Zeit für eine Muschelsuppe und ein Bier«, entgegnet er. »Trotzdem vielen Dank. Ich werde mir das Häuschen merken.«

Wir packen die Hunde ins Auto und folgen Shelley die gewundene Einfahrt entlang. Sie winkt uns über die Schulter noch einmal zu, hupt und fährt dann nach rechts. Wir biegen nach links ab und machen uns auf den Weg zu einem winzigen Restaurant, das Daniels Beschreibung zufolge der einzige Laden ist, in dem man im November eine anständige Muschelsuppe bekommt.

Wir parken in einer ruhigen Seitenstraße, überlassen Rocket und Fritz die beiden vorderen Sitze und betreten ein holzvertäfeltes Lokal, in dem nur drei Gäste sitzen und ihr Mittagessen aus mit Papier ausgelegten Weidenkörbchen essen. Wir setzen uns an einen Tisch gleich neben dem gemauerten Kamin, in dem sich brennende Holzscheite türmen. »Und was schmeckt hier am allerbesten?«, frage ich, während ich die Tagesgerichte studiere, die auf einer Wandtafel aufgelistet sind.

Daniel klappt die laminierte Speisekarte auf. »Alles. Du kannst gar nichts falsch machen.«

»Das macht die Sache sehr einfach. Dann nehme ich nämlich die Klaffmuscheln.«

»Eine ausgezeichnete Wahl. Möchten Sie vielleicht extradünne Pommes dazu?«

»Sehr lustig«, sage ich mit einem schiefen Grinsen.

»Ich wollte dich bloß aufziehen.«

»Tja … dann lass das mal lieber.«

Quer über den verwitterten Holztisch greift er nach meiner Hand und hält sie fest. »Komm schon. Schließlich servierst du keine Burger und Krabbencocktails.«

»Na und?«

»Und das *Roulette* ist kein gewöhnliches Restaurant. Und du bist keine gewöhnliche Kellnerin.«

»Und wäre es nicht wunderbar, wenn alle diese Meinung teilen würden?«

»Sieh mal, die meisten Leute halten mich für oberflächlich, weil ich fürs Fernsehen arbeite. Darauf darf man nichts geben.«

»Aber das ist doch was ganz anderes. Wenn ich Leuten erzähle, dass ich kellnere, kann ich ihnen an der Nasenspitze ansehen, dass ich ihnen leidtue.«

»Bei Frank und Patti hast du niemandem leidgetan.«

»Weil die mich alle ignoriert haben. Ist dir das nicht aufgefallen?«

»Mir ist nur Pattis schlechter Geschmack in Sachen Ohrringe aufgefallen.«

Er lächelt, doch es fällt mir schwer, sein Lächeln zu erwidern. »Du hast leicht lachen. Du bist noch nie von jemandem wie Sonia herumkommandiert worden.«

»Was wetten wir?«

»Das meine ich nicht. Ich muss immer ja sagen, ganz gleich, was die Leute von mir verlangen oder wie sie mich behandeln. Das kann ganz schön demütigend sein.«

»Aber geht es einem nicht in beinahe jedem Job so? Pattis Inneneinrichter war in sämtlichen angesagten Designzeitschriften, und trotzdem muss er bei ihr jeden Monat ein und denselben Raum neu dekorieren. Frank gehört seinen Aktionären; ich muss Frank bei Laune halten …«

»Gut, aber diese Jobs sind wenigstens *interessant*. Man braucht dazu Talent. Das, was ich mache, kann jeder.«

Er lehnt sich zurück und verschränkt die Arme. »Das ist doch lächerlich. Sag mir nicht, dass du nicht jeden Abend aufs Neue dein Gehirn anstrengen musst. Ihr Kellner seid es doch, die den Laden am Laufen halten.«

»Aber für Patti und Sonia sind wir nichts weiter als die Dienerschaft.«

»So sehe ich das überhaupt nicht. Du verdienst gutes Geld, und du besitzt genauso viel Klasse und Integrität wie jeder andere Mensch, den ich kenne.«

»Du verdrängst die Realität«, behaupte ich beharrlich.

»Die Realität ist doch, dass niemand dich verurteilt. Und eines schönen Tages wirst auch du das noch merken.«

»Vielleicht sollten wir mal eine Weile tauschen, dann würdest du verstehen, was ich meine«, meckere ich und beobachte den Kellner, der an unseren Tisch kommt.

»Soll das ein Witz sein? Ich würde schon nach dem ersten Abend das Handtuch werfen. Wohingegen du … Frank würde dich wahrscheinlich nicht mehr hergeben wollen.«

Mir gelingt ein Lachen. »Ich wäre mein Geld wert. Wenn ich nicht gerade mit Produzieren beschäftigt wäre, könnte ich ihm das Mittagessen servieren.«

»Würden mehr Leute im Sender diese Einstellung teilen, wären wir die Nummer eins auf dem Markt und nicht bloß die Nummer drei.«

Nach dem Essen nehmen wir die Hunde an die Leine und laufen die Straße hinunter, um einen Kaffee zu trinken. Den restlichen Nachmittag schlendern wir durch Bridgehampton, halten Händchen, machen einen Schaufensterbummel und sehen uns die Häuser an. Am späten Nachmittag wird es immer kälter, und irgendwann beginnt es zu schneien. In der Dämmerung fahren wir nach Hause, und das Verdeck flattert geräuschvoll im Wind, während die Hunde auf dem Rücksitz schlafen. Mein Handy klingelt in dem Augenblick, als wir in die Stadt hineinfahren. Es ist meine Maklerin.

»Tolle Neuigkeiten!«, quietscht sie in ihrem breiten Jersey-Dialekt. »Erinnern Sie sich noch an die Wohnung auf der Upper West Side? Tja, dreimal dürfen Sie raten. Der Interessent hat einen Rückzieher gemacht, also können Sie sie haben, wenn Sie wollen.«

Ich zögere und linse aus dem Augenwinkel nach Daniel. »Na ja, eigentlich nicht. Aber ich nehme sie trotzdem.«

✧

Am Sonntagmorgen starte ich meine Umzugsaktion, und erst am darauffolgenden Dienstag werde ich endlich damit fertig. Zwischen meinen Schichten im *Roulette* verpacke ich Kleider und Geschirr in Kartons, um dann stundenlang meine nun ehemalige Wohnung zu putzen. Rachel hilft mir dabei, die Lampen einzupacken und die Teppiche zusammenzurollen, während Daniel die Möbelpacker beaufsichtigt und das Aquarium in seinem Auto quer durch die Stadt transportiert. In Gedanken bin ich so mit meiner neuen, Rocket-freundlichen Bleibe beschäftigt, dass ich ohne nachzudenken zusage, als Carl mich bittet, am Freitagnachmittag früher zur Arbeit zu erscheinen.

»Aber verkauft sich das auch?«, höre ich Steve sagen, als ich das Restaurant betrete. Carl und er sitzen mit einer Speisekarte in der Hand an der Bar. Steve trägt seinen Frotteebademantel und Badelatschen, und seine Beine glänzen vom Massageöl.

»Du hast doch gesehen, was die Presse in der letzten Zeit

über uns geschrieben hat«, meint Carl. »Natürlich verkauft sich das.«

»Okay, aber Olivenöl-Mousse? Meinst du nicht, wir treiben es schon mit der Flüssigstickstoff-Eiscreme auf die Spitze? Vier Riesen habe ich für diesen Gefriergutpürierer hingeblättert, den Betsy bisher ein einziges Mal benutzt hat.«

»Geiz können wir uns nicht leisten, solange Holland hier gleich um die Ecke lauert. Investitionen muss man sich was kosten lassen.«

»Äh, hi«, unterbreche ich sie.

Carl dreht sich nicht mal richtig um. »Geh dich einstempeln und warte dann im Speiseraum auf mich.«

»Deine Stempelkarte war in letzter Zeit kaum zu lesen«, fügt Steve hinzu. »Achte darauf, dass du sie gerade reinsteckst.«

Worauf ich mit einem Lächeln, das man nur mit einem neuen Freund und einer tollen neuen Wohnung zustande bringt, erwidere: »Gerne. In Zukunft passe ich besser auf.«

Zehn Minuten warte ich vor Tisch eins auf Carl, bis er schließlich mit einem gelb-schwarzen gürtelähnlichen Gerät in der Hand hereinkommt. »Ich habe eine ganz besondere Aufgabe für dich, Erin«, verkündet er. »Etwas, das ich unmöglich Enrique oder den Nachtwächter machen lassen kann.«

Nach Aufträgen wie die Fettfilter schrubben oder die Scharniere an den Türen zur Herrentoilette nachziehen bin ich felsenfest davon überzeugt, dass mich so leicht nichts mehr erschüttern kann. »Und was für eine Aufgabe wäre das?«

»Keine Sorge, es wird dir bestimmt Spaß machen. Du hast doch sicher schon mal eine Broadwayshow gesehen, in der die Hauptdarstellerin an einem Drahtseil auf die Bühne geschwebt ist?«

»Ja, und?«

»Und es wird mal wieder Zeit, den Kronleuchter zu putzen.«

Beinahe muss ich lachen. »Das kann ich nicht.«

»Wie du meinst!«, ruft Steve vom Empfangspult rüber. »Sicher werden wir jemanden finden, der für dreihundert die Schicht auch mal einen Klettergurt anlegt.«

Carl zuckt die Achseln. »Da hat er wohl recht.«

»Aber ich bin so ungeschickt«, protestiere ich mit plötzlich ganz klammen Händen.

»Hör auf, dich immer selbst schlechtzumachen. Los, dreh dich um, damit wir dich anschnallen können. Bis vier Uhr ist noch eine Menge Staub zu wischen.«

Misstrauisch beäuge ich den in schwindelerregender Höhe baumelnden Kronleuchter und sage mir, dass ich gerade den Mietvertrag für fünfundachtzig ziemlich teure Quadratmeter unterschrieben habe. »Und wenn ich abrutsche?«

»Wehr dich nicht dagegen«, empfiehlt Carl. »Lass es einfach geschehen, und alles wird gut.«

»Denk dran, Erin, jeder Teil dieses Kronleuchters wurde in Murano mundgeblasen«, bemerkt Steve, und seine Badelatschen klatschen auf dem Parkett, als er in Richtung Küche abzieht. »Ein Kratzer, und du kannst hier unbezahlt arbeiten, bis du fünfzig bist.«

Widerstrebend stecke ich einen Fuß durch die Beinschlaufen und zucke zurück, als ich spüre, wie Carls Hände die Verschlüsse um meine Taille schließen und den Gurt festziehen. »Die Leiter ist aber doch stabil, oder?«, frage ich.

»So stabil etwas sein kann, das so hoch und klapperig ist. Also gut. Du kannst loslegen.«

Ein dünnes blaues Seil führt von meiner Taille bis zur Zimmerdecke, wo es durch einen Metallhaken läuft, der das Einzige ist, was zwischen mir und dem Jenseits steht. Mit einem kurzen Stoßgebet an wen auch immer, der gerade zuhören mag, setze ich einen Fuß auf die unterste Sprosse der Leiter. »Ich hätte ein Testament machen sollen«, flüstere ich. Langsam klettere ich bis ganz nach oben, und mit meinen feuchten Handflächen rutsche ich an den kalten metallenen Holmen der Leiter ab.

»Und jetzt nimm das!«, ruft Carl mir zu und rammt mir das Stielende des Staubwedels ins Bein. Mir wird schwindelig, als ich blind mit einer Hand danach taste, das Ding endlich zu fassen bekomme und den langen Plastikstab zu mir heraufziehe. Ich hole tief Luft und nehme den Lüster ins Visier, der mit hauchzarten Spinnweben eingesponnen und von einer dicken Staubschicht überzogen ist. Zitternd strecke ich einen Arm aus, bringe den Staubwedel in Position und mache mich an die Arbeit.

»Wenn du damit fertig bist, kommst du zu mir«, weist Carl mich noch an, ehe er mich mit meiner Luftnummer allein lässt. Fünf Minuten später kommen José und Ron herein, gefolgt von Kimberly, die mit ihren Stöckelschuhen so groß ist, dass sie sicher mit ausgestrecktem Arm meine Zehen berühren könnte.

»Die Welt liegt dir zu Füßen, Erin!«, ruft Ron, als er anfängt, die Tische in der Lounge einzudecken. »Wie ist die Luft da oben?«

»Dünn.« Ich inhaliere einen tiefen Lungenzug Staub und muss husten. Der klirrende Lüster schaukelt bedrohlich hin und her.

»Ich hoffe, sie haben heute Morgen bei dir schon mal für das Gipskorsett Maß genommen«, witzelt Marty, als er mit einer Sporttasche über der Schulter hereinspaziert kommt.

»Freut mich, dass ihr euch alle so köstlich amüsiert«, brumme ich. In Geoffreys rechteckiger Brille spiegelt sich das Licht, als er interessiert meine Fortschritte beobachtet. Bald schon schwebt Alains liebstes Vor-der-Arbeit-Lied gespenstisch durch den Speisesaal.

Is that all there is?, singt Peggy Lee. *If that's all there is, my friend, then let's keep dancing.* – Ist das schon alles? Wenn das alles ist, mein Freund, dann lass uns weitertanzen.

»*Hola*, Erin«, begrüßt Omar mich, als er unter mir damit anfängt, Stuhlbeine abzuwischen.

»Bergheil und Grüße vom Gipfel«, antworte ich. Ich versuche, mich mit der Schulter an der Wange zu kratzen. Allerdings ohne Erfolg.

»Das ist doch aber sicher, oder?«, fragt er.

»So weit würde ich jetzt nicht gehen.« Der Kronleuchter ist fast fertig. Nur noch eine letzte rosa Milchglaskuppel, und dann kann ich wieder zur Erde zurückkehren. Aber was kitzelt da an meinem Ohr? Ich werfe mein Haar zurück und erblicke eine riesige schwarze Spinne, die an meinem Arm hochkrabbelt.

»*Ah!*« Mit einem kurzen, spitzen Schrei lasse ich die Leiter los und fege hektisch die Spinne von meinem Arm. Im gleichen Augenblick verliere ich den Halt und segele weit in den Luftraum über dem Speiseraum hinaus.

»Erin!«, schreit Alain.

Die Gurte schneiden in meine Hüfte ein, ich umklammere den Staubwedel wie einen Rettungsring und schwinge hilflos hin und her. Sekunden später kommt Carl aus der Küche gestürzt, Steve dicht auf seinen Fersen. Ich sehe Omars Gesicht, der mich verdutzt anschaut, als werde er Zeuge eines göttlichen Wunders.

»Holt mich hier runter!«, kreische ich. Gerade als ich mich über Bereich drei eingependelt habe, geht die Vordertür auf, und Jane und Cato kommen herein. Ich baumele an der Decke, in Panik und schäumend vor Wut, und möchte vor Scham am liebsten im Boden versinken, während sie mich mit offenem Mund ungläubig anstarren. Wenn ich das überlebe, wird mich diese Geschichte bis an mein Lebensende verfolgen. Bis ins Grab.

»Ich wusste ja, dass du ein paar sonderbare Vorlieben hast, Erin«, meint Cato kopfschüttelnd. »Aber diesmal bist du wirklich zu weit gegangen.«

Plötzlich fängt Carl an zu lachen. Steve stimmt in das Gelächter ein, und dann können selbst Alain und Omar sich der Komik der Situation nicht mehr entziehen. »Warum hilft ihr denn keiner?«, schreit Jane. »Lieber Himmel, wir können sie doch nicht einfach so da oben hängen lassen!«

Carl zieht sich die Kochjacke aus, als wolle er einen Ertrinkenden retten, und darunter kommt ein enges graues T-Shirt zum Vorschein. »Rühr dich nicht vom Fleck!«, ruft er, was weiteres Gelächter provoziert. Erstaunlich flink und sportlich klettert er die Leiter nach oben und holt mich ganz langsam ein. Ehe ich mich versehe, stehe ich mit einem seiner kräftigen Arme um die Taille wieder auf dem Boden. »Du hast deine Angst besiegt und ein Problem beseitigt. Bist du im Nachhinein nicht froh, dass du hochgeklettert bist?«

Steve wischt sich mit einer Cocktailserviette die Tränen aus dem Gesicht. »Danke, Erin. Ich glaube, ich habe seit Jahren nicht mehr so gelacht.«

22. Kapitel

Am Dienstagabend hilft Daniel mir in der Nähe der Ecke Seventy-sixth und Madison aus dem Taxi. »Wo gehen wir denn hin?«, frage ich neugierig.

»Das wirst du schon sehen«, entgegnet er. »Es ist hier gleich um die Ecke.«

Mehr Informationen sind ihm nicht zu entlocken, seit er mich angefleht hat, mir einen Abend freizunehmen. Für dieses Privileg musste ich Derek zweihundert Dollar hinblättern, aber ich habe den leisen Verdacht, dass es sich lohnen wird. »Kannst du mir nicht wenigstens einen Tipp geben?«

»Ich hatte dich doch gebeten, dich richtig fein zu machen. Und du hast dich selbst übertroffen.«

»Danke sehr. Darüber hinaus, meine ich.«

»Darüber hinaus wird es ein toller Abend.«

Ich senke den Kopf gegen den Wind und stelle mir ein romantisches Abendessen bei Kerzenschein in einem winzigen Restaurant vor, oder vielleicht Champagner in einer der romantischsten Suiten des *Carlyle*. Aber sobald wir auf ein graues Gebäude zusteuern, wird mir schlagartig klar, dass er etwas ganz anderes im Sinn hat. Hier war ich schon mal.

»Guten Abend«, begrüßt uns der Portier.

»Daniel Fratelli, wir möchten zu Frank und Patti Porter«, erwidert Daniel.

Mir rutscht das Herz bis in die Kniekehlen. Das kann doch nicht sein Ernst sein.

»Mr. P feiert heute seinen Geburtstag, nicht wahr?«, erkundigt sich der Portier.

»Er erzählt allen, er werde neunundvierzig, aber mich legt er damit nicht rein«, scherzt Daniel. »Wenn ich richtig gezählt habe, wird er seit drei Jahren neunundvierzig.«

Durch den schwarzen Kaschmirmantel zerquetsche ich Daniel mit einem Todesgriff beinahe den Arm. »Könnte ich dich bitte mal kurz sprechen?«

Er wirkt verwirrt, als ich ihn zu einem ein paar Meter entfernt stehenden kleinen Ledersofa führe. »Was ist denn los?«

»Was *los* ist?«, zische ich. »Warum hast du mir nicht gesagt, dass wir zu den Porters gehen?«

»Weil ich befürchtet habe, du würdest nicht mitkommen, darum. Herrje, du tust ja, als hätte ich uns Karten für eine Live-Sexshow besorgt.«

»Offen gestanden, finde ich das hier schlimmer.«

»Wir gehen zu einer sehr netten Party. Meinst du nicht, dass du ein klein bisschen überreagierst?«

Die Logik hinter seiner Verschleierungstaktik trifft mich wie ein Schlag in die Magengrube. »Ach, verstehe. Du dachtest, du tust mir einen Gefallen, und ich darf mich eine Weile mit den Reichen und Schönen amüsieren.«

»Was redest du denn da?«, entgegnet er und sieht mich verständnislos an. »Ich habe dich eingeladen mitzukommen, weil ich so gerne Zeit mit dir verbringe. Jedenfalls habe ich ganz sicher nicht damit gerechnet, dass du deswegen sauer auf mich bist.«

»Sauer trifft es nicht mal ansatzweise.«

Er legt den Kopf in den Nacken und seufzt schwer. »Es tut mir leid, okay?«

»Wirkt aber nicht so.«

»Können wir nicht später darüber reden?«, bittet er mich und will meine Hand nehmen. »Jetzt sind wir schon mal hier, und ich möchte nicht zu spät kommen.«

Heftig ziehe ich meine Hand weg. »Unter keinen Umständen gehe ich da rauf.«

»Na ja, aber ich gehe nicht ohne dich.«

Die Tür der Lobby öffnet sich, und ein eiskalter Windstoß zerzaust mir das Haar. »Guck mal, Schatz, die laden heutzutage aber auch wirklich jeden ein«, tönt eine Männerstimme.

Daniel dreht sich um und ringt sich ein gequältes Lächeln ab. »Randy, was machst du denn hier?«, sagt er gepresst. »Ich dachte, du bist in L. A.«

»Seit gestern Abend wieder in der Stadt und verdammt froh darüber.«

Daniel legt mir die Hand auf die Schulter. »Äh, Erin, das ist Randy, einer unserer Autoren, und das ist seine Frau Yvonne ...«

Jetzt sitze ich in der Falle, und mir bleibt keine andere Wahl mehr. Ich muss mitspielen. Yvonne redet mit mir, aber ich bekomme kaum mit, was sie sagt oder wie sie überhaupt aussieht. »Nett, Sie kennen zu lernen«, höre ich mich sagen.

»Ich meine, was schenkt man einem Mann, der schon alles hat?«, fragt Yvonne Daniel. Sie zeigt uns eine rechteckige, in Silberfolie eingewickelte Schachtel.

»Eine Angeltour auf einem Charterboot.«

»Doch nicht im Ernst!«

»Entweder das oder schon wieder Golfschläger.«

»Wir haben ihm einen seltenen Lafite besorgt«, prahlt Randy. »Bloß schade, dass er schon siebzig sein wird, ehe der Wein das richtige Alter zum Trinken hat.« Er tritt zur Seite, als die Fahrstuhltüren sich öffnen. »Wollen wir?«

»Erin?« Daniel nimmt mich beim Ellbogen, und ich werde mit dem Rest unseres Grüppchens in den Aufzug geschoben. Ich betrete den Lift und erblicke mein Gesicht in der verspiegelten Kabinenwand, als der Aufzug anfährt. In dem Cocktailkleid aus Seide und den hohen Schuhen sehe ich aus, als würde ich tatsächlich hierher gehören, aber ich bin eine Hochstaplerin, ein Dienstmädchen in den Kleidern seiner Herrin.

Ich mache die Augen zu, weil ich den Anblick nicht ertragen kann.

»Das Wetter war ja ganz okay, aber die *Szene* war wirklich kaum zum Aushalten, wenn du weißt, was ich meine«, sagt Yvonne.

Ich werde stocksteif, als Daniel den Arm um mich legt. »Ich habe gehört, es dauert in der Regel ein paar Monate, bis man sich eingelebt hat.«

»Ein paar Monate zu lange«, kommentiert Randy.

Die Türen öffnen sich, und vor uns erscheint die Wohnung der Porters noch größer und prunkvoller, als ich sie in Erinnerung hatte. Rosalinda steht in gestärktem schwarzem Kleid und weißer Schürze im Foyer einsatzbereit. »Willkommen«, begrüßt sie uns.

»Hallo, Rosalinda«, erwidere ich. Fast erwarte ich, dass sie meine Tarnung mit einer Bemerkung wie zum Beispiel »Wo bleiben Sie denn? Yves wartet schon in der Küche auf Sie!« auffliegen lässt, doch sie scheint erstaunt, als könne sie sich nicht erklären, warum eine Wildfremde ihren Namen kennt. Sie nimmt unsere Mäntel entgegen und reicht sie an eine junge Frau in Dienstmädchenuniform weiter, dann geleitet sie uns in den Salon, wo die Gäste in Strass und Smoking in kleinen Grüppchen zusammenstehen. Patti Porter in einem schulterfreien Taftkleid stößt einen kleinen quietschenden Schrei aus, als sie uns sieht. »Daniel!«, zirpt sie und gibt ihm einen Kuss auf die Wange. »Wie geht es meinem Lieblingsproduzenten?«

»Bestens. Schön, dich zu sehen.«

Und dann stürzt sie sich auf mich. »Dann müssen Sie die geheimnisvolle junge Dame sein, von der ich schon so viel gehört habe.«

Geheimnisvolle junge Dame? Erkennt sie mich denn nicht?

»Guten Abend«, stammele ich und werfe Daniel einen verzweifelten Blick zu. Der schaut mich mit hochgezogenen Augenbrauen an, als wolle er sagen: »Spiel einfach mit.«

»Sie habe ich doch schon mal irgendwo gesehen, nicht wahr?«, grübelt Patti und mustert aufmerksam mein Gesicht.

»Nun ja …«

»Waren Sie letzte Woche beim Wohltätigkeitsessen zugunsten von St. Jude?«

»Äh, nein.«

»Beim ›Feuer und Eis‹-Ball?«

»Tut mir leid.«

»Ich weiß. Sie sind Schauspielerin und in einer dieser Seifenopern zu sehen. Stimmt's?«

»Leider nein.«

»Seltsam«, wundert sie sich und runzelt die Stirn. »Dann muss ich Sie wohl mit jemandem verwechseln.«

Es dauert einen langen, peinlichen Augenblick, bis Daniel und ich uns auf meine unerwartete Anonymität eingestellt haben. »So!«, sagt er betont munter und reibt sich die Hände. »Wo versteckt sich denn der alte Herr?«

»Er ist mit Yves im Weinzimmer.« Patti spricht im Flüsterton weiter. »Ich glaube, diese ganze Geschichte mit seinem fünfzigsten Geburtstag ist bloß eine willkommene Ausrede, den Pomerol zu plündern. Ich hole ihn lieber, ehe er noch seine eigene Party verpasst. Bitte entschuldigt mich.« Sie verschwindet in der Menge, und eine Kellnerin mit hennaroten Haaren taucht statt ihrer auf, ein Tablett mit sprudelnden Gläsern in der Hand.

»Möchten Sie vielleicht ein Glas Champagner?«, fragt sie mit mechanischer Stimme.

»Und wie, Schwester«, murmele ich und schnappe mir eins der langstieligen Gläser. »Und heben Sie sich eins für später auf.«

Daniel, der in seinem maßgeschneiderten schwarzen Anzug einfach unverschämt gut aussieht, stößt mit seinem Glas leicht gegen meins. »Das war doch gar nicht so schwer, oder? Bei Patti ist nicht mal der Groschen gefallen.«

»Wart's nur ab«, unke ich. »Bei irgendwem wird er schon noch fallen.«

Wie aufs Stichwort kommt Rosalinda herein, den letzten Neuankömmling der Party im Schlepptau – Sonia. »Und ob du's glaubst oder nicht, dieser Jemand ist gerade angekommen«, orakele ich finster. »Was für ein wunderbarer Abend das doch wird.«

»Himmelherrgott«, entgegnet er. »Wieso ist die denn schon wieder in der Stadt?«

Sonia greift sich ein Glas Champagner vom nächstbesten Tablett und kommt auf ihren Schlangenleder-Slingpumps direkt auf uns zu. Sie trägt ein Wollkleid mit ausgefranstem Saum, das aussieht, als sei sie damit in der Tür ihres Taxis hängen geblieben. »Danny«, schnurrt sie und umarmt ihn steif. »Kommt einem vor, als sei es schon Monate her, nicht? Vielleicht liegt es am Jetlag. Ich war in Europa.«

Daniel legt mir die Hand auf den Rücken. »Du erinnerst dich sicher noch an Erin, nicht wahr?«

Ich kann zusehen, wie Sonias Gesichtsausdruck von gelangweilt zu perplex wechselt, als sie in ihrem Gedächtnis kramt und ihr dann schließlich aufgeht, wo sie mich einordnen soll. »Ich habe ja schon gehört, dass du wieder mit jemandem zusammen bist«, flötet sie, »aber ich hatte ja keine Ahnung, dass … dass *sie* das ist.«

Ich beiße die Zähne zusammen und werfe Daniel, aus dessen Gesicht alle Farbe gewichen ist, einen kurzen Blick zu. »Tja, so ist es aber.«

Doch Sonia ist keine, die sich so einfach übertrumpfen lässt, also zwitschert sie: »Ich habe auch jemanden kennen gelernt.

Ach … da ist er ja.« Sie schaut an mir vorbei und winkt. »Roberto!«

Daniel und ich drehen uns zur Tür. Patti führt gerade einen Mann herein, der, seinen blonden Strähnen und der bronzefarbenen Haut nach zu urteilen, viel zu viel Zeit unter der Sonne von Sankt Moritz verbracht hat. Lässig schlendert er mit einer filterlosen Zigarette in der Hand zu uns herüber. »Das ist mein Freund Roberto«, teilt Sonia uns mit. »Er kommt aus Madrid, aber inzwischen lebt er hier in New York. Bei mir.«

»Wie läuft's?«, begrüßt er uns mit einstudiertem amerikanischem Akzent, entschuldigt sich aber im selben Moment, um sich, wie er sagt, nach einem »echten« Drink umzusehen.

»Ihr seid also schon zusammengezogen, hm?«, erkundigt sich Daniel.

»Ich kenne ihn jetzt seit drei Wochen und vier Tagen«, gibt Sonia schnippisch zurück. »Es hat gleich gefunkt.«

»Hier kommt das Geburtstagskind!«, ruft Patti, womit sie dieses Gespräch glücklicherweise vorzeitig beendet. Alle klatschen, als Frank mit einer Magnumflasche Wein in jeder Hand hereinkommt.

»Entschuldige, ich habe nicht damit gerechnet, dass Sonia so bald wieder hier sein würde«, flüstert Daniel mir zu. »Komm mit, es gibt interessantere Leute, denen ich dich gerne vorstellen würde.«

»Ich will niemandem vorgestellt werden.«

»Und was willst du dann machen? Dumm rumstehen?«

»Warum nicht?«

»Bitte, Erin. Mir ist klar, dass ich es vermasselt habe, aber können wir nicht wenigstens *versuchen*, uns ein bisschen unter die Leute zu mischen und uns zu amüsieren?«

So gerne ich meinen Standpunkt auch verteidigen möchte, ich kann einfach keine weiteren Peinlichkeiten ertragen. Sich in eine Ecke zu stellen, würde nur unerwünschte Aufmerksamkeit erregen, und um hinauszustürmen, ist es jetzt zu spät. »Also schön. Bringen wir's hinter uns.«

Ein Jazz-Quartett spielt Stan Getz, als Daniel mich mit einer jungen Anwältin aus der Entertainmentbranche und ihrem Mann bekannt macht, einem Bauunternehmer, dem »halb Midtown« gehört, sowie etlichen ausgezehrten Damen über vierzig mit glänzendem Teint, die allesamt einen Doppelnamen tragen. Sie alle sind einfach umwerfend gut gekleidet und freuen sich sehr, mich kennen zu lernen. Niemand fragt mich, was ich beruflich mache, entweder interessiert es sie nicht, oder sie gehen davon aus, dass ich nichts tue. Als die Gesellschaft endlich langsam in Richtung Esszimmer abwandert, spüre ich, dass eine fiese Migräneattacke im Anmarsch ist.

Daniel sucht unsere Platzkarten an einem der drei mit Porzellan überladenen Tische. »Okay, ich sitze hier …« sagt er und weist auf den Stuhl neben Frank. »Und du sitzt … da drüben.« Er führt mich zu einem Platz am abgewandten Ende des Tischs gleich neben dem Fenster. Ich komme mir vor wie Pluto – an den Rand des Sonnensystems verbannt, gefroren und vergessen.

Er liest die anderen Namen. »Du sitzt zwischen Sonias Freund und Edie. Könnte schlimmer sein.«

»Wer ist Edie?«

»Franks und Pattis Tochter.«

Das verzogene, versoffene Gör? Da er nicht weiß, dass ich sie schon einmal live erlebt habe, liefert Daniel mir eine kurze Beschreibung. »Kluges Kind, aber nicht ohne. Die Porters sind spät Eltern geworden, also wird sie manchmal etwas zu sehr verwöhnt. Bleibt nur zu hoffen, dass die Kleine früh ins Bett geht.«

»Ich schicke ein Stoßgebet gen Himmel.«

Er bückt sich und schaut mich mit großen, runden Augen an. »Bis jetzt war es doch halb so schlimm, oder?«

Ich wende meinen Kopf ab. »Es ist schlimmer als schlimm. Ich kann es einfach nicht fassen, dass du mich angelogen hast.«

»Wieso denn das? Sonia ist die Einzige, die weiß, wer du bist.«

»Das ist schon eine zu viel«, motze ich die Aussicht auf den Central Park an. »Und sie ist wirklich ein echtes Herzchen.«

Frank Porter nimmt Platz und gibt damit den anderen Gästen das Zeichen, sich ebenfalls zu Tisch zu begeben. »Ich muss gehen«, flüstert Daniel. »Versuch einfach, den Abend zu genießen, okay?«

»Dafür ist es schon zu spät.«

Über die Schulter wirft er mir einen entschuldigenden Blick zu und zieht seinen Stuhl heraus, während ich vor Wut schäumend allein zurückbleibe. Roberto tritt hinter mir an den Tisch und wirft einen Blick auf seine Platzkarte. »In Spanien jeder kann sitzen, wo er will.«

»Vielleicht sollte ich da hinziehen«, gebe ich spitz zurück. Als die Gäste Platz nehmen, höre ich Schritte durch den Flur hallen. Man kennt ja das alte Sprichwort, aber das ist einfach absurd.

»*Buona sera!*«, gurrt eine Frau, sobald sie auf der Schwelle zum Esszimmer steht.

Patti klatscht in die Hände. »Gina und Steve! Wie ich mich freue, dass ihr es noch geschafft habt!«

Fast wäre mir das Glas aus der Hand gefallen. Daniel dreht sich zu mir um, und unsere Blicke treffen sich. Entschuldige!, formt er mit den Lippen. Ich stiere ihn finster an und zerknülle meine Platzkarte zu einem Papierball.

»Italiener«, höhnt Roberto. »Die sind immer so vulgär.«

Und dann taucht auf einmal, wie die kleine Schwester, die ich immer froh war, nicht zu haben, Edie in einem hauchzarten blauen Kleid und Sandalen mit um die Knöchel gewickelten Bändern auf. »Ist das hier der Kindertisch?«

Krampfhaft suche ich nach einer schlagfertigen Erwiderung, aber mir will partout keine einfallen. Ich bin sprachlos angesichts des Anblicks meiner beiden Chefs, die mit Bussis und fadenscheinigen Entschuldigungen nur so um sich werfen. »Wir hatten so viele zu tun, wir mussten uns losreißen regelrecht, so!« Gina zerrt an ihrem eigenen Arm und tut, als zerrisse sie sich selbst in der Luft.

»Glaubt ihr kein Wort«, scherzt Steve. »Sie konnte sich einfach nicht entscheiden, was sie anziehen soll.«

Patti lacht leichthin. »*Pas de problème*, wir wollten uns gerade setzen. Steve, du sitzt unserem Jubilar gegenüber. Und du Gina, ich bin mir sicher, Mr. Roberto Basura und du werdet euch viel zu erzählen haben, da ihr beide aus dem Mittelmeerraum kommt.«

Ich versinke fast in meinem Stuhl. Gina. Am selben Tisch.

»Ich kenne Sie«, bemerkt Edie. »Sie sind das Dienstmädchen, das bei unserer letzten Party hier gekellnert hat.«

»Hm«, murmele ich. Du bist meine kleinste Sorge, du Nervensäge. Und da kommt Gina auch schon, mit hohen Hacken und langem Gesicht. Sie sieht den Gartengestalter mit der Hakennase, der mir gegenübersitzt, und den schon in die Jahre gekommenen Biografen einiger US-Präsidenten zu Robertos Linken und schüttelt sich. Sie weiß es ebenso gut wie ich. Das ist der schlimmste Tisch im ganzen Haus.

»Hallo, Gina«, zirpe ich. »So ein Zufall.«

Den roten Mund weit aufgerissen, starrt sie mich an. »Du. Aber wie …«

»Mein Begleiter sitzt gleich da drüben.« Mit dem Kinn deute ich auf Daniel, der halb aufgestanden ist und Steve gerade die Hand schüttelt.

Angewidert wirft Gina das Haar nach hinten. »Mit dir ich rede nicht.« Steve wirft mir vom anderen Ende des Raums einen verdutzten Blick zu, während Gina die Jacke abstreift, unter der ein spitzenbesetztes Bustier zum Vorschein kommt.

»Señora, guten Abend«, schleimt Roberto, springt auf und rückt den Stuhl für sie zurecht. Italienerinnen mit tiefen Ausschnitten sind wohl nur halb so vulgär.

»*Gracias*«, bedankt sie sich und schenkt ihm ein Lächeln.

Er setzt sich und beugt sich zu ihr herüber. »Sie sprechen Spanisch.«

»*Sí*«, entgegnet sie.

Ach, tatsächlich? Und warum beschimpft sie die mexikanischen Servicehilfen dann immer auf Italienisch?

Patti schwebt herbei, strahlend wie immer. »Ich hoffe, ihr habt alle euren Platz gefunden.«

»O ja, das haben wir«, antworte ich.

Weil sie offensichtlich glaubt, Patti hätte mich wiedererkannt, drängt Gina sich augenblicklich nach vorn ins Rampenlicht. »*Tu casa es bonita* heute Abend, Patti.«

»Oh!«, erwidert sie lachend. »Nun, *mi casa es su casa*!«

»Lass den Quatsch, Mutter«, mischt Edie sich ein und knibbelt mit dem Daumennagel am handbemalten Rand ihres Tellers herum.

Patti verzieht keine Miene. »Möchtest du, dass ich Dr. Berger bitte, deine Dosis zu erhöhen?«, fragt sie zuckersüß. »Denn ich kann ihn gleich morgen anrufen. Also dann, viel Vergnügen allerseits.«

Ich drücke eine Hand gegen meine pochende Schläfe, während Gina weiter auf »Spanisch« radebrecht. »Mexiko *es* schmutzig! *Malo*!«, berichtet sie empört. »Ich gehe zu *la playa* in Acapulco, und ich werde krank nur von die Luft zu atmen!«

»*Si, si*«, versichert Roberto und starrt auf ihre Brüste.

Nach etlichen, schier unerträglichen Minuten tragen die Kellner einen Eismeerkrabbensalat auf, und mit einem munteren »*Bon appétit*!« von Patti nimmt das Abendessen seinen Lauf. Leider habe ich meinen *appétit* allerdings an der Garderobe abgegeben. In dem einen Ohr habe ich Ginas Stimme, im anderen Edies entnervtes Wutschnauben, und da auch tiefes Durchatmen nicht zu helfen scheint, versuche ich, das Problem mit Bordeaux herunterzuspülen. Nach zwei Gläsern fühle ich mich noch elender.

»Entschuldigung«, murmele ich, schiebe meinen Stuhl nach hinten und schnappe mir meine Handtasche. Geflissentlich sehe ich an Daniels besorgtem Gesicht vorbei und gehe den Flur hinunter, vorbei an der Küche, in der Yves vermutlich gerade in aller Eile ein Dessert kreiert, das zu den Servietten passt. Endlich im Badezimmer angekommen, schließe ich die Tür hinter mir, lehne mich gegen die Wand und genieße den Augenblick der Stille. Gerade durchwühle ich meine Tasche auf der Suche nach einem Aspirin, als der Türknauf sich dreht und Patti hereinspaziert kommt.

Entsetzt schnappt sie nach Luft, als sie mich sieht, und prallt zurück. »Verzeihen Sie! Wie peinlich. Ich muss *unbedingt* dieses Schloss reparieren lassen.«

»Das macht doch nichts«, beruhige ich sie, erleichtert, nicht beim Durchforsten des Medizinschränkchens erwischt worden zu sein. »Hätten Sie vielleicht etwas gegen Kopfschmerzen?«

Sie legt mir die Hand auf den Arm. »Kopfschmerzen? Aber ja doch. Kommen Sie mit.«

Ich folge ihr durch die Bibliothek in die Master-Suite, eine ganz in Weiß gehaltene Oase der Ruhe mit schallisolierten Fenstern und schweren Brokatvorhängen. »Also, hier gibt es von jedem etwas«, verkündet sie und öffnet eine Schublade am Nachtkästchen. »Valium, Seconal …«

»Aspirin?«

Patti lächelt. »Natürlich.« Sie nimmt ein Fläschchen heraus und lässt drei Tabletten in meine Hand kullern.

»Danke sehr. Das ist übrigens eine ganz wunderbare Party.«

Sie führt mich in das zum Schlafzimmer gehörige Badezimmer, das ungefähr so groß ist wie meine Wohnung, und lässt Wasser in ein kleines Kristallglas laufen, das sie mir dann reicht. »Freut mich, dass es Ihnen gefällt. Ich kann Ihnen gar nicht sagen, wie ich mir immer über jedes noch so kleine Detail den Kopf zerbreche. Letzte Nacht habe ich kaum geschlafen.« Sie betrachtet sich kurz im Spiegel. »Manchmal frage ich mich, ob überhaupt jemand merkt, wie viel Mühe ich mir mache.« Sie legt die hohe weiße Stirn in Falten. »Haben Sie einen netten Tisch?«

»Sehr. Meine Tischnachbarn sind – faszinierend.«

»Das freut mich. Ich wusste, dass Sie sich alle ganz wunderbar verstehen würden.« Sie legt den Kopf schief. »Es macht mich schier verrückt, dass Sie mir so bekannt vorkommen. Nun ja. Vielleicht verwechsle ich Sie auch mit jemandem.«

Während ich ihr durch den Flur zurück ins Esszimmer folge, versuche ich, das Bild der schwierigen Frau, für die ich nur ein paar Wochen zuvor gearbeitet habe, mit der freundlichen, verwundbaren Person eben im Badezimmer in Einklang zu bringen. Nicht nur, dass wir anders miteinander umgehen – wir sind ganz andere Menschen. Ohne meine Uniform bin ich jemand, der die Mühsal der Gastgeberin verstehen kann, jemand, von dem sie sich Anerkennung erhofft. Sie zeigt Interesse an meinem Wohlbefinden und meinen Kopfschmerzen und teilt mit Freuden ihre Pillchen mit mir. Ich brauche nur zu fragen.

Als ich ins Esszimmer zurückkehre, räumen die Kellner gerade die Teller ab, und Gina und Roberto befinden sich im Frühstadium eines verbalen Schlagabtauschs. Edie, die den beiden aufmerksam zuhört, scheint sich zum ersten Mal an diesem Abend zu amüsieren.

»Modigliani«, stöhnt Roberto und verschränkt die Arme vor der Brust, »ist ein Stümper.«

»Meine Nino malt besser als euer Picasso!«, zischt Gina.

Daniel dreht sich auf seinem Stuhl zu mir her. »Alles okay?«, murmelt er lautlos.

Ich lächele zuckersüß.

Ehe er sich wieder umdrehen kann, hat Sonia sich vorgebeugt und sagt etwas zu Patti. Patti spitzt die Ohren und schürzt die Lippen, und dann schweift ihr Blick durch den Raum und bleibt bei mir hängen. Der Mund steht ihr offen, und in ihrem Gesicht spiegelt sich eine entsetzliche Mischung aus Verwirrung, Enttäuschung und einer gewissen Begeisterung für Klatsch und Tratsch wider. Endlich hat sie mein Geheimnis doch noch gelüftet.

Ich ziehe den Kopf ein und nippe an meinem Wein, als hätte ich nicht die geringste Ahnung, dass ich das Objekt ihres prüfenden Blicks bin. Als ich schließlich all meinen Mut zusammennehme und wieder hinschaue, sehe ich, dass Daniel sich inzwischen an dem Gespräch beteiligt. Er hat ein hochrotes Gesicht und lächelt nervös, während Sonia und Patti mit gespannter Aufmerksamkeit seinen Ausführungen lauschen. Offensichtlich möchten sie erfahren, welche Henry James würdige Schicksalswendung eine gewöhnliche Kellnerin in ihre illustre Runde geweht hat. Mit wesentlich theatralischeren Gesten als sonst bringt er eine Entschuldigung vor: » … arbeitet bei so vielen Partys, sie hat es einfach vergessen, und ich genauso, man stelle sich das vor!« Er lacht.

Erstaunlicherweise scheint Patti ihm diese wirre Geschichte abzukaufen. » … sag ihr, es gibt rein *gar* nichts, weswegen sie sich in meinem Haus schämen müsste.«

»Das ist ja beinahe so komisch wie die Geschichte, wie Roberto und ich uns kennen gelernt haben«, wirft Sonia ein. »Ich war in einer Boutique in Barcelona, als plötzlich so ein *Vogel* hereingeflogen kam und –«

»Ach, Daniel«, unterbricht Patti sie. »Das müsst ihr Yves erzählen, ehe ihr geht. Der wird das zum Brüllen komisch finden. Du kennst doch die Franzosen. Die haben so einen drolligen Sinn für Humor.«

»Erin und ich werden sicher noch lange darüber lachen«, erwidert er.

Als ich schließlich an einem Stückchen Kokoscremekuchen herumgepickt, Daniels Aufforderung zum Tanzen ausgeschlagen und Patti und Frank beschämt eine gute Nacht gewünscht habe, ist es beinahe ein Uhr morgens. Daniel und ich drängen uns mit etlichen beschwipsten Feierfreudigen in den Aufzug, sprechen aber kein Wort miteinander, bis wir auf der Straße stehen. »Kommst du?«, fragt er, als er die Tür eines wartenden Taxis öffnet.

»Ich finde schon allein nach Hause, danke.«

»Sei doch nicht albern. Es ist kalt, und es ist spät. Ich lasse dich nicht allein hier stehen.«

Ich schaue die dunkle, beinahe menschenleere Straße hinunter. Ein feiner Sprühregen fällt und legt sich auf mein Haar. »Also gut«, brumme ich und rutsche zum Fenster auf der anderen Seite durch.

Nachdem Daniel dem Fahrer seine Adresse genannt hat, beuge ich mich über den Vordersitz. »Wenn Sie so nett wären, danach noch an der Ecke Sixty-third und Columbus zu halten.«

»Warum fahren wir nicht zuerst dahin?«, wirft Daniel rasch ein.

Der Fahrer schaltet das Taxameter ein. »Okay. Sixty-third und Columbus.«

Erschöpft lehne ich mich zurück und schließe die Augen, als wir losfahren und die Porters hinter uns lassen. Nachdem ich in den vergangenen drei Stunden das beinahe unwiderstehliche Verlangen unterdrücken musste, einfach loszuheulen, fühle ich mich nun seltsam leer. Ich will bloß noch nach Hause zu meinem Hund.

Behutsam legt Daniel mir eine Hand aufs Knie. »Hör mal, Erin …«

»Lass es.« Meine Stimme klingt kalt und tonlos.

Entmutigt zieht er die Hand wieder weg, und wir sitzen in unbehaglichem Schweigen nebeneinander, bis der Fahrer an meiner Kreuzung anhält. Schon will ich das Geld aus der Handtasche kramen, als Daniel mich aufhält. »Das mache ich.«

»Das kann ich mir gerade noch leisten«, entgegne ich schneidend und drücke dem Fahrer einen Zehner in die Hand.

»Würden Sie bitte auf mich warten?«, bittet Daniel ihn.

Ich steige aus und trete auf den Bürgersteig, und hinter mir klettert Daniel ebenfalls aus dem Taxi. »Bye«, werfe ich ihm finster über die Schulter zu. »Danke für den tollen Abend.«

»Warte mal.« Er packt mich am Arm und zwingt mich so, mich zu ihm umzudrehen. »Hör mal, ich weiß, dass ich mich heute Abend wie ein Arschloch aufgeführt habe, aber ich wollte dich doch nicht in Verlegenheit bringen. Ich hatte die bescheuerte Idee, dir würde endlich aufgehen, dass es niemanden interessiert, wie du deine Brötchen verdienst, und dann … würdest du dich wohler fühlen in deiner Haut. Oder so.«

»Du wolltest doch bloß jemanden, der dich zu dieser beschissenen Party begleitet.«

»Das auch, aber …« Er seufzt. »Ich wollte dir zeigen, dass du genauso ein Mensch bist wie alle anderen auch. Ich habe zwar damit gerechnet, dass du ein bisschen verdutzt sein würdest, wenn wir da ankommen, aber ich dachte, du würdest dich trotzdem amüsieren. Kannst du denn meinen Standpunkt gar nicht verstehen?«

»Du hättest es mir vorher sagen müssen. Ich habe das Recht, meine eigenen Entscheidungen zu treffen.«

»Da stimme ich dir zu. Absolut. Nie hätte ich dich in diese Situation gebracht, wenn ich gewusst hätte, dass die Sache nach hinten losgeht.«

Ein kalter Wind weht mir das Kleid um die Beine. »Du hast ja keine Ahnung, wie das ist, wenn Patti und deine Exfreundin auf einen herabschauen«, flüstere ich.

»Die sehen doch nicht auf dich herab. Die können bloß mit der Welt außerhalb ihres wohlbehüteten kleinen Lebens nichts anfangen.«

»Und du schon?«

Er runzelt die Stirn. »Hm?«

»In Watte gepackt aufgewachsen, vor die schwierige Entscheidung gestellt zwischen der Karriere beim Fernsehen und einer stressfreien Anstellung in der Firma deines Vater?«

»Jetzt wirst du unfair«, protestiert er, und seine Stimme klingt hart.

»War das alles nur ein kleines Abenteuer für dich, dass du dich auf mich eingelassen hast, obwohl ich unter deinem Niveau bin? Hast du dich dem Mann auf der Straße näher gefühlt, weniger Schuldgefühle gehabt, weil du so stinkreich bist, dass du dein Geld für ein Haus verpulvern kannst, das du gar nicht brauchst?«

Ungläubig starrt er mich an. »Du bist mir wirklich wichtig, Erin, aber das ist doch Blödsinn. Du kannst mich doch nicht wegen eines dummen Fehlers in die Wüste schicken.«

»Dummer Fehler? So nennst du das?«

»Ich habe dich ohne zu fragen zu einer Party im Haus meines Chefs mitgenommen. Herrgott, wenn dein Job so ein Thema ist, wieso redest du dann nicht mal mit Andrea in der Marketingabteilung? Ich bin mir sicher, dass du da vorübergehend unterkommen könntest.«

»Ich brauche deine Hilfe nicht«, entgegne ich schnippisch. Der Taxifahrer hupt zweimal kurz. »Du musst gehen.«

»Wir sind noch nicht fertig mit Reden«, beharrt Daniel. »Ich komme mit rein.«

»Tut mir leid. Dein kleines soziales Wohlfühlexperiment ist hiermit beendet.«

»Mein bitte *was*?« Frustriert schlägt er die Hände über dem Kopf zusammen. »Ich habe nicht nachgedacht. Okay, Erin? Verdammt noch mal – kannst du nicht ein bisschen nachsichtiger mit mir sein?«

Die Tränen fließen, sobald ich den Mund aufmache. »Du verstehst nicht, wer ich bin, Daniel. Das kannst du gar nicht. Es ist unmöglich.«

»Vielleicht nicht. Aber lass es mich doch wenigstens versuchen.«

»Was versuchen? Ein Mensch zu sein, der mich nicht reinlegt, nur um zu beweisen, dass er recht hat? Du hast doch Pattis Gesicht gesehen heute Abend. Es war nicht zu übersehen, was sie gedacht hat. Ich habe es dir schon damals in den Hamptons gesagt, aber du wolltest es mir ja nicht glauben. Warum hast du mir nicht geglaubt?«

»Ich wollte, dass du dich bei den Menschen wohl fühlst, mit denen ich zu tun habe, und ich dachte, das kann kein Ding der Unmöglichkeit sein. Ich hab's wohl vermasselt.« Er streckt die Hand nach mir aus. »Können wir die ganze Sache nicht einfach vergessen?«

»Nein«, sage ich und mache einen Schritt von ihm fort. »Ich habe nichts mehr zu sagen.«

»Komm schon …«

Abwehrend wedele ich mit der Hand, zum Zeichen, dass ich ihm nicht mehr zuhöre, dann drehe ich mich um und marschiere zu meiner Wohnung. Fast hoffe ich, dass er mir hinterhergelaufen kommt, dass wir die ganze Nacht wach bleiben, uns zusammenraufen und uns wieder dahin zurückkämpfen, wo wir vor diesem Abend waren. Aber als ich vor dem Haus stehen bleibe und mich umdrehe, macht er gerade die Tür des Taxis hinter sich zu.

23. Kapitel

Übernächtigt und mit verquollenen Augen schleppe ich mich am Nachmittag des darauf folgenden Tages zur U-Bahn-Station, während ich im Geiste noch mal den Streit mit Daniel rekapituliere.

Ob das alles meine Schuld war? Ob er jemals wieder zum Essen ins *Roulette* kommen wird? Bei jedem Gedanken schwanke ich zwischen Empörung und Bedauern, nur um schließlich in einen Zustand elender Benommenheit zu versinken. Ich lehne den Kopf gegen die Scheibe und starre hinaus in den dunklen Tunnel. Inzwischen ist es mir egal, was die anderen denken, also trage ich meine hässlichen schwarzen Schuhe und habe unter dem Mantel meine Montur an. Das Einzige, was mir noch geblieben ist, sind ein letzter Rest Würde und ein alter Terrier.

Mit schweren Schritten schleppe ich mich ins Restaurant und die Treppe hinauf und erwidere nur halbherzig Betsys Gruß. Vom anderen Ende des Flurs her höre ich die gedämpften Stimmen von Cato und Jane und Rons grunzendes Lachen. Als ich um die Ecke biege und ins Umkleidezimmer trete, sehe ich sie am Fenster sitzen. Sobald sie meine Blicke im Nacken spüren, lassen sie schnell etwas unter dem Tisch verschwinden.

»Was ist denn hier los?«, frage ich.

Ron fasst sich mit beiden Händen an die Brust. »O Mann, mir ist fast das Herz stehen geblieben«, stöhnt er und zieht eine Flasche Champagner zwischen seinen Füßen hervor. »Ich hätte schwören können, du bist Gina.«

Jane kramt einen Stapel Plastikbecher aus ihrem Schoß hervor. »Du kommst gerade richtig. Fast hätten wir ohne dich angefangen.«

»Was gibt's denn für einen Anlass zu feiern?«

»Es ist nicht bloß ein Anlass zu feiern. Das ist ein Fall von göttlicher Schicksalsfügung.« Sie weist auf Cato, der mit glänzenden, glasigen Augen daneben sitzt.

»Warum? Was ist passiert?«

»Erinnerst du dich noch an den Rückruf, von dem ich dir erzählt habe?«, fragt er.

Auf der Stelle wird mir klar, was er jetzt sagen wird, und eine Woge widerstreitender Gefühle kommt in mir auf: freudige Erregung, Traurigkeit, Neid, Stolz. In einem ganz kleinen, versteckten Winkel meines Herzens wünsche ich mir insgeheim und zu meiner Schande, man hätte ihn nicht genommen, zumindest nicht, bis uns gemeinsam die Flucht geglückt wäre. Aber mehr noch als alles andere: Ich wünschte, er würde nicht gehen. Mit Daniel und Cato habe ich in den vergangenen zwölf Stunden eine Menge verloren.

»Ich freue mich so für dich«, sage ich und beuge mich zu ihm herunter, um ihn zu umarmen.

»Danke. Ich habe schon gekündigt.«

Jane reicht mir einen Becher Sekt. »Wann ist denn deine letzte Schicht?«

»Nächsten Freitag. Die Proben beginnen eine Woche später. Proben!« Er fächelt sich mit der Hand Luft zu. »Jetzt geht das schon wieder los. Panikattacke.«

»Ich kann es nicht fassen, dass du tatsächlich gehst«, entgegne ich, als ich mich neben ihn setze. »Das geht auf einmal alles so schnell.«

Ron hebt seinen Becher. »Auf Cato Poole, einen talentierten Kellner und netten Kerl. Wir hatten zwar unsere Differenzen, aber es wird mir fehlen, mich mit dir um die Privatpartys zu streiten. Mögest du den Broadway im Sturm erobern!«

»Off-off«, korrigiert Cato.

»Fast dasselbe.« Wir stoßen mit den Bechern an.

Und während uns Cato von seiner neuen Rolle vorschwärmt (die drei Kostümwechsel vorsieht sowie eine Einlage, bei der er jeden Abend einen Zuschauer auf die Bühne zerrt), stelle ich mir das Leben ohne ihn vor. Einsam und zurückgelassen wie zwei Witwen werden Jane und ich missmutig und niedergeschlagen unseren Dienst versehen. Die Nächte sind lang, hektisch und ohne jeglichen Humor. Derek, der inzwischen mit Amphetaminen handelt, um seinen Traum vom eigenen Restaurant zu finanzieren, wird unser neuer Anführer. Gina ernennt Ron zum »Meister der Vor- und Abschlussarbeiten«, ein Schachzug, der zu einem achtzigseitigen Leitfaden und von zu heftigem Polieren gesprungenen Gläsern führt. Ehe ich mich versehe, toben die Kritiker vor Begeisterung angesichts Catos Darbietung, Jane macht ihren Abschluss und bekommt eine Stelle in einer Neugeborenenstation wer weiß wo, und ich tröste mich mit dem Feierabenddrink, einem ausgebuchten Donnerstag und der Erinnerung an einen Mann, der mal Stammkunde bei uns war.

»Okay, trinkt aus!«, befiehlt Ron und reicht eine Dose Pfefferminz herum. »Wir sollten mit den Vorbereitungen anfangen, ehe sie uns suchen.«

Jane trinkt einen tiefen Schluck aus der Champagnerflasche, verstaut die inkriminierenden Beweisstücke in einem Spind und folgt Ron dann nach unten. Ein paar Sekunden später höre ich, wie die Bürotür am anderen Ende des Flurs sich knarzend öffnet. »Erin!«, ruft Gina. »Ich muss sprechen mit dir.«

»Oje«, sage ich zu Cato. »Das habe ich mir schon gedacht.«

»*Was* hast du dir schon gedacht?«

»Du würdest mir nicht glauben, wenn ich dir erzähle, was ich gestern Abend erlebt habe«, stöhne ich mit hohler Stimme.

»Erinnerst du dich noch an Frank und Patti Porter?« In einer Kurzfassung erzähle ich ihm von der schlimmsten Verabredung meines Lebens, einschließlich der unerträglichen Höhepunkte meines Streits mit Daniel. »Es lief so gut. Und jetzt ist alles im Eimer.«

»Komm her.« Cato schließt mich in seine Arme. »Du armes Ding. Kein Wunder, dass du aussiehst, als seist du auf einer Parkbank in der Bronx aufgewacht.«

Ich schüttele den Kopf, den ich an seine Schulter gelehnt habe. »Ich wünschte, ich hätte nie einen Fuß in diesen Laden gesetzt.«

»Und hättest mich nie kennen gelernt? Pass auf, was du sagst!«

»Erin!«, brüllt Gina. »Ich warte auf dich.«

Cato lässt mich los. »Okay, Süße. Jetzt musst du die Suppe auslöffeln, die du dir eingebrockt hast.«

»Hoffentlich schmeißt sie mich raus.«

»Tut sie nicht. Das wäre zu schnell und schmerzlos für Gina.«

Ich stecke zwei Stifte in meine Rocktasche und gehe den Flur hinunter zum Büro. »Hallo«, sage ich und trete durch die halb offene Tür ein. Gina trägt einen weißen Stehkragenpullover und eine goldene Halskette mit einem Kreuzanhänger.

»Komm und setz sich«, fordert sie mich auf und winkt mich von ihrem Platz hinter dem Schreibtisch zu sich heran. Nino kniet auf dem Boden und spielt mit einer Soßenschale, einem lilafarbenen Wachsmalstift und ein paar Minischnapsfläschchen.

»Wie geht's dir, Nino?«, frage ich.

»Gut«, entgegnet er, ohne aufzuschauen.

»Er langweilt sich schnell, wie alle Jungs«, erklärt Gina. Sie bedenkt mich mit einem Von-Frau-zu-Frau-Lächeln. »Du warst gestern bei die Party mit eine Mann, den du kennen gelernt hast in meine Restaurant?«

»Ja.«

»Ein hübscher Kerl. Alle Frauen drehen sich nach ihm um, wenn er kommt ins *Roulette*. Sie verrenken sich fast den Hals.« Sie hält inne, und ihr Gesicht wird ernst. »Patti Porter ist meine Freundin.«

»Ich weiß.«

»New York ist eine große Stadt, aber eigentlich es ist eine kleine Dorf. Du verstehst, was das heißt.«

»Nicht so richtig«, antworte ich.

Nino gibt laute *Brumm-brumm*-Geräusche von sich und macht sich daran, mit dem Wachsmalstift die Lücken zwischen den Bodendielen zu bearbeiten. »Wir verkehren nicht in dieselbe Kreise, du und ich«, erläutert Gina. »Du biste das junge Mädchen ohne Geld. Ohne Erfahrung.«

Das Blut pocht in meinen Ohren. »Worauf willst du hinaus, Gina?«

»Du darfst eins nicht vergessen: Du bist eine Kellnerin. Daniel kommt aus eine andere Welt, in der du hast nichts verloren.«

»Willst du mir verbieten, mich mit ihm zu treffen?«

»Wie ich sehe, du haste dir auch schon Gedanken gemacht darüber.«

Dass sie recht hat, macht mich bloß noch wütender. »Besten Dank, dass du dich so um mich sorgst, aber ich kann schon selbst auf mich aufpassen.«

»Wirklich? Als ich Stevie habe kennen gelernt, ich war Leiterin von eine kleine Trattoria in die Nähe von Rom. Ich habe hart gearbeitet, und doch ich hatte nichts. Aber meine ganze Leben lang meine Mama sagt, ich bin Besonderes, also in meine Kopf ich war nie arm. Und als ich Stevie habe geheiratet und zum ersten Mal in meine Leben reich war, ich wusste, wie ich mich benehmen muss. Aber du, du denkst nicht wie Daniel. Gestern Abend jeder hat gesehen, dass du nicht bist einer von ihnen.«

Ich klammere mich an die Stuhlkante. »Daniel hätte mich nicht mitgenommen, wenn das wahr wäre.«

»Wenn du dich dann besser fühlst, gut. Glaube du das ruhig.«

»Ich bin nicht als Kellnerin auf die Welt gekommen«, platze ich, ohne nachzudenken, heraus. »Fast fünf Jahre lang habe ich Mitarbeiter geführt. Ich habe zuhause einen Schrank voller teurer Kostüme.«

Sie nickt langsam und bedächtig. »Da hat Harold aber gesagt etwas anderes.«

Ich bin in meine eigene Falle getappt und muss einen anderen Weg einschlagen. »Mit wem ich mich außerhalb des *Roulette* treffe, ist meine Sache.«

»Ja, aber wenn du sitzt an eine Tisch mit mir und meinen Freunden, dann ist es auch meine Sache. Es hat Patti verärgert, dass ein Mädchen, das sie hat als Kellnerin engagiert, in ihr Haus kommt und tut, als sei sie jemand, der sie nicht ist. So benimmst du dich?«

»Ich muss doch nicht überall herumposaunen, wo ich arbeite.«

Sie macht ein mitfühlendes Gesicht. »Aber wenn Leute glauben, sie haben dich getroffen vorher, und du sagst nichts, dann du siehst aus wie *una fessacchiona*. Eine Idiot.«

In schockiertem Schweigen starre ich sie an.

»Ich bitte dich nur, vorsichtig zu sein, Erin. Meine Kellner sind meine Kinder. Ich möchte nicht, dass ein Mann dich verletzt, nur weil er hat ein bisschen Spaß.«

»Er hatte nicht nur ein bisschen Spaß«, entgegne ich und zwinge meine Stimme mit schierer Willenskraft, nicht zu zittern. »Du kennst ihn nicht, wie ich ihn kenne.«

»Ach, aber ich kenne diese Typ. Ich lebe schon eine bisschen länger als du, und ich kann in den Männern lesen wie in eine Buch. Eine Weile er trägt dich auf Händen, und dann, wenn er hat gefunden eine andere, er lässt dich fallen wie heiße Kartoffel. Oft ich habe das gesehen. Ist überall in jede Land dasselbe.«

Wenn ich nicht auf der Stelle gehe, werde ich etwas sagen, das dafür sorgen wird, dass ich nie wieder in irgendeinem New Yorker Restaurant einen Job bekomme, selbst wenn ich es wollte. Abrupt stehe ich auf. »Sind wir dann jetzt hier fertig? Da unten wartet nämlich ein Speiseraum darauf, von mir eingedeckt zu werden.«

»Ja«, sagt sie, zieht eine Zeitschrift unter einem Stapel Unterlagen hervor und schlägt die erste Seite auf. »Geh du nur und mach dich an die Arbeit. Aber bitte nicht vergessen, was ich habe gesagt. Ich denke nur an deine Beste.«

✧

Klingelingeling.

Ich liege wach im Bett und höre, wie der Anrufbeantworter sich zum dritten Mal innerhalb einer Stunde einschaltet. Der Anrufer zögert, dann legt er auf.

»Bitte, lass mich in Ruhe, Daniel«, murmele ich. Nachdem er eine weitschweifige Nachricht hinterlassen hat, in der er unter anderem androhte, seinen inneren Botschafter des guten Willens abzumurksen, und mir abermals versicherte, wie leid ihm das alles tue, sprach er noch zwei weitere Male auf meinen Anrufbeantworter und flehte mich an, ihn zurückzurufen, ganz gleich, wie spät es auch werde. Aber nach meiner höllischen Schicht im *Roulette* will ich einfach nur noch schlafen und vergessen. Jetzt mit Daniel zu reden, erscheint mir sinnlos, und seine Stimme, die ich immer so aufregend fand, lässt mich nun zusammenzucken.

Klingelingeling.

»Würdest du es bitte sein lassen?«, stöhne ich und hieve mich schwerfällig aus dem Bett. Es ist beinahe zwei Uhr morgens, und in meinem Kopf dreht sich alles vor Müdigkeit. Gerade als ich in die Küche tappe, nimmt der Anrufbeantworter wieder ein leises *Klick* auf. Einen Augenblick stehe ich im Nachthemd da, zu erschöpft, um zu zittern, und starre hinaus auf die kahlen Bäume und die stille, regennasse Straße. Dann greife ich hinter das Telefon und ziehe den Stecker mit einem Ruck aus der Wand.

Woraufhin ich eine weitere ruhelose Nacht und zahllose Träume mit Daniel, Gina und der Hälfte der New Yorker Society als Hauptdarstellern durchleiden muss. Kurz nach Tagesanbruch werde ich wach und setze mich an den Computer, wo mich überraschend eine E-Mail von der Leiterin der Personlabteilung von Design Refined Furniture, einem Designmöbelhersteller, erwartet. In ihrem Schreiben dankt sie mir dafür, dass ich im September eine Bewerbung eingeschickt habe, und bittet mich, zu einem Vorstellungsgespräch mit dem Vizepräsidenten der Marketingabteilung in ihr Büro midtown zu kommen. Zum ersten Mal seit Monaten schöpfe ich wieder Hoffnung und tippe eine Antwort, in der ich ihr mitteile, dass ich am nächsten Tag um Punkt halb zwölf zur Stelle sein werde. Nach zwölf Wochen Charakterbildung werde ich mir diesen Job unter den Nagel reißen, koste es, was es wolle. Das spüre ich einfach.

Leider hält meine gute Laune nicht lange an angesichts der nun folgenden Schicht, in der es vor quengeligen Gästen, Sonderwünschen und allzu unangenehmen Erinnerungen an die Party der Porters, bei denen mir die Haare zu Berge stehen, nur so wimmelt. Es ist so viel zu tun, und das Trinkgeld fällt teils so mickrig aus, dass es, als Daniel gegen zehn in die Lounge kommt, fast wie die Szene in einem Drehbuch wirkt. Er trägt zwar ein frisch gebügeltes Hemd und eine lässige blaue Hose, aber unter den Augen hat er tiefe Schatten. Als ich ihn sehe, schießt mein Blutdruck in die Höhe.

»Hi«, sagt er.

Unbeirrt marschiere ich mit dem Sitzplan in der Hand an ihm vorbei. »Hallo.«

»Ich habe versucht, dich zu erreichen«, erklärt er und läuft hinter mir her zum Computer.

»Ich weiß. Und bei diesen Versuchen war es unmöglich zu schlafen.«

»Das tut mir leid, aber … warum hast du denn nicht zurückgerufen?«

»Bitte, Daniel«, entgegne ich, die Augen fest auf den Bildschirm geheftet. »Dafür habe ich jetzt keine Zeit.«

Seine dunklen Haare tauchen am Rand meines Blickfelds auf. »Wir müssen reden.«

»Kann ich nicht. Ich muss arbeiten.«

»Dann eben, wenn du fertig bist.«

Endlich schaue ich ihn an. »Was machst du hier? Willst du mir unnötig das Leben schwer machen?«

»Natürlich nicht.«

»Tja, das macht aber gerade keinen guten Eindruck.« Mit dem Kopf weise ich zum Empfangspult, wo Steve mit gerunzelter Stirn steht und mich warnend anfunkelt.

»Ich setze mich einfach an die Bar, bevor du fertig bist. Aber ich werde nicht eher gehen, bis wir diese Sache geklärt haben.«

Einen Augenblick lang fühle ich mich magisch zu ihm hingezogen, bin gefangen im Sog des Gedankens, wieder glücklich zu sein und so zu tun, als sei nichts gewesen. Doch dann muss ich an Sonias arrogantes Gesicht denken und an Ginas

Worte, und Demütigung und Wut schlagen in einer Übelkeit erregenden Welle über mir zusammen.

»Bitte belästige mich nicht weiter«, fauche ich und hacke energisch auf den Computer ein. »Ich glaube, wir sollten uns lieber nicht mehr sehen. Ich dachte, das hätte ich deutlich gemacht.«

»Hör zu, Erin –«

»Ich habe dir schon zugehört. So, wenn du jetzt etwas bestellen möchtest, bringe ich es dir gerne. Ansonsten, gute Nacht.«

Sollte ich geglaubt haben, es würde mir besser gehen, nachdem ich Daniel zum Teufel geschickt habe, dann habe ich mich gewaltig geirrt. Für den verbleibenden Teil meiner Schicht bin ich niedergeschlagen und todunglücklich und muss all meine Kraft zusammennehmen, um mir das nicht anmerken zu lassen. Als eine Frau an meinem letzten Tisch einen weißen Tee mit Kaki bestellt, nutze ich die Gelegenheit, mich in die Servicestation zu flüchten und ein paar Minuten lang so ausgelaugt aussehen zu dürfen, wie ich mich fühle. Das mit Daniel wäre ohnehin nicht gut gegangen. Es war kurz, wunderschön und von Anfang an zum Scheitern verurteilt.

Als ich in dem Schrank neben dem Unterbaukühlschrank herumkrame, höre ich Gebrüll die Kellertreppe heraufhallen. »Ausgerechnet Holland!«, schreit Carl außer sich.

»Nimm das nicht persönlich«, hält Marty dagegen. »Weißt du noch, als du bei Mike Souschef warst? Er hat dir eine Menge beigebracht, und du hast den Mann respektiert, aber du hast die erste sich bietende Gelegenheit beim Schopf gepackt, um –«

»Hier geht es nicht um Mike Butler! Ich habe dich mitgenommen, weil ich erkannt habe, dass du Talent hast. Ich habe dir eine Chance gegeben, und ich habe dir vertraut, und jetzt hintergehst du mich und läufst zu dem Kerl über, dem es von allen Menschen auf der Welt das allergrößte Vergnügen bereiten würde, mich scheitern zu sehen!«

»Was hätte ich denn tun sollen, ihm absagen? Endlich kann ich Chef meiner eigenen Küche werden. Womit ich eine ganze Menge Kohle mehr verdiene und in der Öffentlichkeit wesentlich präsenter bin als hier!«

Carl lacht. »Auf einem Kreuzfahrtschiff? Auf so einen Kahn verziehen sich abgetakelte alte Schachteln zum Sterben.«

»Das ist ein richtiger Oberklasse-Kahn, Chef. Karibikrouten, großes Marketingbudget, eine Küche mit allen Schikanen. Und ich kann das Ganze mit aufbauen.«

»›Das ist ein richtiger Oberklasse-Kahn, Chef‹«, äfft Carl ihn nach. »›Ich kann das Ganze mit aufbauen.‹«

»Jetzt mach aber mal halblang«, plädiert Marty. »Meine Frau ist schwanger, und sie hasst das Stadtleben. Ich brauche das Geld. So eine Gelegenheit ergibt sich, wie oft, alle zehn Jahre vielleicht, wenn man Glück hat.j352«

»Und habe ich dir etwa keine fette Gehaltserhöhung gegeben? Habe ich mich nicht mit Steve angelegt, damit du mehr verdienst als neunzig Prozent aller Souschefs in dieser Stadt? Sobald du hier rausspazierst, ist deine Karriere zu Ende. Dafür werde ich schon sorgen. Und wenn du es machst wie Doug Psaltis und das *Roulette* durch den Dreck ziehst, dann werden sie dich aus dem East River fischen, so wahr mir Gott helfe.«

Lange ist es still, bis Marty schließlich sagt: »Komm schon. Überleg mal, wie viele Jahre wir uns schon kennen. Wir sind doch Kumpels. Nichts für ungut, okay? Ich habe Holland gesagt, dass ich noch zwei Wochen bleibe.«

»Was? Scheiß auf die zwei Wochen! Du verschwindest noch heute Abend!«

»*Heute Abend*?«, wiederholt Marty. »Ist das dein Ernst?«

»Darauf kannst du Gift nehmen.«

»Dann leck mich! Meinen letzten Gehaltsscheck kannst du mir mit der Post schicken.« Ich höre eine Tür zuschlagen.

Carl kommt die Treppe hinaufgedonnert, stampft an mir vorbei, dann bleibt er stehen und dreht sich um. Pfeifend atmet er ein und aus. »Wer macht heute Abend dicht?«

»Ron und ich«, antworte ich.

»Er kann nach Hause gehen, aber du musst hierbleiben. Morgen ist die Preisverleihung der Archer Awards, und der Kühlraum muss bis in die letzte Ecke gründlich geschrubbt und aufgeräumt werden.«

»Der Kühlraum?«

»Ja, genau. Die Küche muss bis in den letzten Winkel auseinandergenommen, mit Chlorbleiche desinfiziert, neu sortiert und vor morgen früh wieder zusammengesetzt werden. Es kann gut sein, dass die Presse morgen hier anrückt, und dann müssen wir darauf vorbereitet sein. Phil!«

»Ja, Chef?« Phil dreht sich um, das Gesicht hochrot, als stünde er kurz vor einem Hitzeschlag, weil er gerade dabei ist, den Grill zu schrubben.

»Du, Patrick und Enrique, ihr werdet auch länger bleiben müssen. Ruft eure Mamas an, oder wer auch immer zuhause auf euch wartet, und sagt ihnen, dass es noch eine Weile dauern kann, bis ihr nach Hause kommt. Das wird eine lange Nacht für uns alle.«

Jegliche Hoffnung, die ich hatte, am nächsten Morgen ausgeruht und gut vorbereitet zu meinem Vorstellungsgespräch zu erscheinen, löst sich kurz nach Mitternacht in Luft auf, als Carl mich in den begehbaren Kühlraum führt.

»Ich möchte, dass du den Boden sauber machst, die Wände und jedes einzelne Regalbrett«, weist er mich an und öffnet die riesige Stahltür. »Und dann sortierst du die Lebensmittel alphabetisch.«

»Die Lebensmittel alphabetisch … warum?«

»Weil ich alles auf Anhieb finden möchte, wenn ich etwas suche, darum. Heute Nachmittag sind zwanzig Kisten Gemüse geliefert worden, und die stehen wie Kraut und Rüben in der Gegend rum.«

»Aber … muss das denn unbedingt heute Abend sein? Ich habe morgen früh einen wichtigen Termin, und ich hatte gehofft, zu einer halbwegs zivilen Zeit nach Hause zu kommen.«

Er verdreht die Augen. »Du und Marty, ihr habt wirklich viel gemeinsam, weißt du das? Ihr kommt hierher und nehmt mit, was ihr kriegen könnt, und wenn es mal hart auf hart kommt, jammert ihr rum. Du hörst doch auch nicht, dass Phil und Enrique sich beklagen, oder?« Ich folge seinem Blick zu einem der Herde, den Phil von der Wand abgerückt hat. Auf Händen und Knien schrubbt er den Boden, eine Flasche Bier neben sich, und auf der Arbeitsfläche über ihm dudelt das Radio in voller Lautstärke. Enrique ist währenddessen, wie es scheint, damit beschäftigt, den Geschirrspüler nur mithilfe eines Schraubenschlüssels und einer bunten Mischung spanischer Flüche auseinanderzunehmen.

Mit einem Blick auf eine Kiste Sellerie lasse ich den Gedanken daran, sämtliche Lebensmittel alphabetisch zu sortieren, erst einmal sacken. Ich muss mir das nicht antun. Wenn ich will, kann ich auf der Stelle alles hinschmeißen und schnurstracks zur Hintertür hinausmarschieren so wie Marty vorhin. Aber ist es nicht genau das, was Carl damit bezweckt? Mir zuzusehen, dass ich eingehe wie eine Primel und schließlich in Tränen aufgelöst vor ihm stehe? Außerdem, würde ich jetzt nach Hause gehen, würde ich ohnehin bloß schlaflos im Bett liegen und mich mit endlosen Grübeleien über Daniel quälen. Und Vorstellungsgespräch hin oder her, der Gedanke daran, dass Carl recht behalten könnte, ist mir schier unerträglich.

»Ich laufe nur schnell hoch in die Umkleide meinen Mantel holen«, sage ich zu ihm. »Da drinnen ist es ganz schön kalt.«

»Gut«, brummt er und klingt dabei ziemlich erstaunt. »Solltest du irgendwelche Fragen haben, ich bin mit den anderen hier draußen bei der Arbeit.«

Fünfundvierzig Minuten später bin ich immer noch auf einer Vernichtungsmission und suche alles, was leckt, ein abgelaufenes Haltbarkeitsdatum hat oder im falschen Regal steht. Die Tür geht auf, und Carls Kopf erscheint hinter dem zerfetzten Plastikvorhang. Er riecht nach mindestens zwei Cocktails. »Du siehst halbtot aus, Erin.«

»Mir ging's nie besser«, schwindele ich und wringe mit gefühllosen Fingern einen in Chlorbleiche getränkten Lappen aus.

»Patrick hat für den Gefrierschrank unten nur halb so lange gebraucht, wie du hier bloß mit Saubermachen vertrödelst. Beeil dich lieber, sonst schließe ich dich nachher im Restaurant ein.« Geräuschvoll fällt die Tür hinter ihm ins Schloss.

Carls Versicherungen zum Trotz platze ich angesichts des ersten, hübsch ordentlich aufgeräumten Regalbretts nicht vor Stolz. Ganz im Gegenteil, es führt mir nur vor Augen, wie viel Zeit und Kraft es mich kosten wird, diese Aufgabe zu Ende zu bringen. Fröhlich pfeifend kommt Carl alle paar Minuten herein, um meine Fortschritte zu begutachten und mir ein paar entmutigende Worte zu sagen. »Bei der Geschwindigkeit bist du Ende Mai noch nicht fertig.«

»Macht nichts. Ich habe ja sonst nichts vor.« Ganz gleich, wie viele Gemüsesorten er zum Einsortieren anschleppt (»Hab noch ein paar Karotten gefunden!«), ich nehme sie ihm, ohne zu klagen, ab, fest entschlossen, den längeren Atem zu haben und mir unter keinen Umständen anmerken zu lassen, dass ich ihn am liebsten mit süßen Mattamuskeet-Zwiebeln steinigen würde.

Um zwei Uhr morgens kämpfe ich mit diversen Erfrierungserscheinungen, während draußen auf der anderen Seite der Tür die Luft mild und eine wilde Party im Gange ist. Jedes Mal, wenn ich eine der leeren Kisten rauswerfe, erhasche ich einen Blick auf diese andere Welt – Carl, wie er Kimberly durch die Küche jagt, Enrique, der verkündet, der beste Tellerwäscher von ganz New York zu sein, Patrick, der mit einer Weinflasche in der Hand am Vorbereitungstisch sitzt und seine Liebe zu Carl und dessen Kochkunst erklärt. »Kommt, wir lassen uns alle ein Tattoo machen, jetzt gleich«, lallt er. »Im Ernst. Ich lasse mir ›Roulette‹ in dicken, fetten Buchstaben auf den Arsch tätowieren.«

Ein Toast wird ausgebracht auf schwarze Trüffel, einer auf François Vatel und Bernard Loiseau und auf Carl höchstpersönlich, dafür, dass er die feine Küche furchtlos weg vom gewöhnlichen Herd und hin zu Zentrifuge und Heißluftpistole geführt hat. Marty wünschen sie für seine Reise auf hoher See eine permanente Seekrankheit an den Hals, die schließlich darin gipfeln soll, dass er von einem Hai gefressen wird. Irgendwann werfen sie ihre Flaschen in die Recyclingtonnen, die Stimmen verebben, und in der Küche wird es unnatürlich still.

Ich drücke die Tür auf und stehe unversehens mitten in einem, wie es scheint, mit Flutlicht angestrahlten Brennofen. Auf dem Boden liegt eine Kochjacke, und aus dem Radio kommt nur noch Knistern und Rauschen, was dem Raum eine trostlose, postapokalyptische Atmosphäre verleiht.

»Na, wenn das mal nicht das Mädchen ist, das auf meinem Herz rumgetrampelt hat«, murmelt Phil, und ich zucke zusammen. Er lehnt gegen den Vorbereitungstisch und hält einen Joint in der Hand. »Willst du auch mal? Der ist von Carl. Wenn wir Überstunden machen müssen, versorgt er uns immer.«

»Nein danke.«

»Solltest du aber. Vielleicht wirst du ja dann ein bisschen netter.«

»Komm schon. Sag nicht, dass du immer noch sauer auf mich bist.«

Stirnrunzelnd kratzt er sich mit dem Daumen am Kinn. »Du meinst, weil du mich in aller Öffentlichkeit abserviert hast? Weil du jetzt mit diesem Daniel ins Bett gehst?«

»Warum sollte es dich interessieren, was ich mache?«

Er zieht an seiner Zigarette, hält die Luft an und lässt dann den Rauch kräuselnd aus der Nase steigen. »Carl nimmt es ziemlich genau mit der Professionalität. Schlimm genug, dass du mit mir rumgemacht hast, aber dass du jetzt auch noch mit einem Gast rummachst? Der flippt aus, wenn ich ihm das erzähle.«

»Mach doch. Sicher würde es ihn auch brennend interessieren, was wir während der Arbeitszeit im Keller gemacht haben.«

Phil kneift die Augen zusammen, als ihm aufgeht, dass ich ihn in der Hand habe. »Du glaubst wohl, du könntest hier auftauchen und einfach alle Regeln auf den Kopf stellen, hm? Du hast von Anfang an nicht hierher gehört. Wir haben sogar gewettet, wie lange du durchhalten würdest.«

»Ach ja? Und wer hat gewonnen?«

Er grinst. »Niemand. Wir hätten nie gedacht, dass du die erste Woche überstehst.«

24. Kapitel

Carl nimmt den Kühlraum vom Fußboden bis zur Decke genauestens unter die Lupe, ehe er mich schließlich entlässt, zwölfeinhalb Stunden nachdem ich mich eingestempelt habe. »Morgen kannst du dir dann den anderen Kühlschrank vorknöpfen«, bemerkt er. Er schließt die Tür auf und lässt mich vorgehen. »Da drin klebt überall Hühnerblut, das muss schon mehrere Wochen alt sein.«

Auf dem Weg nach Hause schlafe ich im Taxi ein und bekomme so wenigstens ein paar kostbare Minuten Schlaf, bevor ich mich auf mein Vorstellungsgespräch vorbereiten muss. In meiner Wohnung angekommen, arbeite ich mich im Schnellverfahren durch Dutzende Internet-Treffer und Artikel bezüglich Design Refined Furniture, bis ich schließlich im Morgengrauen am Schreibtisch einnicke. Als ich aufwache, liege ich auf dem Mauspad, die Sonne scheint mir ins Gesicht, und ich koche vor Wut, weil Carl mich die ganze Nacht wach gehalten hat.

Vom Schlafmangel ganz benommen, drehe ich die Stereoanlage auf, klemme eine Tasse französischen Röstkaffee neben die Shampooflasche und dusche ausgiebig. Mit Lidschatten, Lippenstift und einigen energischen Klapsen auf die Wangen wirke ich zwar etwas aufgeweckter, aber noch immer nicht unbedingt, als sei ich bei vollem Bewusstsein. Nachdem ich vier verschiedene Outfits anprobiert und wieder verworfen habe, entscheide ich mich schließlich für eine graue Wollhose und hochhackige Schuhe, schiebe mir ein nahrhaftes Frühstück, bestehend aus gerösteten Mandeln und Camembert, rein und schnappe mir meinen Mantel.

Aus dem Weg, jetzt komme ich!

Ich nehme ein Taxi zur East Fifty-seventh Street und fahre in einem holzverkleideten Aufzug hinauf zum Büro von Design Refined. Kurz vor dem einunddreißigsten Stock streiche ich mir die zur Banane hochgesteckten Haare glatt und gehe nervös noch mal Catos Tipps zum erfolgreichen Kellnern durch. »Versuche, dich in die Rolle hineinzufühlen, und warte einfach ab, was passiert. Wenn du autoritär genug auftrittst, werden kleinere Patzer einfach übersehen.«

Ich betrete die spärlich dekorierte, in Cremetönen gehaltene Lobby und nenne der Dame am Empfang meinen Namen. Wie ich so auf dem kastenförmigen weißen Ledersofa sitze und warte, bekomme ich langsam ein Gefühl für die Produkte der Firma. Hip. Sehr hip. Und sehr unbequem. Eine Minute später spaziert ein lebhafter kleiner Mann mit blauen Augen und vorzeitig ergrautem Haar in den Raum. »Hallo«, begrüßt er mich und schüttelt mir energisch die Hand. »Ich bin Gary. Kommen Sie, unterhalten wir uns ein bisschen und lernen uns erst mal kennen.«

Er führt mich in ein Konferenzzimmer mit deckenhohen Fenstern und einem atemberaubenden Ausblick auf Midtown. Nachdem er mich Robin, seiner grobknochigen Assistentin mit den Grübchen, vorgestellt hat, setzen wir uns an einen grauen Glastisch. »Möchten Sie ein Glas Wasser?«, fragt er.

»Ja bitte.«

Er gießt ein Glas ein und reicht es mir.

»Danke.« Ein kurzes Schweigen entsteht, als er meine Bewerbung durchblättert. Robin lächelt mich an. Ich lächele zurück. Gary nimmt die Brille ab und legt sie auf meinen frisierten Lebenslauf.

»Nun, Erin«, setzt er an.

Ich räuspere mich. »Ja, Gary?«

»Erzählen Sie uns ein bisschen über sich.«

»Nun, ich wurde in Long Island geboren …« Ich höre mich reden, über meine jahrelange Erfahrung in der Branche labern, darüber, wie ich mich schon immer dafür interessiert habe, Marken aufzubauen, und dass ich in jeder meiner bisherigen Stellungen neue, innovative Wege beschritten habe. Ich klinge irgendwie leicht durchgeknallt. Ein bisschen, na ja, nicht ganz bei mir.

»Sie haben also meist für lokale Firmen gearbeitet«, stellt Gary fest. »Für Kunden hier vor Ort.«

»Richtig«, nicke ich und frage mich, ob ich besser »nicht ganz« gesagt und auf unseren einzigen nationalen Kunden verwiesen hätte, obwohl das ein Kondomhersteller war und ich nicht die geringste Ahnung von diesem Unternehmen habe. Lieber Gott, bitte lass es mich nicht jetzt schon vermasseln!

»Sie interessieren sich aber für die internationale Möbelbranche?«

»Auf jeden Fall. Sehr sogar.«

Gary gießt mir noch etwas Wasser ins leere Glas nach. »Wir suchen jemand Dynamischen, mit originellen Ideen, voller Elan und Engagement und mit ausreichend Erfahrung, der sich seine eigene Nische schaffen kann. Darum hat Ihr Lebenslauf uns so angesprochen.«

Ich setze das Glas an die Lippen und nippe daran.

»Inwiefern, glauben Sie, hat Ihre vorherige Stellung Sie auf Ihre Aufgabe bei Design Refined vorbereitet?«, will Robin wissen.

»Nun ja«, erwidere ich mit einer Selbstsicherheit, wie man sie nur haben kann, wenn man seine Antworten beim Stapeln von Designersalatkisten auswendig gelernt hat. »In den vergangenen fünf Jahren habe ich mitgeholfen, kreative Produkte für einen nach oben offenen Markt zu entwickeln.« Ich stelle mir vor, wie ich an einem Tisch stehe, und fahre fort,

Erin Edwards wie *le poisson du jour* anzupreisen, wobei ich die Schwächen weglasse (liegt schon eine ganze Weile rum, niemand interessiert sich dafür) und die positiven Seiten hervorhebe (preisgünstig, nur noch eine übrig). Nach einer anstrengenden halben Stunde Frage-und-Antwort-Spiel dreht Robin sich mit ihrem schwarzen Wildlederkubus herum und sagt: »Nun, Ihre Hausaufgaben haben Sie jedenfalls gemacht. Das merkt man.«

»Sehr beeindruckend«, stimmt Gary ihr zu. »Wann könnten Sie denn anfangen?«

»Heute Nachmittag, wenn Sie möchten.« Wir alle lachen.

Sie werden mir den Job anbieten, jubiliere ich innerlich. Ich kann es kaum erwarten, heute Nachmittag ins *Roulette* zu spazieren und jedem, der es hören will, die frohe Botschaft zu verkünden.

»Nur so aus Neugier«, meint Gary und kritzelt dabei einen dreidimensionalen Würfel auf die Ecke seines Notizblocks. »Was haben Sie eigentlich gemacht, seit Sie im letzten Frühjahr bei Hillerton-Jones gegangen sind?«

Ich schaue in sein freundliches, interessiertes Gesicht, und auf einmal sind drei Monate, unter Hochdruck mit einem Lächeln im Gesicht als Bedienung zu arbeiten, nichts mehr, wofür man sich schämen muss. »Ich habe gekellnert.«

»Ach? Wo denn?«

»Im *Roulette* auf der Madison Avenue.«

»Verstehe.«

Es wird still im Raum, und die Atmosphäre deutlich kühler. Robin schiebt ihre Unterlagen zusammen. »Und was hat Sie dazu veranlasst, in einem Restaurant zu arbeiten?«

»Um ehrlich zu sein, gestaltete es sich ein bisschen schwierig, auf Anhieb die richtige Stelle im Marketing zu finden, und die laufenden Kosten wollen gedeckt sein, also …« Ich breche ab. Warum zum Teufel habe ich die Wahrheit gesagt? Ich hätte ihnen erzählen sollen, dass ich Kurse besucht habe, gereist bin, *alles*, nur nicht im Restaurant gekellnert habe.

»Sie sind also inzwischen seit beinahe einem Jahr nicht mehr im Geschäft, wenn wir Ihre beschäftigungslose Zeit hinzuzählen«, stellt Gary fest. »Das ist in unsere Branche eine halbe Ewigkeit.«

»Ja«, pflichtet Robin ihm bei. »Ich wüsste nicht, in welcher Hinsicht die Arbeit als Bedienung für die Stelle, die wir besetzen möchten, relevant wäre.«

Mist. Was nun? Ich darf mir diesen Job nicht wegen eines einzigen Schnitzers durch die Lappen gehen lassen. »Eigentlich ist sie sogar äußerst relevant«, wende ich erhobenen Hauptes ein.

»Wirklich?«, entgegnet Gary. »Wie das?«

»Nun …«

Die beiden beugen sich nach vorn und erwarten mit Spannung meine Antwort. Mir schlägt das Herz bis zum Hals. »Äh, Design Refined ist in gewisser Hinsicht einem Restaurant nicht unähnlich, wenn man es sich genau überlegt.«

Da ich mit dieser Behauptung nur verständnislose Blicke ernte, plappere ich frei nach dem Motto »Augen zu und durch« einfach weiter und weiß selbst kaum, was ich sagen werde, bis mir die Worte aus dem Mund sprudeln. »Ob man nun hochwertige Möbel oder Ossetra-Kaviar verkauft, man muss seine Zielgruppe verstehen. Ich habe in den vergangenen drei Monaten als Kellnerin mehr über Kunden gelernt als in meinen fünf Jahren im Marketingbusiness. Wenn die Gäste am Tisch Platz nehmen, muss ich blitzschnell abschätzen, wer sie sind und was sie möchten. Es ist, als müsse man sich« – ich male mit den Händen einen Bogen in die Luft – »zehnmal am Abend eine neue Marketingkampagne ausdenken.«

Gary fährt sich mit der Hand über den Nacken. »Ich weiß nicht, ob ich Ihnen folgen kann.«

Um Zeit zu schinden, trinke ich noch einen Schluck Wasser. »Wie in jeder anderen Branche auch dreht sich hier alles um zwischenmenschliche Beziehungen. Ich schreibe nicht mehr Werbeslogans für gesichtslose Kunden. Ich weiß, wie sie heißen, was sie anziehen und worüber sie sich mit ihren Ehepartnern unterhalten. Wenn das, was sie bestellt haben, ihnen nicht zusagt, kann ich nicht mittels Marktforschung und Zielgruppenbestimmung herausfinden, was schiefgegangen ist. Ich muss sie so gut kennen, dass ich auf der Stelle ein anderes Produkt lancieren kann.«

»Aber sind Sie dann nicht viel mehr Verkäuferin als Vermarkterin?«, fragt Robin und schlägt die Beine übereinander.

»Ich bin beides«, erkläre ich stolz. Meine Stimme wird immer klarer und zuversichtlicher, als ich merke, dass ich mir tatsächlich abkaufe, was ich da erzähle. »Ich bringe also einen Blickwinkel mit, den die meisten meiner Mitbewerber nicht kennen werden. Wichtiger noch, ich bin Teil eines Teams. Innerhalb dieser Mannschaft tauschen wir Informationen aus über Gäste, Essen, Weine … und wir helfen uns gegenseitig. Ohne die Unterstützung der anderen Kellner, die an meinem Erfolg ebenso beteiligt sind wie ich, hätte ich es nie geschafft. Diesen Mannschaftsgeist, diese Teamfähigkeit bringe ich mit in Ihre Firma, wenn Sie mir die Gelegenheit dazu geben.«

Nach langem Schweigen meldet Gary sich schließlich wieder zu Wort. »Interessant, Erin. Sie haben uns da so einiges zu denken gegeben.«

»Wir melden uns«, meint Robin. »Zeit zum Mittagessen, nicht?« Sie schaut auf ihre silberne Armbanduhr und wechselt einen Blick mit Gary, der aufsteht und mir die Hand gibt.

»Hat mich gefreut, mit Ihnen zu sprechen«, verabschiedet er sich und führt mich zur Tür. »Wir haben noch einige andere Bewerber eingeladen, aber wir rufen Sie an, sobald wir uns entschieden haben.«

Was war das denn eben?

Im leeren Aufzug auf dem Weg nach unten lehne ich mich gegen die Wand, schließe die Augen und vergrabe das Gesicht in den Händen. Wäre ich hier nicht mitten unter Menschen, ich würde auf der Stelle losheulen. Von Gary und Robin werde ich jedenfalls nichts mehr hören, so viel steht fest. Ganz gleich, wie sehr ich mich auch bemüht habe, das Bewerbungsgespräch noch zu retten, es war in dem Augenblick vorbei, als jene drei Worte – ich habe gekellnert – mir über die Lippen gingen.

Und warum nur wundere ich mich über ihre Reaktion? Noch vor wenigen Minuten habe ich die Arbeit im Restaurant doch mit denselben Augen gesehen wie sie – ein peinlicher Schönheitsfehler in einem ansonsten makellosen Lebenslauf, reine Zeitverschwendung, bei der man unmöglich etwas von bleibendem Wert lernen kann. Erst als ich meine Arbeit verteidigen musste, ist mir aufgegangen, wie sehr ich mich geirrt habe.

Es sitzt in deinem Kopf genauso fest wie in den Köpfen der anderen. Ich muss an Daniels Worte denken, als die Fahrstuhltür sich öffnet und ich hinaus in die Marmorlobby gehe. Gekränkt und wütend, wie ich bin, muss ich doch zugeben, dass er da nicht ganz unrecht hatte. War ich nicht immer diejenige, die in netten Restaurants gesessen und sich mit ihren Karriereambitionen und ihrer Platinkreditkarte ein bisschen zu selbstgefällig und blasiert aufgeführt hat? Ich habe sämtliche Menschen, die ich kennen lernte, danach beurteilt, als was sie wo arbeiten, und als ich mich unversehens auf der anderen Seite des Tischs wiederfand, habe ich mich mit demselben erbarmungslosen, geringschätzigen Blick gemustert.

Ich gehe durch die Drehtür nach draußen auf die überfüllte Straße, doch statt mir ein Taxi zu rufen, hole ich mein Handy aus der Handtasche und wähle. »Daniel Fratelli, bitte«, sage ich, als eine Vorzimmerdame drangeht. »Hier ist Erin Edwards.«

»Einen Augenblick bitte.«

Nervös auf und ab laufend, gebe ich vor, mir die Auslagen in den Schaufenstern anzuschauen, während ich warte. Vielleicht hätte ich gestern Abend mit ihm reden und mir wenigstens anhören sollen, was er zu sagen hat. Vielleicht tut es ihm ja *wirklich* leid, vielleicht verstehen wir uns ja jetzt besser und –

»Ms. Edwards?« Die Vorzimmerdame kommt wieder ans Telefon.

»Ja?«

»Es tut mir leid, aber Mr. Fratelli ist gerade in einer Besprechung. Kann ich ihm vielleicht etwas ausrichten?«

Ich zögere. »Können Sie mir ungefähr sagen, wann er wieder frei ist?«

»Tut mir leid, das weiß ich nicht. Heute Nachmittag hat er eigentlich durchgehend Termine, und anschließend fährt er übers Wochenende raus aus der Stadt.«

»Verstehe.« War es das jetzt? Hat er mich schon abgeschrieben? »Gut. Danke. Dann … dann versuche ich es ein anderes Mal.«

✧

»Sie haben gegeben die Statue der falschen Person!«, jammert Gina am nächsten Tag.

»Ich weiß«, pflichtet Alain ihr besänftigend bei. »Es ist unfair. Das sind doch alles Nulpen, diese dusseligen Preisrichter. Die haben einfach keinen Geschmack.«

Ich schleiche mich in die Lounge in der Hoffnung, die Tische eindecken zu können, ohne mich auf eine Diskussion über die Peter Archer Awards einlassen zu müssen. Nach der vergangenen Woche kann ich nicht noch ein weiteres von Ginas Dramen ertragen.

»Ich habe das Gefühl, ich falle gleich um«, jault sie und hält Alain ihr leeres Glas hin. »Gib mir noch mehr Campari.«

»Sicher?«, fragt Alain. »Es ist erst vier.«

»Na und? Ihr Franzosen trinkt doch auch immer, als ob es gibt keine Morgen.«

»Das schon, aber wir haben Übung.«

»Erin!«, ruft Gina, als ihr Blick auf mich fällt. »Es hat gegeben eine Tragödie. Carl hat verloren gestern Abend. Ganz New York weint.«

»Tut mir leid, das zu hören«, gebe ich zurück und bin kaum imstande, meine Schadenfreude zu verhehlen. »Und wer hat gewonnen? Rick Holland?«

Alain stellt Ginas Drink auf eine Cocktailserviette, woraufhin sie gleich das halbe Glas in einem Zug hinunterstürzt. »Irgendeine dumme Frau, die das Essen nicht kocht. Kein Fleisch, keine gar nichts. Alles roh. Noch nie ich habe gesehen solche Hässlichkeit. Ihr Mann ist reich, also sie kauft sich ein kleines Hobby und schnappt Leuten weg die Preise, die wirklich sie brauchen.«

»Bestimmt wird er nächstes Jahr wieder nominiert.«

»Nächstes Jahr?«, höhnt Gina. »Bis dahin ich bin eine alte Frau. Zu alt, um mich zu freuen.« Sie trinkt ihr Glas aus, wirft einen prüfenden Blick auf ihr Gesicht im Spiegel hinter der Bar und pflückt dann ihre gesteppte Chaneltasche vom Barhocker. »Ich gehe jetzt einkaufen. Heute Abend du musst dich um alles kümmern, Alain. Ich kann es einfach nicht.«

Das Restaurant hat gerade geöffnet, da winkt Alain mich zu sich an die Bar, mit ungewöhnlich ernstem Gesicht und ohne das übliche Lächeln. »Steve hat aus dem Büro angerufen. Du sollst zu ihm kommen.«

»Hat er gesagt, worum es geht?«

»Nein, aber man konnte deutlich hören, dass er schlechte Laune hat.«

»Wegen der Geschichte mit der Preisverleihung?«

»Nicht nur. Ginas Mutter kommt nach Amerika.«

»Sie zieht hierher? O Gott.«

Er nickt. »Ich weiß. Das ist für uns alle gar nicht gut. Die glauben allen Ernstes, ich könnte den Speiseraum von meinem Platz hinter der Theke managen, bloß weil Gina gerade unpässlich ist. Das ist doch absurd.«

Obwohl Carl bei der Belegschaftsversammlung ein großspuriges Lächeln aufgesetzt hat und den Preis als »überbewerteten, korrupten Schwachsinn, der weder mich noch das Restaurant nur einen Deut interessiert«, bezeichnet hat, weiß man nicht, wie Steve die Sache aufgenommen hat. Ich gehe also nach oben und klopfe vorsichtig an die Tür. »Herein«, bellt Steve. Er sitzt mit einem Bier und der *Times* vor sich am Schreibtisch.

»Alain hat gesagt, du wolltest mich sprechen?«

»Ja. Ich hätte gerne was zu essen.«

»Oh! Okay.«

»Was gibt es heute auf der Tageskarte?«

Himmelherrgott, ich habe unten vier Tische. »Nun ja, wir hätten da als Vorspeise mehlfreie Knödel mit Wurzelgemüse, außerdem –«

Sein Blick schweift durch den Raum, als interessiere es ihn nicht die Bohne, was ich da erzähle. »Vergessen wir mal den ganzen Schnickschnack. Das ist mir momentan zu anstrengend. Bring mir einfach einen gemischten Salat und die Kaninchenlende, extra knusprig.« Damit wendet er sich wieder seiner Zeitung zu.

»Hierher?«

Ruckartig hebt er den Kopf. »Was?«

»Soll ich das Essen hierher bringen?«

»Du könntest es wohl auch in den Weinkeller bringen, aber da würde es mir nicht viel nützen, meinst du nicht?«

»Nein, vermutlich nicht.« Ich drehe mich um und will wieder gehen.

»Und ich brauche ein Gedeck«, bemerkt Steve hinter mir. »Und noch ein Moretti, und zwar augenblicklich.«

Ich gebe seine Bestellung auf, öffne für einen wesentlich dankbareren Gast eine Flasche Wein und renne dann mit Steves Gedeck, dem Salat und seinem Bier wieder nach oben. Ich klopfe heftig an die Bürotür und komme mir dabei vor wie eine abgehetzte Arbeitsbiene vom Zimmerservice. »Ja«, ächzt Steve.

Ich gehe hinein und stelle den Teller zwischen Besteck und Serviette auf den Tisch. »Pfeffer?«, frage ich und hebe die Edelstahlmühle über seinen Kopf.

Wieder lächelt er mich verdrießlich an. »Dreimal hast du mich jetzt schon bedient. Habe ich jemals Pfeffer verlangt?«

Vor meinem geistigen Auge sehe ich, wie meine vernachlässigten Gäste aus akutem Futtermangel eine Meuterei anzetteln, während Steve mich hier ins Kreuzverhör nimmt. »Um ehrlich zu sein, ich weiß es nicht mehr. Ich bediene eine Menge Leute.«

Er beugt sich vor und stochert mit der Gabel im Salat herum. »Es ist deine Aufgabe, dir meine Vorlieben zu merken«, schmatzt er, den Mund voller Salatblätter. »Jetzt bringst du mir noch ein Glas Duckhorn Cabernet. Ist Dr. Benitz schon da?«

»Seine Frau und er sitzen in Rons Bereich.«

»Ron soll ihm sagen, ich komme erst später. Ich habe keine Lust, den ganzen Abend mit den Gästen diese Preisverleihungsgeschichte durchzukauen.«

»Alles klar.« Ich drehe mich auf dem Absatz um und flitze nach unten in die Küche.

»Omar hat Tisch acht schon abgeräumt, und du hast den zweiten Gang noch nicht angefordert!«, schnauzt Carl mich an, als er mich sieht. »Ein Glück, dass du nicht so hirnlos durch die Gegend gerannt bist, als du gestern Abend den Kühlraum aufgeräumt hast, sonst würdest du jetzt gut gekühlt neben den Lammnierchen liegen. Wo zum Geier bist du gewesen?«

»Ich habe Steve sein Essen nach oben gebracht.«

»Wo ist Gina?«

»Shoppen.«

»Und wer ist für den Speiseraum zuständig?«

»Alain. Kimberly kümmert sich um die ankommenden Gäste.«

Er reißt eine Pfanne aus einem Regal über seinem Kopf. »Das ist ja toll. Gina macht sich einen lauen Lenz und legt das Geschäft vertrauensvoll in die Hände des Barkeepers und einer Frau, die glaubt, dass Foie gras auf Bäumen wächst.« Anklagend zeigt er mit der Pfanne auf mich. »Sieh zu, dass du in die Gänge kommst. Ich will nicht, dass die Gäste darunter leiden, wenn du auf der Treppe eine Verschnaufpause einlegst.«

»Ich tue, was ich kann.«

»Tja, das reicht aber nicht. Du musst an zwei Orten gleichzeitig sein.«

»Wie bitte?«

»Du kannst den zweiten Gang nicht anfordern, während du dich mit mir streitest«, raunzt er und dreht mir den Rücken zu. »Wenn ich nicht in dreißig Sekunden ein Bestellticket habe, gebe ich Ron deinen Tisch.«

Während ich unter Hochdruck auf den Computer in der Lounge einhacke, sehe ich, wie Jane mit weit aufgerissenen Augen auf mich zustürzt. »Ich tue das nur ungern, Erin. Sicher hast du dich schon darauf gefreut, endlich mal pünktlich hier rauszukommen, und das hast du dir weiß Gott auch verdient.«

»Was ist denn los?«

»Ich habe eine Nachricht von Julian auf meiner Mailbox und –«

»Du möchtest, dass ich heute Abend für dich den Laden dichtmache.«

»Woher weißt du das?«

Ich lächele. »Nur so eine Ahnung.«

»Die ganze Woche hat er schon Andeutungen gemacht. Er möchte sich mit mir in der Bar treffen, in der wir uns auf unseren ersten Drink getroffen haben. Ich glaube, es könnte gut möglich sein, dass er mir noch mal einen Heiratsantrag machen will, und diesmal darf ich es *auf keinen Fall* vermasseln.«

Da ich nicht der Grund dafür sein will, wenn die Hochzeit des Jahrzehnts platzt, gebe ich klein bei. »Du brauchst kein Wort mehr zu sagen. Aber wehe, du schickst mir keine Einladung.«

»Aber ja doch«, lacht sie und umarmt mich.

»Und erzähl mir haargenau, was passiert ist, okay? Sonst sterbe ich nämlich vor Neugier.«

»Du bist die Erste, die ich anrufen werde«, verspricht sie. »Gleich nach meiner Mutter!«

Gina, völlig groggy von ihrem Shopping-Gelage auf der Fifth Avenue, hockt zusammengesunken auf dem Bürostuhl, der normalerweise Angestellten vorbehalten ist, die sich irgendwelche Verfehlungen haben zuschulden kommen lassen. Ich muss einen bunten Tütenberg umrunden, um Steve das Kaninchen, bis zur Unkenntlichkeit gebraten und mit Rosmarin garniert, zu servieren.

»Darf ich dir auch etwas bringen, Gina?«, erkundige ich mich.

Theatralisch legt sie eine Hand auf die Stirn. »Heiße Wasser mit Zitronensaft. Ich kann nichts essen. Gerade habe ich erfahren, dass die Kritik von Evelyn Harker kommt am Donnerstag heraus.«

Steve verdreht die Augen. »Und bis dahin willst du hungern? Als ob das was nützen würde.«

»Wie kannst du jetzt bloß ans Essen denken?«, fragt sie und lässt die Hand sinken. »Carl wurde bestohlen von diese Frau, eine blonde Schwachkopf mit die schlechteste Restaurant von ganze Land! Die Kritik ist meine einzige Hoffnung. Wenn sie ist nicht gut, dann ich esse nie wieder. Ich verliere meine Lust an Leben.«

»Ach du lieber Himmel«, stöhnt Steve entnervt. »Geht das schon wieder los.«

»Für dich, das ist nicht wichtig. Für mich, eine schlechte Kritik ist wie ein Ohrfeige von Gott.«

»Ich sollte Harker die Rechnung für den ganzen Schrott schicken, den du gerade gekauft hast.« Steve schaut mich an. »Bring ihr ein Steak ohne alles.«

»Ich habe keinen Hunger«, seufzt Gina aus der Ecke.

»Englisch«, fügt Steve hinzu. »Mit getrüffeltem Kartoffelpüree, wenn in diesem Haus so etwas Schlichtes überhaupt noch zu bekommen ist.«

»Wenn du willst Bauernessen, geh nach Jugoslawien«, meckert Gina. »Carl kocht nicht für Schweinebauern. Sein Menü ist für gescheite Leute.«

»Wenn ich blöd bin, bloß weil ich etwas essen möchte, das ich wiedererkenne, dann bitte schön«, kontert Steve. »Du wirst immer dünner. Du musst doch mehr essen als aufgeschäumten Sauerstoff und Seeigel-Consommé.«

»Ihr Amerikaner esst viel zu viel.«

»Hol ihr das Steak, Erin. *Sofort.*«

Gott steh Ginas Mutter bei, wenn es bei den beiden zuhause immer so zugeht. Mir bleibt kaum Zeit, zwei Cocktails an einen Tisch zu bringen, bis das Filet Mignon fertig ist. Ich platziere heißes Wasser, eine Zitrone und das Steak auf einem Tablett und bringe es nach oben ins Büro. Gina hockt auf der Stuhlkante und probiert neue Wildlederpumps an, deren Preisschild sie mit Ninos Kinderschere abschneidet.

»Nimm den bitte mit«, befiehlt Steve und zeigt auf seinen leer gegessenen Teller.

Als Gina das Steak und die Kartoffeln erblickt, heult sie auf: »Warum alle wollen mich zwingen zu essen?«

»Vielleicht hättest du bessere Laune, wenn du mehr essen würdest«, bemerkt Steve. »Du bist eine unerträgliche Zicke, seit deine Mutter bei uns reingeschneit ist.«

»Ist nicht ihre Schuld. Sie ist wunderbar, und sie macht Nino froh.«

Steve lacht. »Er hat Angst vor ihr.«

»Hat er nicht! Immer er läuft ihr hinterher!«

Steve schluckt und stellt sein leeres Weinglas auf den Tisch. »Zumindest hast du sie inzwischen dazu gebracht, auf Englisch hallo zu sagen. Ein Wunder, dass sie überhaupt redet, so schrullig, wie sie ist.«

»Sie ist siebzig Jahre alt! Was verlangst du denn?«

»Ein bisschen Frieden.«

»Äh, wo soll ich das hinstellen?«

Mit einer knappen Handbewegung fegt Steve einen ganzen Arm voll Seidenpapier und leerer Tüten vom Schreibtisch auf den Boden. »Hier«, sagt er und klopft auf die Schreibtischunterlage. »Und wenn du das nächste Mal hochkommst, bringst du die Flasche Duckhorn mit.«

Als ich Wasser und Zitrone auf den Schreibtisch stellen will, fällt ein winzig kleines Tröpfchen von der Untertasse auf die Spitze von Ginas Pumps. Sie schnappt nach Luft. »Mein Schuh! Tu was, schnell!«

Ich zögere, stelle dann das Tablett ab und ziehe eine Reserveserviette aus meiner Rocktasche.

»Ich liebe diese Schuhe mehr als alle andere«, zetert Gina und streckt den Fuß aus. »Wenn sie bekommen eine Fleck, ich sterbe.« Ich bücke mich und tupfe vorsichtig an dem Wildleder herum.

Sie legt den Kopf schief und begutachtet den Schaden. »Vielleicht es wird gehen. Ich muss sehen. Ich sage dir Bescheid.«

»Darf es sonst noch etwas sein?«, frage ich mit zusammengebissenen Zähnen.

»Nö«, erwidert Steve.

»Eine Crème Brulée«, zwitschert Gina. »Schön hart oben drauf.«

Ich hole das Dessert und rase gerade rechtzeitig in den Speiseraum zurück, um zu sehen, wie sich eine Gruppe von sechs Personen an einen Tisch in meinem Bereich setzt. Bisher klappt das mit dem an zwei Orten gleichzeitig sein nicht besonders gut.

»Wir dachten schon, Sie kommen nicht wieder«, bemerkt eine Frau in einem trägerlosen Kleid, als ich ihr den bestellten Martini bringe. »Bei Ihren Preisen sollten wir eigentlich einen eigenen Kellner bekommen.«

»Es tut mir sehr leid. Ich werde alles tun, damit Sie nicht mehr warten müssen.« Wobei ich sehe, wie Omar am Sechsertisch die Wassergläser füllt, um den Gästen das Gefühl zu vermitteln, dass sich jemand um sie kümmert. Dadurch habe ich noch ein paar Minuten Zeit, um zwei Bestellungen einzugeben, einem Carl-Fanclub von Amateurköchen die Dessertkarte zu erklären und fliegen zu lernen, um meine Tische aus der Luft besser überwachen zu können.

Während ich wie der Wind zwischen Tischen und Computer hin und her hetze, winkt ein Zweiertisch in der Ecke nach der Rechnung, und die Sechsergruppe, die sich nicht mehr von vollen Wassergläsern und einem Körbchen Fenchelsamenbrot hinhalten lässt, hält mit gereckten Hälsen Ausschau nach mir. »Die sitzen schon eine halbe Ewigkeit da!«, zischt Kimberly leise, als ich mit einem Arm voller Speisekarten an ihr vorbeikomme.

Eine Antwort würde mich wertvolle Sekunden kosten, die ich nicht habe. Ich flitze also gerade zu meinen vernachlässigten Gästen, als Alain mir von der Bar aus, an der sich nur Frauen mit grell angemalten Lippen und Strähnchenfrisuren tummeln, ein Zeichen gibt. »Der Boss will dich sehen«, raunt er und legt das Haustelefon auf.

»Jetzt sofort?«

»Er sagt, es dauert bloß eine Minute.«

»Verflucht.« Cato, Ron und Jane haben selbst alle Hände voll zu tun und können mir nicht unter die Arme greifen, und Derek würde nicht mal den Heimlich-Handgriff an mir anwenden, um mir das Leben zu retten, wenn wir nicht vorher einen Preis dafür ausgehandelt hätten. Also übersehe ich geflissentlich die verzweifelten Versuche meines Sechsertischs, meine Aufmerksamkeit auf sich zu ziehen, verschwinde in die Küche und husche schnell, schnell die Treppe hinauf. »Du hast nach mir gerufen?«, schnaufe ich und stecke den Kopf zur Tür herein.

Gina, die den fuchsienfarbenen Hosenanzug, den sie noch vor zehn Minuten anhatte, nun gegen eine komplett andere Garderobe eingetauscht hat, sagt: »Ich brauche Hilfe.«

Ach was. »Wobei?«

Steve lässt einen Zahnstocher im Mundwinkel kreisen und zeigt auf den Boden. »Bring bitte die Tüten zum Auto.«

»Jetzt?«

»Wann denn sonst?«

»Aber ich habe unten viel zu tun, und ein Sechsertisch wartet auf mich.«

»Warum hast du Alain das nicht gesagt?«

»Dazu hatte ich keine Zeit.«

Er verdreht die Augen. »Tja, wo du schon mal hier bist, kannst du meiner Frau auch beim Runtertragen helfen.«

Gina nimmt einen Schuhkarton, während ich mir ein Dutzend gigantischer Tüten über den Arm hänge. »Vergiss das nicht!«, ruft Steve mir hinterher und wirft mir den Hosenanzug über die Schulter, den Gina ausgezogen hat.

Der Duft von Poison umweht mich, als ich wie ein Packesel beladen die Treppe hinunterwanke. Die Hintertür steht offen, und davor wartet Steves massiger Geländewagen in der Dunkelheit. »Leg sie auf den Beifahrersitz!«, kommandiert Gina und zündet sich eine Zigarette an.

Mühsam schlängele ich mich hinten um den Wagen herum und warte darauf, dass sie mir die Tür öffnet. Stattdessen steigt sie ein, lässt den Motor an und dreht das Radio auf volle Lautstärke. »Was denn?«, brüllt sie schließlich, als sie mich durch den Nebel ihres Zigarettenqualms bemerkt. »Ist offen!«

Als ich meinen einzigen freien Finger, den kleinen, im Türgriff einhake, beginnt der Anzug auf meiner Schulter zu rutschen. Blitzschnell versuche ich, mich zu drehen, um ihn noch mit dem Arm abzufangen, aber da ist es schon zu spät. Ihr fuchsienfarbener Satin gleitet auf den schmutzigen, eisverkrusteten Gehsteig.

»Nein!«, schreit sie aus dem Auto. Jetzt erst stößt sie die Tür für mich auf, die mich mit voller Wucht an der Hüfte erwischt. »Mein la Renta! Heb ihn auf!«

Ich hieve die Tüten auf den Beifahrersitz, der so ausladend ist wie ein Sofa, und hebe den Hosenanzug vom Asphalt auf. »Nichts passiert«, beruhige ich sie und drapiere den Anzug behutsam über die Lehne des Sitzes.

»Das kannste du hoffen!« Sie greift herüber, knallt die Tür zu und rast mit Vollgas und quietschenden Reifen los.

Schnell laufe ich zurück in den Speiseraum, ein Lächeln

und eine Entschuldigung schon auf den Lippen, doch mein Sechsertisch ist spurlos verschwunden. Einzig ein paar zerknitterte Servietten und verrückte Stühle zeugen von ihrer Anwesenheit. »Mist!«, flüstere ich.

Schwungvoll öffnet sich die Küchentür, und Steve kommt lässigen Schrittes heraus. Erst fällt sein Blick auf den verdächtig leeren Tisch und dann auf mich. »Was ist denn hier passiert?«

»Ich weiß nicht. Ich nehme an … sie sind weg.«

»Sie sind *weg*?«

»Ich habe Gina am Auto geholfen und …«

»Und was?«

»Als ich zurückgekommen bin, waren sie weg.«

»Willst du etwa meiner Frau die Schuld dafür in die Schuhe schieben?«, fragt Steve mit wütend zusammengekniffenen Augen.

»Ich kann nicht gleichzeitig Einkaufstüten tragen und mich um meine Tische kümmern.«

»Du warst schon immer langsam«, blafft er mich an. »Langsam und kratzbürstig. Hast du eine Ahnung, wie viel Geld du mich kostest?«

Die Leute, die ihren eigenen Kellner haben wollten, funkeln mich vom anderen Ende des Raums finster an. »Ich bin kein Parkwächter, Steve. Ich habe dir gesagt, dass ich zu tun habe, aber du –«

Steve hebt einen Finger. »Geh, mach deinen Job. Ich will dich heute Abend in meinem Büro sehen, ehe du gehst.«

25. Kapitel

Als Chen von Carl geschickt wird, um mich zu suchen, weiß ich gleich, dass ich in Schwierigkeiten stecke.

»Was will er denn?«, frage ich, ohne den Blick vom Bildschirm zu wenden. Endlich leert sich mein Bereich, und das Letzte, was ich jetzt brauchen kann, ist noch so eine lächerliche Pseudoaufgabe.

Chen zuckt die Achseln und bemerkt kryptisch: »Was ich nicht weiß, macht mich nicht heiß.«

»Aha. Dann sag ihm, ich komme sofort. Danke.«

Carl winkt mich zu den Wärmelampen, sobald ich einen Fuß in die Küche setze. »Wie war das? Du machst heute Abend dicht? Ich dachte, Jane ist an der Reihe.«

»Wir haben getauscht, weil sie noch was anderes vorhat.«

»Na toll«, knurrt er. »Das ist ja wunderbar. Also gut, sag Omar, er soll Tisch fünfzehn eindecken. Gerade haben zwei Produzenten vom Gourmetfernsehen angerufen. Wir machen ein kleines Fünf-Gänge-Probiermenü, und ich muss dich bitten, länger zu bleiben.«

Wir? »Entschuldige, wie viele Leute sagtest du?«

»Drei! Die beiden Produzenten und ich.«

Nachdem ich geglaubt habe, dieser Abend könne gar nicht schlimmer werden, bin ich nun gerade eines Besseren belehrt worden. »Und wie lange, glaubst du, wird das dauern?«

»Keine Ahnung, und wenn du nicht aufhörst, mir Löcher in den Bauch zu fragen, kannst du demnächst Marty um einen Job in seiner schwimmenden Cafeteria anbetteln. Vielleicht solltest du dir lieber weniger Gedanken um deinen Schönheitsschlaf machen und mehr an das Trinkgeld denken, das du bekommst, wenn du die Chose nicht völlig vermurkst. Erkundige dich bei Phil nach den Einzelheiten des Probiermenüs und kümmere dich darum, dass Tisch fünfzehn ordentlich eingedeckt ist. Und sag Geoffrey Bescheid, dass er auch noch eine Weile bleiben muss. Ach ja, und Luis hat mir von dem Sechsertisch erzählt. Ich warne dich, wenn du noch einen Kunden aus meinem Restaurant vergraulst, rufe ich diesen Volltrottel Harold höchstpersönlich an und sage ihm, er soll dich abholen kommen.«

Ich werfe Luis einen Blick zu, der Enrique gerade dabei hilft, Auflaufformen in das Metallregal unter dem Pass zu stapeln. Unsere Blicke treffen sich, doch er zuckt mit keiner Wimper. Sein Gesicht bleibt ruhig und ausdruckslos. Er weiß, wer seinen Gehaltsscheck unterschreibt und ihn mit kostenlosen Endstücken vom Kobe-Rinderfilet nach Hause schickt, und das ist ganz sicher nicht Carls meistgehasste Kellnerin.

Ich habe also mal wieder keinen Grund zum Strahlen, als um fünf vor zwölf die Tür aufgeht. Sobald er die ankommenden Gäste im Foyer hört, richtet sich Steve, der in unbeobachteten Momenten wie ein nasser Sack am Empfangspult hängt, aus seiner zusammengesackten Haltung auf und macht sich auf den weiten Weg in die Lounge. Das können nicht die angekündigten Fernsehproduzenten sein. Nicht bei diesem Stimmengewirr.

Ein Mann mit welligem, grau meliertem Haar führt eine Gruppe, bestehend aus mindestens zehn Personen, zum Pult.

»Guten Abend!«, begrüßt Steve die Neuankömmlinge und wirkt leicht verwirrt.

»Hallo, ich bin Ira Bloom vom Gourmetfernsehen«, verkündet der Mann. »Ich weiß, dass Carl nicht mit einer solchen Horde gerechnet hat, aber wir mussten alle Überstunden machen, und ehe ich mich versah, war ich mit zwei unserer Anwälte und unserer halben Marketingabteilung auf dem Weg uptown. Ich hoffe, wir machen Ihnen keine Umstände?«

Ich spüre, wie ich kreidebleich werde.

»Aber ganz im Gegenteil, Mr. Bloom«, versichert Steve. Ich kann ihm förmlich ansehen, wie er sich hinter seinem frostigen Lächeln ausrechnet, wie viele tausend Dollar dieses kleine Dinner auf Kosten des Hauses ihn wohl kosten wird und wie es sich in Form kostenloser Werbung letztendlich dann doch wieder rechnen könnte. »Wenn Sie alle so nett wären, kurz in der Lounge Platz zu nehmen, dann lasse ich Ihnen einen größeren Tisch herrichten.«

»Bestens. Herzlichen Dank für Ihr Entgegenkommen.«

Omar, der den Ernst der Lage vom anderen Ende des Raums längst erkannt hat, ist bereits dabei, zwei Tische zusammenzurücken. »Zwölf Personen, stimmt's?«, fragt er mich.

»Stimmt. Ich bin sofort wieder da und helfe dir.«

In der Küche treffe ich auf Carl, der sich gerade frisch gemacht hat und in der Küche auf und ab tigert. Ein großer Rosmarinzweig sprießt steif aus seinem Knopfloch, wodurch er nach einer Mischung aus zwei Dritteln Bauerntölpel und einem Drittel griechischer Sagengestalt aussieht. Er ist nervös – ich sehe es an den roten Flecken, die sich auf seinem Nacken ausbreiten. »Sind sie schon da?«, will er wissen und streicht sich die Haare aus der Stirn.

»Und wie.«

Mein ominöser Tonfall bringt ihn aus dem Konzept. »Was soll das denn heißen?«

»Das heißt, sie sind zu zwölft.«

»Zu zwölft? Zum Essen?«

»Sieht ganz danach aus.«

»Aber das geht doch – das kann ja gar nicht –« Wie ein wild gewordener Elefantenbulle stampft er durch die Küche, reißt die Tür zum Kühlraum auf und geht hinein. Sobald die Tür sich hinter ihm geschlossen hat, höre ich ein gedämpftes »Verfluchter Mist!«

Ein paar Sekunden später taucht er wieder auf und brüllt augenblicklich seine Köche an: »Legt los mit den Amuse-Bouches!« Die flitzen wie aufgescheuchte Hühner durch die Küche. Seine breite Brust hebt und senkt sich heftig, als er auf mich zukommt. »Dieser ganze Abend steht und fällt mit dir. Ist dir das klar?«

Unmöglich, dass ich hier mit einem Bluff durchkomme, das brauche ich erst gar nicht zu versuchen. »Ich habe nicht viel Erfahrung mit großen Gesellschaften, Carl. Gar keine, um genau zu sein. Steve lässt mich nie auf mehr als sechs Leute gleichzeitig los.«

»Glaub mir, ich erwarte keine Heldentaten von dir, vor allem nicht nach dem Vorfall von vorhin. Versuch einfach, dich da draußen nicht völlig zum Affen zu machen. Und anschließend, wenn alle weg sind, unterhalten wir uns über deine Zukunft in diesem Restaurant.«

Als ich schließlich Carl zehnmal die Pest an den Hals gewünscht habe und wieder in den Speiseraum zurückgegangen bin, ist die Gesellschaft bereits dabei, ihre Plätze einzunehmen. Wie zum Teufel soll ich mit einem so großen Tisch zurechtkommen? Ich komme ja schon bei einem Fünfertisch mit wirklich zurückhaltenden Gästen ins Schleudern, von einem turbulenten Zwölfertisch ganz zu schweigen.

»Ich hoffe, es ist noch nicht zu spät, um übers Geschäft zu reden«, meint Ira, als Steve die Speisekarten an den Tisch bringt. »Wir sind alle ganz aus dem Häuschen wegen des neuen Konzepts für Carls Sendung. Ich würde heute Abend gerne die letzten Details festklopfen, wenn sich das machen lässt.«

Carls Sendung. Gott steh uns bei, jetzt will dieser Typ sich auch noch dem Rest der Nation aufdrängen. Und ich soll ihm dabei helfen.

»Wir haben Zeit bis morgen früh«, versichert Steve Ira und bricht in schallendes Gelächter aus, während er mir einen finsteren Blick zuwirft, der mir sagen soll: »Beeil dich und füll sie ab, damit wir sie leichter über den Tisch ziehen können.«

Es bedarf etlicher Runden zur Bar und zurück, bis ich endlich etwa vier Liter Wodka in Cocktails an diverse Produzenten und hip gekleidete Marketingleute verteilt habe. Dann ducke ich mich hinter die Servicestation und zeichne unter Zuhilfenahme von Catos »Oktopus«-Methode meinen bisher umfangreichsten Sitzplan. Obwohl er dem Stadtplan von Brooklyn verstörend ähnlich sieht, ist es doch wesentlich besser, als sich auf mein überstrapaziertes Kurzzeitgedächtnis zu verlassen. Wenn er mir doch nur auch das Probiermenü beschreiben könnte!

Ich stehe neben Iras Stuhl, und plötzlich habe ich die Erinnerung an jede einzelne Gelegenheit, bei der ich in meinem bisherigen Leben vor Leuten reden musste (angefangen bei der Leitung beruflicher Besprechungen bis hin zu meinem Trinkspruch anlässlich des Dinners zum fünfzigsten Geburtstag meiner Mutter), mit erschreckender Klarheit vor Augen. Als Cato behauptete, »je größer die Gesellschaft, desto größer der Spaß«, hat er schlichtweg gelogen.

Ira wendet mir sein asymmetrisches Gesicht zu, das aus nicht ganz zueinanderpassenden Ersatzteilen zusammengesetzt zu sein scheint. »Diesen Blick kenne ich«, bemerkt er grinsend. »Sie wollen uns ein Produkt anpreisen, und ein besonders beeindruckendes noch dazu.«

Ich bin so nervös, dass ich doch tatsächlich kichern muss. Freundlicherweise bittet Ira seine schnatternden Tischgenossen um Ruhe. »Alle mal herhören, meine Damen und Herren, sonst bekommen wir nie was zu essen.«

Zwölf im Kerzenlicht strahlende Augenpaare richten sich auf mich, und ich beginne, das Menü des Abends – oder vielmehr Morgens – in leuchtenden Farben zu beschreiben, als Carl hereinkommt. Ich mache mich darauf gefasst, den Faden zu verlieren und ins Stottern zu geraten, doch eine Mischung aus Wissen, Übung und dem Gefühl, nichts mehr zu verlieren zu haben, verleiht mir einen Löwenmut, von dem ich nicht wusste, dass er in mir steckt. Ich staune, als ich mich reden höre, wie ich ohne Stammeln oder Wörter zu verdrehen weitererzähle, während Carl der Gruppe zur Begrüßung zunickt und sich auf den Stuhl neben Ira setzt. Geschmeidig tänzele ich durch die Hauptgänge, runde meinen Vortrag mit einem Ausblick auf die Desserts ab und schenke Carl dann ein herzerwärmendes Lächeln. »Du bist anscheinend der Einzige ohne Cocktail«, flöte ich, als sei er ein Gast bei meiner Dinnerparty. »Was darf ich dir bringen?«

Einen Augenblick lang starrt er mich schweigend an. »Einen Bombay auf Eis. Bitte.«

»Filmen wir die Sendung doch gleich morgens um sechs«, poltert Carl forsch, als Omar und Geoffrey (mit selten gesehenen Schweißperlen auf der Stirn) mir helfen, den ersten Gang an den Tisch zu bringen. »Ich habe zwar hier im Restaurant alle Hände voll zu tun, aber ich gehe gerne bis an meine Grenzen.«

Ira nippt an seinem Barolo. »Das Studio öffnet leider erst um acht, und der Termin ist bedauerlicherweise schon für Bobby Flays Kochshow gebucht.«

»Ach so, verstehe«, murmelt Carl ein bisschen zu hastig. »Kein Problem. Solange ich mir nicht die Garderobe mit Rick Holland teilen muss!« Er wiehert vor Lachen.

Ira beäugt Carl über seine Gabel hinweg. »Ich habe gehört, zwischen Ihnen und Rick gäbe es so eine Art freundschaftlichen Wettbewerb. Steckt vielleicht ein Körnchen Wahrheit in diesen Gerüchten?«

»Nein, nein, überhaupt nicht. Soll das ein Scherz sein? Wir beide sind die dicksten Freunde. Sein Essen ist wirklich der Hammer.«

»Das ist gut, wir würden ihn nämlich gerne als Gast zu einer der Folgen einladen. Als Co-Koch sozusagen.«

Carl zwingt sich zu einem Lächeln. »Super Idee. Da bin ich sehr dafür.«

»Natürlich möchten wir Ihre Meinung dazu hören, aber ich dachte an eine Show mit poppigem Soundtrack und vielen Nahaufnahmen, so was in der Art wie Nigella Lawsons heiße Kochshow, allerdings mit ein bisschen mehr Macho-Flair.«

»Würde mir zusagen.«

»Wir stehen mit etlichen Küchenchefs im Gespräch, aber augenblicklich sind Sie die Nummer eins auf unserer Wunschliste. Derjenige, für den wir uns entscheiden, muss bei unseren Zuschauern einschlagen wie eine Bombe, ganz gleich, ob er seine eigene Sendung moderiert, als Preisrichter bei einer Folge von *Die Küchenschlacht* dabei ist oder durch Asien reist und rohes Pferdefleisch und Schnaps verkostet. Wer das Herz unserer Zuschauer erobert, bekommt von uns alle Freiheiten.«

Als ich mich dezent nach vorn beuge, um Iras Weinglas nachzufüllen, wirft Carl mir einen bedeutungsvollen Blick zu. Dies wäre kein guter Zeitpunkt, mich en detail über sein tägliches Pensum an Beleidigungen und Schimpftiraden auszulassen. »In unserem Geschäft gibt es viele, die sich gerne aufspielen«, erklärt er, die Zähne blau vom Barolo. »Es gibt jede Menge Effekthascher und Selbstdarsteller. Aber für mich steht das Essen an allererster Stelle.«

»Und Ihre Angestellten, was ich so sehe.« Ira zwinkert mir zu, als ich anfange, die leeren Martinigläser einzusammeln.

»Fast ein Uhr morgens und immer noch ein Lächeln auf den Lippen. Wie machen Sie das bloß?«

Ich lasse mir ein paar Sekunden Zeit, um mir die Antwort zurechtzulegen, mit der Carl am wenigsten rechnet. »Das Lächeln fällt einem leicht, wenn man Essen dieser Güte serviert. Schmecken Ihnen die fünf Schäumchen?«

»Heißen sie so? Ja, die sind ja nicht von dieser Welt«, entgegnet Ira, obwohl er die blassen Schaumfladen (oder, wie Jane sagen würde, die »Schlammpfützen«) kaum angerührt hat, die in einem Kreis angeordnet auf seinem Teller kleben. An seinem Haaransatz glitzert Schweiß auf. »Puh! Sind das Chilis, die ich da rausschmecke?«

Carls eben noch unverhohlen zur Schau getragener Stolz verschwindet schlagartig aus seinem Gesicht und weicht einem Ausdruck tiefster Sorge. »Piri-Piri, die eigens für mich in einem thailändischen Bergdorf angebaut werden«, erklärt er, als müsse das allein Ira schon davon überzeugen, dass es ihm schmeckt. »Ich mahle die Schale und schlage sie dann mit einem besonderen Titangerät auf, das in Los Alamos entwickelt wurde. Ich platziere es gerne zwischen dem Knoblauch- und dem Seetangschaum, um den Gaumen ein wenig wachzukitzeln.«

Ira greift nach dem Wasserglas. »Oh, der ist wach, keine Frage! Aber ein wunderbares Aroma. Äußerst ungewöhnlich.«

»Sehr beliebt bei unseren Gästen«, lüge ich und werfe dem offensichtlich in Seenot geratenen Carl einen Rettungsring zu. »Die meisten sind anfangs etwas verwundert, nur um dann beim nächsten Mal gleich eine doppelte Portion zu bestellen.«

»Ach, tatsächlich?«, fragt Ira.

»Vor zehn Jahren ging man ein Wagnis ein, wenn man einen Rohkostgang auf die Speisekarte setzte«, erklärt Carl. »Heute ist das gang und gäbe. So ist das auch mit den Schäumchen. Bald wird man in den Supermarkt um die Ecke gehen und einen Röstzwiebelschaum kaufen können.«

»Ich kann mir nicht so recht vorstellen, dass ein Bauarbeiter sich damit anfreundet«, wagt Ira einzuwenden, »aber man kann ja nie wissen.«

Als ich mit voll beladenem Tablett den Tisch verlasse, höre ich, wie Carl sich bei seinen Gästen entschuldigt. Er holt mich ein und dirigiert mich mit der Hand auf meinem Schulterblatt zur Servicestation. »Richte Phil Folgendes von mir aus«, zischt er. »Er soll endlich seinen Arsch hochkriegen.«

»Das soll ich ihm genau so sagen?«

»Die Präsentation war die reinste Katastrophe. Er hat doppelt so viel Schaum draufgelöffelt, wie er sollte, und der Teller war viel zu warm. Das Zeug hat sich auf dem ganzen Teller ausgebreitet. Sag ihm, das ist jetzt der denkbar schlechteste Zeitpunkt, um einzuknicken. Wenn er die Chance nicht verspielen will, auf Martys Posten vorzurücken, soll er sich lieber zusammenreißen. Lorenzo und José sind da, die ihm helfen, es gibt also keinerlei Entschuldigung für derart miserable Arbeit.«

»Aber ich habe es genauso gemacht wie immer!«, protestiert Phil eine Minute später lautstark. »Es ist doch nicht meine Schuld, wenn es dem Kerl nicht schmeckt!«

»Tut mir leid. Ich bin bloß die Überbringerin der schlechten Nachricht.«

Lorenzo und José laufen herum wie kopflose Hühner. Ihre kulinarische Zukunft hängt am seidenen Faden. »Wo ist denn das Birnen-Relish?«, kreischt Phil entsetzt.

»Frag mich nicht«, meint Lorenzo. »Ich dachte, José kümmert sich darum.«

Hektisch überprüft José seinen Posten, dann reißt er den Mund auf und stößt einen lautlosen Schrei aus. »Mein Fehler«, stammelt er und kann sich nur mühsam beherrschen. »Ich habe es vergessen. Erin, ihr werdet mit dem nächsten Gang warten müssen.«

Nicht gerade das, was ich hören wollte. »Wie lange?«

»Zehn Minuten?«

»Okay.« Gerade als ich zur Küchentür hinausgehen will, kommt mir eine geradezu geniale Idee, um die anstehende Verzögerung für einen unserer wichtigsten Gäste aller Zeiten weniger augenscheinlich ausfallen zu lassen. Cato würde das als die wundersame Verwandlung eines Fauxpas in ein dickes, fettes Trinkgeld bezeichnen. »Hey, Lorenzo, haben wir noch was von den Fruchtschäumen übrig? Einer der Produzenten würde die gerne probieren. Und kramt mir Carls Kochbuch raus. Wir brauchen noch ein Amuse-Bouche.«

Steve sitzt zwischen zwei Anwälten vom Gourmetfernsehen, bestreicht Betsys warmes Walnussölbrot großzügig mit Butter und erzählt Anwaltswitze. »Warum gibt es in Kalifornien die meisten Anwälte und in New Jersey die meisten Mülldeponien des Landes? Weil New Jersey die freie Auswahl hatte!« Er lacht laut. Erstaunlicherweise stimmen alle in sein Gelächter ein.

Am anderen Ende des Tischs sitzt Carl, dessen Fuß nervös vor und zurück wippt, während er Ira in den höchsten Tönen von tatkräftigen Bedienungen, zuverlässigen Lieferanten und engagierten Köchen vorschwärmt. »Wir sind wie eine große Familie. Wir können uns blind aufeinander verlassen.«

»Das ist eine positive Einstellung«, bemerkt Ira. »Ich will ja nicht völlig desillusioniert klingen, aber ich habe schon viel zu viele Küchenchefs gesehen, die über Leichen gehen, um von A nach B zu gelangen.«

»Entschuldigen Sie bitte«, gehe ich dazwischen und stelle einen gut gekühlten Teller mit drei kleinen pastellfarbenen Flaumbergen vor Ira auf den Tisch. »Ich dachte, Sie möchten vielleicht noch ein paar andere spannende Geschmacksrichtungen probieren. Diesmal ist garantiert nichts Scharfes dabei – nur frische, belebende Aromen.« Ich zeige reihum auf die Schaumhäufchen. »Macintosh-Apfel, Ur-Tomate und Zitrone mit Lavendelhonig.«

»Was für eine hübsche Idee«, sagt Ira nickend. »Wie nett von Ihnen.«

Carl stiert mich mit runtergeklappter Kinnlade an, als sprösse mir gerade ein Geweih aus dem Kopf. Wie er so dasitzt und den Wein in seinem Glas herumschwenkt, kann ich ihm förmlich ansehen, wie er sich den Kopf über meine wunderbare Verwandlung vom hoffnungslosen Fall zur unbezahlbaren Perle zerbricht. Ich wünschte, ich wüsste selbst, wann diese Transformation vonstattengegangen ist, aber ich weiß auch nicht so genau, wann das passiert ist. Ich weiß bloß, dass ich mich fachkundig, entspannt und sehr wohl in meiner Haut fühle. Nachdem ich beinahe zum Aufgeben getrieben wurde und schon am Abgrund stand, habe ich nun endlich festen Boden unter den Füßen.

Ira probiert das erste Löffelchen Zitronenschaum und verdreht lustvoll die Augen. »*Gött*lich.«

Als ich schließlich die Babypastinaken-Honig-Suppe im Schnapsgläschen mit Süßkartoffelchips serviere, scheint Carl sich zu fragen, wie er je ohne mich leben konnte. Ich gehe wieder in die Küche zurück, so ruhig und doch ausgelaugt, als wäre ich gerade einen Marathon gelaufen. Es hat drei Monate, ein vermasseltes Vorstellungsgespräch, einen vergraulten Sechsertisch und eine Zwölfergesellschaft lang gedauert, bis mir klar geworden ist, dass Steve, Carl und Harold mir schon lange keinen Gefallen mehr tun. Weshalb ich auch, sobald Ira und die anderen weg sind, endlich sagen werde, was mir schon lange auf der Zunge brennt.

Es ist beinahe drei Uhr morgens, als die Gruppe schließlich aufbricht. »Auf Wiedersehen, Erin, vielen Dank«, verabschiedet Ira sich und drückt mir zwei Hundert-Dollar-Scheine in die Hand.

»Es war mir ein Vergnügen«, entgegne ich. »Bitte besuchen Sie uns bald wieder.«

Steve schüttelt ihm die Hand, als versuche er, eine Wasserpumpe zu betätigen, und drängt ihm eins von Carls Kochbüchern auf. »Ganz frisch aus der Druckerpresse«, prahlt er. »Kommt erst in einer Woche raus, ist aber schon unter den Top fünfzig bei Amazon. Das wird ein Bestseller.«

»Meine Frau hat mich schon angefleht, ich soll ihr unbedingt eins davon besorgen. Hoffentlich versucht sie es erst mal mit etwas Einfachem!«

Carl führt Ira unablässig plappernd ins Foyer. »... freue mich, Sie alle kennen gelernt zu haben ... wird sicher eine für alle Seiten fruchtbare Verbindung ... am Donnerstag in der Kanzlei ... Gute Nacht!«

Während Steve Richtung Küche davonstiefelt, machen Omar und ich uns an die monumentale Aufgabe, den Tisch abzuräumen.

»Erin?«, ruft Carl aus der Lounge. Er winkt mich an einen kleinen runden Tisch, wo er sich mit einem Cognacschwenker in einen Sessel hat plumpsen lassen. »Setz dich«, sagt er.

Sobald ich das tue, fangen meine Beine an zu kribbeln. Noch nie im Leben war ich so froh, mich hinsetzen zu können. Carl wartet einen Moment ab, ehe er das Wort ergreift. »Ich bin heute Abend Zeuge eines unglaublichen Ereignisses geworden.«

O nein, jetzt wird er wieder poetisch und singt Lobeshymnen auf sein eigenes Essen. »Ach ja?«

Er schaut mich durchdringend an. »Ich habe eine bisher unbekannte Seite von Erin erlebt.«

»Du hast was?«

»Ich hatte dich schon fast abgeschrieben«, erklärt er, und ein leicht beschwipstes Lächeln macht sich auf seinem Gesicht breit. »Und dann steht auf einmal aus heiterem Himmel dieser Pfundskerl von Kellnerin vor mir und hilft mir, den Sack zuzumachen. Du warst unaufdringlich, allwissend, und du lagst mit deinen Einfällen immer goldrichtig. Du hast Ira um den Finger gewickelt, die Fehler der Küche ausgebügelt und … ach ja, die Idee, die Suppe genau wie in meinem Kochbuch im Schnapsglas zu servieren, war wirklich erste Sahne.«

Er lacht, und ich winde mich unbehaglich. Vor ein paar Wochen noch hätte ich alles gegeben, diese Worte zu hören, aber jetzt bin ich einfach nur peinlich berührt. Peinlich berührt, aber gleichzeitig vollkommen ungerührt.

»Bedank dich bei Lorenzo«, entgegne ich. »Der hat sie schließlich gemacht.«

»Aber es war deine Idee, nicht wahr?«

»Kann schon sein.«

»Weißt du, ich finde es toll, wenn meine Angestellten mich immer wieder überraschen. Das heißt, ich kann auch dem mittelmäßigsten Menschen noch etwas Besonderes entlocken.«

Ich runzele die Stirn. »Mittelmäßig?«

Carl langt über den Tisch und legt seine warme, feuchte Pranke auf meine Hand. »Verstehst du jetzt, warum ich immer so hart mit dir ins Gericht gegangen bin?«

»Ehrlich gesagt, bin ich mir da nicht so sicher.«

»Sieh dich doch mal an, Erin. Du verbockst zwar immer noch so einiges, aber jetzt bist du *beflügelt*«, schwärmt er und ballt seine Hand zur Faust. »Und in ein paar Monaten wirst du nicht mehr zu bremsen sein.«

Hat er das wirklich gerade gesagt?

»Ich habe dich gesehen, wie du an deinem ersten Tag hier reinspaziert bist, als du zu spät in meiner Küche angetanzt bist und versucht hast, dich irgendwie durchzumogeln. Aber du hattest Mumm, und nur aus diesem einen Grund durftest du überhaupt hierbleiben. Hätte ich dir nicht in den Arsch getreten und dich immer weiter bis zum Äußersten getrieben, wärst du nicht da, wo du jetzt bist.«

Am liebsten würde ich ihm widersprechen und ihm sagen, dass ich es seinen Schikanen zum Trotz geschafft habe, und nicht durch ihn. Doch das kann ich nicht. Weil er recht hat.

»Ich werde nicht mehr lange da sein, wo ich jetzt bin«, erwidere ich.

»Natürlich nicht, weil deine Karriere gerade erst angefangen hat. Es hat eine Weile gedauert, bis du aufgeblüht bist, aber jetzt ist es an der Zeit, mehr von dir zu verlangen. Viel mehr.«

Entschuldigend lächele ich Omar zu, der einen Metallkorb voller sauberer Stielgläser zur Bar schleppt. Er schüttelt den Kopf – er weiß, dass ich in der Falle sitze. »Offen gestanden, gibt es aus mir nichts mehr herauszuholen.«

»O doch, gibt es. Davon bin ich überzeugt. Wir haben noch spannende Zeiten vor uns. Als Erstes werde ich mit Steve reden, damit er dir in Zukunft größere Tische gibt.«

Ich ziehe meine Hand weg und stehe auf. »Ich sollte Omar helfen. Es ist spät geworden.«

»Oder früh. Kommt drauf an, wie man es sieht. Alain, schnapp dir ein Glas und komm her! Ich kann schließlich schlecht allein feiern.«

Omar und ich rollen die Tischdecken zusammen, rücken die Stühle an den Tisch und knipsen die Lichter im Speiseraum aus. »Bis dann«, sagt er und trottet zur Hintertür der Küche.

»Danke für die viele Hilfe!«, rufe ich ihm hinterher.

Jetzt wird es Zeit für das lang ersehnte Gespräch mit Steve. Ich gehe nach oben und spüre dabei jede einzelne Minute der vergangenen drei Monate in meinem Rücken. Ich ziehe die

Spange aus meinen Haaren und bleibe vor der Bürotür stehen. »Steve?«

»Ja.« Er sitzt mit den Stiefeln auf dem Schreibtisch da wie ein Gangsterboss und tippt die Einnahmen des heutigen Abends in seine Rechenmaschine.

»Du wolltest mich sprechen?«

»Genau. Meine Frau hat angerufen. Wie es aussieht, wirst du den Schuster und die Reinigung bezahlen müssen. Außerdem schuldest du mir elfhundertvierzig Dollar für den Tisch, der dir durch die Lappen gegangen ist. Ich bin die Rechnungen des ganzen vergangenen Jahres durchgegangen, und das ist der durchschnittliche Rechnungsbetrag eines Sechsertischs. Das waren Banker aus Chicago, dicke Fische.«

»Hätte ich sie bedienen dürfen, wären sie nicht gegangen.«

»Mit der Nummer brauchst du es gar nicht erst zu versuchen, Erin, die zieht bei mir nicht. Ich bin nicht in der Laune für deine Ausflüchte.«

Ich lehne mich mit der Schulter gegen die Wand und sehe ihn an. »Du bist ein echter Glückspilz, Steve.«

Unter seinen buschigen Augenbrauen stiert er mich finster an. »Was soll das heißen?«

»Dass du dieses Restaurant hast, in dieser Stadt. Dass du Leute hast wie Omar, Ron und Jane, die für dich arbeiten. Und mich. Leute, die jeden Tag herkommen und immer wieder alles geben. Die Köche haben sich heute die Seele aus dem Leib gekocht. Ich hoffe, du weißt das zu schätzen.«

»Das treibt mir glatt die Tränen in die Augen, Erin, aber ich brauche keinen, der mich daran erinnert, wie gut es das Schicksal mit mir gemeint hat. Ich will dich morgen um drei hier haben, und dann machst du die Servicestation sauber, innen und außen. Die ist seit Monaten das reinste Schlachtfeld.«

»Tut mir leid, aber das geht nicht.«

»Ach nein? Und warum nicht?«

»Weil ich morgen nicht komme. Ich kündige.«

»Du kündigst?« Er wirft den Kopf in den Nacken und lacht. »Wo willst du denn hin?«

»Ich bin mir sicher, dass es auch noch andere Restaurants gibt in dieser Stadt, die eine Kellnerin mit meinen Fähigkeiten anstellen würden.«

Er schaltet die Rechenmaschine aus und reißt den Papierstreifen ab. »Wenn ich noch mal drüber nachdenke, vergiss, was du mir schuldest. Es ist schon allein tausend Dollar wert, jemanden wie dich endlich vom Hals zu haben, der hier reinschneit und tut, als sei er ein Profi. Glaubst du, ich bin so blauäugig, dass ich nicht gemerkt habe, dass du keine Ahnung hast?«

»Ich hatte einige Startschwierigkeiten, aber ich bin als Kellnerin genauso gut wie all deine anderen Kellner. Selbst Carl sagt das.«

»So, so, sagt er das?« Steve verkneift sich ein Grinsen. »Nun, wenn du glaubst, du könntest diese Nummer irgendwo anders noch mal abziehen, hast du dich geschnitten. Ich kenne viele Leute, Erin. Schon morgen wird jeder Restaurantleiter sämtlicher halbwegs anständiger Läden in Manhattan von deiner kleinen Scharade erfahren haben. Du wirst schon nach Buffalo ziehen müssen, wenn du noch mal einen Job finden willst.«

Fast verliere ich die Beherrschung. Fast lasse ich mich hinreißen und mich doch noch von Wut und Müdigkeit übermannen. Doch stattdessen drehe ich mich einfach um und gehe den Flur entlang in den Umkleideraum. Ich fühle mich seltsam benommen, als ich meine Montur ausziehe und in meinen Spind hänge. Ich hatte mir eigentlich immer vorgestellt, mein letzter Abend im *Roulette* würde fröhlich enden – weil ich einen neuen Job hätte und das Schlimmste überstanden wäre. Aber das Schlimmste steht mir erst noch bevor. Wenn ich Glück habe, reicht mein Erspartes bis Januar. Womit mir nicht mehr viel Zeit bleibt, einen neuen Plan auszutüfteln, um mein Leben umzukrempeln.

Nachdem ich in Jeans und Pulli geschlüpft bin, stempele ich mich aus und stecke meine Stempelkarte in den Schlitz. An der Tür bleibe ich stehen, sehe mich ein letztes Mal um und knipse dann das Licht aus.

26. Kapitel

Das Wochenende über bin ich in in einer Art katatonischer Schockstarre. Ich verlasse das Haus nur, um mit Rocket Gassi zu gehen und mir beim Chinesen was zu essen zu besorgen, dann schlüpfe ich gleich wieder mit Essstäbchen, Hühnchen Kung Pao und der Fernbedienung unter die Bettdecke. Wenn ich nicht gerade schlafe oder mich ziellos durch die Programme zappe, starre ich an die Decke, die ich mir bald nicht mehr werde leisten können, wenn ich nicht schnell einen anderen Job auftreibe. Cato, der die Neuigkeiten von Omar erfahren hat, hinterlässt eine Nachricht auf meiner Mailbox, weil er sich persönlich bestätigen lassen will, was in der brodelnden Gerüchteküche so getratscht wird (»Alain hat gesagt, dass Patrick ihm erzählt hat, du hättest Carl ein Cocktailtablett an den Kopf geworfen. Stimmt das? Wo steckst du? Melde dich!«), und versichert mir, selbst der beste Kellner könne das Stimmungsbarometer eines Menschen wie Steve nicht heben.

Am Montagnachmittag schaut Rachel vorbei. »Ich habe dir was mitgebracht, um dich ein bisschen aufzuheitern!«, ruft sie verheißungsvoll in die Gegensprechanlage.

»Du darfst dich aber nicht erschrecken, wenn du mich siehst«, warne ich sie.

»Habe ich das je?«

Ich mache die Tür auf und lasse mich im Bademantel auf die Couch fallen. Als ich die Vorhänge einen Spaltbreit öffne und hindurchspähe, muss ich feststellen, dass draußen nicht nur die Sonne scheint, sondern die Welt sich auch ohne mich weitergedreht hat.

Rachel kommt hereinspaziert und hat Mühe, mich im Dämmerlicht zu erkennen. »O Gott. Du siehst ja aus wie eine Leiche.«

»So fühle ich mich auch. Und es gibt für mich auch eigentlich keinen Grund mehr weiterzuleben.«

Sie stellt ihre Tasche neben mich auf die Couch und setzt sich. »Du bist noch in der Trauerphase, das ist normal. Das dauert eine Woche, höchstens zwei. Reden wir über deinen Plan B.«

»Das *Roulette war* mein Plan B.«

»Ach. Okay.«

»Siehst du? Ich hätte nicht kündigen dürfen. Jetzt bekomme ich, Steve sei Dank, nicht mal mehr einen Job als Kellnerin. Vielleicht könnte ich irgendwo in einer Bar anheuern …«

»Er blufft.«

»Ich kenne Steve. Der blufft nicht.«

»Du musstest gehen«, tröstet sie mich und legt mir die Hand auf den Arm. »Es wird sowieso höchste Zeit, dass du wieder das tust, was du vorher gemacht hast.«

»Soll das ein Witz sein? Das habe ich doch bei Design Refined versucht. Die haben mich mehr oder weniger aus ihrem Büro rausgelacht.«

»Na und? Du hast viel zu viel Talent, um jetzt sang- und klanglos die Flinte ins Korn zu werfen. Weißt du noch, als du dir letzten Sommer all die Marketingideen für mich ausgedacht hast? Als ich dauernd rumgemeckert habe, ich sei pleite?«

»Ja. Damals, als ich mein Gehirn noch für höhere Ideen benutzt habe.«

»Na, und rate mal? Ich habe so viel zu tun, dass ich nicht mal mehr dazu komme rumzujammern, dass ich so viel zu tun habe.«

Ich halte inne und vergesse für einen Augenblick, dass die Welt sich um mich herum dreht. »Ehrlich?«

»Letzten Monat habe ich endlich das gemacht, was du mir empfohlen hast, ich habe mich in Unkosten gestürzt und mir von diesen beiden Jungs downtown eine Webseite entwerfen lassen. Ich habe die Adresse auf meine Flyer drucken lassen, und daraus haben sich schon drei Aufträge für Fotoshootings ergeben.«

»Mal im Ernst. Du glaubst also, ich bin doch zu was nütze?«

»Und deine Idee mit dem Tierheim war absolute Spitze. Die Organisatoren der Pet Parade möchten, dass ich das Foto für das Aprilblatt ihres Spendenkalenders fotografiere.«

»Wow«, staune ich und schaffe es sogar, ein wenig echte Begeisterung aufzubringen. »Das ist ja toll.«

Mit einem Ruck zieht sie die Vorhänge zurück. »Das ist jetzt bloß so eine Idee, aber vielleicht solltest du es mit einer Unternehmens- und Existenzgründerberatung versuchen. Es muss doch noch mehr Leute wie mich da draußen geben, kleine Unternehmen, die so eine Art von Hilfe brauchen können.«

»Ne, ne. Ich bin keine Unternehmerin.«

»Aber du könntest eine werden, wenn du nur wolltest.«

»Für so was braucht man Startkapital, und es dauert jahrelang, bis man sich einen festen Kundenstamm aufgebaut hat. Mein Vater hat schon seit Jahren eine eigene kleine Firma, und trotzdem ist es immer noch ein täglicher Kampf. Ich meine, wie sollte ich das denn aufziehen?«

»Tu genau das, was du mir geraten hast«, entgegnet sie. »Leg dir eine Webseite zu, pfleg deine Kontakte, schnall den Gürtel enger.«

»Und wie soll ich an meine Kunden kommen?«

»Genau wie bei deinem letzten Job. Wo ist denn da der Unterschied?«

»Zeit. Geld.«

»Willkommen im wahren Leben.«

»Mein Geld reicht nur noch für zwei Monate. Du tust, als sei das ein Kinderspiel.«

»Ist es ganz sicher nicht. Anderer Leute Haustiere zu fotografieren auch nicht, aber das ist nun mal der Weg, für den ich mich entschieden habe. Alles, was mir gefehlt hat, war ein kleiner Schubs in die richtige Richtung, und jetzt schau dir an, was daraus geworden ist.«

Schnell male ich mir aus, wie meine Zukunft aussähe, wenn es nach Rachel ginge. Während ich Bewerbungen verschicke und über der Idee brüte, mir irgendwo einen neuen Job als Kellnerin zu suchen, mache ich mich in Sachen Unternehmensberatung fit und gründe meine eigene kleine Firma. Ich drehe das Thermostat runter, verzichte aufs Taxifahren und lebe von Pasta und Billigwein. Ich richte mir zuhause ein kuscheliges kleines Büro ein und genieße vollkommene Freiheit, allerdings rasch gefolgt vom unausweichlichen Bankrott und einer jahrelangen Maloche als Springer im *Hector's*.

»Das funktioniert nie im Leben«, sage ich zu ihr.

»Denk einfach mal darüber nach. Ach … fast hätte ich es vergessen.« Sie greift in ihre Tasche und zieht ein Schwarz-Weiß-Foto heraus. »Hier«, sagt sie und reicht es mir.

Ich starre das Bild an, auf dem Rocket mit zur Seite gedrehtem Kopf und im Wind wehenden Schnurrhaaren im Gras sitzt. Durch die Zweige einer Eiche im Hintergrund sieht man den wolkenverhangenen Himmel. »Wann hast du das denn gemacht? Das ist ja unglaublich.«

»Weißt du noch, wie wir damals einen kleinen Abstecher in den Park gemacht haben, als ich versucht habe, dich zu überreden, ihn bei dir aufzunehmen?«

»*Damals*? Aber warum hast du es mir nicht schon viel früher gezeigt?«

Sie lächelt. »Ich wollte den richtigen Zeitpunkt abpassen.«

✧

Als Rachel wieder weg ist, stecke ich meine Arbeitsschuhe in eine Plastiktüte, um sie in den Secondhandladen zu bringen, und beschließe, mich schlau zu machen, auf was ich mich da eigentlich einlassen würde. Ich sitze in der Küche an meinem Laptop und tippe *Wie man eine Unternehmensberatung aufbaut* bei Google ein, woraufhin ich seitenweise Treffer bekomme. Als ich die gerade überfliegen will, höre ich das Telefon im Wohnzimmer klingeln. »Ach, verdammt. *Bitte*, lass das Daniel sein.« Wahrscheinlich ist es aber wieder mein Vater, der sich mit mir darüber beratschlagen will, wie wir Harold schonend beibringen, dass ich den Job im *Roulette* hingeschmissen habe. »Tut mir leid, Dad. Das muss bis nachher warten«, murmele ich, als der Anrufbeantworter drangeht. Aber es ist weder mein Vater noch Daniel.

»Hallo, Erin, hier spricht Robin Howe von Design Refined. Gary und ich fanden unser Gespräch letzte Woche sehr anregend, und wir hatten gehofft, Sie könnten am Mittwoch noch einmal vorbeikommen, wenn Sie Zeit haben. Rufen Sie mich doch kurz zurück, oder schicken Sie mir eine E-Mail, damit wir einen Termin ausmachen können. Ich würde mich freuen, bald von Ihnen zu hören. Wiederhören.«

✧

Am Mittwochmorgen sitze ich wieder am Konferenztisch, entspannter, als ich es seit Monaten war. Ich bin ausgeschlafen, gut informiert und mir sicher, dass Robin und Gary mir den Job tatsächlich geben wollen. Kurz streifen wir das Thema Geld (»Was halten Sie von einem Einstiegsgehalt so um die hunderttausend?«, fragt Gary) und besprechen dann zukünftige Projekte (»Soviel ich weiß, ist Ponyfell ganz groß im Kommen«, höre ich mich sagen). Mit einem Blick auf die atemberaubende Aussicht auf Midtown wird mir klar, dass die Dinge sich endlich zu meinen Gunsten wenden. Das *Roulette*, Carl, die Porters – das alles ist Vergangenheit. Ich habe die Berg- und Talfahrt durch die Restaurantbranche überlebt und eine schmerzliche Affäre überstanden. Ich bin inzwischen ein anderer Mensch, und meine Zukunft hat gerade erst begonnen.

Wieso also habe ich das Gefühl, dass etwas fehlt?

»Sie bekommen das Büro gleich neben Deborah, einer unserer Grafikdesignerinnen«, erklärt Gary. »Wobei Sie sich sicher nicht oft zu sehen bekommen werden. Wir arbeiten momentan alle Siebzig-Stunden-Wochen, um den Abgabetermin für den Frühjahrskatalog noch einzuhalten. Sie sollten Ihren Freund lieber schon mal vorwarnen!« Er lacht.

Kichernd stimme ich mit ein und frage mich, was Rocket wohl dazu sagen wird, wenn ich wieder verschwinde. Fremde Gassigänger. Einsame Stunden, die er sich mit Bellen und Elektrokabeldurchbeißen vertreibt.

»Was meinen Sie?«, fragt Robin.

»Ich meine, das … klingt toll!«, antworte ich und strahle übers ganze Gesicht. Was ist bloß los mit mir? Da bietet sich mir die perfekte Gelegenheit – ihnen macht nicht mal meine dunkle Vergangenheit als Kellnerin was aus –, und da zögere ich noch?

»Wir nehmen an, dass Sie im *Roulette* eine gewisse Kündigungsfrist einhalten müssen«, bemerkt Gary.

»Was? Ach ja. Eine Woche dürfte genügen.«

Robin greift nach ihrem BlackBerry. »Damit wären wir dann beim … zweiten Dezember. Könnten Sie am Montag, dem fünften anfangen?«

»Klar …«

»Gut«, sagt sie und drückt ein paar Knöpfe. »Um sieben Uhr morgens haben wir ein Frühstücksmeeting, und am Donnerstag fliege ich dann zu einer Messe nach Atlanta. Ich möchte, dass Sie mich dorthin begleiten.«

»Ich?«

»So können Sie sich gleich mit unserem Unternehmen *und* der Konkurrenz vertraut machen. Wenn wir zurückkommen, arbeiten wir erst mal unter Volldampf weiter am Katalog, aber den Koffer brauchen Sie erst gar nicht auszupacken, weil wir im Februar nach Panama fliegen, um uns die neuen Fabrikanlagen dort vor Ort anzuschauen.«

»*Panama*?« Ich komme mir vor, als hätte der perfekte Mann gerade um meine Hand angehalten, und ich suche verzweifelt nach Gründen, einen Rückzieher zu machen. Alles, was ich mir immer gewünscht habe, baumelt zum Greifen nahe vor meiner Nase, aber irgendwie haben sich meine Wünsche, ohne dass ich es gemerkt habe, verändert.

»Sie wirken ein bisschen überwältigt«, stellt Gary fest. »Bombardieren wir Sie gerade mit zu vielen Dingen auf einmal?«

»Überhaupt nicht!«, versichere ich und reiße mich wieder zusammen. Du bist beinahe pleite, Erin. Um Himmels willen, nimm dieses Angebot an!

»Sonderzulagen und Gehaltszuschläge richten sich nach dem Unternehmensgewinn«, setzt Gary an. Er redet über Krankenversicherung und Zusatzleistungen, während ich mir den Weg vorzustellen versuche, den ich gerade dabei bin einzuschlagen, die Entscheidungen, bei denen ich wenig bis gar nichts zu sagen haben werde, die Arbeit, für die ich vielleicht oder vielleicht auch nicht Anerkennung ernten werde; ein Gebilde, das von meiner Warte aus wie eine Falle wirkt. Dafür habe ich doch nicht im *Roulette* gekündigt. Für den größten Teil meines Lebens war ich das perfekte Rad im Getriebe – ich habe getan, was von mir verlangt wurde und was der Chef mir aufgetragen hat. Jetzt passe ich plötzlich nicht mehr in die Welt, die ich kenne. Drei Monate Maskerade und Neuerfindung meiner Persönlichkeit haben aus mir einen mutigeren, klügeren und fast schon tollkühnen Menschen gemacht.

»… übergehen, wenn Sie zehn Jahre für die Firma tätig waren«, beendet Gary seine Ausführungen. »Habe ich irgendetwas ausgelassen, Robin?«

»Ich glaube nicht. Ist noch etwas unklar, Erin?«

»Wenn Sie mich so fragen …«

Robin und Gary schauen mich an.

»Ich wollte nicht … ich meine, es tut mir leid.« Ich schnappe mir meine Bewerbungsmappe und stehe auf.

»Stimmt etwas nicht?«, fragt Gary.

»Alles bestens«, sage ich und gebe ihnen die Hand. »Ich weiß Ihr Angebot sehr zu schätzen.«

»Liegt es am Gehalt?«, will Gary wissen. »Wenn ja, dann …«

Ich gehe um den Tisch herum. »Das Gehalt ist sehr angemessen.«

»Wir könnten noch eine Woche bezahlten Urlaub drauflegen«, bietet Robin an.

»Sehr großzügig. Aber eine Freundin von mir hat mir von einer anderen Berufsmöglichkeit erzählt und, nun ja …« Ich lächele und öffne die Tür. »Mir ist gerade aufgegangen, dass ich verrückt sein müsste, mir diese Gelegenheit entgehen zu lassen.«

27. Kapitel

Mit Rachels Hilfe entwerfe ich einen Geschäftsplan. Ich stelle ein Budget auf und schicke all meinen Bekannten, zu denen der Kontakt abgerissen ist, nachdem ich im *Roulette* angefangen habe, eine E-Mail. Eine Collegefreundin verweist mich an ihre Stiefmutter, die im Vorstand einer kleinen Wohltätigkeitsorganisation sitzt. »Unsere diesjährigen Spendeneinnahmen waren ziemlich erbärmlich«, erklärt die Dame mir, als sie auf meinen dritten Anruf hin zurückruft. »Wir brauchen jemanden, der das Ruder herumreißen kann.« Als sie zustimmt, sich mit mir zu treffen und sich meine Marketingvorschläge anzuschauen, traue ich mich zum ersten Mal, zaghaft zu hoffen, dass es funktionieren könnte. Wenn ich meine Sache bei dieser Besprechung richtig gut mache und alles anwende, was Cato mir beigebracht hat, nämlich, wie man die Gedanken der Kunden liest und sich in sie hineinversetzt, besteht die durchaus realistische Möglichkeit, dass ich schon in einer Woche einem Grüppchen wohlhabender Damen dabei helfen werde, den Hudson River zu schützen.

Am Freitag stehe ich zeitig auf, weil ich mein Angebot unbedingt fertig bekommen will, und mache so viel Recherche wie möglich für den Termin am folgenden Tag. Ich habe mir noch nicht mal den Bademantel übergeworfen, als Rocket schon anfängt zu bellen und an der Tür kratzt. Nachdem ich schnell eine Tasse Kaffee getrunken habe, ziehe ich mich an, und wir gehen nach draußen. Dort ist es zwar eiskalt, aber die Straßen sind sonnendurchflutet. Wir passieren einen Bagel-Laden, Rockets Lieblingsbaum und den Zeitungskiosk an der

Ecke. Während wir darauf warten, dass die Ampel auf Grün umspringt, entdecke ich die neueste Ausgabe von *Manhattan Today* zwischen *W* und *Metropolitan Home*. Gleich neben dem Titelfoto von Tory Bunch mit einer Weihnachtsmannmütze auf dem Kopf, steht zu lesen: *Evelyn Harker: Mit Pauken und Trompeten*.

Ich ziehe die Zeitschrift aus dem Ständer, bezahle und führe Rocket dann in den Park. Mit den Worten »Bleib in der Nähe, damit ich dich sehen kann« lasse ich ihn von der Leine, setze mich auf eine Bank und blättere das Heft durch, bis ich auf die Besprechung des *Roulette* stoße.

In dieser Woche stattet die am schwersten zu fassende, geheimnisvollste Frau Manhattans einem der beliebtesten Restaurants der Madison Avenue einen Besuch ab und muss feststellen, dass dort jemand die Schränke umgeräumt hat ...

ROULETTE – Wo soll das noch hinführen?

von Evelyn Harker

Wenn Sie in New York gelegentlich auswärts essen, kann Ihnen der gegenwärtige Rummel um Carl Corbett nicht entgangen sein. Gerade hat er ein eigenes Kochbuch veröffentlicht, zwanzig halbstündige Folgen fürs Gourmetfernsehen sind in der Mache, und damit steht der Küchenchef des Roulette auf der Madison Avenue an der Schwelle zu jenem Ruhm, der aus einem wirklich anständigen Koch ein Gesicht auf einer Dosensuppe machen kann. Das letzte Mal, als ich sein Restaurant besprochen habe, war das Menü ausgeklügelt, aber zurückhaltend, mit Gerichten, die die Sinne begeisterten und dabei jene Affektiertheit mieden, die sich in so vielen Manhattaner Küchen eingeschlichen hat. In der Zwischenzeit jedoch haben Innovationen ungehindert wuchern dürfen, was zu Auswüchsen wie bizarren Rezepten (Ein Lasergegrilltes Kalbshirn für Sie?) und Küchengeräten, wie man sie eher in der Notfall- und Intensivstation erwarten würde, geführt hat.

Im Speiseraum wähnt man sich wie eh und je in einem glitzernden Palazzo fernab der Wirklichkeit, obwohl eine Dreifachverglasung gegen den Straßenlärm, den zu überhören meine Begleiter und ich uns an unserem Fensterplatz große Mühe geben mussten, nicht geschadet hätte.

Ich unterbreche meine Lektüre und schaue auf. Fensterplatz? Gleich mehr als ein Begleiter?

Dann kann die Frau, die wir für Harker gehalten haben, gar nicht Harker gewesen sein. Ich krame in meinen Erinnerungen an jenen Abend, an die Blondine, die mit drei anderen Leuten am Fenstertisch in meinem Bereich gesessen hat. Die Frau, die tausend Fragen stellte, hin und her überlegte, bis sie schließlich ihre Bestellung aufgab, und dann auf allen Tellern herumpickte. Das war also Harker, inkognito.

Das Menü jedoch ist nicht wiederzuerkennen. Die Amuse-Geules sind auf ein Minimum beschränkt worden und konzentrieren sich ganz auf einige wenige Elemente, diese allerdings mit äußerster Akribie zubereitet. Eine interessante Idee, Essen auf seine Essenz zu reduzieren, sodass die Gäste nicht von, sagen wir, Mehl oder Gewürzen abgelenkt werden. Doch obwohl das Daikon-»Opernbillet« mit Balsamico-Jus nett anzuschauen ist (»Le Nozze de Figaro, Sitz C3«), so ist es im Grunde genommen nichts weiter als eine Scheibe Rettich mit einem Schuss Essig. Eine einzelne Olympia-Auster, auf mit Zitronensaft beträufeltem Kies gegart, weckt in mir die Sehnsucht nach den Kochmethoden der guten alten Küche, wie beispielsweise, sämtliche Zutaten in eine Pfanne zu werfen und nähere Bekanntschaft mit einem heißen Herd machen zu lassen.

Im Gegensatz zu der Bedienung bei meinem letzten Besuch

ist unsere Kellnerin aufmerksam, dynamisch und so wohl informiert, dass sie die Vorspeisen en detail erläutern kann, darunter ein Philly-Käsesteak verkehrt (der Käse steckt drinnen!), sowie gefriergetrocknete Rucola-Röllchen (in Reispapier gewickelt, das auf rekultivierten Schlachtfeldern vor Hanoi angebaut wird). Das Käsesteak, gegrillte Filet-Mignon-Scheiben, durchzogen von knusprigem Panko – japanischem Paniermehl – und Mull-of-Kintyre-Käse, würde sicher in jeder Zubereitungsart munden, aber dehydrierter Rucola erinnert mich doch sehr daran, in welch erbärmlichem Zustand Dim Sum anno 1974 in Las Vegas angeboten wurden. Ligurisches Olivenöl wird wie billiger Whiskey in einem Dreißig-Milliliter-Stamperl serviert und würde sehr davon profitieren, wenn es etwas gäbe, worauf man es träufeln könnte – Öl saufen ist was für Oldtimer, aber nicht für Leute, die dreihundert Dollar für ein Abendessen hinblättern.

Nach einem enttäuschend schwachen Start ruhen all meine Hoffnungen auf dem Hauptgang, ganz besonders dem geschmorten Rotbarsch. Obwohl zahlreiche Küchenchefs den Rotbarsch inzwischen von der Karte genommen haben, hat Carl Corbett sich noch nicht dazu durchringen können, dieser bedrohten Tierart endgültig den Rücken zu kehren. »Wenn ich vor der Wahl stehe zwischen dem Wohl meiner Gäste und dem Wohl unseres Planeten«, erklärt er, »würde ich mich immer für meine Gäste entscheiden.« Schön und gut, aber alles, was in »Zellophan« aus Chilihaut gewickelt und auf einem aufrecht stehenden Spieß serviert wird, sollte mit einem Warnhinweis versehen werden. Wenn ich in einen mit Pfefferspray gewürzten Knüppel beißen wollte, würde ich zu einer Anti-WTO-Kundgebung gehen. Zum Glück kann ich trotzdem noch den Geschmack der am Spieß gegrillten Taubenkeulen schmecken, die saftig und zart sind und mit einem erfrischenden Blautannen-Gelee auf den Tisch kommen. Prickelndes Champagner-»Relish« erschlägt das Krebsfleisch, abgefüllt in kleine Metallzylinder, die bei Berührung qualmen. Fast erwartete ich, David

Copperfield zu entdecken, der sich hinter meinem Weinglas versteckt hat.

Patissière Betsy Lowe ist die einsame, unerschütterliche Konstante der Küche, ganz gleich, ob sie die Speisenden mit einer lockeren Mille-Crêpe-Torte mit geräuchertem Ingwer betört oder ein typisch amerikanisches Dessert auf den Kopf stellt wie mit ihrer Kirscheis-am-Stiel-Eiscreme. Ihre Birnentarte mit karamellisiertem Ricotta gehört zu meinen erklärten Lieblingsdesserts – nicht nur in diesem Restaurant. Ganz gleich, was sie sich auch vornimmt, immer sprüht sie nur so vor jenem kreativen Einfallsreichtum, der Carl Corbett irgendwo zwischen Vakuumierer und Trockeneismaschine abhandengekommen ist.

Die Molekulargastronomie ist ein gewagter Drahtseilakt für kühne Küchenchefs, doch nicht allen gelingt es, ein kulinarisches Spektakel zu inszenieren, ohne selbst zur Lachnummer zu werden. Jemand, der in der Lage ist, ein beinahe perfektes Dinner-Erlebnis zu zaubern, scheint vom rechten Weg abgekommen zu sein in dem krampfhaften Bemühen, seine Konkurrenz oder möglicherweise auch den Cirque du Soleil zu überflügeln. Woran es auch immer liegen mag, auf dem Weg dorthin hat er bedauerlicherweise seinen eigenen Stil verloren. Sollte er sich auf seine wahren Stärken zurückbesinnen, könnte das Roulette wieder die Garantie für einen gelungenen Abend werden.

Als ich endlich wieder aufschaue, ist Rocket verschwunden.

»Rocket?«

Ich lege die Zeitschrift auf die Bank, stehe auf und halte nach seinen weißen Ohren Ausschau, ob sie nicht irgendwo aus den Büschen am Rand des Weges hervorlugen. Vor zwei Minuten war er noch da. Wieder rufe ich nach ihm, in der Hoffnung, dass er hinter einem Baum hervorgeschossen oder den laubbedeckten Hügel hinuntergestürmt kommt. Doch er ist und bleibt spurlos verschwunden.

Panik steigt in mir auf, ich laufe den Kiesweg entlang, drehe dann um und trabe quer über die Wiese. Wie ich Rocket kenne, hat er sich irgendwo ins Gebüsch geschlagen und gräbt dort nach Mäusen. »Komm her, Kumpel!« Meine Stimme klingt schrill und verzweifelt, und einige Passanten bleiben stehen und schauen mir hinterher.

»Haben Sie vielleicht einen Jack Russell in einem blauen Fleecemäntelchen gesehen?«, frage ich einen unrasierten Mann, der gerade seinen Malamute von einem alten Gummiball wegzerrt.

»Ich glaube schon. Vor ein paar Minuten, stimmt's?«

»Stimmt.«

»Er ist da lang gelaufen«, erklärt der Mann und zeigt in Richtung des halb zugefrorenen Sees.

»Danke.« Im Dauerlauf mache ich mich auf den Weg, Rockets Flexileine fest umklammert und die Ohren gespitzt, um auf sein Bellen zu lauschen. In der Zeit kann er es unmöglich bis zur Straße geschafft haben. Nein, daran will ich nicht mal denken. Am Seeufer bleibe ich mit wild pochendem Herzen stehen. Kurz überlege ich, hineinzuspringen und nach ihm zu tauchen, doch dann höre ich ein hohes Kläffen aus einer kleinen Baumgruppe ein paar Meter entfernt herüberwehen. Einen Augenblick später kommt Rocket mit angelegten Ohren über die Wiese geflitzt, dicht gefolgt von einem weiteren, viel größeren Hund. Fritz.

Der Boden scheint unter meinen Füßen ins Wanken zu geraten. Und dann springt Fritz an mir hoch und hinterlässt schlammige Pfotenabdrücke auf meiner Jacke, während Rocket mit den Vorderbeinen in den See watet und eine Ente anbellt. »Wie hast du uns denn gefunden, Fritz?«, frage ich und kraule seinen Kopf. Als ich einen Blick hinüber zu den Bäumen werfe, sehe ich Daniel in schwarzem Anzug und Mantel, der mit einem roten Ballwerfer in der Hand auf mich zukommt. Es ist mir ganz egal, dass ich alte Turnschuhe trage und unter meiner zerrissenen Jeans meine Pyjamahose anhabe oder dass ich meine Haare unter eine Strickmütze mit Bommel gestopft habe. Ich bin viel zu glücklich, ihn zu sehen.

Er fährt ein bisschen zusammen, als er mich sieht. »Hallo.«

»Hi.«

»Belästigt mein Hund Sie?«

»Nicht mehr als sonst.«

»Er ist ziemlich anhänglich. Scheinbar denkt er, dass er Sie irgendwoher kennt.«

»Warum nur?«

Wir schauen uns an, und unser Lächeln verblasst. Er wirft einen Ball quer über die Wiese, und Fritz rast, eine Staubwolke aufwirbelnd, hinterher.

»Ich habe gestern im *Roulette* vorbeigeschaut«, erzählt er. »Alain hat mir gesagt, dass du nicht mehr dort bist.«

»Ich habe vor ein paar Wochen gekündigt.«

»Ich dachte, du wolltest mir vielleicht aus dem Weg gehen.«

»Nein, es war einfach an der Zeit zu gehen.«

»Und … was machst du jetzt?«

»Ich hätte eine feste Stelle haben können, aber ich habe mich entschlossen, stattdessen als selbstständige Unternehmensberaterin zu arbeiten. Mal sehen, was sich daraus entwickelt.«

»Das ist ja toll, Erin. Ich freue mich sehr für dich.«

»Danke.«

Er fummelt an seinem grauen Kaschmirschal herum. Ich schlucke. Mein Hals ist ganz trocken.

»Hör mal«, setzt er an. »Ich habe viel darüber nachgedacht, was zwischen uns passiert ist, gegrübelt ohne Ende, um ehrlich zu sein –«

»Ich auch.«

»Seit dem Abend, als ich dich mit zu dieser Party geschleppt habe, hätte ich mir ununterbrochen in den Hintern treten können. Ich war ein unsensibler Klotz. Das ist mir inzwischen klar geworden.«

»Dem kann ich nicht widersprechen.«

Er nimmt Fritz den Ball aus der Schnauze und wirft ihn wieder weg. »So wie Patti und Sonia sich an dem Abend aufgeführt haben … ich hätte wissen müssen, dass es so kommen würde. Vielleicht wusste ich es ja auch, aber ich wollte es einfach nicht wahrhaben. Egal, ich wünschte jedenfalls, ich hätte dich nicht verloren, ehe ich das kapiert habe.«

Verloren. Obwohl ich wochenlang meine Wut auf ihn kultiviert habe, klingen diese Worte so traurig, so endgültig. Will ich das wirklich? Daniel nie wiedersehen, außer wenn unsere Hunde einander zufällig im Park aufstöbern? Mich immer fragen, was gewesen wäre, wenn wir das *Roulette* zusammen durchgestanden hätten?

»Warum hast du mich so abgeblockt?«, fragt er. »Warum haben wir nicht darüber geredet und gemeinsam eine Lösung gesucht?«

Ich blinzele in die Sonne. »Weil ich mir vorkam wie verraten und verkauft, Daniel. Es war, als ob … du nicht mehr der Mensch wärst, von dem ich glaubte, dass du es bist. Plötzlich war da ein völlig anderer an deiner Stelle.«

»Es macht mich fertig, wenn du das sagst.«

»Es ist aber wahr.«

»Dann kann ich auch verstehen, warum du nichts mehr mit mir zu tun haben wolltest«, entgegnet er. »Ich habe dich wirklich in eine furchtbare Lage gebracht, oder?«

»Die denkbar schlimmste.«

Nach langem Schweigen sagt er schließlich: »Es tut mir leid. Ich hoffe, das glaubst du mir.«

Er bückt sich, um Rocket zu streicheln, während ich vergeblich versuche, jenes Gefühl der Kränkung wieder heraufzubeschwören, von dem ich glaubte, ich würde nie darüber hinwegkommen. Bis jetzt hatte ich auch gar nicht darüber hinwegkommen *wollen*. Es war einfacher, Daniel den Schwarzen Peter zuzuschieben, als den Gedanken zuzulassen, das größte Hindernis zwischen uns beiden könnte ich selbst sein. »Vor ein paar Wochen habe ich versucht, dich im Büro anzurufen«, sage ich.

»Ehrlich?« Seine Miene hellt sich sichtbar auf. »Hätte ich das gewusst, ich hätte vor deiner Haustür kampiert, bis du mich reingelassen hättest.«

»Ich wollte einfach nur mal mit dir reden. Dich noch ein bisschen anbrüllen.«

»Ich wünschte, das hättest du gemacht«, entgegnet er. »Ich kann damit leben, angebrüllt zu werden. Aber dich nicht mehr zu sehen …«

»War die Hölle«, gebe ich zu.

»Für dich auch?«, fragt er und macht einen Schritt auf mich zu. »Himmel, du fehlst mir so. Dass du nicht mehr zu meinem Leben gehörst, ist – das ist einfach nicht richtig.«

»Gefällt mir auch nicht sonderlich.«

»Und … was heißt das?«

Ich lächele ihn an. »Was sollte es denn deinem Wunsch nach heißen?«

Er lässt den Ballwerfer auf den Boden fallen und fällt mir um den Hals. Der geschäftige Dienstagmorgen geht um uns herum unbeirrt weiter: Sirenen heulen in der Ferne, Menschen joggen vorbei, ein Zeitungsblatt weht über die Wiese und verfängt sich an meinem Schuh. Wir aber stehen einfach da am Seeufer und halten uns in den Armen.

Einen Monat später …

»Ich spiele bald in einem anderen Stück«, verkündet Cato und schüttet Zucker in seinen Kaffee. »Ich fand das Skript sowieso von Anfang an nicht so umwerfend.«

Es ist eine Woche vor Weihnachten, und wir sitzen zusammen in einem gemütlichen kleinen Restaurant in der Lexington Avenue. Catos Hemd steht oben offen, und er trägt dieselbe dunkelgraue Hose und dieselben Schuhe, die er jeden Abend im *Roulette* anhatte.

»Das kapiere ich nicht«, entgegne ich. »Wie kann so eine Show denn urplötzlich ohne Geldgeber dastehen?«

Er zuckt die Achseln und schaut hinaus auf den Gehweg, der von grauen, kürzlich beiseitegeräumten Schneehaufen gesäumt ist. »Miese Produzenten. Sonst keiner da, der sich drum kümmert. Das Gleiche ist meinem Freund Lee passiert, nur dass der bereits vier Monate Proben hinter sich hatte. Wenigstens habe ich noch nicht so viel Zeit reingesteckt. Es war trotzdem toll. Einfach bloß auf der Bühne zu stehen vor all diesen leeren Sitzen, ich kam mir vor, als würde mein Leben gerade erst beginnen.«

»Tut mir leid, dass es nicht geklappt hat«, sage ich. »Aber ich bin mir sicher, deine Rückkehr ins Rampenlicht wird nicht lange auf sich warten lassen.«

»Glaub mir, ich tue, was ich kann, um nicht gleich wieder von der Bildfläche zu verschwinden.« Er pustet in seinen dampfenden Kaffee und nippt daran. »Aber es könnte wohl auch schlimmer sein. Besagter Freund von mir hat versucht, seinen Job als Barkeeper zurückzubekommen, und die haben getan, als hätten sie ihn noch nie gesehen. Wenigstens hat Carl bei Steve ein gutes Wort für mich eingelegt. Abgefahren, hm? Carl war richtig *nett*. Egal, wahrscheinlich freut er sich bloß, dass ich wieder da bin, weil er mich dann dauernd damit aufziehen kann, dass ich gewaltig auf die Schnauze gefallen bin.«

»Du meinst, so wie *er* in Harkers Kritik?«

Cato zuckt zusammen. »Und alle wissen, dass du sie bedient hast. Wer den Schaden hat, braucht für den Spott nicht zu sorgen. Jane hat gesagt, Carl sei völlig ausgerastet, als er den Artikel gelesen hat. Angeblich hat er Brustschmerzen bekommen und musste ins Krankenhaus, um sich eine Dosis Beruhigungsmittel verpassen zu lassen.«

»Wie hat Gina denn reagiert?«

»Sie hat ein riesiges Starkbier getrunken und ist im Séparée umgekippt. Steve hat bestimmt eine Woche lang mit niemandem geredet, aber inzwischen ist er wieder ganz der Alte. Ein echter Miesepeter. Genau wie in den guten alten Zeiten.«

Wir lachen. »Bis auf die Speisekarte«, bemerke ich. »Daniel hat erzählt, dass sich da einiges geändert hat.«

Cato lehnt sich gegen die Wand und streckt die Beine über den Sitz unserer kleinen Nische aus. »Ja, du hättest mal den Krach zwischen Steve und Carl erleben sollen. Carl wollte auch weiterhin so schräge Sachen machen, aber Steve lässt nicht locker. Er will, dass Carl den Firlefanz über Bord wirft und wieder die altbewährten Publikumslieblinge kocht. Carl ist sowieso die Hälfte der Zeit im Fernsehstudio, was so viel heißt, dass Phil wie ein Gockel in der Küche herumstolziert und den großen Macker raushängen lässt.«

»Er ist der neue *Sous*chef?«

»Im Moment ja, aber er hat alle Hände voll damit zu tun, den Laden am Laufen zu halten. Es ist bloß eine Frage der Zeit, bis er José mit einem scharfen, etwa so langen Gegenstand attackiert.« Zu Demonstrationszwecken breitet er die Hände aus.

Ich drücke meinen Teebeutel aus und lege ihn auf die Serviette. »Ich wette, Jane ist froh, dass du wieder da bist.«

»Ja, aber die kümmert sich bald nur noch um Bettpfannen und Infusionsbeutel. Du hast gehört, dass sie Julians Heiratsantrag endlich angenommen hat, oder?«

»Sie hat mir heute Morgen eine Nachricht hinterlassen. Ist Derek auch noch da?«

»Er ist auf der Suche nach Investoren, die ihm dabei helfen, einen Laden in Brooklyn zu eröffnen. Das Letzte, was ich gehört habe, war, dass es sehr vielversprechend aussieht.«

»Oje. Derek will allen Ernstes ein Restaurant leiten?«

»Beängstigend, hm? Gott steh den armen Schweinen in Williamsburg bei. Derek hat doch keinen blassen Schimmer. Ach ja, und rate mal, wer auf der Suche nach besseren Verdienstmöglichkeiten weitergezogen ist? Ich gebe dir einen Tipp: Vom Kellnern hat er nicht die geringste Ahnung.«

Ich denke kurz nach. »Ron?«

»Jawohl. Nächste Woche fängt er im *Vong* an.«

»Das soll ein Witz sein.«

»Man braucht schon eine Menge Mumm, um noch mal ganz unten anzufangen, wenn man schon zur Generation Viagra gehört. Er wird doch tatsächlich erst mal einige Mittagsschichten machen müssen, ehe er in die Abendriege aufsteigen darf. Darum bleibe ich auch, wo ich bin. Ich will nicht der Neue sein, der dann am Ende die Weihnachtstage durcharbeiten muss. Außerdem werde ich ohnehin nicht mehr lange im Geschäft sein. Bald müsste sich doch wieder eine Chance ergeben, meinst du nicht?«

»Bei deinem Talent?«, erwidere ich. »Aber klar doch.«

Eine Weile starrt er in die Ferne, dann lächelt er und sieht mich an. »Und wie steht's mit dir? Du hast dich ganz allein aufs Eis gewagt, was?«

»Ja. Ich habe sogar schon ein paar Kunden – eine Wohltätigkeitsorganisation und ein Wellness-Center, das gerade in Chelsea eröffnet hat. Ich hätte den Job haben können, von dem ich dir erzählt habe, aber ich habe abgelehnt.«

»Ehrlich? Trotz Urlaubsgeld und Krankenversicherung? Ich wusste es ja gleich, als ich dich das erste Mal gesehen habe, dass du verrückt bist.«

»Natürlich gehe ich damit ein Risiko ein. Momentan muss

ich den Gürtel ein bisschen enger schnallen, und ich bringe mir alles selbst bei, aber wieder für jemand anderen zu arbeiten … ich weiß nicht, langsam wird es Zeit, dass es auch mal nach meiner Nase geht.«

»Du wirst noch eine ganze große Nummer in der Stadt«, prophezeit Cato. »Der Eindruck, den du im *Roulette* hinterlassen hast, ist heute noch zu spüren.«

Ich winke nach der Rechnung. »Besser, als sich wie ein geprügelter Hund zu schleichen.«

»Mein Motto lautet: Es ist ganz gleich, was sie sagen, Hauptsache, sie reden noch über dich, wenn du schon längst weg bist.« Er holt sein Portemonnaie aus dem Rucksack. »Lass stecken, Süße, das geht auf mich. Du versuchst gerade, ein Imperium aufzubauen, und ich bin Oberkellner, dort, wo das Geld auf Bäumen wächst. Der Laden läuft zwar nicht mehr ganz so gut wie früher, aber man kann immer noch sehr gut davon leben.« Er legt einen Zwanziger auf den Tisch, mehr als das Doppelte des Rechnungsbetrags. »Ich dachte wirklich, ich hätte dieser Welt endgültig Lebewohl gesagt.«

»Du hast es einmal getan, du wirst es wieder tun.«

Wir ziehen unsere Jacken an und schlendern Arm in Arm zum *Roulette*. Es ist früher Nachmittag, aber der Himmel verdunkelt sich schon, und die Straßenlaternen brennen bereits. »Ich würde ja mit reinkommen, aber ich bin noch nicht so weit, Gina wieder Auge in Auge gegenüberzustehen«, erkläre ich.

Cato zieht den Rucksack aus. »Das mag jetzt vielleicht seltsam klingen, aber ich glaube, auf ihre Art hat sie dich sehr gemocht. Italiener lieben Herausforderungen.«

»Amerikaner auch. Das ist vermutlich auch der Grund, warum ich nicht gleich am ersten Tag das Handtuch geworfen habe.«

Er packt mich an der Schulter und schüttelt mich sanft. »Willst du wirklich nicht mit reinkommen und der alten Mannschaft guten Tag sagen? Es ist immer anders, wenn man zurückkommt, nachdem man etwas Neues angefangen hat. Die Leute sind immer viel netter, wenn sie merken, dass sie einem nichts mehr vorschreiben können.«

»Ich schaue demnächst mal abends mit Daniel vorbei. Was meinst du?«

»Aber vergiss nicht, nach mir zu fragen. Ich mag zwar kurz davor sein, meine Krawatte an den Nagel zu hängen, aber ich bin immer noch der Beste der ganzen Stadt.«

Ich stelle mich auf die Zehenspitzen und drücke ihm einen Kuss auf die Wange. »Ja, das bist du, und ich weiß nicht, wie ich das ohne dich geschafft hätte.«

Er lächelt. »Jetzt bist *du* dran, *mir* zu zeigen, wie der Hase läuft.«

»Okay. Ich verspreche dir, diesmal werde ich die Flinte nicht gleich ins Korn werfen.«

»Ich verlasse mich auf dich.« Er geht an den Lorbeerbäumchen in den riesigen Blumenkübeln am Eingang vorbei und zieht die Tür zum Restaurant auf. »Tja, los geht's. Die beste Nebenrolle, mit der ich niemals berühmt werde.«

Ich winke, während ich rückwärts die Straße hinuntergehe. »Zeig's ihnen.«

Er verbeugt sich und verschwindet nach drinnen.

Danksagung

Ganz großer Dank geht an unsere Agentin Kim Witherspoon und unsere Lektorin Susan Kamil, die dabei mitgeholfen haben, aus einem Mischmasch autobiografischer Zutaten eine Geschichte zu machen. Ein Dank geht auch an Kerri Buckley für ihre kreative Weisheit und ihren Durchblick sowie an Barb Burg, Theresa Zoro, Alexis Hurley, Julie Schilder, Noah Eaker und Peggy McPartland. Margo Lipschultz stand uns schon ganz zu Anfang mit Rat und Tat zur Seite und hatte immer ein ermunterndes Wort für uns, und Beth Aretsky hat dafür gesorgt, dass alle Details stimmig sind. Ohne Eleanor Jacksons scharfes Auge wäre dieses Buch vielleicht nie veröffentlicht worden. Vielen Dank auch an Carlos Llaguno von der Brasserie Les Halles und Andrew Carmellini vom Restaurant A Voce sowie an Mimi Sheraton, Jeffrey Steingarten, Amanda Hesser und Frank Bruni, denen wir es verdanken, dass wir so gerne alles übers Essen und über Restaurants lesen. Zu guter Letzt danken wir von Herzen Paul, Jack und unseren Eltern für all ihre Liebe und Unterstützung.